KB113433

발칙한

청혼

발칙한 청혼

초판 1쇄 찍은 날 | 2015년 3월 27일
초판 1쇄 펴낸 날 | 2015년 4월 1일

지은이 | 전은정
펴낸이 | 서경석

편 집 장 | 권태완
편집책임 | 최고은
편   집 | 나정희
디 자 인 | 신현아

펴낸곳 | 도서출판 청어람
등록번호 | 제387-1999-000006호
등록일자 | 1999. 5. 31
어람번호 | 제5-0407호

주소 | 경기도 부천시 원미구 부일로 483번길 40 서경B/D 3F (우) 420-822
전화 | 032-656-4452 팩스 | 032-656-4453
http://www.chungeoram.net
E-mail | chungeorambook@daum.net

ⓒ 전은정, 2015

ISBN 979-11-04-90169-0 03810

발칙한 청혼

Chungeoram romance novel

전은정 장편 소설

청어람
도서출판

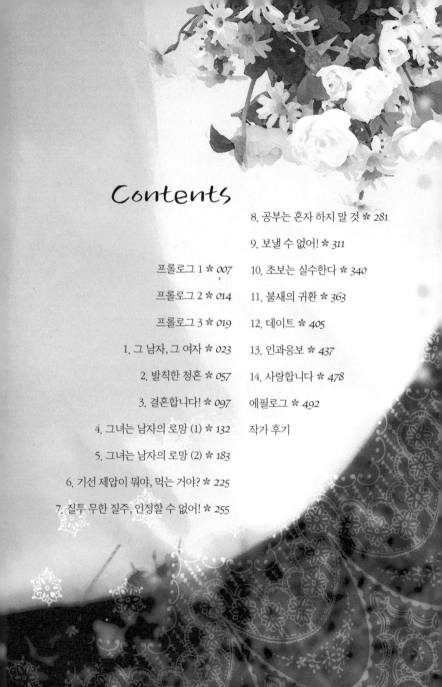

Contents

프롤로그 1

어스름한 새벽.

삐삐삐—

혼미한 정신 속을 헤매던 그녀는 익숙한 기계음에 눈을 떴다.
새하얀 천장과 알싸한 소독약 냄새, 아빠의 병실에서 많이 듣던
그리 낯설지 않은 기계음이 들리는 것으로 보아 병원인 것 같았
다.

그녀는 자리에서 일어났다. 여태 물먹은 솜마냥 무거워 손가락
하나 움직일 수 없었던 몸이 거짓말같이 쉽게 일으켜졌다. 신이
난 그녀는 제자리에서 발을 굴렀다. 몸이 깃털처럼 가볍게 위로
띄워졌다. 날아갈 듯한 느낌이었다.

이상했다. 문득 아래를 내려다보자 정말 발이 공중에 떠 있는

게 아닌가!

그때 문이 벌컥 열리며 간호사와 의사가 들어왔다. 놀란 그녀가 몸을 감추지도 못한 채 굳어버렸지만, 그들은 그녀를 본 체도 않고 병실을 가로질러 들어왔다.

'어, 어……?'

의사는 그녀를 무심히 지나치며 바이탈 용지를 확인하는 간호사에게 물었다.

"징후는?"

"변화 없습니다. 안정적입니다."

"잘 지켜. 다시 말하지만 보안 중시하고. 자네 말고 아무도 못 들어오게 해!"

"물론입니다! 조심하고 있습니다."

'저기요, 제가 왜 여기 있는지는 모르지만 깨어나고 보니 여기……!'

심상찮은 대화에 그들에게 말을 걸던 그녀는 침대에 누운 이의 모습에 입을 다물고 말았다. 그 사람은 다름 아닌 바로 자기 자신이었기 때문이다.

'나, 난 여기 있는데……. 이봐요, 이봐요!'

그러나 그녀가 아무리 소리쳐도 간호사와 의사는 돌아보지 않았다.

순간 깨달았다. 그들은 그녀를 무시한 게 아니었다. 보지 못했던 것이다.

'나, 난 뭐야? 유령? 나, 죽은 거야?'

놀란 그녀가 비명을 질렀지만 그들은 계속 자기들끼리 이야기를 나누었다.

"시간 어기지 말고 무조건 30분마다 체크해."

"네. 그런데 한 박사님. 이 아가씨……. 지금 우리가 하는 말 들을 수도 있지 않을까요?"

간호사가 침대 위의 잠든 그녀를 바라보며 걱정스러운 듯 속삭였다.

"왜, 알아듣기라도 할 것 같아서? 걱정하지 마. 듣는다 해도 절대 깨어날 수 없을 테니까. 깨어나게 두지도 않을 거고."

"네. 박사님만 믿습니다!"

간호사와 의사가 잔인한 미소를 나누었다.

'이 사람들, 날 살리려는 게 아니었구나…….'

그 순간 바이탈 화면이 불길한 경고음과 함께 요동치다가 일직선을 그렸다.

"맙소사, 갑자기 왜 이래! 에피네프린!"

"여기 있습니다!"

그녀의 가슴에 주사를 찔러 넣은 의사가 급히 심장을 마사지하기 시작했다.

"하나, 둘, 셋, 넷!"

"후……!"

"하나, 둘, 셋, 넷……!"

"후……!"

'그만둬! 그만둬! 하지 마! 멈춰!'

그녀는 소리를 질렀다. 그러나 그녀가 아무리 소리쳐도 소용없었다. 기어이 바이탈 화면이 다시 곡선을 그리자 허리를 편 의사가 이마에 흐르는 땀을 훔쳤다.

"……됐어!"

"십년감수했어요, 한 박사님."

"공주님, 공주님은 깨어나도 안 되지만 죽어도 안 돼. 최소 1년은 더 살아 있어야 한다고."

의사가 겨우 안정을 되찾은 침대 위의 그녀를 향해 다정하게 속삭였다.

'왜? 어째서?'

머지않아 그녀는 그 이유를 알게 되었다.

얼마 후, 낯익은 남녀가 그녀의 병실로 찾아왔다. 고급스러움으로 무장하고서도 어딘가 위축되어 보이는 중년의 남자, 그리고 요란하고 화려한 치장에 신경질적이고 사나운 인상의 여자였다. 아버지의 이복형제, 그녀의 고모와 백부란 사람들이었다.

먼저 가까이 다가온 여자가 그녀의 손을 잡더니 짐짓 친절한 목소리로 말했다.

"아가, 조금만 더 그렇게 잠들어 있으렴. 그런 다음 네 아버지 곁으로 보내주마."

"누이! 한 박사 말로는 애가 들을 수도 있다고 했소!"

그 말에 내내 불안한 표정을 짓던 남자가 질색하며 고개를 저었다.

"들으면 어때서? 어차피 깨어나지도 못할 텐데."

"그래도…… 얘가 알아서 좋을 게 뭐가 있소!"

"흥, 넌! 넌 같이 하지 않았니? 너만 고고한 척 굴지 마라."

"……나 먼저 가오!"

남자가 나가고 나자 여자는 그녀의 머리를 쓰다듬는 척하더니 다시 귓가에 속삭였다.

"이대로 천천히 썩어가렴! 우리가 일을 마칠 때까지 천천히. 내가 널 직접 파묻어주마."

여자는 깔깔 웃으며 병실을 나갔다.

'당신이었어? 당신이 우리 아빠를!'

놀람도 잠시, 울분에 찬 그녀는 여자를 뒤쫓아 나갔다.

하지만 여자를 붙잡으려 했던 그녀의 손은 여자의 몸을 그대로 통과해 버리고 말았다. 그녀는 여자가 유유히 병원을 떠나는 모습을 지켜봐야 했다.

그녀는 절망했다. 그녀가 현실에 힘을 미칠 수 있는 건 아무것도 없었다. 목소리도 손도 닿을 수 없는 투명한 영혼만 남았을 뿐이었다. 그때부터 그녀는 정처 없이 유영하기 시작했다.

병실 바깥엔 그녀와 비슷한 존재들이 돌아다니고 있었다. 그녀와 비슷하지만 다른 존재들이었다. 그녀는 언제나 일정 시간이 지나면 침대 위의 제 몸에 빨려 들어가듯 돌아가게 되었는데, 그 존재들은 흐릿한 형체로 잠시 돌아다니다가 안개처럼 사라져 버리곤 했다.

그녀도 그들처럼 사라지고 싶었다. 하지만 핏줄이라 부르기도 싫은 원수와 그 수하 노릇을 하는 의사와 간호사가 육신의 끈을 잡은 채 놓아주지 않았다. 시간이 흐를수록 진실을 더 많이 알게 되었지만 그들을 단죄할 길이 없었다.

그런데 그들이 그녀의 육신을 붙잡고 있는 것은 그녀에게도 기회를 주었다.

우연히 제 병실을 지키던 간호사의 몸에 들어가게 되며 현실과 닿을 방법을 찾게 되었다. 심신이 약한 이들의 몸을 잠시나마 차지해 움직일 수 있었던 것이다. 그녀는 그 짧은 틈을 타 그들이 자신에게 저지른 짓에 대한 증거를 모을 수 있었다.

그러나 그녀가 결정적인 증거들을 다 모을 때쯤 더 큰 벽에 부딪혔다. 그 증거를 경찰서나 검찰에 보낸다 해도 그들에겐 그걸 무력화시킬 힘이 있다는 걸 깨달은 것이다. 결국 그녀가 힘들여 모은 증거는 모처에서 잠자게 되었다.

시간이 좀 더 흐르자 그녀는 점점 유령처럼 돌아다닐 수 있는 시간이 길어졌다는 걸 깨달았다. 제 몸이 저를 끌어당기는 힘이 약해지고 있었다. 이제 얼마 안 있으면 그녀도 떠나간 존재들처럼 되어버릴지도 몰랐다. 그것은 그녀에게 차라리 희망이 되었다.

그러던 어느 날, 그녀는 누군가 제 이름을 부르는 소리를 들었다. 애타고 다급한 목소리였다. 저절로 그 소리를 따라간 그녀는 어느 병실로 들어가게 되었다.

그곳에선 흐릿하고 작은 존재가 막 몸을 벗어나고 있었다. 그녀와 비슷하지만 다른 존재, 이미 세상을 등진 영혼이었다.

그 존재들은 한 번도 그녀와 접촉한 적이 없었다. 그런데 그 작은 존재가 곁을 스치며 그녀를 힘껏 떠밀고 가버렸다. 그녀가 넘어진 곳은…… 그 작은 영혼이 떠나온 몸이었다.

그녀는 눈을 떴다. 동시에 그녀를 병실의 몸과 잇던 가느다란 끈이 끊어졌다.

그녀의 새로운 현실이 시작되었다.

프롤로그 2

남들은 꿈의 성이라고 부르는 으리으리한 저택 2층의 구석 방.

소녀가 여인의 손을 잡고 속삭이고 있었다.

"엄마, 가세요. 모든 걸 다 버리고 떠나요. 여기 일은 모두, 기억조차 남기지 말고요."

"모두……? 너는!"

"아시잖아요. 우리 두 사람이 함께 사라질 수는 없어요. 금방 발각될 거예요."

"안 돼! 너는 내 딸이야. 너를 남겨 두고 어떻게……?"

그러나 여인은 이미 딸이 한 말에 흔들리고 있었다. 아름답지만 슬픈, 불행을 짊어진 여인의 눈은 이 지옥에서 벗어날 수 있다는 희망에 저도 모르게 갈망을 드러내고 있었다.

소녀는 여인의 손을 다시 한 번 꼭 잡아주었다.

"나는 괜찮아요, 엄마. 나, 그동안 원하는 걸 다 했어요. 모두 엄마 딸이 된 덕분이에요."

"원, 원하는 거……?"

소녀는 대답 없이 희미하게 웃기만 했다.

여인은 소녀가 방금 한 말의 엄청난 의미를 결코 알 수 없었다.

"엄마, 여기에 있는 건 다 지우고 가세요. 제가…… 제가 허락해 드릴게요."

"해진아……."

여인이 떨리는 목소리로 딸의 이름을 불렀다.

소녀는 여인의 떨리는 손을 꼭 잡아주며 미소 지었다. 눈물범벅이 되어 몸도 목소리도 떨려 아무 소리도 낼 수 없는 여인과는 대조적으로 말간 빛을 한 소녀의 눈은 한 치도 흔들림이 없었다.

'너, 누구니?'

여인은 겁이 났다. 2년 전, 납치 사건이 있었던 이후 딸은 너무나 변해 버렸다.

딸의 납치는 남편의 사업 하청을 받았던 사람이 남편의 술수에 넘어가 하루아침에 알거지가 되면서 일어난 보복 사건이었다. 다행히 딸을 찾긴 했지만, 한때 병원에서 숨이 멎을 만큼 심각했던 아이를 두고 남편은 죄책감은커녕 도리어 잡혀간 딸아이 탓을 했다.

의사는 딸의 성격이 바뀐 것이 일종의 외상 후 스트레스 증후군이라고 했는데도 남편은 신경 쓰지 않았다. 오히려 질질 짜지 않아 더 맘에 든다는 남편 때문에 여인은 딸을 병원에 더 데리고 다닐 수도 없었다.

딸은 원래 여인을 닮아 여리고 잘 울던 아이였다. 그러나 이젠 남편의 사나운 눈에도 울지 않고 무표정에 엄마에게도 재잘거리지 않았다. 그리고 비밀이 많아졌다. 몰래 누군가를 만나고 몰래 어딘가를 다녔지만 아무 말도 해주지 않았다. 가끔 마주치는 적막한 눈을 보면 딴사람을 보는 것 같기도 했다.

여인은 변해 버린 딸의 모습이 제 아버지를 닮은 것 같아 싫었다. 그래서 딸이 가까이 다가올 때마다 흠칫한 적이 한두 번이 아니었다. 영민한 아이가 그걸 모를 리가 없다. 그런데도 엄마를 보내줄 생각을 하고 있었던 것이다.

여인은 고마우면서도 마음 한편엔 두려움과 의심, 죄스러움만 가득한 자신이 싫었다.

"엄마, 난 괜찮아요."

자신의 마음을 들여다본 듯한 그 말에 여인은 딸을 품에 끌어당겼다. 가슴팍까지밖에 오지 않는 딸은 여인의 품에 쏙 안길 만큼 작았다. 이제 겨우 열네 살, 그럼에도 딸은 여인보다 단단한 것 같았다.

그때 현관문이 열리는 소리와 함께 가사도우미가 남편에게 인사하는 소리가 들렸다.

"앗, 나가봐야겠다!"

"잠깐만요, 엄마! 눈물이요!"

사색이 되어 나가려는 여인을 붙잡은 소녀가 여인의 눈가를 재빨리 훔쳐 주었다. 딸은 확실히 그녀보다 더 빈틈없었다.

여인은 현관으로 거의 뛰어가다시피 급하게 나가 남편을 맞았다. 남편이 건네는 옷에선 옅은 술 냄새와 정체를 알 수 없는 향수 냄새가 역하게 풍겨 나왔다.

남편은 침실에 들어서자마자 여인의 블라우스를 젖히고 옷을 벗기기 시작했다.

남편은 밖에서 여자와 뒹굴수록 더 타오르는 역겨운 변태였다. 이 지옥을 탈출할 희망을 봐서였을까, 여인은 오늘따라 남편의 손이 더 혐오스럽고 치 떨리게 싫었다.

"앗, 여보. 오늘은……!"

"이 여편네가 맞고 싶어!"

"저 오늘은 정말 머리가 아파요!"

"됐어! 너는 밑만 벌리고 있으면 되는 거야! 머리가 아프면 아팠지, 밑이 아프냐?"

남편은 기어이 여인의 치마와 팬티를 함께 끌어 내리고 곧장 안으로 파고들었다.

여인은 고개를 돌린 채 눈을 꾹 감았다.

"엄마, 떠나요……!"

딸의 말이 여인의 귓가에 맴돌았다.

"크헉, 컥, 커헉!"

저주스러운 남편의 몸짓이 거세지더니 마지막으로 푸르르 떨리며 여인의 안에 오물을 토해내었다. 제 욕망을 채운 남편이 그녀의 엉덩이를 한 대 찰싹 치고는 히죽 웃으며 방을 나섰다.

문이 닫히는 소리와 함께 여인은 눈을 떴다. 더러워진 몸을 씻기 위해 일어나자 남편이 토해낸 더러운 욕망 덩어리가 여인의 다리 사이로 흘러내렸다.

'엄마, 가요! 가도 돼요!'

제 방에서 제 아버지가 집을 나갈 때까지 숨죽이고 있을 딸이 저에게 하는 말이 들리는 듯했다. 욕실에서 샤워기를 트는 여인의 눈에서 순간 파르란 빛이 뿜어져 나왔다.

한 달 후.

세상이 떠들썩한 사건이 발생했다. 2년 전 사망한 재계 1위 사광그룹 전 총수 차형찬과 상속녀 차해진의 살해범이 밝혀진 것이다. 살해범이 바로 차형찬의 이복형제 차완영과 차문영이라는 사실에 사람들은 재산과 권력을 향한 탐욕과 패륜을 성토했다.

같은 시기, 산방그룹 회장 부인 유영신이 실종되었다. 절벽에서 굴러 강물 아래로 떨어진 차는 찾아냈으나 끝내 유영신의 시신은 찾을 수 없었다. 사광그룹 일이 워낙 컸던지라 유영신의 실종 사건은 조용히 묻혔다.

그리고 10년이 흘렀다.

프롤로그 3

잠에서 깨어나려던 그녀는 묘한 느낌이 들었다. 몸이 떠오른 채 날아갈 것 같은 기분, 낯설지 않은 느낌이었다.

눈을 뜬 그녀는 곧 익숙함의 정체를 알았다. 자신의 몸이 공중에 떠 있었던 것이다.

그녀는 침대 위에 있을 제 몸은 돌아보지 않은 채 곧바로 천장 위로 몸을 떠올렸다.

자유로웠다. 바람이 이끄는 대로, 바람과 마주하며 그녀는 내키는 대로 마음껏 하늘을 유영했다.

그녀의 자유로운 유영은 방향을 가지고 있었다. 영혼에 새겨진 기억은 그렇게 아무렇게나, 아무 데나 날아다니던 그녀를 어떤 장소로 안내했다.

그녀가 도착한 곳에선 세 사람이 이야기를 나누고 있었다. 낯익은 여자와 남자, 그리고 또 한 남자가 더.

그들을 알아본 순간, 그녀는 숨이 멎을 것 같았다. 육신이 없는데도.

시간이 흐르며 그들을 잊어가고 있었다. 아니, 잊어버린 척 일부러 그들에 대한 건 눈을 닫고 귀를 막았었다. 그러나 다시 보자마자 그들은 그녀에게 다시 현실이 되었다.

그들은 변하지 않았다. 아니, 변하지 않은 정도가 아니라 전보다 더한 악업을 쌓고 있었다. 그래도 무시하려고 했다. 못 본 척 떠나려 했다. 여자가 한 말만 듣지 않았더라면…….

'아…… 엄마……!'

절대 용서할 수 없다! 그들을 벌하고 싶다. 벌해야 했다. 그냥 두면 더한 고통을 당하는 이들이 더 많이 생길 게 뻔했다. 이번엔 다시는 그들이 세상에 나오지 못하게 해야 했다.

그녀는 예전처럼 다시 그들의 죄를 증명할 증거를 찾았다. 이번엔 그들 중 하나가 숙주가 되어 가장 결정적인 증거를 내주었다.

그때 그녀의 몸이 그녀를 불렀다. 하지만 본래 육신처럼 강제로 그녀를 잡아당기지는 못했다. 돌아가려던 그녀는 망설여졌다. 어쩌면 돌아갈 시간을 놓쳐 버린지도 몰랐다.

모든 게 허무했다. 원한다면 이번엔 이생을 떠날 수 있을 것 같았다. 떠나도 좋다는 생각이 들었다. 그러면 일부러 애쓰지 않아도 저들을 잊을 수 있고, 또 더는 그리워하거나 슬퍼하지 않을 수 있을 것 같았다.

그때였다.

"이년아! 이 미친년아!"

걸쭉한 욕설에 화들짝 놀란 그녀가 돌아보자 아는 얼굴이 보였다. 세련된 등산복을 걸친 하얀 머리의 노파였다.

'어? 영지 할머니!'

"지금이 반가워할 때냐! 이년아! 너 나온 지 얼마나 됐어!"

노파는 지나가는 사람들의 이상하다는 시선에 아랑곳없이 마구 소리쳤다.

"나온 지 얼마나 됐느냐고!"

'어…… 모르겠어요. 얼마나 지났지……?'

"미친년! 죽으려고 환장했나! 빨리 안 돌아가! 당장 가!"

고함에 움찔한 그녀는 '너, 가서 두고 보자!'는 잔소리를 뒤로하고 정신없이 하늘을 날았다.

그녀가 다시 돌아왔을 때…… 누군가 곁에서 울부짖고 있었다.

"일어나, 일어나! 이 나쁜 계집애야, 어서 일어나!"

눈을 뜬 그녀는 퉁퉁 부은 얼굴로 울며 제 손을 잡고 있던 여인과 눈이 마주쳤다. 평소의 도도하고 빈틈없던 여인이 민낯에 질끈 묶은 머리마저 흘러내린 모습이었다.

여인을 잊고 있었다. 죄책감이 솟았다. 그녀는 여인에게 마른 입술을 벌려 속삭였다.

"미안……."

'돌아오지 않으려고 해서 미안.'

그녀의 두 번째 복수가 시작되었다.

1. 그 남자, 그 여자

타앗!

"와! 우오오!"

푸른색 파이트쇼츠를 입은 선수의 허공을 난 앞차기가 붉은색 쇼츠 선수의 옆구리를 향했다. 매서운 공격과 함께 관중석에서도 연신 찬탄과 응원, 야유가 쏟아진다. 청색 선수의 건장한 몸매와 매서운 발길질도 그렇지만, 홍색 선수도 만만치 않은 듯 엄청난 물리력을 실은 공격을 양팔로 둘러막으며 곧장 반격했다.

타앗!

힘을 받아내며 되돌아온 반격에 푸른 옷의 공격자는 다리를 거두며 다시 주먹을 내뻗었다.

파앗!

홍색 선수가 막고, 청색 선수가 날아 차며 잇따른 주먹질이 허공을 갈랐다.

탁!

청색 선수가 내지른 주먹은 속임수, 니킥(Knee kick)이 홍색 선수의 복부로 날아들었다. 스칠 듯 공격을 피한 홍색 선수가 팔꿈치로 턱을 올려치자 청색 선수가 막으며 주먹을 날렸다.

탁, 타앗, 탁, 타다닥! 탁탁!

관중들이 눈도 깜빡이지 못하고 지켜보는 새 두 선수 사이에선 주먹과 발길질, 니킥과 팔꿈치 가격, 인간의 몸이 낼 수 있는 공격이 수십 번 오갔다.

타앗!

주먹을 내지르는 선수들의 건장한 팔뚝에서 쉿 소리가 나며 굵은 땀방울이 흐른다.

경기하는 선수 두 사람 다 아마추어라지만 그 수준이 낮은 건 아니었다. 매섭고 날카로운 공격이 오가는 만큼 그들을 지켜보는 이들의 열기도 뜨겁게 달아오르고 있었다. 두 선수 다 훤칠한 키와 매끈하고 탄탄한 몸매를 자랑하고 있지만 여성 관중의 비명과 환호가 유난히 크게 들리는 이유는 홍색 선수 때문이었다.

키 186센티, 몸무게 76킬로의 쭉 빠진 몸매와 멋진 경기력은 양념, 백미는 얼굴이었다. 굵직하고 남성적이면서 웬만한 남자배우들 뺨치게 생긴 조각 같은 얼굴 덕분에 여자들의 환호성이 끊이지 않는 것이다.

타앗, 탁, 탓!

청색 선수가 내지른 주먹이 홍색 선수의 입가를 스치고 지나갔다. 스치긴 했으나 위력을 실은 주먹은 홍색 선수의 입술을 터뜨렸다.

그의 입가를 흐른 피가 관자놀이를 타고 흐른 땀에 희석되고 있었다.

파악, 퍽!

"흐억!"

마지막 공격에 타격에 의한 둔탁음과 함께 신음이 터져 나왔다. 홍색 선수가 내지른 발차기 공격이 청색 선수의 어깨를 친 것이다. 그와 동시에 홍색 선수의 공격의 고삐가 죄어졌다. 수차례 막히던 주먹이 청색 선수의 가드를 뚫고 턱을 올려쳤다.

탁, 타앗, 탁, 퍽! 퍽퍽!

"흐윽!"

쿵…….

"와아!"

심판이 쓰러진 청색 선수의 앞으로 다가가 손을 흔들었다. 청색 선수는 머리를 몇 번 흔들더니 눈에 독기를 품고 벌떡 일어났다.

심판의 손짓에 다시 경기가 재개되었다.

탁!

팍, 팍, 퍽, 퍽! 터억!

그러나 청색 선수는 쓰러진 충격에 아직 균형을 다 잡지 못한 상태였다. 경기가 재개되자마자 근접한 홍색 선수의 마지막 돌려차기가 청색 선수의 복부를 가격하며 청색 선수는 링의 끝까지 가서 떨어지고 말았다.

"와아아!"

관중의 함성과 함께 심판이 다시 청색 선수의 눈앞에서 숫자를 세기 시작했다. 그러나 바르작대던 청색 선수는 이번엔 끝내 일어나지 못했다.

"와아아아아!"

심판이 손을 그으며 홍색 선수의 팔을 번쩍 들었다. 쏟아지는 관중의 함성과 갈채 속에서 경기는 홍색 선수의 승리로 끝이 났다.

잠시 후.

"징그러운 놈! 쥐터져 올 줄 알았더니 이겨서 내려오냐?"

이죽거리는 듯한 말투였지만 재원의 얼굴엔 기쁨의 미소를 감추지 못하고 있었다. 그렇게 웃는 친구에게 홍색 선수, 강현이 씩 웃어 보였다.

두 남자가 웃음을 나누는 모습에 주위 여자들의 시선이 쏠렸다. 강현에게 쏟아지는 시선은 단연 압권이었고, 유쾌한 웃음이 지워지지 않는 재원 또한 190이 가까운 키에 금테 안경이 어울리는 샤프한 미남이었다.

"그래, 천하의 정강현이 쥐터질 리가 있냐……. 그래도 너무했다. 방금 네가 때려눕힌 저 선수 이름이…… 주창언이었나? 응원하는 소릴 들어보니 프로로 전향하려던 친구라던데, 접을지도 모르겠다."

칭찬인지 핀잔인지 모를 말을 하며 수건을 덮어주는 재원에게 강현은 무심하게 답했다.

"접어도 되지, 그것 말고도 길은 있게 마련이야."

"어?"

"주창언, 주먹이 괜찮더라. 민첩하고. 뭣보다 특전사 출신에 뒷골목에 발 담근 적도 없더라."

"뭐야, 너 그럼 저 친구를……?"

재원이 고개를 휙 돌려 주창언 쪽을 돌아보았다. 하지만 주창언은 혼자가 아니었다. 그와 같이 있는 사람을 보자마자 순식간에 상황 파악을 끝낸 재원이 쯧쯧 혀를 찼다.

"강현아, 너 저 친구 눈독 들이고 있었냐? 근데…… 그른 것 같다."

"뭐?"

"저기 봐라. 누군지. 저 사람, C&Y의 장무영 대표 아냐?"

재원이 가리키는 곳엔 장무영과 주창언이 인사를 나누고 있었다.

C&Y는 수준 높은 경호 인력을 보유한 유명한 경호 회사다. 단순히 경호 업체라고 말하기엔 덩치가 큰 기업이었다. 자체 보유 인력도 상당한 데다 이미 5년 전에 상장까지 한 주식회사로 업계 최고라는 말에 손색이 없는 곳이었다.

그런데 그곳 대표가 선수에게 관심을 보인다…… 라.

강현은 오늘 경기 상대인 주창언을 자신의 직속 보안팀으로 영입하려고 했었다. 그러나 재원의 말대로 그른 모양이었다. 장무영 대표가 내미는 명함을 받고 이야기를 나누는 주창언의 낯빛이 활짝 핀 듯한 모습이었다.

"으흠?"

재원이 강현에게 고개를 갸웃했다. 어떻게 할 거냐는 의미였다.

"저 친구에겐 잘된 것일 수도 있지."

장 대표가 먼저 찍은 사람을 굳이 빼내야 할 정도로 절박한 건 아니다. 강현은 미련 없이 눈길을 돌렸다.

"너, 괜찮아? 아까 킥이 스치는 것 같더니 얼굴 붓기 시작했다."

재원이 걱정스레 강현을 살폈다.

아무리 아마추어라지만 격투기 경기에서 조그만 상처도 입지 않을 수가 없다. 강현은 입술이 터진 데다 왼쪽 눈 밑도 부어오르고 있었다. 이런 몰골로 내일 중역 회의에 나가면 정강운 패거리의 비아냥과 조소가 퍼부어질 것이 틀림없다.

그러나 강현은 괜찮아, 한마디로 어깨만 으쓱해서 재원은 더 속이 상했다.

'어쩌자고 강릉리조트를 정강운 같은 작자에게 넘기신 건지!'

재원은 속으로 강현의 할아버지를 원망했다.

며칠 전 정강운이 환인건설에서 5개년 계획으로 준비하는 강릉 리조트 사업의 책임자로 임명되었다. 강현이 강릉과 서울을 오가며 몇 달을 공들인 일에 마지막 순간 정강운이 책임자 자리를 가로챈 것이다.

강현이 그토록 애쓴 공을 빼앗긴 것도 허탈하지만 정강운이 책임자라니, 말도 안 되는 일이다. 죽 쒀서 개 준 꼴이랄까?

정강운은 강현의 동갑내기 육촌이지만 강현의 능력에 비하면 반의반도 못 하는 인물이었다. 정강운 손에 들어가서 망하거나 본전만 건진 사업이 한둘이 아니다. 그러나 그와 그의 어머니 이화영 여사가 지닌 환인 주식의 양이 막대하기에 이사진에서도 정강운의 눈치를 보곤 했다.

정강운보다는 정덕철 회장님이 문제였다. 정 회장이 이사회를 흔드는 이화영의 뻔한 수작을 묵인하는 바람에 일이 이렇게 된 것이다.

'터져도 잘나긴 했다만 그래도 꼴이 이게 뭐냐!'

격렬한 시합으로 스트레스를 푸는 건 좋지만 강현의 얼굴을 보면 그리 권장할 만한 일은 아니다. 재원은 속상함을 감추며 미소를 지었다.

"경기 끝났으니 나가자! 아무튼 너 오늘 이긴 기념으로 술 한잔 살 거지? 내가 너 응원하느라 목이 다 쉬었다! 난 최근 새로 단장한 클럽 FM, 거기가 좋던데. 거기 물 좋다? 그리고 이젠 여자도 좀 만나라. 거기 최근에 상화전자 금지옥엽 연이화가 오는데 죽여주게 잘 빠진……."

"됐고. 근처에 홍합 어묵국 맛있게 끓여주는 포장마차 있다. 사줄 테니 가자!"

강현이 도중에 말을 잘랐다. 그냥 두면 재원의 여자에 관한 수다는 끝도 없다.

"뭐? 넌 환인 후계자씩이나 되는 녀석이 겨우 포장마차?"

환인은 원래 모체는 건설업이었지만 지금은 전기 전자에서 세

계적으로 이름을 날린, 대한민국은 몰라도 Hwa—Nin의 이름을 모르는 이는 드물다는 글로벌 대기업이다. 그곳 총수의 손자인 정강현이 가자는 곳이 뒷골목 포장마차라니!

후계자라는 말에 강현의 눈이 대번에 서늘해졌다. 그러나 재원은 모르는 척 그의 눈을 꼿꼿이 마주 보며 싱글거리고 웃었다.

"별미라고 사주려 했더니 싫으면 말고."

강현은 본능적으로 세운 날을 꺾으며 말했다.

곧장 돌아선 강현은 새 경기 시작에 몰려드는 관중 사이를 헤치며 걸어 나갔다. 그대로 있다간 자칫 강현을 놓치기 십상이었다.

"야! 그냥 가면 어떡해! 홍합, 나 그거 좋아해, 무진장, 아주 아주 좋아해! 꼼장어도 사주는 거지? 야! 나도 같이 가!"

그가 소리치는 걸 들은 사람들이 키득거렸지만 재원은 강현을 잡기 위해 정말 사력을 다해 인파를 헤치며 쫓아갔다. 그는 오늘 강현을 꼭 붙들고 있어야 한다는 사명감에 불타고 있었다.

강현은 지난달 밤거리에서 퍽치기와 성폭행 미수범과 엮여 세 번이나 경찰서에서 조사를 받았다.

문제는 강현이 피해자들을 구하는 차원에서 그친 것이 아니라 범인들을 곤죽을 내서 잡아 경찰서에 넘겼다는 것이다. 피해자들에겐 의인으로 칭송받을 일이지만, 어찌 됐든 폭행에 연루된 일이라 환인 후계자로서의 이미지에 좋다고 볼 수는 없었다. 더구나 그 일로 정강운 측에서 억측과 비방 자료를 만들어내는지라 홍보실에서도 강현과 연루된 일에 촉각을 곤두세우고 있었다.

경기를 마치고도 강현에게선 아직 긴장감이 느껴졌다. 누구든 잘못 걸리면 사달 낼 분위기다.

때문에 재원은 오늘 강현을 밀착 감시하는 것은 물론, 여차하면 강현의 집에서 잘 생각도 하고 있었다. 잠이야 여자랑 자는 게 더 좋지만, 눈물을 머금고 이런 희생을 결심한 것이다.

강현이야 알아줄 것도 아니지만.

다행히도 강현은 바로 밖으로 나가는 대신 경기장 샤워실에 들렀다. 부랴부랴 쫓아간 재원은 샤워실 앞에서 보초를 섰다.

"가자, 맛난 거 먹으러!"

재원이 깔끔해져서 나오는 강현의 어깨에 손을 얹으며 소리쳤다.

능청스럽게도 '맛난'에 제법 의미심장한 강세를 둔 재원 때문에 강현의 얼굴에서도 언뜻 웃음이 스쳤다. 하지만 찰나 간이라 재원은 보지 못했고, 강현도 의식할 수 없는 웃음이었다.

두 남자가 새로 시작된 경기에 울리는 관중의 함성을 뒤로하고 경기장을 빠져나오자 거리에선 겨울 막바지를 장식하는 비가 내리고 있었다.

마치 강현의 기분을 대변하듯.

며칠 후.

입이 찢어질 듯 벌어진 재원이 클럽 FM으로 들어가고 있었다. 그가 오늘 유난히 기분 좋은 이유는 뒤따라오는 강현 덕분이었다. 포장마차에서 얻어먹고 호텔 고급 클럽에서 화답하는 꼴이었지만 오늘 볼거리를 기대하면 날마다라도 대접할 수 있었다.

준 오성급인 천일호텔 지하에 있는 클럽 FM은 호텔의 격에 맞는 손님들이 찾아오는 곳이라 소위 말하는 '물 좋은 곳'이었다. 그 물 좋은 회원 중 재원이 최근 눈독 들였던 여자가 있었다.

상화전자의 외동딸 연이화. 재원의 눈을 끌 만큼 섹시하면서 제 번듯한 외모와 상화전자라는 배경 때문인지 도도하기 이를 데 없는 여자이기도 했다.

재원은 검사장인 아버지와 대법원 부장판사이신 어머니, 또한 그 뒤를 잇는 판사 누나와 검사 형에 본인도 환인그룹 법무팀 변호사로서 소위 고위급 엘리트 집안의 자제였다.

그런 재원인데도 연이화는 그를 눈 아래로 흘겨보고는 코웃음 치며 퇴짜를 놓았다. 연이화 자체는 아쉽지 않으나 자존심은 상했다. 오늘 강현이 그의 작은 심술을 충족시켜 줄 것이다.

"자, 드시라!"

재원이 문을 열고서 종업원이 안내하듯 강현에게 정중히 손짓했다.

"그렇게 좋아?"

"응, 좋아!"

개구지게 웃는 재원의 웃음에 무언가 꿍꿍이가 있는 듯 보였지만 강현은 모른 척했다. 재원도 정강운이 가로챈 강릉리조트 여파로 많이 고생했다. 재원의 장난에 휘말리면 피곤해지긴 해도 그런 친구의 소원 풀이를 해줄 겸 못 이긴 척 와준 것이다.

강현이 클럽 안으로 발을 딛자 재원이 중얼거렸다.

"자, 그럼 좋은 구경 해볼까?"

"응?"

"아, 아니야! 들어가자고!"

재원은 잔잔한 음악이 흐르는 실내를 재빨리 훑으며 연이화가 지정석으로 앉는 자리를 재빨리 스쳐 보았다. 역시나. 강현이 들어가자마자 클럽 안의 분위기는 술렁거리기 시작했다.

강현은 링 위에서나 밖에서나 야성적이고 섹시한 이미지를 강렬하게 뿜어낸다. 생긴 것만으로도 연예인 뺨치는 얼굴이니 처음 보는 사람이라도 다시 되돌아보지 않을 수 없는 인물이다.

그뿐인가? 환인 회장의 단 하나뿐인 손자라는 타이틀까지.

강현은 여자들이 불나방이 될 수밖에 없는 남자였다.

하지만 정작 시선이 집중되는 강현의 얼굴에는 표정이 없었다. 아, 하나가 있다면 그건 바로 지루함.

재원은 술렁거리는 분위기에 연이화가 강현을 돌아보며 입을 작게 벌리는 걸 보며 그녀가 앉은 자리에서 제법 떨어진 자리에 앉았다.

반응은 채 10분이 지나지 않아서 왔다.

"안녕하세요."

고급 클럽답게 은은한 음악과 소곤거리는 소리가 거의 다인 곳에서 딸각거리는 하이힐 소리와 함께 여자의 목소리가 들려왔다.

강현은 흘긋거리지도 않았다. 대신 그녀를 돌아봐 준 이는 재원이다.

"여, 이게 누구시죠? 아름다운 배꽃, 이화 아가씨 아닌가요?"

"그런 식으로 말하지 말라고……!"

발끈하려던 연이화는 숨을 고르며 다시 인사했다. 정확히 강현만 쳐다보며.

"정강현 씨. 저, 연이화예요. 지난번 환인 피닉스 4 출시기념파티에서 뵈었죠?"

강현의 이마가 찌푸려졌다. 환인의 주력사업 무선통신 피닉스 4 출시기념파티에는 제법 굵직한 인사들만 초대되었다. 연이화는 나름 저의 배경을 뽐내며 알은체하려는 것이었지만 강현에겐 식상한 시도일 뿐이다.

귀찮다는 표정으로 대답 없이 술잔을 드는 강현의 반응에도 연이화는 끈질겼다.

"지난번 스치듯 지나쳐서 안타까웠는데 여기서 뵙네요. 제가 합석해도 될까요?"

"싫어."

"……!"

'빙고!'

재원은 속으로 벙긋거렸다. 지켜보는 재미가 쏠쏠했다. 어쩌면 예상과 한 치도 다르지 않다.

연이화는 당황한 나머지 순식간에 얼굴이 시뻘겋게 달아올랐지만 역시나 보통내기는 아니었다. 괜히 불독 연남필의 딸이 아니다. 금세 표정을 갈무리한 연이화는 미소를 두르고 태연한 체했다.

"오늘은 날이 아닌가 봐요. 다른 날 뵙고 싶은데 언제 찾아가면 될까요? 강현 씨도 우리 아버지께 말씀 들었을 텐데. 우리…… 혼담이요."

"와우!"

재원이 감탄사를 터뜨렸다. 그 능구렁이 같은 상화의 연남필 회장이 강현에게 손을 뻗은 건 자신도 처음 듣는 이야기였기 때문이다.

그러나 그건 절대 진행되는 이야기가 아닐 것이다. 만일 그렇다면 재원 본인도 아는 일이어야 했기 때문이다. 강현의 눈매가 점점 사나워지기 시작하는데도 이 철없는 아가씨는 분위기 파악을 하지 못하고 계속 주절거렸다.

"강현 씨?"

"이봐, 내가 언제 그쪽에게 내 이름을 부르라고 허락했지?"

"그, 그건!"

"혼담이라니, 난 그런 거 몰라."

"하지만 아빠가 분명……."

"그런 건 관심 없어. 대신……."

강현이 연이화의 위아래를 서서히 훑으며 입술을 핥았다. 그 선정적인 모습에 혹시나 하며 가슴을 부여잡는 연이화를 보며 재원은 속으로 쯧쯧 혀를 찼다.

"혹시 나와 하룻밤 뒹굴고 싶은 거라면 언제든 얘기해. 그건 생각해 보지."

"정강현 씨!"

"생각 있나? 생각 있으면 비서실로 연락해서 약속 잡아. 시간과

장소를 알려줄 거야. 아, 오늘은 말고. 오늘 새벽까지 같이 있던 여자가 보통내기가 아니라 아무리 나라도 오늘은 좀 쉬려고."

강현은 나른하게 하품을 하며 연이화에게서 시선을 거뒀다.

이쯤 되자 애써 표정 관리를 하던 연이화도 더는 미소를 짓지 못하고 소리쳤다.

"이, 이이!"

"어, 여기서 소리 지르면 다 소문날 텐데?"

재원이 한마디 툭 던지자 연이화가 주먹 쥔 손을 부르르 떨었다. 하지만 결국엔 입술만 깨물고는 휙 돌아섰다.

"우우! 퇴장도 우아하네."

"넌 저 머리 빈 사냥꾼이 우아해 보여?"

"적어도 겉은. 그 무안을 당하고도 널 한 번 더 뒤돌아보던데? 이대로 물러나진 않을 수도 있겠는걸?"

이건 짐작이 아니라 확신이다. 대부분의 여자가 그랬다. 특히 뒷배가 대단할수록 더욱.

"됐어. 술이나 마셔."

"그런데 정말 연남필 회장이 너한테 결혼 이야기를 꺼냈어? 넌 뭐라고 했어?"

"20년 전, 연 회장이 서진영 여사에게 날 가리키며 했던 말을 되돌려 줬어."

재원은 흠칫했다. 서진영은 이름을 듣는 것조차 끔찍한 강현의 계모였으니까.

강현은 정덕철 회장의 외아들 정수천의 사생아였다. 그러나 강현이 아버지를 만난 건 호적에 오른 직후 병원에서 죽기 직전의 아버지를 방문한 것이 다였다. 그 후 강현은 서진영의 손에 맡겨졌다.

당연하달까, 서진영은 남편의 사생아를 싫어했다. 아니, 싫어하는 정도가 아니라 진저리 치게 미워하기도 했다. 서진영은 강현이 환인의 후계자가 되는 꼴을 보고 싶어 하지 않았다. 그녀는 남편에 대한 배신감과 본인이 아이를 갖지 못한다는 원한을 몽땅 강현에게 쏟아부었다. 영악하고 잔혹하게도 표시 나게 육체를 학대하는 것보다 더 심한 말로 정신을 파괴하려 했다.

강현은 서진영과 함께 사는 4년 내내 '넌 13억짜리'라는 말을 들으며 자랐다. 아침저녁 꼬박꼬박 문안 인사로 너는 창녀의 자식이니 너도 자라면 창부로 써먹을 거라는 말을 들어야 했다.

계속 그런 식으로 살았다면 어린아이치고 독기가 있었던 강현일지라도 무너졌을지도 모른다.

그러나 어느 날, 정덕철 회장이 그런 말을 직접 듣게 된 후 강현은 사립 기숙학교에 입학하게 되었다. 덕분에 강현은 성인이 될 때까지 서진영을 보지 않을 수 있었고, 재원과도 그 학교에서 만났다.

매사에 의견이 나뉘고 데면데면한 조손간이지만 강현은 할아버지가 서진영에게서 구해준 은공은 잊지 않았다. 그가 서진영이 버티고 있던 이 회사에 들어왔던 가장 큰 이유가 그것이다.

짐작은 가면서도 재원은 묻지 않을 수 없었다.

"뭐라고…… 했는데."

"더러운 사생아지만 잘 키우면 말 잘 듣는 충실한 개가 될 거라고. 얼굴도 제법 반반하니 그쪽으로 활용해도 좋을 거라더군."

"헉!"

예상은 했지만…… 정말이지 환멸스럽다.

20년 전이면 강현이 겨우 열두 살일 때다. 하지만 알 건 다 알 아들을 나이.

그 한마디로 연남필은 위선과 오만, 잔인함의 대명사였던 서진 영과 별다를 바 없는 인간이라는 걸 증명했다. 연이화는 태생부터 강현과는 어긋난 인연이다.

재원은 말없이 강현의 빈 술잔을 채워주곤 일부러 가벼운 화제로 전환했다.

"아! 그런데 아까 연이화에게 말한 새벽까지 널 붙잡고 있었다는 여자, 윤 실장 아냐?"

"……뭐 하러 물어?"

"네가 그럼 그렇지."

윤 실장은 강현의 비서 윤이수다. 함께 새벽을 맞았다는 건 맞는 말이지만 그것이 연이화가 생각하는 방향과는 차원이 다른 이유일 터. 재원이 못 말린다는 듯 술을 털어 넣다가 금세 느슨하게 기댔던 몸을 바로 세웠다.

"왔다!"

"연이화 말고 네가 찍은 여자가 또 있었어?"

"하하, 알고 있었냐? 그런데 여자는 아니다. 아! 돌아보지는 마. 정강운이 왔어. 혼자가 아니야."

"……!"

솔직히 재원이 연이화가 강현에게 깨지는 모습에 유치한 카타르시스를 느낀 건 사실이다. 하지만 그보다 더 중요한 일이 있었다. 새벽까지 야근으로 피곤한 강현을 오늘 굳이 끌고 온 것은 바로 지금 들어온 사람들 때문이었다.

강현은 뒤돌아보지 않은 채 들고 있던 술잔을 내려놨다. 정강운은 이름을 듣는 것만으로도 신경을 갉아 먹는 존재였다. 쥐뿔도 능력은 없으면서 깐죽거리며 사사건건 일을 망치는 존재.

"이젠 봐도 돼."

고개를 돌린 강현은 클럽 매니저로 보이는 남자가 굽실거리며 인사하고 있는 남자들을 볼 수 있었다.

"저 앞에 세 녀석은 다 알지? 재성과 우황, 라진그룹의 버려진 자식들…… 근데 저 뒤에 한 사람 더 있어."

앞의 세 사람은 강현도 아는 이들이었다. 각각 전자와 건설, 벤처에서 이름을 날리는 소위, 있는 집 자제들이었지만 정강운과 그 나물에 그 밥인 떨거지들. 하지만 마지막 사람은 강현도 쉽게 무시하지 못할 인물이었다. 그를 보는 강현의 눈이 가늘어졌다.

"저 사람은……."

"맞아, 산방의 강진만 회장!"

재원이 손가락을 튕기더니 목소리를 낮춰 말을 이었다.

"아마 저치가 직접 선을 연결하진 못했을 테고, 이화영 여사나 잰 체하기 좋아하는 저치의 처, 김채연의 솜씨일 거야."

"흥, 강릉리조트만으로 부족했나 보군……."

강현은 쓴 입에 술을 털어 넣었다.

이사들은 대부분 강릉리조트에 누가 공을 들이고 누가 낚아챘는지 알고 있었다. 하지만 결과적으로 정강운의 손에 넘어갔다. 그 일로 사람들은 정덕철 회장이 친손자인 강현보다 동생의 손자인 정강운을 내심 후계자로 생각하고 있다고 떠들어댔다. 아무리 직계 손이라도 사생아인 강현보다 능력은 조금 부족해도 정강운이 더 후계자에 어울린다고 말이다.

정강운 후계설은 이화영과 김채연이 계획적으로 흘린 소문이다.

서진영이 3년 전 죽은 후부터 이화영과 김채연은 갖은 이유로 정덕철 회장의 집에 수시로 드나들었다. 자주 정 회장과 얼굴을 비추는 정강운 가족과 일부러 부르지 않으면 본가에 거의 들르지 않는 강현과 비교되니 소문은 자연스레 신빙성을 갖추기 시작했다. 그렇다 해서 정 회장이 정강운을 특별히 총애하는 모습을 보인 적은 없지만 정 회장의 묵인이 소문을 조장한 거나 다름없었다.

'너구리 같은 영감!'

강현은 실소했다. 사람들이 뭐라 떠들든 강현은 흔들리지 않았다. 할아버지, 정덕철 회장의 속내를 알고 있기 때문이었다.

그러나 프로젝트를 빼앗긴 것만은 분했다. 매사에 이런 식으로 앞길을 막는 정강운과 뒤로 수작을 부려대는 정강운 일가는 손톱 밑의 가시 같았다.

강현은 정강운이 강 회장의 귓가에 무언가 속삭이며 안으로 사라지는 모습을 흘긋 쳐다보곤 담담하게 술잔을 기울였다.

"굼벵이도 구르는 재주가 있다더니 줄을 댈 줄도 아네."

"넌……! 아휴, 내가 말을 말아야지. 정강운이 대통령을 물었다 해도 네겐 별게 아니지?"

"……."

"그래, 네가 그러고 말 줄 알았다."

재원의 원망과도 같은 한탄에 강현이 '예의상' 물어주었다.

"왜? 정강운이 갑자기 어떻게 강 회장과 가까워지게 된 거래?"

"어떻게, 바로 그게 핵심이야!"

재원이 고개를 가까이 디밀며 나직하게 속삭였다.

"정강운이 강 회장의 마음을 산 방법, 오늘 보니 그게 사실인 것 같아."

"……?"

"저 떨거지들이 정강운과 어떤 때 어울리는지 몰라?"

강현은 눈을 찌푸렸다. 정강운을 혐오하는 이유 중 하나가 지금 그가 어울려 노는 패거리들이 함께 저지르는 더러운 짓거리였다. 술, 도박, 마약, 사치와 난잡한 여자 관계.

"쉬쉬해서 잘 알려지진 않았지만 강 회장…… 가학성애자라더라. 상대하다가 꺾여서 영영 한쪽 팔을 못 쓰는 여자도 있단다. 하룻밤 다수 상대에도 열을 올린대. 그래서 저렇게 몰려가는 거야. 10년 전 죽은 부인이 그걸 견디지 못해 자살했다는 말도 있어."

믿기 어려운 얘기였다. 하지만 재원은 사람이 가벼워 보이긴 해도 없는 소문을 전하는 이는 아니었다.

'더럽군……'

역시 사람은 겉으로 드러난 것만으론 속을 알 수 없는 존재였다. 호남형 인상에, 일찍이 부인과 사별하고 재혼하지 않은 채 딸하나만 바라보며 사업에만 매달린다는 이의 실체가 바로 저런 모습이었다.

강현은 응수하는 대신 술 한 잔을 더 들이켰다.

"만일 정강운이 강 회장과 사이가 돈독해진다면. 아, 돈독……해지겠지?"

재원이 떨떠름한 얼굴로 입술을 실룩였다.

"아무튼, 강현이 너도 강 회장 측 주변 이야기를 좀 알아두는 게 도움이 될 거야."

"……말해봐."

"강 회장에게 딸이 하나 있는 거 알지? 요즘 그 딸을 내놓았다고 하더라."

"내놓다니?"

"선 시장. 거기도 시장이야. 아, 시장보다는 경매장이 더 적합하겠다. 가장 비싼 값을 부르는 손님에게 파는 거. 아무튼, 강 회장 딸, 어머니 사후 쭉 파리에서 공부했는데 얼마 전에 결혼시키기 위해 한국으로 불러들였대. 정강운은 김채연이 눈을 시퍼렇게 뜨고 있으니 강 회장 사위가 되지는 못할 테지만. 그런데 강 회장이 사윗감으로 찍은 치가 이상해. 신우식품의 김길연이라고, 그

작자도 저치들과 별다를 게 없는 인사거든. 강 회장이 왜 딸을 그런 작자에게 넘기려고 하는 걸까?"

"신우식품이잖아."

동종 업계 5위, '신우' 라는 이름만으로 혼사 장사는 충분했다. 강현은 그런 혼사 장사를 경멸했다. 매우.

"알았어. 여러 가지 알려주느라 수고했어. 고마워. 하지만 난 강 회장이 딸을 누구에게 팔든 별로 안 궁금해. 이거나 마저 마시고 나가자."

정강운은 같은 공간에 있는 것만으로도 충분히 기분을 상하게 하는 존재였다. 술잔을 마저 털어낸 강현은 미련 없이 자리에서 일어났다.

❊

널찍한 호텔 방.

세 여자가 각자 한 손엔 숟가락을 들고 한 손엔 리모컨을 누르며 화면을 쳐다보고 있었다. 그들 앞에 놓인 탁자에는 어른 머리통보다 큰 아이스크림 통이 있고, 벽에 걸린 50인치 TV 화면에선 남자들의 사진과 프로필이 하나씩 지나가고 있었다.

"30점!"

해진이 소리쳤다.

화면을 향해 꽤 진지한 척하던 그녀의 얼굴엔 웃음이 가득했다. 느슨하게 묶은 포니테일 머리, 웃으면서 아래로 처지는 눈매와 하얗고 가지런한 이가 드러나게 웃는 모습 때문에 해진은 전체적으로 동글동글해 보였다. 순하고 천진한 웃음 때문에 언뜻 고등학생처럼 보이는 그녀는 올해 스물네 살이나 된 어엿한 숙녀였다.

아이러니는 이 천진한 숙녀의 세간의 별명이 얼음인형이라는 것이다.

해진의 오른쪽 옆에 있던 혜윤이 눈을 새치름하게 뜨며 말했다.

"뭐야, 해진이 넌 30점? 야! 너무하다?"

혜윤은 첫인상이 화려한 미녀였다. 세 사람 중 유일한 30대의 나이였지만 굴곡진 몸매와 디자이너의 맞춤옷을 입은 모습은 그녀의 완숙한 아름다움을 더욱 빛나게 해주고 있었다. 그러나 한 올도 흘러내리지 않게 야무지게 틀어 올린 머리와 도수 없는 금테 안경 때문인지 차갑고 강한 이미지가 강해 감히 접근하기 어려운 인상이다.

그럼에도 해진이 그녀에게 건네는 말투는 격의 없었다.

"그럼, 언니는 몇 점인데?"

"음…… 38점?"

"이모, 그 묘하게 정확하다고 느껴지는 수치는 어디서 나오는 거예요? 제 눈엔 멀끔하니 보이는데 40점도 안 돼요? 방금 전만 해도 40점은 줬잖아요?"

해진의 왼쪽 옆에 있던 여자, 연희가 물었다.

올해 스물세 살인 연희는 170센티가 넘는 장신에 늘씬하고 탄탄한 몸매에 어울리는 커트 머리의 귀여운 미녀였다. 생김과는 다르게 제 온몸이 무기라고 부르짖는 연희는 해진의 비밀 경호원이다. 그 사실을 아는 이는 손에 꼽을 정도로 적었고, 이는 해진의 아버지, 강진만도 모르는 사실이었다.

혜윤의 입에서 칼 같은 대답이 쏟아져 나왔다.

"인물 68점에, 학력·직위·가족 관계 20점, 유능함 부족 마이너스 15점, 과거 지저분한 거 마이너스 35점, 그래서 38점."

"과거가 지저분해요?"

"저치, 옆에 적힌 것 잘 읽어봐! 맨 아래에서 세 번째 위로."

"어?"

"보여?"

"헐! 동거하던 여자가 둘? 그런데 이모는 점수를 줘요? 저런 건 마이너스죠!"

연희가 리모컨을 조종하며 말도 안 된다는 듯 종알거렸다.

"그나마 재산 다툼할 형제 없고 머리는 좋다고 하고 일도 나름 한다니까. 이 중에 저런 거로 마이너스 주자면 점수 줄 인간이 하나도 없어. 마이너스는 따로 있어."

"뭔데요?"

"제 애 뗀 놈!"

"……아!"

격하게 고개를 끄덕이던 연희가 해진에게도 물었다.

"언니, 언니도 저것 때문에 점수 깎은 거야?"

"아니."

"뭔데?"

"내 기준은 단 하나!"

해진이 숟가락을 치켜든 채 제법 진지한 표정을 지으며 대답했다.

"못생겼어."

"에?"

"봐! 못생겼잖아!"

"언니, 그럼 아까도?"

"당연하지!"

"아우, 언니이!"

울부짖는 연희에게 혜윤이 쯧쯧 혀를 차며 말했다.

"얘, 놔둬. 해진이 쟤, 며칠 전 안레이를 만나고 나서 안 그래도 높던 눈이 머리 꼭대기에 가 닿았어."

"안레이…… 가수 안레이요?"

"그래, 그 안레이."

"그런 조각 미남이야 브라운관에서나 존재하는 거잖아……."

연희의 한심하다는 듯한 눈빛에 해진은 발끈했다.

"아냐! 실제로도 있어!"

"누구?"

"안레이도 봤고……."

"그럼 안레이를 대령해?"

혜윤이 눈썹을 치켜세우며 물었다. 농담이 아니었다. 여차하면 혜윤은 정말 안레이를 데려올지도 모른다.

혜윤의 서슬에 움찔하는 연희와 달리 해진은 예의 아방한 얼굴로 웃음을 흘리며 중얼거렸다.

"음……. 혹 하긴 한데……."

혜윤이 파르르했다. 터지기 직전이다. 능청을 떨던 해진도 변명처럼 웅얼거렸다.

"좀, 어리…… 지?"

안레이의 나이는 열아홉. 관상용으론 좋지만 지금 그녀들의 '목적'엔 좀 먼 존재라고나 할까?

목적……. 그렇다, 지금 그녀들이 매기는 점수는 놀이가 아니었다. 바로 해진의 신랑감 점수였으니까.

"아, 그래도 누가 됐든 '혐'보다는 낫겠지!"

연희가 무심결에 중얼거리자 동시에 두 여자에게서 날카로운 시선이 날아들었다.

그걸 말이라고!

미안, 하고 저도 모르게 사과를 읊조린 연희는 불쾌함에 치를 떠는 해진에게 다시 한 번 사과했다.

혐이란, 해진의 아버지 강 회장이 사윗감이랍시고 들이민 작자다. 김길연인가 뭔가 이름은 있지만 이름은 고사하고 '혐오'라는 두 글자도 아까워 해진은 그를 '혐'이라 불렀다.

'혐', 김길연은 해진보다 열네 살이나 많은 건 차치하고라도 그녀의 심미안을 거스르는 심히 거북스러운 외모의 소유자였다. 거무튀튀한 여드름으로 얽은 자국이 가득한 피부에 최고급 슈트로도 감출 수 없는 배둘레햄을 자랑하기도 했다. 마흔도 안 된 재벌가 미혼남이 그 지경으로 엉망이기도 힘들 것이다.

혐의 외모는 인성을 대변한 것이나 마찬가지였다. 술과 여자, 도박에 마약을 한 정황도 있었다. 그런 혐에게서 장점 하나를 꼽으라면 신우그룹의 차남이라는 것 하나인데 실속은 없었다. 이미 후계자로 확정된 형뿐만 아니라 누나와 여동생에게마저 밀려났기 때문이다.

강 회장이 그에 대해 모를 리가 없다. 그럼에도 그런 작자를 해진의 짝으로 내민 이유는 바로 탐욕. 내후년, 해진의 나이 만 스물다섯에 해진의 소유로 된 신탁을 넘겨야 하기 때문이다. 신탁은 결혼이나 나이가 차면서 넘어가는 형식이기 때문에 해진이 결혼할 때 협상의 여지가 생기니 그때 가로채겠다는 것이다. 그런 면에서 강 회장이 사윗감은 제대로 골랐다.

사실 해진이 마음만 먹으면 혐은 간단히 떼어버릴 수 있었다. 그러나 혐은 단지 첫 번째 후보일 뿐이다. 혐 하나를 떼어버린다고 강 회장의 야욕이 끝나는 건 아니다. 그래서 해진은 근원적 해결 방법을 찾은 것이다. 동시에 탐욕스러운 강 회장과는 영영 결별이다.

"좀 진지해져 봐!"

혜윤이 해진을 째려보며 기어이 한마디 했다.

"나, 진지하거든! 진, 지!"

혜윤은 맹세라도 하듯 양손을 들며 선언하는 해진과 눈을 마주치곤 피식 웃고 말았다. 아마 해진의 손에 숟가락만 빠졌어도 조금은 진지해 보였을 수도.

당장 불이라도 뿜을 듯하다가 피식 웃고 마는 혜윤을 보며 연희는 속으로 그럼 그렇지, 고개를 끄덕였다.

남들에겐 접근하기 어려운 차도녀(차가운 도시 미녀…… 가 아닌 차가운 도시 마녀) 혜윤이 저렇게 어수룩하게 웃는 해진에겐 약한 걸 보면 미스터리가 따로 없다.

하긴, 웃고 있는 해진과 눈이 마주치면 오래 화를 내기가 어렵다. 그 큰 눈이 보이지 않을 정도로 접히는 걸 보면 뉜들 함께 웃고 싶지 않을까? 해진은 혜윤만큼 눈에 띄는 미인은 아니지만 여자가 봐도 사랑스러운 여자였다.

하지만 세상에는 강해진이 얼음인형으로 알려졌으니 연희는 정말 이해가 되지 않았다.

그러나 그건 연희가 표정이 사라진 해진을 본 적이 없어서였다. 순하게 보이는 해진의 눈에서 감정이 비는 순간, 그녀를 싸고도는 텅 빈 공허함과 날카로운 냉기는 보는 이들을 멈칫하게 한다. 그건 대외적으로 해진의 그런 이미지를 꾸민 혜윤조차도 가끔 가슴이 선뜩해지는 모습이었다.

과장되게 한숨 쉬면서 혜윤이 '다음!' 이라 외치자 연희는 즉시 리모컨을 눌렀다.

바뀐 화면에 연희와 천진하게 떠드는 해진을 보는 혜윤의 눈이 서늘하게 가라앉았다. 해진은 걱정 하나 없다는 듯 밝게 웃는데도 그녀는 그것이 왠지 더 걱정스러웠다.

해진에게 신탁은 없어도 그만, 강 회장에게 줘버려도 그만이다. 적어도 죽자고 달려들 강 회장과 지저분한 개싸움은 안 해도 될 테니까. 그러나 해진이 생각하는 신탁의 주인은 따로 있었으니 결국 싸움은 일어나고 말 일이었다.

그렇다 해도 굳이 결혼이란 방법을 취해야 했을까?

혜윤은 그게 의문이고 걱정이었다. 그 이면에 해진이 쓰러졌던 일과 관련이 있는 건 아닌지 몇 번씩이나 묻고 싶었다. 그렇지만 무서운 대답을 들을까, 달싹이던 입을 다물게 된다. 지금처럼.

"이번엔 75점!"

"오, 언니, 점수 좀 줬다?"

"호호, 아까 그치보다 좀 낫잖아?"

"음, 그렇긴…… 한가? 언니, 만일 여기 안레이가 낄 수 있으면 몇 점 줄 건데?"

"오연희!"

혜윤의 으름장에도 해진은 진지하게 점수를 고민해서 소리쳤다.

"레이는 95점!"

"에계, 컴퓨터 합성 미남이란 소릴 듣는 안레이도 겨우 95점?"

"내 취향에 살짝 미달이거든."

"아항!"

연희와 웃고 떠드는 해진에게선 쾌활하고 행복한 오라가 발산되는 듯했다.

"언니는 몇 점?"

해진이 갸웃하며 물었다. 해진이 비스듬히 고개를 틀며 갸웃거리면 그녀는 좀 더 몽롱한 표정이 되곤 한다. 그 모습이 묘하게 퇴폐적인 섹시함을 풍기는데, 그녀의 이런 모습을 볼 수 있는 것 또한 혜윤과 연희뿐이다.

"난 56점."

"이모, 아까부터 묘하게 정확한 그 수치……."

"저놈은 주식 잘못해서 말아먹었어. 그래도 유성 첫째 아들이라 뒤가 든든해."

"아……."

화면이 바뀌고 해진은 또 보자마자 점수를 외쳤다.

"60점!"

"난 64점. 해진아, 생긴 걸로만 점수 매기지 말고 프로필 좀 꼼꼼히 읽어보면 안 되겠니?"

혜윤이 옅은 한숨을 쉬며 말했지만 역시나 해진의 대답은 한결같았다.

"언니, 일단 생긴 게 우선이야! 난 첫째도 둘째도 잘생긴 남자가 좋아!"

"냅둬요, 이모. 해진 언니를 누가 말려……."

"다음!"

"85점!"

"77점."

"오! 지금까지 최고! 누군데 그래요?"

"한산의 한유민."

혜윤은 화면의 남자들 프로필을 거의 다 꿰고 있었고, 연희가 미묘하게 정확하다는 점수도 알고 보면 거의 사전에 매긴 수치였다.

"아, 그래요? 나이가…… 스물여덟 살? 나이도 좋고! 생긴 것도 나쁘지 않고……."

"하지만 잘 봐! 현재 누굴 사귀고 있는지."

"어? 예이나?"

예이나는 국민 여신이라고 불리는 배우다. 얼굴과 몸매, 연기로 최고의 주가를 자랑하는 스타 중의 스타.

"언니, '그' 예이나? 맞지?"

해진이 고개를 번쩍 들며 소리쳤다. 여태 남자들 생김새 말고는 관심 없어 보이던 그녀가 처음으로 강한 흥미를 보이고 있었다.

"그래, 그 예이나."

"오호!"

해진이 가볍게 휘파람까지 불자 연희도 그제야 두 사람의 대화를 따라잡으며 물었다.

"응? 언니, 이모? '그' 예이나라니요?"

"우리 드라마 주연!"

"드라마 만들 거거든!"

동시에 나온 두 여자의 대답에 연희는 더 혼란스럽기만 했다.

"드라마요? 헉! 언니랑 이모 드라마 만들어요? 어떤 거요? 예이나가 TV로 컴백해요? 와! 그럼 남자주인공은……."

"오연희, 스탑! 아직은 비밀! 확정되면 알려줄 테니 누구에게도 말하면 안 돼! 다음!"

연희의 궁금증은 더 커져만 갔다.

한류스타 예이나가 출연하는 새 드라마, 그것도 이모와 해진이 벌이는 일이라니 더욱 궁금할 수밖에. 그러나 혜윤이 스탑을 외친 이상 답을 듣기는 포기해야 한다. 하여간 두 여자는 너무 비밀스럽고 너무 친밀하다.

그런데 연희가 리모컨을 누른 순간 해진이 벌떡 일어나며 소리쳤다.

"어……? 100점! 언니, 저 남자 100점! 아니, 200점!"

"뭐야? 누군지는 알아?"

"……몰라, 몰라! 잘생겼어!"

"하!"

"못 말려!"

연희와 혜윤이 똑같은 표정으로 한숨을 내쉬었다. 그녀들은 해진의 기행에 고개를 젓느라 그를 아느냐는 질문에 해진이 살짝 망설였음을 놓치고 말았다.

"와, 언니 말대로 잘생기긴 했다. 정말 연예인 뺨치는 조각 미남이네……. 누구…… 아! 환인의 정강현!"

연희가 화면 속 남자의 프로필을 읽는 동안 혜윤이 냉정하게 점수를 매겼다.

"52점."

"언니! 나는 100점이야!"

"말했지! 얼굴만 보지 말라고. 정강현. 서른두 살. 사생아에 위태로운 후계 자리. 환인 회장의 마음을 사지 못했다는 소문에 육촌과 경쟁하는 데다 죽은 계모의 줄에 섰던 이사들의 견제에 언제 떨려날지 모르는 사람이야."

"그래도 난 저 사람, 무조건 1순위!"

"하지만 해진 언니…… 나도 들은 이야기가 있는데……."

연희가 걱정스러운 얼굴로 한마디 보태자 혜윤이 먼저 관심을 보였다.

"뭔데? 말해봐."

"아, 그게 말이죠……. 얼마 전에 우리 회사에 내 밑으로 후배가 들어왔거든요. 이종격투기 하던 남자인데 잘나갔으면 K—1에도 진출할 수 있었대요. 그런데 저 사람에게 깨졌다는데요? 해진 언니! 언니는 우락부락, 운동하는 사람 싫어하잖아?"

"저 사람은 우락부락하지 않잖아!"

해진은 화면을 향해 이미 반쯤 녹아버린 눈을 하고 있었다. 해진이 안레이보다 열광하는 미남 슈퍼스타 반기준에게도 저런 눈을 하진 않았다.

"도진 개진."

혜윤이 코웃음 쳤다.

"언니!"

"근육질들은 다 똑같아."

"언니는 너무 냉소적이야."

"넌 얼굴을 너무 밝혀."

"그건 내 취미거든?"

"지금 네 취미 활동 중이니?"

"……."

"것 봐. 그러니까 좀 더 진지해져 봐."

"내가 진지하지 않은 것 같아?"

"……."

연희는 두 여자의 공방에 눈을 또록또록 굴리며 눈치를 봤다. 여태 잘 웃고 떠들다가 혜윤이 침묵하며 분위기가 살짝 가라앉으려 했다. 하지만 두 여자가 진지하게 싸우는 것 또한 말이 되지 않는다.

입을 쑥 내밀고 혜윤을 노려보는 척하는 해진의 표정은 심술 난 아이 같은 표정이었다. 그러다 그 큰 눈에 그렁그렁 눈물이 맺힐 듯 보이자 언제나처럼 혜윤이 먼저 손을 들었다. 세상에서 저 차가운 도시 마녀를 이기는 사람은 역시 해진뿐.

"미안. 그럼 정강현 저 사람이 현재까지 1순위."

"얏호!"

언제 눈물이 맺혔냐는 듯 금세 환호성을 지르는 해진이 TV 화면으로 고개를 돌리며 싱글벙글 웃었다.

화면에 빨려들 듯 '정말 잘생겼다!'를 연발하며 아이스크림을 떠 먹는 해진에게선 스스로 주장하던 진지함은 추호도 찾아볼 수 없었다.

그 시각. 해진이 100점을 부르짖게 한 당사자, 강현이 며칠동안 계속된 재원의 애원에 못 이긴 척 클럽 FM으로 들어가고 있었다.

그곳이 바로 세 여자가 아이스크림을 먹으며 신랑감 점수를 매기던 천일호텔 방 17층 아래에 있는 지하라는 것은 아무도 모를 일.

인연의 실은 이미 물레에 걸쳐져 있었다.

2. 발칙한 청혼

"후…… 우!"

해진은 크게 한숨을 들이쉬었다. 두근거리는 가슴이 자꾸만 그녀의 용기를 잡아먹는 것 같았다. 해진은 작게 기합을 넣으며 손을 꼭 잡았다가 폈다.

너무 긴장하는 것도 좋지 않지만 말을 끝내기도 전에 쫓겨날 수도 있는 처지라 긴장하지 않을 수가 없다. 하지만 '혐'을 생각하면 없던 용기가 불끈 샘솟는다.

"후……!"

엘리베이터가 멈추는 소리에 해진은 다시 길게 심호흡했다. 하지만 그녀의 긴장은 엘리베이터 문 앞에서 기다리는 여자 앞에선 흔적도 없이 사라지고 없었다. 아마 계속 긴장했다 해도 얼굴의 반을 가리는 선글라스 때문에 알아보지도 못했겠지만. 덕분에 그녀는 대외적으로 알려진 것처럼 도도하고 냉정한 얼음인형처럼 보였다.

30대 중반 정도의 아래위로 연한 베이지색 정장을 갖춰 입은 한눈에 봐도 깐깐해 보이는 인상의 여자가 해진을 향해 정중하게 인사했다.

"안녕하세요. 강해진 님 되십니까?"

"네, 강해진입니다."

"저는 정강현 기획이사님의 비서실장 윤이수라고 합니다. 기다리고 있었습니다. 이쪽으로 오십시오."

윤이수를 따라 조금 걸어 들어가자 곧 사무실에 도착했다. 두꺼운 문에 윤이수가 대신 노크를 하고 문을 여는 순간, 안에서 여자의 카랑카랑한 목소리가 들려왔다.

"당신, 내가 당신을 갖겠다잖아? 나, 연이화가 당신, 정강현을!"

와우!

해진은 소리 없이 감탄했다. 대단한 자신감이다. 해진은 목적을 잠시 망각하고 카랑카랑한 목소리의 여자를 응원했다. 하지만 다음 말로 응원을 취소했다.

"나, 당신을 받쳐 줄 수 있어요! 내가 원하면 우리 아빠가 다 줄 거예요. 우리 아빠만 힘써주면 그깟 후계자 다툼 따위 할 필요도 없을 거예요. 당신이 이기게 해줄게요. 응?"

쳇, 그 자신감은 여자의 것이 아니었다. 하지만 흥미진진하긴 하다. 여자가 아닌 남자가.

해진은 눈을 동그랗게 뜨고 두 사람을 지켜보기 시작했다.

"하룻밤 대가가 그리도 크나? 내 몸값이 비싸긴 하지만 연 회장이 날 하루 사는 값으로 몽땅 다 바치려고 하는 줄은 몰랐군. 그렇다면 고려해 볼게. 그리고 비서실에 전화하라고 했지, 이렇게 쳐들어오는 건 곤란해!"

심드렁하니 피곤한 얼굴로 저렇게 차가운 목소리가 나올 수 있다니. 할 수 있다면 해진은 지금 남자의 표정을 찍어두고 따라 해보고 싶었다. 타고난 표정일까? 혜윤이라면 바로 따라 할 수 있을지도…….

해진은 제가 온 목적을 완벽히 망각하고 구경에 몰두했다.

"어떻게 그런 소리를 감히!"

"계약서!"

"뭐?"

"고려해 본다고 했잖아. 연 회장이 모든 걸 주겠다는 계약서를 작성해 와. 그럼 내가 특별히 이틀 밤으로 늘려줄 수도 있어. 내 몸값이 비싸긴 하지만…… 두 번은 해줄 수도 있지."

남자가 여자의 위아래를 눈으로 훑으며 입술을 늘렸다. 미소가 그토록 잔인하고 차가울 수도 있었다.

하나 더 배웠다. 해진은 찬탄했다.

"정강현 씨!"

"아, '감히'라는 건 그런 말을 할 자격이 있는 사람이 하는 거야. 너한테 이름 허락한 적 없다고 했지? 심부름 같은 핑계로 여기까지 온 건 이번으로 끝이야. 꺼.져!"

악을 쓰듯 소리치는 연이화에게 남자는 말 한마디도 아깝다는 듯 윤이수를 향해 눈짓했다. 구경꾼이 있었다는 것은 이미 알고 있었다는 듯 해진을 스치는 그의 눈빛은 무심하기만 했다.

"나가시죠."

윤이수가 강현에게 막 끼얹으려는 찻잔을 빼앗으며 연이화의 팔꿈치를 잡았다.

"이거 안 놔? 놔! 내가 누군데? 나, 연이화야!"

난동을 부리는 여자를 윤이수와 비서실에 앉아 있던 남자 비서가 함께 끌어냈다.

해진은 그 장면을 홀린 듯 바라보다가 가까스로 표정을 바로 했다.

따지자면 연이화라는 여자와 해진이 온 목적은 같았다. 자신도 용건을 꺼내자마자 연이화처럼 쫓겨날 가능성이 높았다. 문이 닫힌 걸 확인하며 해진은 선글라스를 벗고 자리에 앉았다. 하지만 다음 순간 저를 바라보는 그와 눈이 마주치자 혼비백산할 뻔했다.

그의 눈이 묻고 있었다. 이번엔 너냐고.

얼이 빠진 해진은 저도 모르게 그렇다고 답할 뻔했다. 가까스로 그런 멍청한 답은 하지 않았지만 대신 그의 얼굴에 다시 혼이 팔리고 말았다.

잘생겼다. 화면으로 보던 것보다 더.

그를 바라보는 해진의 얼굴은 간신히 뒤집어쓴 가면이 풀린 것도 모자라 몽롱해 보이기까지 했다. 해진은 정말 할 말을 까맣게 잊고 말았다. 그에게 제안할 것, 그녀가 줄 수 있는 것들, 배경, 조건, 계약 등등 모두. 대신 그녀의 가슴은 울컥한 감격을 토해내고 있었다.

'정말 당신이구나……. 만나고 싶었어요…… 다시!'

강현은 말은 하지 않고 저만 뚫어지게 쳐다보는 그녀에게 말했다.

"용건은?"

"아, 저……."

"뭐라고 할지 짐작은 하는데 말해!"

꽤 짜증스러운 어투였다. 빨리 치워 버리고 싶다는 표정이 역력한 남자에게 해진이 드디어 달싹이기만 하던 입을 열었다.

"우리…… 연애할래요?"

"……!"

"……!"

짧은 침묵이 흘렀다. 놀라움과 의심, 당황과 경악이 차례로 두 사람 사이를 스쳐 지나갔다.

"아, 하하하하. 그게……."

수습하기 위해 해진은 일부러 소리 내어 웃어보았지만 더 어색해지기만 했다.

생각만 한 줄 알았다. 그런데 눈앞에서 일그러지는 강현의 얼굴을 보니 정말 그 말을 입 밖에 낸 모양이다. 강현의 얼굴이 차츰 분노로 굳어지고 있었다.

'이게 아닌데……'

제가 터뜨린 대형 폭탄에 해진도 어쩔 줄 모른 채 눈에만 힘을 주며 깜빡였다. 하지만 강현에겐 그 모습이 교태를 부리는 것처럼 보였다.

"정신 나갔나? 그 얘기를 하자고, 환인물산 주식을 걸고 약속을 잡아?"

방금까지 그야말로 '정신 나간' 여자를 상대하던 여파 그대로 강현이 사납게 소리쳤다. 어지간한 사람이라면 두려워할 그 사나운 기세에 해진은 겁먹는 대신 고개만 갸웃했다. 아직도 그녀는 얼이 빠진 모습이었다.

"강해진 씨, 당신도 나와의 하룻밤을 원하나?"

강현은 이제 경멸을 숨기지도 않았다.

"아……!"

해진이 탄성인지 한숨인지 모를 소리를 내며 눈을 깜빡였다. 당장에라도 사람을 불러 저를 쫓아내려는 강현의 몸짓에 해진은 그제야 정신을 차리며 다시 한숨을 쉬었다.

"아……."

정말이지 이 모습을 혜윤이 보지 않은 것이 다행이다. 인터폰을 누르려는 강현 때문에 얼음물을 맞은 듯 정신이 번쩍 깨인 해진이 재빨리 말했다.

"미안해요. 다시 말할게요. 제가 온 이유는…… 당신에게 청혼하기 위해서예요."

뒤늦게 가면을 뒤집어쓰며 말하려 했지만 가면이고 뭐고 다 벗겨졌다. 그리고 너무 급하게 말하느라 협상의 기본인 우위를 점하기는커녕 처음부터 밑천까지 다 까발려졌다.

"하!"

강현은 이번에야말로 어이없는 웃음을 흘리며 고개를 저었다.

"다들 정신 나갔어."

들으라는 듯 중얼거린 그 말에 해진은 할 말이 없었다. 그런데 할 말이 하나도 생각나지 않는 걸 보면 그녀도 제정신이 아닌 것 같긴 했다.

"그래서, 넌 뭘 줄 건데?"

"네?"

"넌 뭘 줄 수 있느냐고? 아까 그 정신 나간 여자는 제 아버지 재산을 다 들어 바치겠다고 하던데, 넌 뭘 줄 건지 말해봐."

쫓아내려는 질문이었다. 알긴 했지만 아무튼 그 답은 혜윤과 미리 준비했었다.

해진은 산방그룹의 무남독녀이자 정계에서 아직도 이름값이 높은 고(故) 유근연 옹의 외손녀다. 그녀는 세간에서 말하는 최고의 혈통을 가진 신붓감이었다. 속된 말로 질 좋은 텃밭, 순종의 암말이다. 가장 잘난 배경을 다 갖추었으나 사생아라는 혈통에서 밀려날 그가 지금 가장 필요할 조건. 거기에 환인 주식이라는 카드를 휘두르면 표면적으로 경쟁자인 정강운을 누를 수 있다. 그게 본래 대답이었다.

해진은 그 모든 설명을 단 한 마디로 축약했다.

"……당신의 후계자를 낳아드릴게요."

강현은 어이없다는 표정조차 짓지 않았다. 오히려 그의 표정은 좀 전보다 차갑게 굳어버렸다. 당황한 해진의 앞뒤 다 자른 말에도 강현은 후계자라는 한마디에 그녀가 해야 했던 설명을 모두 알아들은 뒤였다. 그는 솟아오른 모멸감을 주먹 속에 감춘 뒤 비웃음을 감추지 않으며 입을 열었다.

"꽤 구미가 당기는 제안이긴 하지만…… 거절하겠어. 그런 시답잖은 제의에 내 인생과 자유를 저당 잡힐 생각은 없어! 그만……."

그에게서 나가라는 말이 떨어지기 전 해진은 다시 소리쳤다.

"자유, 줄게요. 절대 간섭하지 않을게요! 서로 자유롭게 살아요. 내 소원이 바로 '사랑' 하는 거거든요. 그래서 그쪽에게 먼저 연애하자고 했던 거예요. 하지만 정 싫다면 아이만 낳으면 깨끗이 헤어져 줄게요. 약속해요."

거절당할 줄은 알았지만 그래도 그에게는 최선을 다하고 싶었다. 그러나 그녀의 최선은 이제 그에게 황당함을 넘어 분노를 일으킨 것 같았다. 강현이 일어나 문을 가리키며 소리쳤다.

"할 말 다 한 것 같은데 이만 나가!"

"……."

해진은 조용히 일어났다. 더는 추하게 굴 수 없었다. 자신에게도 못 할 짓이고 그에게도 민폐였다. 다행히도 문이 닫힌 덕분에 그녀는 연이화처럼 구경꾼이 있었던 것도 아니고 억지로 끌려 나가지는 않아도 되었다.

"시간을 빼앗아 죄송합니다. 안녕히 계세요."

그에게 정중히 인사한 해진은 마지막으로 닫힌 문을 한 번 뒤돌아보며 마음속으로 다시 한 번 더 인사를 했다.

'한 번은 만나고 싶었어요. 만나서…… 반가웠어요. 안녕.'

실수는 있었지만 후회는 남지 않았다. 해진은 예의 차가운 미소와 함께 얼굴의 반을 가리는 선글라스를 덮어쓴 채 건물을 빠져나왔다.

✻

"휘유……! 너, 오늘 청혼 받았다며?"

재원이 휘파람을 불며 강현의 사무실로 들어섰다.

"기획실 비서들 입이 그렇게 가벼운가?"

눈썹을 치켜뜨는 강현에게 재원이 과장되게 움츠리며 고개를 저었다.

"설마, 윤 실장이 그럴까 봐? 너만 보면 부들부들 떠는 신참 우상엽이 그랬을 리도 없고……. 그 여자 고함이 보통이었어야 말이지. 복도까지 다 들렸거든. 아! 걱정하지 마. 다른 직원들이 들어오는 건 내가 쫓아버렸거든."

연이화가 멋대로 찾아와 난동을 부린 거지만 강현의 틈을 파려 눈에 불을 켠 정강운에게 이마저도 괜한 빌미가 된다. 연이화가 왔다는 소리를 듣자마자 재원은 우상엽을 복도 끝에 세우고 반대편으로 직원들을 돌려보내 그녀의 난동은 사내에 퍼지지 않았다.

"연이화, 그냥 넘어갈 것 같지는 않았는데 역시 뒤끝이 장난 아니네."

"역시라니?"

"그날 너랑 FM에서 헤어진 뒤에 그 여자 광분했다는 소식은 이미 들었거든. 어려서부터 오냐오냐해서 제 맘에 든 걸 못 가져본 적이 없다더라. 사람이든 물건이든. 제 맘에 안 들면 부수는 것도 일쑤고. 그 참에 네가 눈에 들어온 거야. 여태 사귀어온 남자들이야 그 여자 외모와 재력에 안 넘어간 사람이 없었는데 넌 튕기니 몸이 달았겠지. 아마 '날 거절한 남자는 네가 처음이야', 이거였을걸?"

코웃음 칠 가치조차 없는 여자였다. 즉시 뇌리에서 지운 강현은 다시 일하기 위해 책상 위의 모니터 세 개 중의 하나로 고개를 돌렸다.

하지만 이 정도로 돌아서면 재원이 아니다.

"그런데 네 사무실에 한 사람 더 들어가는 거 봤는데…… 문 닫히는 거 보고 난 그냥 돌아섰지."

돌아서긴. 끝까지 지켜보다가 여자가 가자마자 곧장 나타난 거다 안다.

강현의 표정이 짜증스럽게 변했지만 재원의 궁금증은 멈출 줄 몰랐다.

"두 번째 여잔 누구야? 눈에 익을 듯 말 듯했는데……. 내가 모르는 그런 미인이 있었나?"

세상 여자들을 다 알아야 한다는 듯한 그 뻔뻔함이 우습지만 강현은 재원이 강해진을 못 알아본 것이 더 의아했다. 그녀에 대해 먼저 알려준 것이 재원이기 때문이다.

강해진, 그 여자가 연이화보다 더 황당했다. 어리바리하고 아방해 보이는 이 여자를 보고 얼음인형이라고 했던가? 그 맹한 여자에겐 절대로 가당찮은 별명이다. 재원의 정보력을 의심해 봐야 할 것 같았다.

"강해진."

"뭐?"

"강해진이라고."

"……산방의 강해진?"

"응."

"무슨 명목으로 만나자고 했는데?"

"환인물산 주식 3%의 행방."

"뭐? 그럼, 서한국이 말아먹은 주식을 사간 사람을 안다는 거야? 물어봤어?"

3년 전, 강현의 계모 서진영이 죽었다. 서진영은 죽어도 죽을 것 같지 않던 독한 여자였지만 허망하게도 단순한 교통사고로 죽었다.

그때 그녀가 지녔던 3% 주식이 서진영의 동생 서한국에게 상속됐다. 하지만 도박에 미친 서한국은 그 엄청난 재산을 한순간에 날려 버리고 말았다. 워낙 순식간이라 정 회장도 손쓸 새도 없이 사라졌는데 여태 소유자를 알지 못하고 있었다.

"물어볼 새도 없었어."

그전에 쫓아냈다는 말이다.

"아니, 왜? 뭐라고 했는데?"

"청혼하던데."

"뭐?"

"정확히는 후계자를 낳아주겠다고 하더라."

연애하자고도 했다. 그 말은 재원에게도 말하고 싶지 않았다. 정말이지 황당하고 어이없는 데다 불쾌하기도 했다.

"오늘 정강현의 여난(女難)의 날이었구나! 아무튼, 최고의 베팅이네. 천하의 정강현을 상대로 배포 큰데?"

"그게 배포가 큰 거야? 결혼 장사가?"

강해진도 분명 그가 '결혼 장사'라 부르는 제안을 하러 왔다. 하지만 그 여자는 왠지 그런 말이 어울리지 않는 것 같았다.

연애하자는 말 때문일까, 아니면 그 특유의 맹한 표정 때문일까? 그렇게 감정을 다 드러내는 여자는 처음 봤다. 여지없이 반한 표정에 대놓고 저를 감상하기까지 했다.

그는 서진영이 틈만 나면 팔아 치우기 좋다고 하던 제 얼굴에 홀리던 여자들을 보면 속이 뒤틀렸다. 그런데 그 멍한 여자의 표정엔 속이 멀쩡했던 것 같다. 왜였지?

그러나 결국 그 여자도 목적은 마찬가지였다. 연이화나 그 여자나.

강현은 의문을 떨쳐 버렸다.

"그래서 뭐라 그랬어?"

"당연히 쫓아냈…… 대답을 들어야 알아? 이 변, 오늘까지 피닉스 5 부품 조달 업체 선정 건 보고한다고 했지? 다 된 거야?"

무의식중에 그 재밌는 여자라면 다시 봐도 그리 기분이 나쁠 것 같지 않다는 생각을 하던 강현은 지레 놀라 거의 전투적으로 업무로 화제를 전환했다.

피닉스 5는 시계형 스마트폰으로 팔목에만 차는 게 아니라 작은 손잡이, 팔목, 핸들 등 어디든 부착 가능한 신형 스마트폰이다. 바이크와 사이클을 즐기는 스포츠인은 물론 손이 불편한 장애인과 짐이 많은 현대인 등 일반인 모두에게 광범위하게 적용될 수 있는 차세대 모델이었다.

피닉스 5는 환인 5대 사업 통신, 가전, 유통, 건설, 홈쇼핑 중 가장 큰 매출을 가져올 알짜 사업이다. 그걸 강현이 주도하고 계획한다는 것을 회사 내에서 아는 사람은 손꼽는다. 그룹의 가장 큰 줄기를 이미 강현이 틀어쥐고 있는 것이다. 그것도 모르면서 감히 정강운이 환인 후계자라 떠드는 자들을 생각하면 재원은 혀를 찰 뿐이다.

하지만 대외적으로 강현은 기획이사로서 가장 일을 많이 하며 가장 혹사당하면서 정강운에게 공을 가로채이는 것만은 사실이다. 골이 깊은 조손간을 생각하면 소문이 맞는 것 같다가도 정작 중요한 일은 강현의 뒤를 받쳐 주는 정 회장이다.

재원은 그것 때문에 그룹에서 파가 흔들리는 걸 뻔히 두고 보는 정덕철 회장의 속내를 알 수가 없었다.

강현이 이름 대신 '이 변'이라 부른 이상 더는 말하지 않겠다는 신호였다. 이제 더는 졸라봤자 좋은 소린 못 듣는다는 걸 아는 재원은 만세를 부르듯 손을 들었다.

"어이, 어이! 아직 2시도 안 됐어. 이제 막 점심 숟가락 뗐다고."

"점심시간 끝난 지 한 시간이 돼가는데 이제 막이라니! 4시까지 가져와!"

"네, 네, 이사님!"

재원이 툴툴거리며 강현의 방을 나갔다.

재원은 매사에 건들건들한 것 같았지만 일에 관해선 철저했다. 대답한 이상 한 치의 오차도 없는 보고서를 들고 올 것이다.

강현은 다시 모니터로 고개를 돌리며 오늘 두 여자 때문에 허비한 시간을 보충하기 위해 화면에 집중했다. 두 여자는 금세 그의 기억 저편으로 묻혀 버렸다.

*

"에효……."

해진이 기다리던 차에 올라타며 한숨을 내쉬었다. 한숨만 들어도 알 수 있는 결과였지만 연희가 물었다.

"언니, 정강현이 뭐래? 싫대?"

"응."

"에고, 언니가 100점을 부른 사람이었는데 안 돼서 어째. 이모는 실패율 99% 확신하고 있던걸. 그래도 이모는 좀 도와주지. 약속만 잡아주고 언니한테 직접 가라고 한 것부터가 안 되라고 저주를 퍼부은 거야."

"그런 말 하지 마. 그 약속 잡는 것부터가 관건이었어. 힘들게 만나게 해주고 그 사람과 협상할 거 조사해 주고 다 했잖아."

"그럼 뭐 해. 안 될 거라고 팍팍 얼굴 구기면서 잘 갔다 오라 하고서는 벌써 한산의 한유민과 접촉할 계획을 짜던걸? 그땐 보호자로 따라갈 거라고 옷도 고르더라."

"그랬어? 언니도 참, 못 말려."

어느새 담담해진 해진이 피식 웃었다. 100점이라던 사람에게 청혼하고 거절당하고 돌아가는 길이었지만 아쉬움도 보이지 않았다. 차라리 후련해 보였다.

"금방 도착하니까 빨리 옷부터 갈아입어!"

"응, 갈아입고 있⋯⋯! 앗!"

"왜, 언니!"

"어떡해! 아까 가발을 막 쑤셔 넣었나 봐! 마구 헝클어졌어!"

"어쩌다 그랬어? 내리기 전에 내가 빗겨줄게!"

"응, 고마워."

연희는 백미러로 속옷 차림으로 변해가는 해진을 보며 차량의 물결로 능숙하게 진입했다.

달리던 차가 어느 거리에서 서고, 차에서 내리는 해진의 모습에선 방금 전의 모습은 찾아볼 수 없었다. 길게 굽실거리는 파마머리와 야구모자, 짙은 청색의 스키니 위에 체크무늬 레이어드 남방을 걸친 평범한 대학생처럼 보이는 여자를 눈여겨보는 이는 없었다. 그 차림으로 한 블록 정도 걸은 해진이 어느 건물 안으로 들어갔다.

잠시 후, 건물을 빠져나오는 해진의 모습은 또 달라져 있었다. 우아하게 틀어 올린 머리와 몸에 딱 맞게 무릎까지 오는 맞춤 정장을 입은 모습은 세련된 귀부인을 연상케 했다.

강현을 만날 때는 평범한 정장으로, 원래 그녀의 스케줄 속에 있었던 마사지숍부터 연희가 모는 차까지는 캐쥬얼하게, 다시 공식적으로 보여도 되는 자리에선 집에서 입고 나온 옷으로. 일부러 해진을 쫓는 이가 있었다 해도 장소마다 달라진 그녀를 알아보긴 어려울 것이다.

해진이 집으로 돌아갈 때 그녀를 태우는 차는 연희가 모는 차가 아니었다. 혜윤이 먼저 차 문을 열고 해진이 올라타자 안에서 중년의 남자 운전기사가 그녀에게 말을 걸었다.

"댁으로 모실까요, 아가씨?"

"네, 가주세요."

정강현을 만나기 위해 긴장하던 모습이나 연희와 수다를 떨며 한숨을 폭 쉬던 여자는 어디에도 없었다. 옆좌석에 같이 올라탄 혜윤에게도 일절 말을 걸지 않는 해진의 얼굴엔 표정이 없는 듯 보였다.

집에 도착하자 거대한 문이 그녀를 반겼다. 차에서 내려 도우미가 반기는 모습에도 짧게 인사하는 모습마저 꼿꼿하던 해진이었지만 방에 올라가 문을 닫는 순간 돌변했다.

"언니! 부탁인데, '것 봐! 내가 뭐랬어!' 이 말만은 생략해 줘!"

양손을 깍지 낀 채로 얼굴 위로 든 해진의 모습이 처량한 강아지 형상이었다. 그 모습에 금세 마음이 약해진 혜윤이었지만 금세 눈매를 굳히며 짧게 코웃음 쳤다.

"흥, 그래서?"

다 불어!

눈으로 이글거리는 혜윤에게 해진은 끙끙거렸지만 그렇다고 혜윤이 그녀를 봐주진 않았다. 결국 해진은 팔짱을 끼고 버티는 혜윤에게 정강현을 만난 이야기를 차근차근 설명하기 시작했다.

"그게 말이지……. 망신, 정말 대망신이었어. 나 왜 그랬을까?"

혜윤은 그럴 줄 알았다는 말 대신 얼굴을 붉으락푸르락하는 해진의 고백을 새침한 표정으로 들어주었다. 그렇지만 환인 주식 얘기는 꺼내보지도 못하고 엉뚱한 말을 했다는 말엔 기함하지 않을 수 없었다.

"뭐? 뭐라 했다고……."

"그게…… 나랑…… 연애…… 하자고."

"하!"

혜윤은 차마 해진에게 눈을 부라릴 수 없어 천장을 쳐다보았다. 해진이 그녀의 눈치를 보며 조그맣게 다시 말을 이었다.

"너도 청혼하러 왔느냐는 말에 머릿속이 하얘지면서 아무 생각이 안 나더라고. 그래서……."

"그래서?"

"후계자를…… 후계자를 낳아주겠다고 했어."

해진이 눈을 질끈 감고 외쳤다.

"뭐어!"

"하지만 언니! 머리 좋은 사람이라 그런지 그것만 말해도 다 알아들은 것 같더라. 너는 부족한 천출, 나는 혈통 좋은 암말. 뭐, 그런…… 거?"

해진은 뒷말을 할까 말까 눈을 굴렸다. 혜윤이 그런 눈치를 모를 리 없다.

"또!"

"또?"

"그걸로 나가라고 한 건 아닐 텐데? 뭐라고 더 했어?"

"그 남자가 나보고 나가라고 한 건 어떻게 알았……? 히익!"

혜윤이 팔짱 꼈던 손을 풀려고 했다. 마녀가 손을 풀면 고문 마법이 펼쳐진다. 무한정 간질이기라는 절대 이길 수 없는 고문이다.

"자기 인생과 자유를 저당 잡힐 생각이 없대……. 그래서 자유, 준다고……. 그래서 내가 절대 간섭하지 않는다고 했어. 내 소원이 '사랑' 하는 거라서……. 아이만 낳으면 깨끗이 헤어져 준다…… 고."

"……."

해진은 혜윤이 말을 잃게 만드는 유일한 존재였다. 그것도 이렇게 황당함으로. 그리고 불을 뿜게도 만드는 존재였다.

"야!"

"어맛, 깜짝이야!"

"네가 룰루랄라 신이 나서 갈 때부터 알아봤다! 그렇게 홀딱 반해서 달려가더니 간도 쓸개도 다 빼주고선 그것도 거절당해서 와? 이 맹추야!"

"아이 참. 언니, 그게……."

뭔가 변명하려던 해진은 사나운 혜윤의 눈초리에 눈만 또르르

굴렸다.

"그 남자 앞에서도 이렇게 헤실헤실 웃다가 왔어?"

"……."

침묵의 긍정이다. 혜윤은 다시 천장을 봐야 했다. 그런데 복장 터지는 대답이 들려왔다.

"그런데 실물로 보니 더 잘생겼더라……."

"하! 남자에게 청혼하고 쫓겨났으면서도 아직도 그치가 잘생겼다며 침을 흘려?"

"생각이 아니라 실물이 훨씬 더 잘생긴……."

"강해진!"

"아우, 언니이!"

거의 거품을 물기 직전인 혜윤에게 해진은 다시 손을 모으고 아양을 떨어댔다. 다음 상대는 반드시 혜윤의 말대로 따를 것이며 얼굴만 보고 결정하진 않겠다고.

"그런데 언니? 나 실패할 줄 알았다며?"

"연희가 그래? 흥, 그럼 넌 정강현이 네 한마디에 어서 옵쇼, 할 줄 알았냐?"

"어. 그건……."

해진이 생각해도 그건 아니었다. 그래도 그는 그녀가 직접 청혼하고 싶은 남자였다. 시도했고, 거절당했다. 미련은 없다.

"다음은 한유민 맞지?"

"응, 빨리빨리 진행하자."

"흥! 연희 말로 언니가 내 실패를 점치고 벌써 한유민과 접촉하려고 했다던데?"

"연희 고 계집애를 그냥!"

"아하하! 왜 연희에게 불똥을 튀기고 그러셔? 아무튼, 한유민 그 사람, 예이나와 뜨거운 사이라고 했잖아. 헤어지려 할까?"

"흣! 아무리 뜨거우면 뭘 해. 결혼할 사이는 아니잖아? 하지만 너 괜찮니? 2순위 안 바꿀래? 엔조이하던 여자 두던 남자랑 결혼하긴 찝찝하잖아?"

"언제, 몇 명이냐의 차이지, 그중에 그런 상대 없는 사람이 없잖아. 그리고…… '형' 보다는 낫잖아."

"너, 결혼, 그냥 안 하면 되잖아!"

"언니, 나 결혼할 거야. 결혼하고 아이도 낳고 하려고……."

해진의 눈이 '묻지 마!' 라고 하고 있었다. 혜윤은 터지려는 한숨을 감춰야 했다.

"한유민은 뭘 협상 카드로 내밀어야 해?"

무표정하게 묻는 해진의 눈빛이 어느새 서늘해져 있었다.

정강현에게 청혼하러 갈 때 보이던 그 기대와 반짝임이 진심이었니, 해진아?

"돈."

"쉬운 조건이네. 뭐 하느라?"

"최근 진행하는 사업에 자금이 달려. 인도네시아 현지 공장에 쇼핑몰을 진행하고 있는데 신흥 G7 국가에 눈독 들이는 나라가 한둘이야? 그래서 실패율이 높은가 봐. 하지만 내가 보기에 자금력만 확보되면 성공률이 높아. 하지만 한유민 이 사람도 조심해야 해. 조건은 맞추기 쉽겠지만 너를 홀랑 털어먹으려 할 수도 있단 말이야. 그러니까 좀 더 냉정한 표정으로, 좀 더 도도하게……."

"응, 응……."

입으론 열심히 떠들면서도 약간 우울해 보이는 해진의 표정을 살피는 혜윤의 속은 펄펄 끓고 있었다.

이런 귀엽고 보물 같은 여자를 걷어찬 그놈이 바보 멍청이다! 보아하니 요 맹한 것이 정강현 앞에서 가면 벗겨진 채로 있다가 온 것 같았다. 그런데도 이 사랑스러운 여자를 걷어차다니, 정강현 이 너, 고자나 돼라!

이때 누군가가 오싹한 한기를 느낀 건 우연일 것이다.

아마도.

"한유민, 이 사람은 언제 만날 수 있어?"

"최대한 빨리 약속을 잡아보겠지만 사흘은 지나야 할 거야. 내 일 또 마사지 받으러 갈 수는 없잖아? 미용실 가는 약속을 잡아놓 을게."

"알았어. 고마워, 언니!"

해진이 방긋 웃으며 혜윤을 끌어안았다.

이런 해진을 보면 그 무서운 '복수'를 했다는 것이 믿어지지 않 을 일이다. 그것도 그렇게 어린 나이에!

그 모든 일을 지시받아 직접 해치운 장본인이 바로 자신이니 세 상에 비친 해진의 이미지도 영 거짓만은 아닐 것이다. 또 복수의 대미는 이제 마지막을 장식할 일이 남았다. 그것만 끝낸다면 해진 은 과거를 털어버리고 진짜 자신의 인생을 누릴 수 있을 것이다.

하지만 빌어먹을 강진만 같은 작자가 아버지라는 건 해진의 새 인생에 가장 큰 걸림돌이었다. 그러나 해진이 결혼만 하면 해결될 인물이니 걱정 없다.

혜윤은 즉시 한유민을 공략할 계획을 짰다. 정강현을 만날 때보다 더 신중하게, 더 비밀스럽게.

그러나 해진은 한유민을 만날 수 없었다. 그를 만나러 가기 위해 집을 나오던 날, 대문을 나서는 그녀의 손목을 잡아채는 억센 손길이 있었기 때문이다.

"앗, 누구……?"

"하, 누구냐고? 잠깐 보지!"

"어……?"

정강현이었다. 강현을 알아봄과 동시에 해진은 몇 걸음 끌려가 그의 차 안으로 떠밀려 들어갔다. 앗 하는 순간이라 대기하며 차 뒤편을 닦고 있던 운전기사는 그 장면을 놓치고 말았다.

뒤따르던 혜윤이 비명을 지르려 했지만 순간적으로 눈이 마주친 해진이 고개를 저었다. 그녀는 해진을 쫓아가는 대신 기사가 눈치채지 못하게 주의를 끌었다.

운전기사는 표면적으로는 해진을 모시는 사람이었지만 실질적으론 해진을 감시하는 강진만 회장의 스파이였다. 특히 해진이 강현과 만난 일은 철저히 비밀에 부쳐야 한다.

혜윤은 운전기사에게 심부름을 시켜 보낸 후 해진이 탄 차를 지켜보기 시작했다. 해진이 말려서 그냥 있긴 했지만 여차하면 당장 경찰이라도 부를 작정이었다.

"무슨 일이에요."

차에 밀쳐진 해진은 반쯤 얼이 빠진 채로 물었다. 아직도 그에게 갑자기 손목이 잡힌 것 때문에 그녀의 놀란 가슴이 다 진정되지 않았다.

강현이 머리카락을 거칠게 쓸어 올리며 소리쳤다.

"너, 대체 무슨 짓을 한 거지? 나랑 그렇게도 결혼하고 싶었나?"

"네?"

"그 결혼, 얼마나 목을 매기에 영감에게까지 뒷공작을 한 거지?"

해진은 '네?'만 되풀이할 수밖에 없었다. 다시는 보지 않을 사람이었다. 그런데 이 사람이 왜 잡아먹을 듯 으르렁거리는지 이해할 수가 없었다.

눈만 동그랗게 뜨고 쳐다보는 여자를 강현은 이를 악물고 노려보았다. 지난번에도 그랬다. 이 여자는 이렇게 눈만 깜빡이며 저를 한참 쳐다보았더랬다. 어딘가 백치미가 흐르면서도 천진해 보이는 얼굴이다.

강현은 소스라쳤다.

흥, 천진하다니. 웬걸! 제가 여기까지 달려오게 한 여자다.

✽

몇 시간 전, 강현은 정덕철 회장에게 불려갔다.

"너, 여자가 있었냐?"

"그게 무슨 말씀이십니까?"

"내, 묘한 소리를 들어서 그런다."

강현은 대번에 알았다. 사흘 전 일이 할아버지 귀에 들어간 것이다. 재원이 통제했는데도 말이 들어간 걸 보면 역시 회사 내에서 정 회장의 이목을 피할 수는 없는 모양이었다.

"별일 아니었습니다."

"그래……. 그럼 만나는 여자가 없다는 말이냐?"

"있으면 알아서 인사시키겠습니다."

인사는 개뿔, 그럴 일이 과연 있을까? 최소한 역겹지 않은 여자라도 만난다면 가능성이 있을지도.

언제나 그렇듯 조손간은 서로 비수를 숨긴 소리 없는 전쟁 중이었다.

"네 나이도 서른둘이다. 이젠 결혼해야지? 네 나이면 이른 것도 아니다."

"요즘 추세로 제 나이는 늦은 것도 아닙니다. 아직 할 일이 많습니다. 결혼에 신경 쓸 여력이 없습니다."

"일은 결혼해서도 할 수 있다. 통계를 봐도 결혼한 남자가 일을 더 잘한다."

"그래서, 정강운이 일을 더 잘한다고 말씀하시고 싶은 겁니까?"

강릉리조트 건에 정 회장이 말 한마디만 했으면. 그랬으면 그 모든 공을 수포로 날릴 필요가 없었다.

"네가 리조트 따위에 목을 맬 필요가 있느냐? 너는 피닉스에 온 정신을 쏟아도 모자란다. 허튼 데 여력을 낭비하지 마라."

"알겠…… 습니다."

할아버지가 리조트 건을 망친 이유는 단 하나다. 그곳이 강릉이기 때문이다. 하다못해 강릉만 살짝 벗어난 다른 지역이라도 그러진 않았을 것이다. 정작 강현은 그곳에 그가 태어나 자랐다는 기억이나 추억 한 조각도 없었다. 하지만 그의 할아버지는 그의 과거를 떠올릴 어떤 것도 허용할 생각이 없는 모양이었다.

그러나 이미 손을 떠난 일, 따져 봐야 소용없고, 더는 따지지 않을 것이다.

"아무리 생각이 없다 해도 결혼은 해야 한다. 네가 결혼할 생각이 없으면 다음엔 강운이에게 피닉스를 넘겨줄 게야."

"노망나셨습니까?"

"그게 할애비한테 할 소리냐? 버르장머리 없는 것!"

"정말 환인을 말아먹으려고 작정하신 겁니까?"

"환인을 네 대에서 끝내는 것보단 낫다."

"정강운이 손에서 끝장 내는 것보다 낫다고요?"

"그래도 강운이는 제 마누라가 아예 말아먹도록 두고 보지는 않겠지."

"하! 언제부터 김채연을 그렇게 믿으셨습니까?"

"결혼해라. 하지 않겠다면 피닉스 6 책임자는 정강운이 될 거다. 대외적으로 공표할 거야."

"회장님!"

"신붓감이 없으면 내가 골라주랴? 그게 싫으면 네가 데려와라. 하지만 아무나 데려오면 안 된다. 그룹 총수에 걸맞은 조건을 갖춰야지. 네 사무실로 찾아온 정도의 여자라면 굳이 말리진 않으마."

"결혼이 말만 꺼낸다고 뚝딱 되는 겁니까?"

강현은 자리에서 벌떡 일어났다.

그러나 정 회장은 자신이 한 말을 철회하지 않았다. 정 회장은 사업에 관한 한 농담을 하지 않는다. 특히 강현에겐. 오히려 쐐기를 박을 뿐이었다.

"이번 달 안에 결정해라. 네가 신붓감을 데려오거나…… 아니면 내가 소개해 주는 아이와 하거라. 허울 좋은 결혼이 아니다. 결혼해서 아이를 낳아야 네 자리가 굳건해질 거야. 그게 싫으면 피닉스를 강운이에게 넘겨주든지."

피닉스를 넘긴다는 것은 환인을 넘기는 것과 같은 말이다. 그 말을 끝으로 정 회장은 손을 내저어 축객령을 내렸다.

강해진, 깔끔하게 물러나는 척하더니 뒷구멍으로 수를 써? 괘씸한! 절대 그 여자를 가만두지 않을 테다!

머리끝까지 화가 나 무작정 달려온 참이었다. 여자가 집에 있는지조차 확인할 생각도 못 했었다. 그런데 도착하자마자 약속한 듯이 여자가 모습을 드러냈다. 딱 맞춰 나타난 여자를 잡아끌어 차에 태울 때만 해도 반쯤 정신이 나가 있었던 것 같다. 그러다 눈만 댕그랗게 뜨고 저를 쳐다보는 여자를 보며 차츰 이성이 돌아오기 시작한 강현이다.

'대체 무슨 짓을 한 건지!'

"정강현 씨?"

그녀가 의아하다는 듯 눈을 깜빡이며 그의 이름을 불렀다. 다시 울컥했다. 저 눈, 거슬린다. 왠지 저가 순진한 애를 윽박지르는 파렴치한이 된 듯한 기분이다. 잘못은 누가 했는데!

"누군지도 모르고 따라 탄 건가?"

그의 매서운 기세에 해진이 움찔하며 대답했다.

"내가 따라 탄 게 아니라 그쪽이……."

여전히 영문을 모르겠다는 듯 천진하게 깜빡이는 해진의 눈이 그의 화를 돋웠다.

"말해봐! 영감에게 무슨 공작을 한 거냐고!"

"네? 공작이라니요?"

해진의 눈이 더 동그래졌다. 놀라움을 한껏 드러내 입을 동그랗게 벌리며 쳐다보는 눈이 제법 천진해 보였다. 흥, 이런 식으로 발뺌하려고!

"어떤 뒷공작을 한 거야? 무슨 짓을 한 거야!"

"뒷공작…… 안 했는데요?"

해진은 여전히 동그래진 눈으로 갸웃했다. 너무 놀란 나머지, 혹은 반가운 나머지 해진은 횡설수설 떠들기 시작했다.

"그땐 그냥…… 청혼만 한 건데요. 오늘도 청혼하러 가는 건데."

"하! 내가 당신을 또 만나줄 줄 어떻게 알고?"

"아니, 정강현 씨 말고요. 오늘은 다른…… 아아!"

해진이 서둘러 입을 다물었지만 그가 못 알아들을 리 없다.

"뭐?"

저도 모르게 사납게 일그러지는 그의 얼굴을 보던 해진이 움찔했다. 해진이 슬그머니 올려다보며 어색한 웃음을 짓는 걸 보는 강현의 머릿속이 팽팽히 돌아갔다.

'이 여자, 정말 영감을 만나 허튼짓을 한 게 아닌가? 아니, 그보다! 내게 청혼한 지 며칠이나 지났다고 누구에게 뭐를 해?'

화가 났다. 왜 화가 나는지는 몰랐지만 강현은 솟아오르는 불쾌감을 꾹 누르며 다시 따지기 시작했다.

"당신! 우리 영…… 정덕철 회장님을 만나지 않았어?"

"내가 환인 회장님을 왜 만나요?"

"나와 결혼하고 싶다고 했잖아!"

"그쪽이 싫다고 했잖아요. 그럼, 그쪽은 할아버지가 하라고 하면 결혼하려고 했어요?"

"물론 아……. 응!"

그의 불분명한 대답에 해진이 의심스러운 눈길로 쳐다보았다. 그 눈이 믿을 수 없다고 항변하고 있었지만 강현이 눈에 힘을 주자 찔끔하는 건 해진이었다.

"정말…… 회장님 만난 적 없어요. 정말이에요."

어쩌지…….

눈을 내리깔며 혼잣말인지 들으라는 건지 중얼거리는 해진을 보는 강현의 눈이 묘하게 풀어졌다. 사납게 으르렁거리던 기세도

풀썩 꺾여 있었지만 그는 아직 몰랐다.

"정말 영…… 내 할아버지를 만난 적이 없어?"

"네!"

고개를 번쩍 든 해진이 억울함을 토로하듯 열렬히 고개를 끄덕이다가 그의 눈을 피해 슬쩍 고개를 돌렸다.

강현은 이 묘하게 맹해 보이는 여자가 저를 헤벌쭉해서 쳐다보는 것보다 제 눈을 피하는 게 더 거슬렸다.

뭐야! 혼이 팔리도록 날 쳐다보더니 그새 싫증 났나!

이 순간, 그는 그런 여자들의 시선을 끔찍이도 싫어했다는 건 조금도 생각나지 않았다. 다만 이 여자가 변덕을 부린 건 참을 수 없다는 생각만…….

강현은 입술을 오물거리며 다시 고개를 돌리려는 해진의 턱을 잡았다. 헉, 하고 놀라는 해진에게 강현은 이미 풀어진 인상을 고쳐 잡으며 고압적으로 말했다.

"하지만 할아버지는 내게 당신과 결혼하라고 했어. 아이를 낳으라는 말까지 하던데! 당신 덕분이지. 이젠 당신이 한 말, 책임져 줘야겠어."

"아녜요. 아녜요!"

해진은 필사적으로 고개를 저었다.

날 어떻게 아시고? 난 정말 회장님 모르는데…….

중얼거리는 해진에게 강현은 보라는 듯 고개를 주억거렸다.

이젠 그도 안다. 이 여자가 수를 쓴 게 아니라는 걸. 그 큰 눈을 댕그랗게 뜨고 고개를 젓는 걸 봐도 그렇지만 빌어먹게도 이 여자가 다른 남자에게 청혼하겠다는 말 때문에 믿지 않을 수 없었다. 그 사실을 떠올리자마자 돌연 화가 났다.

"그새 쪼르르 다른 남자에게 청혼하러 간다고?"

"그건…… 정강현 씨가 상관할 일이 아니잖아요."

흠칫하던 해진이 제법 용기를 내어 뾰족하게 대답했다. 하지만 눈을 마주치지 못하는 것만으로도 스스로 찔리고 있음을 내보이고 있었다.

혜윤이 봤으면 가슴을 백번은 쳤을 거다!

"왜 상관이 없어! 내 할아버지께 나와 당신을 엮어놓은 이상 책임을 져야지!"

저가 억지를 부리고 있음을 알고 있었다. 그러나 강현은 그만둘 수 없었다.

생각해 보면 할아버지가 말씀하신 건 '그날 왔던 여자'였다.

그날의 여자는 둘, 강해진과 연이화. 그런데 비밀리에, 조용히 왔다가 가버린 강해진까지 알고 말씀하신 걸까? 할아버지가 말씀하신 여자가 연이화라면 자신이 이 여자에게 달려온 전제부터 무너지게 된다.

연이화는 아예 상대할 가치조차 없었다. 할아버지가 말씀하신 그날 왔던 여자로 생각난 건 이 여자뿐이었다. 연이화는 상식 밖이지만 이 여자는 이해할 수 있었다. 김길연 같은 작자를 피하기 위해서라면 길 가던 남자에게 청혼할 수도 있을 것이다.

그는 해진은 할 생각도 없는 변명을 저가 대신하고 있음을 전혀 의식하지 못하고 있었다.

그러고 보면 이 여자, 역겹지 않다. 저를 보며 대놓고 헤죽헤죽 웃는데도 속이 뒤틀리지 않는 걸 보면 까짓 결혼도 나쁘지 않을 것 같았다.

그러나 해진은 그에겐 일말의 미련도 없는 듯 시간을 확인하더니 펄쩍 뛰었다.

"저, 시간이 되어서 이만 가봐야 해요. 늦는다고요! 앗!"

입술을 앙다물며 볼을 부풀리는 해진이 갑자기 깜짝 놀라며 양 볼을 감쌌다.

"아, 이게 아닌데……. 어떡해, 어떡해……. 힝."

'뭐가? 뭐가 아닌데?'

강현이 물을 새도 없이 해진이 고개를 푹 숙였다. 깊게 숨을 들이쉰 그녀가 다시 고개를 든 순간 그는 이 여자를 만난 후 겪었던 황당함의 극치를 볼 수 있었다.

"정강현 씨, 저는 약속이 있어서 이만 가봐야 할 것 같습니다. 미진한 이야기가 있다면 차후에 제 비서, 양혜윤 씨를 통해 이야기하도록 하겠습니다."

"……!"

적막, 공허, 냉소.

황당하게도, 정말 황당하게도 이 맹해 보이는 여자와 마주한 눈빛에서 보인 것은 바로 그거였다. 그러나 목소리마저 서늘한 해진의 표정이 지워진 얼굴엔 그것 말고는 읽을 수가 없었다.

재원이 잘못 알려준 게 아니었다.

얼음인형, 지금 이 여자의 모습이 바로 그랬다. 웃음과 감정이 사라진 여자는 정말 찔러도 피 한 방울 나오지 않을 것처럼 차갑고 무감각해 보였다. 눈앞에서 돌변하는 모습을 보지 못했다면 사람이 바뀌었다고 할 것이다.

"이봐…… 장난해?"

해진은 황당함을 감추지 못하는 강현을 무감각하게 쳐다보며 말했다.

"지난번 제가 결례한 것이 있으니 오늘의 무례는 저도 모른 척하겠습니다. 용무가 급하니 저는 그만 가보겠습니다."

"……."

이 여자도 이렇게 차분하고 단정하게 말할 줄 아는구나.

아니, 단정하다기보다는 심장께에 살얼음이 끼는 목소리였다. 그가 잠시 말을 잃은 새 해진은 까닥 고개를 숙이더니 몸을 돌리려 했다.

간다. 튕기는 게 아니라 이 여자, 정말 가려는 거다! 그것도 다른 놈에게 청혼하기 위해.

강현은 반사적으로 문을 열려는 해진의 손을 잡았다. 그때 움찔하며 눈을 꼭 감는 해진을 보는 순간 무언가가 머릿속을 휙 스쳤다.

"이봐, 강해진! 당신…… 장끼야?"

"네, 네?"

"장끼, 머리만 파묻고 다 숨었다고 하는 새 말야. 당신, 방금 그랬어. 여태 헤실헤실 웃다가 갑자기 도도녀 코스프레 하면 누가 믿을 것 같나?"

해진이 흠칫하더니 그의 눈을 피한 채 고개를 돌렸다. 하지만 좁은 차 안에서 붉게 타오르는 볼을 숨기진 못했다. 어리바리한 여자가 다시 되돌아오더니 혼자 중얼거리기 시작했다.

아우! 천하의 맹추, 어쩜 좋아, 언니가 알면 뭐라 할 거야 등등……. 얼굴이 무기, 반한 게 죄라는 말까지 하는 걸 보면 제가 소리 내어 떠든다는 것조차 모르는 것 같았다.

이 여자, 정서 불안인가? 아니면 이중인격?

그가 정신 상태를 의심하는 걸 눈치라도 챈 것처럼 해진이 갑자기 고개를 쳐들더니 팩 쏘아붙였다.

"다시 볼 것도 아니면서 좀 모른 척해주면 어때요!"

볼을 빵빵하게 불린 채 제법 표독스러움을 가장했지만 어설프다. 맹한 얼굴이 독해져 봤자! 하지만 그녀가 말한 내용만큼은 그리 어설프지 않았다.

"뭘 모른 척해? 그리고 왜 다시 안 봐? 이야기부터 끝내야지!"

"환인 회장님 만난 적 없다고 했잖아요. 오해 풀린 것 아닌가요?"

"그게 다가 아니야. 상황이 바뀌었잖아."

"뭐가 바뀌었어요?"

"당신이 내민 조건, 받아들이기로 했다는 말이야."

"무슨 조건요?"

이 여자가 정말! 결혼하자고 한 건 그쪽이거든!

그의 속이 타든 말든 해진은 눈만 댕그랗게 뜬 채 그를 쳐다보기만 했다.

"후계자를 낳아주겠다고 했지? 당신은 아니라지만 회장님은 이미 당신이 한 이야기를 고스란히 결혼 조건으로 내놓으셨어. 안 그러면 내 자리가 위태로워. 그러니 당신의 그 발칙하기 짝이 없는 청혼, 당신 멋대로 그만둘 수 없게 되었어."

"혹시…… 저랑 결혼하겠다는 말씀이세요?"

'혹시'가 아니고!

맹한 여자인 건 진즉 알아봤다. 이 여자와의 대화는 그의 속을 긁는 무언가가 있었다. '그래!'라는 대답에도 해진은 기어코 그의 속을 한 번 더 뒤집고 말았다.

"하지만…… 오늘 약속 잡아놨는데……."

약속? 다른 놈에게 청혼하러 가는 약속?

"취소해!"

그가 이를 갈며 소리치자 해진이 움찔했다. 그러나 당장 취소한다는 말 대신 그녀는 미적거리기만 했다. 보아하니 무척 미련이 있는 것처럼 보였다. 불뚝 화가 치솟았다.

"누구야!"

그가 버럭 소리를 질렀다.

강현은 참을 일이 많은 사람이었다. 그 많은 일에 그는 일일이 분노를 터뜨리는 대신 차가운 분노로 무장해 왔었다. 덕분에 붙은 별명이 차가운 귀공자.

차가운 귀공자는 얼어 죽을!

"네?"

"다음 놈, 누구냐고?"

"그게…… 한산의 한유민 씨요."

뱃속이 뭉치는 것 같았다. 이 여자, 방금 얼굴 붉힌 것 맞나?

"그 놈…… 한유민의 조건은 뭐야!"

"네? 어…… 한산의 후계자라는 거요?"

"나는 환인이거든!"

설마 제 입으로 환인 후계자라는 말을 할 날이 올 줄은 몰랐다. 하지만 이 여자 앞에선 상식이고 절제고 통하지 않았다. 뱃속에 수십 마리 능구렁이를 키우는 여자들과는 달리 이 여자에겐 직접 말로 해줘야만 통했다.

점입가경! '네, 그랬죠. 하지만 거절했잖아요……' 라며 입맛을 다시는 여자의 표정이 떨떠름해 보였다. 정말이지 가슴을 두 번은 치고 싶다!

"그게 다가 아니라……."

해진이 배시시 웃더니 다시 몽롱한 표정으로 고개를 틀었다.

그녀의 묘한 미소에 그는 뱃속이 묘하게 뜨거워지는 것 같았다. 그런데 그녀의 시선 끝에 있는 건 저가 아니었다. 이 여자가 정말!

"뭔데!"

"그…… 후보 중에서 두 번째로 잘생겼거든요……. 그런 미남은 구경해 줘야……."

마지막에 해진의 눈이 사르르 풀리며 좀 더 몽롱해졌다. 왠지 낯익은 표정이다. 처음 만나던 날 저를 보던 바로 그 얼굴.

알았다, 드디어 이 여자의 신랑감을 고른 기준이 무엇인지……! 왁!

할 수 있다면 소리라도 지르고 싶었다. 정말이지 이 여자의 머릿속을 뜯어보고 싶다. 난생처음 그는 황당함에 복장이 터지는 기분을 강제로 만끽할 수 있었다.

그런데 이 여자, 계속 문을 흘끔거리고 있었다.

정말 갈 생각이다. 이 여자가 정말!

강현은 한유민에 대해 급히 기억을 더듬었다.

한유민, 한산의 한준석 회장이 할아버지고, 아버지 한경희 사장의 지원 아래 탄탄대로를 걷는 미국 하버드 출신의 제법 촉망받는 인재. 하지만 그의 사촌들도 만만치 않아 후계자 경쟁은 치열한 편이다. 그리고 이 여자가 기대하는 만큼 생김새가 준수했지만 그래서인가 그 인물값을 하는 남자이기도 했다.

"그쪽에도 후계자를 낳아준다고 하려고? 하지만 한유민은 이미 후계자가 있는 모양인데?"

해진이 갸웃하며 고개를 기울였다. 그는 왠지 '네?' 하며 입을 오므리는 그녀의 입술을 낚아채고 싶은 충동이 일었다.

"결혼하지 않았다고 자식이 없는 건 아니라고."

"……아!"

그는 해진이 뒤늦게 놀란 탄성을 지르는 걸 보며 통렬함과 졸렬함을 동시에 느꼈다. 남의 일을 이러쿵저러쿵 떠드는 이를 경멸하면서도 방금 제가 그 짓을 한 것이다. 하지만 실망이 스치는 해진의 표정에 후회는 하지 않았다.

해진이 입술을 잘근거렸다. 한숨을 푹 쉬는 그 얼굴엔 어찌나 미련이 뚝뚝 흐르는지…….

기가 막혀서!

그런데 여기서 괜히 마음 졸인 건 강현뿐이다. 물론 다른 결정—거절 같은 것—은 받아들일 생각이 추도도 없었지만.

해진이 제법 비장한 표정으로 고개를 들었다.

"그럼, 정강현 씨도 내 조건, 들어줄 수 있어요?"

'감히 조건 따위……'

생각은 떠올리자마자 사그라졌다. 어느 순간 입장이 뒤바뀌고 말았다. 아마도 이 여자의 말이 사실이라고 확인한 그때부터였던 것 같다. 처음의 기세등등함을 잃은 그는 어느새 '을'로 변하고 말았다.

가장 황당한 건 계획에도 없던 결혼을 하겠다고 한 것이다. 갑작스럽고 황당한 결심이긴 했지만 되돌릴 생각은 없었다. 어차피 할아버지가 최후통첩을 한 이상 이것도 나쁘진 않은 결정이었다.

"조건이…… 있어?"

해진이 꽤 심각한 얼굴로 고개를 끄덕였다.

이 어리바리한 얼굴로 심각한 표정도 할 줄 아는구나! 그런데 그 '조건'이 무엇인지 들어주지 않는다면 그대로 달아날 형상이다. 뱃속이 다시 뭉쳤다. 을의 처참함이었다.

"말…… 해봐."

"난, 소원이 있어요. 음…… 사랑하는 사람과 연애하는 거예요."

"하!"

"그렇게 어이없는 표정 하지 않아도 돼요. 정강현 씨 보고 연애

하자고 하지 않을 테니까. 어차피 정강현 씨는 자유를 원한다면서
요?"

"……그래서, 내 뒤에서 딴짓하는 걸 용납해 달라는 소린가?"

강현의 표정이 야차처럼 일그러졌다. 하지만 그 소리에 해진이
더 놀라 고개를 붕붕 저었다.

"아아, 그게 아녜요! 이혼이요, 이혼 말한 거예요."

이혼?

끓던 속이 이번엔 빙점으로 떨어졌다. 그러고 보니 이 여자, 아
이만 낳으면 깨끗이 헤어져 주겠다는 말도 했었다.

"그래서 이혼을 원한다고?"

"어, 자유를 원하는 건 정강현 씨인데……. 이혼, 안 해도 되는
거예요?"

눈이 동그래진 그녀의 눈이 반짝였다. 순간 가슴이 욱신거리며
울컥거렸다.

'끝까지…… 간다?'

말도 안 된다! 여자, 더구나 감정을 이렇게 질질 흘리고 다니는
여자와? 그런 생각을 했다는 자체가 소스라쳤다.

"천만에! 질척거리는 관계는 사양이야!"

"어쩌면 좋아질 수도 있지 않……."

"쓸데없는 소리!"

"네……."

한숨을 쉬는 해진의 얼굴에 실망이 가득했다. 정말 감정에 충실
한 여자다. 그래서 더 믿을 수 없다.

"그런데…… 정말 나랑 결혼할 거예요?"

"그래. 그러자고 한 소리 아닌가?"

그러자 해진이 언제 실망했느냐는 듯 배시시 웃었다. 또 맹하니 백치미가 흐르는 미소인데 왜 짜증 대신 가슴이 간질거리는지 그는 알 수가 없었다.

"그럼 우리 결혼해요!"

해진이 선언하며 손을 내밀었다.

얼결에 강현도 손을 내밀었다. 손에 잡힌 여자의 온기에 그는 왠지 코가 시큰거리며 순간 멍해지고 말았다.

정말…… 결혼하기로 했나? 내가?

"아무튼 약속은 약속이니까 오늘은 가봐야 해요. 언니를 통해 곧 연락드릴게요."

강현은 '언니'가 누구냐 물어볼 새도 없었다. 그 말과 동시에 해진이 이번엔 미처 잡을 새도 없이 날쌔게 차 문을 열고 나가 버렸다. 그러자 계속 눈에 불을 켜고 지켜보던 여자가 쌩하니 해진을 낚아채 가버렸다. 여자가 노려보면서 '연락하죠'라고 입을 벙긋한 후 떠날 때까지 강현은 멍하니 지켜볼 수밖에 없었다.

눈 뜨고 꿈을 꾼 기분이다. 여자에게 완전히 주도권을 빼앗겨 버리고 말았다. 중대한 거래에 그가 주도권을 빼앗긴 적은 한 번도 없었는데 그 맹해 보이는 여자에게 허를 찔리고 말았다.

어리바리한 얼굴에 속아서? 아니, 속인 건 아니니까 홀려서?

홀려? 내가 저 여자에게?

강해진은 세기의 미녀도 아니었다. 그 아방한 표정으로 백치미를 흘리는 그런 여자가 자신을 홀렸을 리가 없다.

강현은 고개를 털었다. 결혼하기로 했지만 영원한 건 아니다. 그 여자도 헤어지는 걸 전제로 했다. 이건 계약일 뿐.

문득 그는 움켜쥐었던 제 손을 펼쳐 보았다. 해진을 잡으려던 손이었다. 그것이 마치 그녀와 자신의 관계인 듯싶어 그는 다시 주먹을 꽉 쥐었다. 미처 떠나지 못한 그녀의 향기가 손에 잡힌 듯했다.

3. 결혼합니다!

며칠 후, 강현을 은밀히 방문한 여자가 자신을 소개했다.

"저는 강해진 씨의 비서 양혜윤입니다!"

양혜윤은 그 맹해 보이는 해진과는 다른 사람이었다. 도도한 표정으로 서 있는 것만으로도 왕성한 존재감을 풍기는 여자였다. 이런 여자가 겨우 재벌가 아가씨의 비서라고?

양혜윤, 그의 눈앞에서 해진을 낚아채던 바로 그 여자다. 말이 좋아 비서지, 강해진이 일을 하는 것도 아니니 비서란 건 보모를 좋은 말로 포장했을 뿐이다. 하지만 양혜윤에게 보모란 말은 더욱 어울리지 않았다.

"정강현입니다."

인사를 나누긴 했지만 두 사람 사이엔 한 줌의 호의도 보이지 않았다.

혜윤이 그를 지그시 노려보다가 먼저 입을 열었다.

"잘생기긴 하셨네요."

이건 칭찬도 인사도 아니다. 비꼬는 건 아니었지만 좋은 의미도
아니었다.

"무슨 말을 하고 싶은 겁니까."

강현이 날카롭게 응수했다.

바야흐로 물과 기름이 될 관계의 시작이었다.

"해진이가 정강현 씨 앞에서 해죽거렸다면서요? 어지간히도 마
음에 들어 하더니……."

혜윤이 노골적으로 못마땅함을 드러내며 말했다.

해진이 해죽거렸다고 함은 얼음인형이라는 가면이 깨졌음을 뜻
하는 것이었지만 강현이 그것까지 알아들을 재간은 없었다. 그는
서진영이나 정강운 일가 말고 그를 적대시하는 여자의 눈길은 또
처음이었다.

하지만 새삼 강해진이 저를 선택한 이유는 재확인할 수 있었다.
환인의 후계라는 것보다 정말 그의 '외양'이 그녀의 기준에 맞았
던 것이다.

강해진, 참으로 단순하게 한결같은 여자였다!

그런데 양혜윤이라는 이 여자의 눈은 매우 불량스럽고 적대적
이었다. 직접적으로 말하지 않았다 뿐이지, 온몸으로 반대를 외치
고 있었다. 그러나 이 여자 때문에 결혼을 물릴 생각 따위는 없었
다. 결혼은 반드시 한다. 강해진, 그 여자와.

'역시 맘에 들지 않아!'

소문보다 차가운 남자였다. 혜윤은 이런 남자와 결혼하겠다는 해진을 지금이라도 뜯어말리고 싶었다. 그러나 여기까지 온 이상 말린다고 될 일이 아니었다. 혜윤은 한숨을 쉬며 서류가방을 펼쳤다.

"우선 환인물산 지분부터 이야기하죠……."

"……!"

혜윤이 첫 번째로 꺼내어 보여주는 문서에는 강현도 놀람을 감추기 어려웠다. 단순한 행방이 아니었다. 바로 서한국이 날린 지분을 해진이 보유하고 있음을 증명하는 서류이기 때문이다.

"보시다시피 환인물산 주식 4.5%에 대한 위임장입니다. 3년 전, 서한국 씨가 매매한 것과 해진이 원래 갖고 있던 지분을 합한 것이죠. 이 정도면 귀하의 사업 진행에 도움이 되리라 봅니다."

도움이 되다마다. 이 정도 물량을 가진 주주가 여태 의결권을 행사하지 않은 것이 더 의아할 일이다. 하지만 강해진이 어떻게 이 큰 지분을 소유하게 된 걸까?

"혹시…… 강진만 회장님이 지분을 사들이셨던 겁니까?"

"강 회장이요? 천만에요! 해진이가 왜 결혼을 하려는……! 후! 좋은 이야긴 아니지만 정강현 씨도 알아야 하는 거니 설명 드리죠!"

강 회장을 입에 담는 혜윤의 표정엔 경멸이 가득했다. 그녀의 이어지는 설명에 강현은 재원에게 들었던 것보다 더 지저분한 내막을 알게 되었다.

결과적으로 이 결혼은 강해진이 아버지와 결별하게 되는 그런 구조였다. 딸에게 신탁을 넘기기 싫어 김길연 같은 작자에게 팔아 치우려 했으니 당연한 결과일 수도 있었다.

조건은 쌍방이었으나 그가 훨씬 유리했다. 해진이 원한 건 제 몫의 신탁 소유를 깔끔히 정리해 주길 바란 게 다였기 때문이다. 아마도 그녀가 직접 할 수도 있었지만 환인의 손을 빌리는 게 확실히 더 깔끔하긴 했다. 그러나 그건 위임장의 가치에 비해선 별 것 아니었다.

이로써 해진의 목적은 투명하게 드러났다. 더 숨긴 꿍꿍이도 없고, 있다 해도 계약서에 도장을 찍은 이상 더 요구할 수 있는 수단을 원천 차단했다. 만족할 만한 계약이었다.

"이것으로 기본적인 계약은 마쳤습니다. 정강현 씨 측에서 법률 문제를 처리해 줘야 하긴 하지만 그쪽이 결혼으로 얻는 이득이 적지 않다는 건 이해할 겁니다."

"물론입니다."

"이건 계약과는 무관하지만…… 한 가지 더 드릴 말씀이 남았어요."

"말씀해 보세요."

"해진의 조건은 하나였습니다. 후계자를 낳은 후 서로의 자유를 존중할 것. 그전에…… 묻고 싶습니다. 해진이를 존중하고 사랑할 마음은 없습니까?"

"그건 강해진이 물어보라고 하던가요?"

"아닙니다. 제가 궁금해서요."

혜윤의 표정은 단순히 궁금해서가 아니었다. 강현은 어쩌면 간절해 보이기까지 한 눈빛에 자신이 할 수 있는 가장 적절하며 솔직한 대답을 해주었다.

"굳이 대답할 필요는 느끼지 못하지만 알려 드리지요. 쓸모없는 감정 같은 건 이 계약에 없습니다. 계약이 끝나면 서로 간섭 없는 자유로운 생활을 만끽하게 될 겁니다. 아이를 낳으면 곧 이혼할 것이고 각자 원하는 생활을 영위할 수 있을 겁니다."

"……!"

혜윤의 표정이 싸늘하게 식었다. 순간적으로 번득이던 눈 아래 갈무리한 그것은 경멸과 분노, 그리고 적개심. 한순간 서리가 앉는 느낌마저 들 정도였다.

혜윤이 입술을 늘려 억지 미소를 그리며 말을 이었다.

"네, 좋습니다. 그리고 한 가지 더. 자유, 좋습니다. 하지만 결혼 중에는 불미스러운 일이 절대 생겨서는 안 됩니다. 두 사람이 헤어질 때까지는 대외적으로나 실질적으로도 충실하셔야 할 겁니다."

조건이라기보다 충고에 가까웠다. 단순한 비서가 이런 건방진 말을 함부로 하지는 못할 터. 그래도 모르는 척 물었다.

"그게 강해진의 조건입니까?"

"그 맹한 게 이런 생각을 할 것 같아요?"

왠지 불쾌했다. 그 여자를 맹하다고 생각하는 건 저 하나로도 족했다.

"그러죠."

그가 툭 던지는 듯 대답하자 혜윤이 입술을 깨물었다.

이후의 조건 협상은 순조롭게 이루어졌다. 두 사람 사이의 아이마저 양육권은 엄마에게, 교육은 아빠가 시킨다는 걸로 혼전 계약서를 끝냈다.

"해진이 그쪽에게 사랑이니 뭐니, 엉뚱한 착각에 빠지지 않도록 이 계약 사항은 철저히 주지시키겠습니다. 마음 없는 남자에게 해진을 맡길 생각은 없거든요. 혹시 해진이가 망설여도 내가 반드시 이혼하도록 하겠어요. 다만 정강현 씨도 반드시 계약을 지켜주시길 바랍니다."

"주제넘은 참견입니다."

"흥, 주제넘은지 아닌지는 두고 보죠."

혜윤은 작별 인사 대신 찬바람을 날리며 휙 돌아섰다.

역시나 마음에 들지 않는 여자였다. 그 맹한 여자에게 저런 사나운 암고양이 같은 여자가 옵션으로 딸려 온다는 걸 알았다면 결혼을 재고했을 수도 있었다.

정말…… 재고했을까? 아니, 결혼은 아직 아무에게도 알리지 않았다. 재고하고 싶다면 지금이라도 돌리면 그만이다. 그럼 그 여자는 지난번처럼 알았다는 한마디로 조용히 물러날 테지? 그리고 미련 없이 한유민인가 뭔가에게 달려갈 것이다.

'……!'

찌르르한 무언가가 가슴을 훑었다. 순간 한유민에게 가야 한다며 자꾸 문을 열 기회만 살피던 여자가 생각났다. 불쾌감이 머릿속을 마구 어그러뜨렸다. 악, 소리라도 지르고 싶었다.

결혼은 이미 결정된 일, 이제 와서 그 여자가 딴짓을 하는 건 절대 용납할 수 없다! 결혼 생활 중에 불미스러운 일이 어쩌고 어째? 그 말을 그대로 되돌려 줬어야 했다! 그 맹한 여자가 또 그러기만 하면 정말 가만두지 않을 테다!

"똑똑."

입으로 문 두드리는 소리에 강현은 상념에서 벗어났다. 재원이었다.

"휘유, 방금 나간 저 살벌하게 아름다운 여자는 누구야? 정말 여난에 든 거야? 요즘 너 찾아오는 여자가 많다?"

재원의 손에는 커피가 들려 있었다. 들어오기 전에 이미 우상엽을 닦달해 커피를 들고 온 모양이었다. 강현은 한껏 놀릴 거리를 기대하고 있는 그에게 무심하게 대답해 주었다.

"나 결혼해."

"뭐…… 쿨럭."

커피를 한 모금 삼키려던 재원은 전조도 없던 핵폭탄급 소식에 캑캑거렸다. 한참 호들갑을 떨던 재원은 커피를 뱉어내고서야 겨우 말을 이을 수 있었다.

"바, 방금 그 살벌한 미인이랑?"

재원은 사람의 특징을 한마디로 짚어내는 재주가 있었다. 그것이 여자에 특화되어서 문제지만.

"아니, 살벌하지 않은 미……."

그 여자가 미인이었나? 언뜻 생각해도 그 맹한 여자는 평소 재원이 미인이라는 여자와는 거리가 있어 보였다. 양혜윤이라면 몰라도.

"있어. 안 살벌한 여자."

웃는 게 예쁘다는 생각이 들긴 했지만 굳이 그런 설명까진 하고
싶지 않았다.

"장난해? 누구야! 누가 철벽 심장 정강현의 방어를 뚫었어!"

희극적으로 소리치는 재원에게 강현은 이마를 찌푸렸다.

"더러워. 그거 갖다 버리고 와."

재원은 저가 든 커피잔과 강현을 저울질하다 사무실 옆 화장실
로 향했다. 까다롭게 결벽스러운 정강현을 닦달하려면 커피 처리
가 우선이었다.

커피잔을 세면대에 던져 버리고 뛰어나온 재원이 강현의 코밑
에 얼굴을 들이밀고 소리쳤다.

"네가 결혼한다고? 정말?"

"사내놈이랑 뽀뽀하는 취미 없다."

"야!"

재원은 이마에 손가락을 얹어 밀어내는 강현에게 다시 고개를
들이밀었지만 돌아오는 눈초리에 움찔하며 거리를 벌렸다. 그래
도 궁금증을 포기하지는 않았다.

"누구? 누구야!"

"강해진."

"뭐? 강해진이 누군데?"

"네 입으로 말해줘 놓고 몰라?"

"어……?"

머리를 굴리던 재원이 금세 소리쳤다.

"설마, 산방의 강해진? 강진만 회장의 딸 강해진?"

"응."

"너! 정강운이 물먹이려고 그런 짓까지 하는 거냐?"

그런 건 생각해 보지도 못했다. 아니, 강해진과의 결혼이 실제론 강진만과 척을 질 일이라는 걸 누가 알까?

"그런 짓이라니! 그저 남들 다 하는 결혼을 하는 거다. 그리고 정강운 때문에 결혼까지 한다니, 너라면 그런 바보 같은 짓을 하겠어?"

"어……."

"영감 명령이야. 이달 내로 환인 안주인 자리에 어울리는 신붓감을 데려오지 않으면 피닉스를 정강운에게 넘긴다더라."

피닉스는 그야말로 환인의 주력 사업이다. 그걸 총괄하는 사람이 환인의 중추이자 총수에 가까웠다.

"뭐……? 아니…… 회장님은 왜 그러신대! 그래서 네가 그토록 끔찍해하는 결혼을……. 아니지, 그런데 왜 하필 강해진이야? 회장님이 그 얼음인형을 지목하신 거야?"

놀람도 잠시, 재원이 고개를 부르르 떨며 씩씩거렸다. 하지만 황당하고 놀란 나머지 재원은 정작 강현은 그리 화가 난 상태가 아니란 사실을 놓치고 말았다.

강현은 가볍게 어깨만 으쓱했다.

"그야 모르지."

"뭐? 무슨 대답이 그래?"

"나도 모르겠다. 하여간 넌 이거 검토하고 혼인신고와 동시에 소유권 이전 확실히 할 수 있게 해놔라."

강현은 저가 부르기도 전에 온 재원에게 혜윤이 가져온 파일을 툭 던졌다. 안 그래도 맡길 생각이었지만 제 발로 찾아온 재원이 일복을 타고난 거다.

"이게 뭐야?"

강현은 대답 대신 파일로 고갯짓했다.

재원은 서류를 몇 장 넘기지 않아 집중하기 시작했다. 도중에 '어, 우와, 헐!' 같은 탄사인지 한탄인지 모를 신음과 함께 한참 집중하던 재원이 고개를 번쩍 들었다.

"이게 아까 그 살벌한 누님께서 가져온 거야? 멋진걸?"

"이번엔 누님이냐?"

"몰라, 누님 포스였잖아. 그 누님 이름은 뭐야? 뭐 하는 여자야?"

"양혜윤. 강해진의 비서. 그 여자보다 네가 본 그거나 말해보지?"

"이거 엄청난데?"

재원의 눈이 빛났다. 재원에게 맡긴 이상 빈틈없이 잘해낼 것이다.

"그거, 혼인신고할 때까지 넘길 준비 해놔야 해. 할 수 있지?"

"혼인신고? 너 정말 결혼하는 거야?"

"그걸 보고도 농담 같아? 영감께 보고한 다음 곧바로 할 거야. 다음 달 중에 하면 되겠지."

"야! 결혼을 무슨 번갯불에 콩 볶아 먹어? 뭐야? 그럼 이 많은 걸 다음 달까지 하라는 소리야? 나 죽일 일 있냐? 너 이거 제대로 보기는 했어? 정말 엄청나! 제주도 별장과 부지, 성북동에 12층짜리 오피스 빌딩, 강남에 타워팰리스에 아파트 두 채랑 오피스텔 한 동, 산방 주식 10%…… 자산 규모가 제일 규모가 작은 게 강릉에 있는 산과 별장인데 그것만 해도 20억이 넘거든! 서류 산에 묻힐 거야!"

"네 능력을 믿어, 이 변."

강현은 죽는소리를 하는 재원의 어깨를 두드렸다.

"아, 정말 어지럽네, 이거! 정강현! 너 정말 결혼해? 그나저나 강해진이라니? 설마, 저번에 그 여자가 찾아온 거, 용건이 이거였어?"

"응, 이거였어. 네가 봐도 알겠지? 전에 네가 그랬잖아. 어떻게 김길연 같은 작자를 딸에게 붙이냐고. 원인이 이거더라. 딸에게 신탁 내주기 싫었던 거야."

"우와, 진짜 막장이구나!"

역시 재원의 표현은 제대로다. 강현은 동의하는 대신 희미하게 미소만 지었다.

"다 놀란 것 같으니까 이번엔 이걸 봐."

강현은 탁자 위에 있던 또 다른 파일을 밀어주었다.

"강현아. 나, 이제 네가 뭘 더 보여줄지 떨린다."

강현은 엄살을 떠는 재원이 진짜로 놀랄 일을 확인할 때까지 아무 말도 하지 않았다.

"흐억!"

역시 기겁한 재원이 서류와 강현을 번갈아 쳐다보며 손을 부들부들 떨었다.

"이, 이게 뭐야!"

"보시다시피."

"이걸…… 정말 그 누님이 가져온 거야?"

재원의 눈에 경외가 들어 있었다. 나이와는 상관없이 재원은 계속 양혜윤을 누님이라 부를 것이다.

"응."

"이게 정말…… 강해진 거라고?"

"맞아."

"어떻게 이걸……."

"그건 함구해. 영…… 회장님께는 내가 때를 봐서 나중에 말씀드릴게. 우선 결혼부터 얘기해야겠다."

재원은 서류를 든 채 소파에 털썩 주저앉았다.

"대충 계산해 봐도 이거…… 그 신탁 몽땅 합한 거랑 맞먹거나 더 클 것 같은데? 사실 땅덩어리랑 건물들을 다 팔면 모를까, 거기서 들어오는 수익보다 주식 배당액이 더 많을지도 몰라."

"부자네."

남의 얘기 하듯 하는 강현에게 재원은 혀를 찼다.

"그런데 그 어린 아가씨가 어떻게 이 많은 걸 갖고 있지? 가만! 신탁도 주지 않으려는 강 회장이 이걸 사줬을 리는 없고. 얼음인형, 너무 비밀스러운데?"

"얼음인형 아냐!"

"뭐?"

"이름, 이름으로 불러."

"에……?"

강현은 얼빠진 재원을 모른 척하고 일어섰다.

"난 지금 할아버지께 가볼게. 내가 정말 신붓감을 데려오는지 어쩌는지 두고 보고 있을 양반이니 내어드려야지. 너는 지금부터 수고해."

"야! 야, 정강현! 정강현 이사님!"

재원은 궁금증과 일거리만 잔뜩 안겨주고 일어난 강현을 애타게 불렀지만 강현은 등 뒤로 손을 저으며 방을 나갔다.

❋

"결혼하겠습니다, 회장님."

정 회장을 찾아간 강현이 다짜고짜 이야기를 꺼냈다.

"고얀 녀석, 그런 얘길 하면서도 내가 회장이냐?"

"회장으로서 명령하신 것 아닙니까?"

놀람을 감춘 정 회장은 눈을 가늘게 뜬 채 강현을 바라보았다. 결별할 기세로 강현이 이 자리를 박차고 나가 버렸던 게 일주일도 지나지 않았다. 그런 손자가 너무 빨리, 너무 순순한 대답을 가져 왔다. 의심스럽지 않을 수 없다.

"누구냐? 아무나 들이민다고 다 되는 건 아니다. 환인 차기 안

주인에 어울리는 여자더냐?"

"그 조건이란 것이 재벌가 영양이면 되는 겁니까?"

정 회장이 심중에 둔 손주 며느릿감이 따로 있다면 강현이 누굴 데려와도 거부할 수도 있다. 그걸 묻는 것이었다.

물론 정 회장의 심중에 둔 강현의 신붓감은 여럿 있었다. 그러나 조건이 아주 기운다 해도 강현의 짝이 멀쩡한 집안에서 제대로 자란 처자라면 누구든 환영할 생각이었다. 무엇보다 강현이 결혼하겠다고 말한 것이 중요했다.

"……맞다."

"산방의 외동딸입니다."

"산방? 강진만 회장의 딸이란 말이냐?"

"맞습니다."

"……."

불안한 침묵이 흘렀다. 살짝 이마를 찌푸리는 할아버지를 보는 강현은 팽팽히 당겨진 활시위처럼 긴장으로 등이 곧추섰다. 왜 이렇게 긴장되는지는 알 수 없었지만.

"알겠다. 곧 강 회장과 자리를 마련하마."

이마를 찌푸린 것으로 반대 의사를 표시한 것이나 다름없었는데 막상 할아버지는 허락의 의사를 내비쳤다. 순간 강현은 당장에라도 끊어질 것 같았던 신경이 서서히 풀리는 걸 느꼈다.

내친김에 강현은 결정을 밀어붙이기로 했다.

"결혼, 다음 달에 하려고 합니다."

"뭐가 그리 급하냐?"

지금은 3월 중순, 다음 달이라고 해봤자 말일에 한다 해도 40여 일밖에 남지 않았다.

　"강해진에게 서한국이 날린 환인물산 주식이 있습니다."

　"뭐야?"

　여간해선 놀랄 일이 없는 정 회장조차 그건 놀라운 소식이었다.

　"어떻게 그걸 강해진이 소유하게 된 건지는 모르지만 강진만 회장은 모르는 내용입니다. 그 위임장을 저에게 주기로 했습니다. 그러니 결혼, 서두르겠습니다."

　주식은 강해진과 결혼하기로 한 후 나중에 알게 된 것이지만 덕분에 결혼을 서두르는 핑계와 함께 구구절절 강해진과 결혼하려는 이유를 설명하지 않아도 되었다. 막상 결혼하기로 하고 보니 여러 가지로 매우 도움이 되는 여자였다.

　해진이 사랑 타령을 하는 건 마음에 들지 않았지만 아이만 낳으면 헤어진다는 계약까지 작성한 걸 보면 자신에게 매달릴 여지는 보이지 않았다.

　"알겠다. 내가 시간을 잡아보마. 너도 조만간 시간을 내거라."

　강현을 내보낸 정 회장은 곧장 비서를 불러들였다.

　"산방의 강진만에 대해 알아봐. 그 딸도."

　비서가 정 회장에게 두 사람에 대해 보고한 건 채 몇 시간도 걸리지 않았다. 보고서의 내용과 비서의 설명을 들은 정 회장의 이마가 미미하게 찌푸려졌다. 누구든 강현이 결혼을 결심하게 한 것만으로도 후한 점수를 주려 했었지만 강 회장과 그 딸에 대한 정보는 그를 한참 숙고하게 했다.

잠시 후, 정 회장은 다시 비서를 불러 강 회장에게 전화를 걸게 했다.

정덕철 회장은 대단한 추진력을 발휘했다. 강현이 결혼 의사를 밝힌 바로 이틀 후 강진만 회장과 만날 약속을 잡은 것이다.

정 회장은 강진만이 사돈으로 내키지 않았다. 알아본 바로 강해진이란 아이도 썩 좋은 평은 아니었다. 하지만 강현이 직접 결혼 의사를 밝힌 것만으로도 보통 아이는 아닐 것이다. 판단은 만나본 후에도 늦지 않았다.

"회장님!"

정 회장이 강진만을 초대한 곳은 남의 눈에 잘 띄지 않게 호젓하면서도 우아한 교외의 식당이었다. 귀빈실에 들어선 강진만은 희색이 만연한 채 정 회장과 악수를 하며 인사했다.

강진만의 머릿속이 비상하게 돌아갔다. 난데없이 정 회장이 자신과 만나자고 할 일은 아무리 생각해도 최근 있었던 강릉리조트뿐이었다.

"아시겠지만, 강 회장께 이 아이를 소개하려고 불렀습니다."

"아, 아니…… 강 이사야 당연히 압니다만……."

어리둥절하던 강진만은 재빨리 상황을 파악한 후 희색했다.

환인의 후계 구도가 끝났다. 그리고 환인이 산방과 제대로 손을 잡으려는 것임이 틀림없었다.

"아, 하하하하하! 이거, 반갑습니다, 정강현 이사!"

강진만은 강현의 손을 잡으며 굳게 인사했다. 그러나 이어지는 정덕철 회장의 말에 불길한 예감이 들었다.

"제가 한 사람 더 불렀습니다."

"네? 누구를……?"

강진만의 말이 끝나기 전에 문이 열리며 해진이 들어왔다. 연녹색 투피스를 입고 곱게 머리를 틀어 올린 얌전한 스타일은 척 봐도 어른께 인사하기 위해 꾸민 모습이었다.

"네가 왜 여길……!"

다시 어리둥절해진 강진만에게 정 회장은 강현과 해진 둘을 돌아보며 흐뭇한 얼굴을 했다.

"놀라게 했다면 이거 미안합니다. 내가 강 회장 허락도 없이 이 아이를 불렀습니다. 어떻습니까, 이 두 아이."

순간 강진만의 얼굴이 썩어 들어갔다가 급히 억지 미소를 지어냈다. 모르는 체하기가 어려울 정도로 어색한 표정이었지만.

식사가 들어오고 분위기가 무르익자 정덕철 회장이 먼저 운을 떼었다.

"아가, 네 이름이 해진이라고? 프랑스에서 유학하다가 왔다고 들었다. 무엇을 배웠는지 들을 수 있겠느냐?"

"네, 회장님. 바이올린을 공부했었지만 크게 재능은 없어 일반 학교에서 수학했습니다."

"정 회장님, 그게 우리 아이는……."

"잠시만요, 강 회장. 내 이 아이에게 직접 물어보고 싶은 게 있어서 그래요. 그래도 되겠소?"

"……네, 물론입니다."

허락을 구하는 듯했지만 처음부터 주도권은 정 회장에게 있었다. 강현은 점점 썩어 들어가는 강진만의 표정을 조용히 관망했다.

"우리 강현이가 네 이야길 하더구나. 혹시 마음에 둔 다른 사람이 있었던 건 아니냐?"

"없습니다, 회장님."

조신하게 대답하며 고개를 숙이는 해진에게 정 회장은 고개를 끄덕였다. 강진만은 그녀를 죽일 듯 노려보긴 했지만 해진의 대답을 반박할 수는 없었다. 이 자리에서 감히 김길연 같은 작자를 찍어 붙이는 건 서로를 모욕하는 일이었다.

"하하, 너무 갑작스러워서 놀라셨나 봅니다. 이 아이도 영문 모르게 불려온 건 마찬가지니 젊은 사람들은 잠시 산책이나 하게 하지요. 그동안 우린 담소나 나누고요."

정 회장의 제안에 강진만은 울며 겨자 먹기로 고개를 끄덕여야 했다.

강현과 함께 방을 빠져나온 해진은 식당 정원의 한적한 곳에 도달하자 배를 잡고 웃기 시작했다. 시원스레 웃는 그녀의 웃음소리는 강현의 마음도 시원하게 해주는 뭔가가 있었다.

"하하하하, 하하하하하, 정말 대단하세요, 환인 회장님!"

"이젠 할아버님이라고 해야 할걸? 아마 지금쯤 우리 결혼을 협상 중이실 텐데?"

"그런가요? 와, 그러니 정말 대단하시다는 거예요. 강 회장님을 꼼짝 못 하게 하셨잖아요!"

"영감이 좀 대단하긴 하지."

"네?"

"좀 걷지. 조금 걷다가 들어가면 될 것 같아."

"네, 벌써 봄 향기가 물씬하네요."

두 사람은 말없이 걸었다. 울타리 주변으로 핀 개나리가 정원 불빛을 받아 더 노랗게 빛나고 있었다.

정원의 불빛에 빛나는 해진의 얼굴이 개나리 같다는 생각이 들었다. 노랗고 귀여운, 한입에 삼킨다 해도 눈만 댕그렇게 뜨며 쳐다볼 것 같은 얼굴. 그러면서도 방금 강 회장과 같이 있던 자리에선 또 장끼 노릇을 했던 여자다.

그녀의 맹해 보이던 얼굴을 가리는 얼음 가면은 차갑기 그지없었다. 여태 그를 노리던 그 어떤 여자보다도 더 믿을 수 없는 여자다. 그런데도 이 여자와 결혼하기로 한 결심을 물릴 생각은 들지 않는다. 아마도 믿을 수 없기에 더욱 경계를 풀지 않게 돼서일까?

정원을 빙 돌아 귀빈실 별채에 도착한 강현은 입구에서 걸음을 멈추며 말했다.

"회장님께선 결혼식 날까지 잡고 계실 거야. 아마 다음 달쯤?"

"생각보다 빠르네요!"

빠를수록 좋았던 것 아닌가? 그런데 해진은 별로 반기는 눈치가 아니었다. 자연히 그의 말투는 날카로워지고 말았다.

"왜, 문제 있어?"

"아뇨!"

고개를 붕붕 저은 해진이 망설이는 표정으로 입술을 오물거렸다.

"왜, 무슨 할 말 있어?"

"음······."

조금 더 망설이던 해진이 결심한 듯 입을 열었다.

"정강현 씨, 정말······ 나랑 연애할 생각 없어요?"

"······!"

복잡한 감정이 그의 가슴이 왈칵 죄었다. 실망, 한숨, 그리고 가슴을 간질이는 떨림.

떨림? 반사적으로 부인한 강현의 눈이 싸늘하게 가라앉았다.

"장난은 사절이야."

"장난 아닌데······."

거절이 분명한 그의 표정에 그녀는 마지막 사탕을 빼앗긴 표정으로 실망을 감추지 못하고 있었다. 그래서 더 장난 같았다.

"당신, 정말 생각이 없나 본데, 우리 관계가 뭐라고 생각하지?"

"······."

"우린 더도 덜도 아닌 계약 관계야. 서로의 이윤에 맞아 관계가 성립된. 충고하건대, 거기서 낭만 같은 것을 찾을 생각은 하지 않는 게 좋을 거야. 정 연애를 하고 싶으면 우리 계약 관계가 충족된 뒤에 생각해 봐. 단, 그전에는 절대 안 돼! 난 내 아이가 누구 아이인지 의심하고 싶지는 않거든."

"······알겠어요."

해진이 눈을 내리깔며 대답했다. 그 모습이 애처롭게까지 보여 강현은 한순간 그녀에게 손을 내밀 뻔했다. 하지만 다른 남자에게 청혼하러 가던 여자다. 그녀의 감정 놀이를 깊이 받아들인다는 자체가 우스운 꼴이었다.

"당신이 처음 내게 찾아와서 한 말을 잊지 않았으면 해. 내게 후계자를 낳아주겠다고 했고, 그 후엔 내게 자유를 주겠다고 했지. 그 말을 되돌리고 싶은 건가?"

"아니에요. 그 약속, 꼭 지킬게요. 다시는…… 이런 일로 불편하게 하지 않을게요."

낙심한 듯 시무룩해지는 그녀의 표정이 괜히 거슬렸다. 여자의 장난에 휘말릴 생각은 추호도 없었지만 계속 시무룩해 있는 그녀는 괜히 거슬리다 못해 화가 났다.

"강현!"

"네?"

"정강현이 아니고 강현이라 하라고. 결혼할 사이에 언제까지 성까지 붙여서 부를 거야?"

"아……! 네, 강현 씨!"

누구는 허락도 없이 불러서 짜증을 불러일으키는 이름을 이 여자는 일일이 가르쳐야 겨우 부른다. 그런데 이 여자가 겨우 그의 이름 하나를 부르고 배시시 웃는 모습이 가슴을 울컥하게 만들었다. 그건 또 다른 짜증을 유발했다.

귀빈실로 돌아가자 강진만이 혼자 있었다. 정 회장은 급한 전화를 받으러 나갔다고 했다.

정 회장이 자리에 없자 강진만이 은근히 반대 의견을 피력하려고 했다.

"난 두 사람이 알고 있는 줄도 몰랐는데……. 얘가 한국에 온 지 얼마 되지도 않았고. 두 사람이 만난 지 얼마 되지 않을 텐데, 좀 더 신중해야 하지 않겠나?"

그러나 그 말을 받는 건 귀빈실에 들어서던 정덕철 회장이었다.

"어어, 강 회장, 내가 지병도 있고 나이가 나이다 보니 불안해서 서두르고 싶어요. 아, 여태 나 혼자 얘기했었지요. 강 회장 의견을 안 들어봤군요. 혹시 강 회장 눈에 우리 강현이가 부족한 겁니까?"

"네? 정 이사가 부족하다니, 그럴 리가요……."

강진만은 감히 정덕철 회장에게 반대를 할 수 없었다. 그러나 정 회장이 잇는 말에는 그야말로 기함할 수밖에 없었다. 내친김이라며 아예 결혼식 날까지 잡은 것이다. 그것도 바로 다음 달에.

그러자 정 회장은 그 자리에서 비서를 불러 언론에 두 사람의 결혼을 발표하게 했다.

해진과 강현의 결혼은 기정사실이 되었다.

정 회장을 만나러 왔을 때처럼 집에 갈 때도 강진만과 해진의 귀가는 따로였다.

강진만은 집에 도착해 차에서 내리자마자 먼저 도착해 있던 해진에게 달려들며 두툼한 손을 들어 올렸다.

"애비도 모르게 남자를 만들어! 화냥년!"

그러나 그가 해진의 뺨을 갈기려는 시도는 방해받고 말았다. 누군가 그의 팔을 잡아채며 뒤로 꺾어버렸기 때문이다.

"이거 뭐야, 누구야! 안 놔!"

강진만은 손을 뿌리치려 격렬히 저항했지만 완력깨나 쓰는 그의 팔은 더욱 아프게 꺾였다.

"이년은 또 뭐야! 이거 안 놔! 으악!"

그의 팔을 꺾은 사람은 해진이 타고 온 차의 운전기사였다. 정덕철 회장과 끝까지 웃음을 지으며 헤어지느라 정신없었던 강진만은 해진이 낯선 차를 타고 낯선 여자와 함께 있었다는 사실을 그때야 인식했다.

"이 아저씨, 되게 입이 거치시네. 놔주면, 그 두툼한 손으로 언니를 때리려고요?"

연희가 버둥거리는 강진만의 팔을 더욱 틀어쥐며 혀를 찼다.

연희는 여태 강 회장 앞에 모습을 보인 적이 없었지만 이제 해진이 강 회장과 결별하기로 한 이상 전면에 나선 것이었다.

"이게 무슨 짓이냐! 이거 안 놔! 진 기사! 최 과장 불러! 이년들, 가만두지 않겠어!"

발악하는 강진만의 고함에 즉시 남자들 다섯이 우르르 몰려왔다. 하지만 그들은 연희에게 다가가기도 전에 자신들보다 배가 넘게 나타난 사람들 때문에 꼼짝할 수가 없었다.

"이, 이것들 누구야! 어떻게 내 집에 이것들이 들어온 거야! 경찰, 경찰 불러!"

그때 날카로운 여인의 목소리가 강진만의 말을 받았다.

"경찰 부르고 싶으면 불러도 되지만 이분들은 제가 부른 손님이에요. 제가 회장님 대신 경찰 부를까요?"

혜윤이었다. 강진만도 마당을 온통 둘러싸다시피 한 남자들 사이에서 나타난 그녀를 보며 고함을 지르는 걸 잠시 잊었다.

"연희야, 회장님 팔 놓아드려. 또 그 못된 손을 올리거든 한 번은 그냥 둬. 동영상 촬영 중이거든. 경찰에게 보이긴 뭣해도 미래의 손주며느리를 생각하시는 정덕철 회장님께선 흥미 있어 하실 거야."

"이, 이게 무슨 짓이야!"

연희가 팔을 놓아줬지만 강진만은 감히 해진을 때릴 수 없었다. 그는 혜윤의 옆에서 핸드폰을 들고 촬영하고 있는 남자를 보며 손만 부들부들 떨었다.

해진이 예의 무표정한 얼굴로 말했다.

"결혼 준비는 집에서 하지 못할 것 같아서 오늘부터 집에 못 있을 것 같아요, 아버지."

"네 이년! 이런 화냥년!"

"이대로 조용히 좋게 나갈 수도 있는데 끝을 험악하게 하시고 싶으십니까, 회장님?"

길길이 날뛰던 강진만은 도중에 끼어든 혜윤을 향해 눈을 희번덕거렸다.

혜윤은 해진이 프랑스에서 같이 공부한 언니라며 소개한 여자였다. 굳이 임금도 필요 없이 숙소만 내주면 된다며 한국에 적응할 때까지 비서직으로 함께 있게 해달라고 해서 그러고마 했더니 이렇게 뒤통수를 치는 것이다.

"너, 겨우 비서년이 어디서! 네깟 것이 뭔데 감히 나서! 네년은 보모 노릇이나 착실히 할 것이지, 두 년이 작당해서 감히 날

물먹여?"

"환인그룹과 사돈을 맺는 것이 물먹이는 것인 줄 몰랐네요. 그 말씀, 정덕철 회장님께 전해도 되겠습니까?"

대차게 대꾸하는 혜윤의 말에 강진만은 얼굴만 시뻘겋게 달궜다.

"이년! 배은망덕한 년! 감히 낳아준 애비를 기만하고 네가 잘 살 수 있을 것 같아? 애비가 뒤에 없으면 네까짓 것이 감히 환인의 며느리가 될 수 있을 줄 알아? 정강현이, 그깟 사생아 놈 잡았다고 네가 환인의 안주인이 될 것 같아!"

그에 해진은 공손히 고개를 숙여 인사했다.

"덕담 감사합니다."

강진만의 얼굴이 더욱 달아올랐다. 그러나 해진을 둘러싼 경호원들의 위세에 한 대 후려치지도 못하게 된 그가 할 수 있는 건 고함을 지르는 것뿐이었다.

"네년이, 네년이 감히! 애비라 부르지도 마라! 네년, 너 같은 년 이제 딸도 아니다!"

"결혼식 때 뵙겠습니다."

해진의 표정은 여전히 고요하기만 했다.

과연 얼음인형. 주변인들은 그런가 보다 했지만 연희는 처음 보는 해진의 싸늘한 모습에 왠지 오싹했다.

"네까짓 게 무슨 결혼! 어디 네가 결혼 준비 알아서 해봐라. 내가 한 푼이라도 보태줄 줄 아느냐!"

"결혼식 때 오지 않으셔도 상관은 않겠습니다, 회장님. 그럼 안녕히 계세요."

혜윤이 마지막 인사를 대신하며 돌아섰다.

강진만은 해진이 대문을 빠져나갈 때까지 각종 욕설과 독설을 퍼부었지만 그녀가 나가는 것을 막지는 못했다. 혜윤이 부른 경호원도 경호원이지만 해진이 결혼하는 상대가 문제였다. 웬만한 상대라면 해진을 강제로 납치하든 김길연을 시켜 욕을 보이든 수를 쓸 테지만 상대가 너무 거물이었다.

"아차, 저년이 그걸 아는 거야?"

여태 고분고분하기만 하던 딸년이었다. 제 어미가 죽고 바로 프랑스로 보내 버렸으니 신탁 같은 건 알 리가 없다고 생각했었다.

그걸 불리고 지킨 게 누군데!

다급해진 강진만은 목이 터져라 소리쳤다.

"최 과장, 당장 임 변호사 불러! 당장!"

✳

해진이 강진만과 영영 이별하고 나오던 그때, 강현은 자신의 오피스텔에서 재원의 축하를 받고 있었다.

"약혼 축하해! 이건 축하주."

재원이 히죽 웃으며 냉장고에서 맥주 캔을 꺼내 강현에게 건넸다.

"이건 내 맥주거든."

"네 술은 내 술이고, 내 술은 내 술이고. 아무튼 정강현의 결혼을 축하하며 건배!"

반쯤 장난을 섞었어도 재원의 축하는 진심이었다. 강현은 피식 웃으며 그가 내민 캔을 함께 부딪쳤다.

재원이 캔을 반쯤 비우다 말고 고개를 갸웃했다.

"아무리 생각해도 이상해."

"뭐가."

"천하의 정강현이 이렇게 쉽게 결혼하게 될 줄은 몰랐거든."

"결혼이 대순가."

재원은 여상하게 대답하는 강현에게 눈을 세모꼴을 해 보였다.

'넌 결혼이란 제도에 회의적이었잖아. 아니, 여자 자체에 회의적이었지?'

정덕철 회장이 강현에게 결혼하지 않으면 피닉스를 정강운에게 넘긴다는 이야기를 했다곤 하지만 사실 믿기 어려운 이야기였다. 누구보다 냉철한 정 회장이 그럴 리도 없고 강현이 그대로 받아들일 리도 없다.

강현의 진짜 속내는 무엇일까? 설마, 강해진이라는 여자에게 반해서? 개미 눈곱만큼의 확률로 의심해 봤지만 강현이 여자를 어찌 생각하는지 제일 잘 아는 사람이 바로 저다.

재원의 눈이 새치름해졌다.

"신탁, 정리는 잘 돼가지?"

강현이 맥주를 마저 삼키며 물었다.

방금 약혼한 사실 같은 건 잊은 것처럼 서늘한 표정. 재원은 뭉게뭉게 솟던 의혹을 미뤄야 했다.

"그럼! 오늘도 그것 때문에 죽도록 매달려 일하다가 네 결혼 보도자료까지 넘겨주고 퇴근한 거거든!"

"그래, 수고한다. 아무튼 서둘러야 할 거야. 오늘 강 회장 보니 전쟁을 치러야 할지도 모르겠더라."

"알아, 김길연 같은 작자를 사위로 삼으려던 걸 보면 욕심이 보통이겠냐? 오죽하면 딸이 이런 결혼을……. 아!"

"네 말 맞아. '이런 결혼'을 하도록 민 건 그 아버지 강진만 회장이지. 잘 해봐."

"어? 어……."

강현은 어색하게 웃는 재원을 모르는 척 자신에게 냉소를 퍼붓고 있었다. 결국 그토록 경멸하던 결혼이란 이름의 거래를 스스로 하게 된 것이다.

그런데 그 여자는 여전히 사랑 타령에 미련을 버리지 못한 듯했다. 그러려거든 딴사람을 찾으라고 을러대긴 했지만 말하는 순간 가슴이 싸했던 건 자신이다.

그러고도 남을 여자, 오늘 붙잡지 못했더라면 그 빌어먹을 '청혼'을 또 했을 것이다. 다른 놈에게! 그 백치미 가득하던 미소를 딴 놈에게도 보여준다고 생각하면 뱃속이 꼬였다.

"강현아…… 네 혼전계약서, 회장님도 내용 아셔? 그…… 양육권."

"응?"

정체 모를 짜증에 빠졌던 강현이 멍한 얼굴로 되물었다. 갑자기 멍하니 다른 생각에 빠진 강현이 이상했지만 재원은 내색하지 않고 다시 물었다.

"이혼…… 하면 강해진 씨 측에 양육권 주기로 했잖아. 왜 양육권을 포기했어?"

"그야 애는 엄마가 키우는 게 낫다잖아. 누가 키우든 내 자식이 아니게 되는 건 아니니까."

하!

재원은 입을 딱 벌릴 뻔했다. 언뜻 일리 있는 듯했지만 강현의 입에서 나온 말이라고는 믿기지 않는다.

강현에게 생모란 여자는 계모 이상으로 상처뿐인 사람이었다.

여덟 살, 강현은 서진영이 말하기 전에 제 몸값을 알았다. 생모와 이모가 나누는 이야기를 직접 들었기에 오해도 없었다. 할아버지께 가야 한다는 말에 가기 싫다고 애원하려다 듣게 된 이야기였으니.

생모가 다가 아니다. 강현이 여자에 치를 떠는 건 첫사랑이라할 수 있는 여자도 한몫했다.

스무 살, 강현은 대학에서 처음으로 여자친구를 사귀었다.

이름은 하이은, 그와 같은 스무 살의 그녀는 이웃 여자대학의 국문학과에 재학 중인 같은 새내기였다. 이은은 강현의 잘난 얼굴에 비해 전혀 손색이 없는 소문난 미인이었다. 소녀와 여인의 경계를 넘나들며 묘하게 선정적인 매력의 이은에게 강현은 한순간에 빠져드는 듯했다.

그러나 우연히 먼저 이은의 정체를 알게 된 재원이 그의 눈먼 사랑을 깨버렸다.

이은은 서진영이 강현을 망치기 위해 붙인 여자였다. 대학생 신분도 조작한 것이었다. 그녀는 대한민국의 굵직굵직한 사람들이 선호하는 요정에서 가장 잘나가는 상위 3% 안에 든다는 여자였다.

그때는 재원도 치기 어린 시절이라 강현에게 말보단 극적인 순간을 목격하게 하는 게 낫다고 생각했다. 그래서 강현을 하이은과 서진영이 만나는 곳에 몰래 불러들여 더러운 현장을 목격하게 했다.

"사생아가 사생아를 낳으면 보기 좋을 거다. 굳이 아이를 낳든 안 낳든 네 선택이지만 임신까지만 하면 약속한 돈을 주마."

하이은은 서진영에게 돈을 건네받으며 강현을 그 주 내로 반드시 유혹해서 임신까지 성공하겠다며 자신했다. 강현은 하이은에게 물을 끼얹은 것으로 첫사랑을 끝냈다.

하이은 이후로 서진영이 강현에게 접근시킨 여자는 한둘이 아니었다. 그녀들은 아름다운 외모와 달콤한 속삭임, 사랑과 눈물을 무기로 강현의 마음과 몸을 사로잡으려 했다. 그녀들 덕분에 강현이 얻은 건 여자들에 대한 경계와 질릴 정도의 환멸이었다.

그런 강현이 애는 엄마가 키우는 게 더 낫다, 같은 이야기를 한다?

재원의 콧구멍이 벌름거리기 시작했다.

그러나 강현은 아까부터 무얼 골똘히 생각하는지 그 잘생긴 이마를 찌푸리고 있었다.

'이걸 찔러봐? 말아?'

고민하던 재원의 머릿속에 무언가 떠올랐다.

"그런데 말이야, 강해진이 얼음인형이 아니라는 건 무슨 말이야?"

"어……."

반사적으로 대답하려던 강현은 씁쓸히 웃었다. 전에 차 안에서 잠깐, 그리고 오늘 그 별명에 어울리는 해진의 모습을 떠올렸기 때문이다.

가면을 쓴 해진의 얼굴에선 표정과 감정이 지워져 있었다. 묻는 대로 답하고 가끔 미소를 보이기도 했지만 그녀의 눈엔 아무것도 들어 있지 않았다.

그러나 처음부터 헤벌쭉한 얼굴을 봐서인지 그 여자의 본성이 어느 쪽인지 헷갈릴 염려는 없었다. 그 멍한 표정과 발그레한 웃음이 떠오르자 그의 입가에 맺혔던 씁쓸함이 서서히 펴지기 시작했다.

재원은 말하다 말고 희미하게 웃는 강현을 눈이 휘둥그렇게 뜨고 쳐다봤다.

여자에 관해 이야기하며 이렇게 편한 얼굴을 하는 강현은 처음 봤다. 갑자기 결혼한다고 하질 않나, 생각만 하는 걸로도 웃기까지 한다.

어어, 이거 설마……?

재원의 눈이 새치름해졌다.

"뭐야? 말해봐."

"그게…… 실제론 맹해. 백치미가 흘러. 해죽해죽 웃기도 잘해. 웃음이 헤프더라."

"뭐?"

"나중에, 나중에 직접 보면 알 거야."

"에……."

재원은 입을 헤벌린 채 강현을 쳐다보았다. 이걸 어떻게 해석해야 할까?

칭찬은 아니다. 그런데 말하는 강현의 표정이 무척…… 기분 좋아 보였다.

재원이 묘한 표정으로 입을 오므리는 것도 모른 채 강현은 그 맹한 여자의 생각으로 머릿속이 어지러웠다.

그는 아직 강해진을 생각하면 저의 코가 찌르르하며 가슴이 시큰거리는 것이 무엇 때문인지 모른다. 배시시 웃는 그 표정에 자신의 몸이 후끈거리던 이유도. 조잘조잘 중얼거리며 웃던 입술을 삼키고 싶다는 생각을 하고 있었다는 것도 아직 깨닫지 못하고 있었다.

'오호……!'

재원은 강해진이 왠지 마음에 들 것 같았다. 어쩌면 좋은 끝을 볼 수 있지도 않을까?

할 수 있다면 강해진에게 미리 조언해 주고 싶었다. 강현의 외모를 칭송하지 말라고. 강현은 그 어떤 남자들도 주눅 들게 잘생겼지만 그 외모가 독이 되고 말았으니까.

하지만 해진이 처음부터 강현에게 대놓고 잘생겼다며 감탄을 감추지 못한 걸 알았다면, 그리고 또 다른 잘생긴 남자를 찾아가다가 붙잡힌 걸 알았다면, 그럼에도 강현이 억지 명분을 세워 결혼하자고 윽박질렀다는 걸 알았다면 조언 따위 시궁창에 던져 버렸을 것이다.

그러나 그걸 알게 되는 건 아직은 조금 더 후의 일. 재원은 재빨리 새 맥주 캔 두 개를 꺼내와 강현과 부딪히며 소리쳤다.

"다시 한 번 결혼 축하!"

왠지 설레는 기대를 품고 히죽거리던 재원의 얼굴은 강현의 한마디에 구겨지고 말았다.

"나 다음, 네 차례인 거 알지?"

"……!"

"이 검사장님께 제일 먼저 청첩장 보낼게."

"으, 어. 으으."

재원이 짐승의 괴성을 질러대는 것도 잠시, 강현은 바짓가랑이를 붙들고 그 결혼 안 하면 안 되느냐 매달리는 한심한 중생을 발로 차버리며 축하주를 마저 삼켰다.

오늘따라 맥주 맛이 유난히 상큼했다.

✳

강진만의 집에서 나온 해진은 그들의 아지트인 천일호텔 방에 다시 돌아왔다. 천일호텔은 연희의 큰아버지 오문성의 소유로 해진이 주로 머물던 곳이기도 했다.

대외적으로 해진은 지난 10년간 프랑스에서 유학한 것으로 알려졌지만 실제로 프랑스에 산 건 몇 년뿐, 그 후론 대역을 두고 한국에서 살았다. 해진이 속이려고 작정하기도 했었지만 그만큼 관심이 없었던 터라 강 회장은 전혀 그런 사실을 몰랐다.

"좋냐? 좋아?"

"어, 좋아!"

혜윤의 이죽거림에도 해진은 해죽거리는 웃음을 멈추지 않았다.

"네 사랑, 반기준은 어쩌고?"

반기준은 한류를 넘어 세계로 진출하는 스타 중의 스타다. 그보다 더 중요한 건 미남 스타라는 사실. 반기준이 화면에 비치면 해진은 밥 먹는 것도 잊을 정도로 넋을 뺀다.

"아이 참, 환상은 환상 속에, 현실은 현실에 맞춰야지. 2차원과 3차원을 어떻게 비교해?"

"그래서 3차원 정강현에게 만족하기로 했다? 정말 반기준을 대령했으면, 정강현 대신 반기준이랑 결혼할 거니? 에라이, 귀신을 속여라."

"맞아, 귀신을 속이지."

옆에서 추임새를 넣었던 연희는 혜윤에게 꿀밤을 맞았다.

이 결혼, 혜윤은 정말 반대하고 싶었다.

슬쩍 봐도 해진은 정강현이라는 남자에게 눈을 떼지 못하고 있었다. 해진은 그 남자에게 홀딱 반했다. 그러면서 정강현이 원하는 게 자유니까 이혼하겠다고 하는 걸 보면 속에 천불이 일지 않을 수 없었다.

그런 결혼을 왜 하느냐고!

혜윤은 희희낙락하는 해진을 째려보았다.

"기집애야! 너 그 사람이랑 이혼 얘기도 끝낸 거 생각은 하고 있니?"

"내가 넣은 조건인데 설마 모르려고? 내가 맹추야?"

"그래, 넌 맹추야!"

"내가 왜 맹추야!"

'낭만은 버리지 못했으면서도 왜 이런 결혼을 하려는지 절대 말해주지 않으려니까 그러지!'

그러나 입 밖에 낼 수 없는 질문 대신 혜윤은 맹추라는 말만 연발하며 해진을 간지럽혔다.

간지럼 전쟁에는 곧 연희도 끼어들며 세 여자의 비명과 웃음소리가 난무했다.

결혼식 날짜는 순식간에 다가왔다.

4. 그녀는 남자의 로망 (1)

—세기의 결합, 선남선녀의 아름다운 합체!

정강현(32)

환인 정덕철 회장의 손자. 미국 M대학 학사학위, 석사학위를 거쳐 독일, 영국, 스페인 등지의 환인 지사를 거쳐 현재 환인물산 기획이사.

강해진(24)

산방 강진만 회장의 무남독녀. 프랑스 R 음대 휴학, 결혼을 위해 귀환.

두 사람의 결혼은 각종 일간지와 신문, 잡지 뉴스로 알려졌다.

재계의 큰손이라 불리는 환인과 산방의 결합에 귀추가 주목되었지만 결혼식 자체는 언론에 비공개 되면서 초대된 사람들도 극히 제한되었다.

그렇다고 언론이 조용하지는 않았다. 결혼식 대신 언론에 비공개 된 신부 강해진이 어떤 사람인지, 신랑 신부가 어떤 예복을 입을 것인지에 초점을 맞춘 것이다.

환인 홍보실은 언론과 줄다리기하는 데 능숙했다. 덕분에 결혼식 이틀 전엔 전통 혼례식을 치를 거라는 정보가, 바로 전날엔 일류 한복 업체 〈예님〉의 바느질 명장이 손수 예복을 제작했다는 것이 알려졌다. 그러나 신부의 모습이나 예복의 디자인에 관해선 여전히 베일에 싸인 채 결혼식 아침이 밝았다.

"하얀 웨딩드레스를 입은 언니를 상상했었는데."

연희가 예복을 입은 해진에게 감탄하면서도 아쉽다는 듯 중얼거렸다. 그러자 대번에 타박이 날아들었다.

"얘, 무슨 소리니? 그럼 넌 해진이가 강진만 손을 붙잡고 버진 로드를 걸어가는 모습이 상상이 되니?"

"아……!"

"너도 가끔 해진이만큼 맹해?"

"아이 이모는! 어떻게 조카를 그렇게 묵사발로……."

신부대기실에서 가슴 두근거리는 신부 앞에서도 어김없이 이어지는 조카와 이모의 공방에 해진의 눈이 뾰족해졌다.

"묵.사.발? 나만큼?"

"헤헤, 언니? 내 말은 그저 난……. 아, 아냐. 나 맹해. 아무렴!"

짐짓 노려보는 해진에게 연희는 항복 표시를 했지만 혜윤은 아니었다. 도리어 얼굴 밝힘증 환자, 맹추라며 되쏘는 혜윤에게 해진이 눈을 피해야 했다.

혜윤은 이 결혼을 맘에 들어 하지 않았다. 하지만 그 짧은 시간 동안 예식을 빈틈없이 진행하도록 지휘하고, 혼전계약서에 따른 그 많은 법무적인 서류까지 완료한 이가 바로 혜윤이다. 그러느라 해진이 결혼을 선언한 날부터 오늘까지 수면 시간을 줄여 강행군했다. 그동안 해진은 신부는 잘 자야 화장이 잘 받는다며 먹고 자고 몸매 관리한 것밖에 없다.

두 여자 덕분에 잠시 긴장이 풀렸던 해진은 대기실의 시계를 보며 다시 몸이 굳어버렸다.

새벽부터, 아니, 지난달부터 꼼꼼히 준비해 오던 그날이 막상 닥치자 심장이 달음질치고 있었다. 볼이 상기된 해진의 모습은 말 그대로 수줍고 청초한 신부 그대로였다.

해진이 입은 예복은 〈예님〉의 명장이 심혈을 기울여 제작한 옷으로, 그냥 옷이라 불리는 것조차 아까운 하나의 작품이었다.

신부가 입장할 때 가장 겉에 두르는 원삼은 왕비가 입던 예복을 본떠 만든 것이었다. 붉은 바탕에 청색과 흰색, 검정 천으로 마무리한 화려함은 보는 이의 마음을 설레게 했다.

그 안에 받쳐 입은 옷도 예사롭지 않았다.

전체적으로 하얀 바탕의 치마저고리가 웨딩드레스의 느낌을 물씬 풍겼다. 투명한 무지개색 그라데이션 소매로 장식한 저고리엔 연한 분홍색 배자, 등판엔 봉황 무늬 자수가 새겨져 있었고, 풍성한 하얀 비단 치마에는 하얀 모란꽃 자수가 활짝 핀 가운데 꽃의

꽃술은 일일이 손으로 하나씩 달아놓은 비즈들이 촘촘히 박혀 있었다. 옷고름에도 봉황이 섬세하게 새겨진 데다 치마 아랫단에 두른 금박 장식은 호화로우면서 세련된 멋을 풍겼다.

족두리와 비녀, 댕기, 버선, 꽃신 등 소품과 작은 장식 하나에도 일일이 봉황과 모란이 새겨져 있어 예복의 화려함을 더했다. 그에 관한 설명까지 하자면 책을 하나 엮어도 될 것이다.

강현과 해진의 결혼은 약혼 발표 후 채 두 달이 되지 않아 전격 치러지는 것이었다. 하지만 이런 예복은 한 달 남짓 만에 만들 수 있는 옷이 아니었다. 크고 작은 세밀한 자수와 바느질 일체가 모두 수작업인 예복 세트를 모두 만들자면, 최소 몇 달에서 1년 이상의 시간이 걸린다.

그런데 이 예복이 완성된 건 1년도 넘은 일이었다. 이미 3년 전 해진이 직접 이 예복을 주문했던 것이다.

해진에 관한 한 모를 게 없다고 하는 혜윤도 예복의 존재를 몰랐다. 가봉하기 위해 처음 예복을 보게 된 날 해진이 해준 말에 혜윤은 혼자가 될 때까지 참았다가 펑펑 울고 말았다.

"엄마의…… 디자인이었어. 내가 만 스무 살이 되면 직접 만들어주고 싶어 하셨대. 하지만 엄마가 직접 해줄 수 없으시잖아. 그래서 만 스무 살이 될 때 내가 주문했어. 이건 엄마의 선물이라 언니에게도 말하지 못했어."

떨리는 손으로 옷을 쓰다듬던 해진은 눈물이 어린 채 아픈 미소를 머금고 있었다. 그때가 생각나 눈물이 날 것 같았지만 혜윤은 억지로 눈물을 참으며 미소를 그려 보였다.

"우리 해진이, 정말정말 예쁘다!"

"고마워, 언니."

"정말…… 예뻐."

이러다 또 울 수도 있다. 연희가 눈치껏 그런 혜윤의 소매를 잡아당기며 다 들리도록 소곤거렸다.

"이모! 이제 결혼하는 마당에 해진 언니, 제일 중요한 건 가르쳐 줬어요?"

"중요한 거? 다 가르쳐 주고 다 챙겼어. 환인 회장님 번호랑 신혼집 비밀번호, 신혼여행 전에 인사할 사람, 그래도 빠진 게 있으면 내가 옆에서 알려줄 거고. 신혼여행 갈 짐은 벌써 차에 실렸고 돌아오는 날 기사도 다 수배해 뒀어. 별장 정화 아주머니랑도 통화했고."

짧은 질문에 세세히도 답한다. 그만큼 혜윤이 얼마나 바쁘고 얼마나 신경이 곤두서 있는지 여실히 드러났다.

"아니, 그런 거 말고요. 중요한 게 빠졌잖아요!"

"뭐?"

연희가 씩 웃었다. 스물세 살짜리 아가씨의 웃음이 능글맞기도 하다.

해진이 불길함을 느낌과 동시에 예감이 적중했다.

"해진 언니, 뭘 좀 알아요? 첫날밤 교육은 해놨어요?"

"아!"

"아……!"

비명과 깨달음의 탄성이 동시에 터져 나왔다.

곧이어 혜윤의 야릇한 미소와 함께 두 여자가 똑같은 표정으로 해진을 위아래로 훑어보기 시작했다. 한 마리의 날생선이 된 해진이 두 마녀의 칼날 아래 놓이는 순간이었다.

"저런, 우리 이모……. 날치기 결혼 준비하느라 그 중요한 걸 빼먹으셨네. 어쩌나, 우리 순덩이 언니, 첫날밤에 일 치르려는 신랑 걷어차는 거 아녜요?"

연희는 해진보다 한 살 어리다. 그렇지만 연희는 그 보이시한 외모에도 오래된 남자친구가 있다. 남녀 관계에 관한 한 해진은 연희의 밥일 수밖에 없었다.

"나, 나, 나도 알 건 다 알아!"

해진이 벌겋게 달아오른 얼굴로 나름 퍼덕거려 봤다.

"훗, 언니가 뭘 알아! 남자 거시기가 이따만큼 커져서 언니의 거기를 쿡 찌르는 것도 알아?"

"아아악!"

해진은 비명만 질렀다. 팔뚝을 거머쥐며 흔들기까지 하는 연희에게 당할 수 있을 리가…….

"연희야, 해진이 겁먹잖니. 너무하는구나, 정말!"

혜윤이 말리는 척 끼어들었다. 그야말로 '척'. 말린다고 보기엔 그 어조가 너무나 다정하다. 그러나 연희의 적나라한 표현에 넋이 나간 해진은 그 동아줄을 붙잡고 다시 한 번 저의 무지하지 않음을 주장했다.

"아, 안다고!"

"알긴 뭘 알아? 정말 알아?"

다정한 듯 갑자기 돌변해서 따져 묻는 혜윤이었다. 그에 입을 벙긋하는 해진 대신 연희가 끼어들어 대답했다.

"전에 나랑 야동 한 편 본 적 있거든요. 아마 그거 보고 그럴걸요?"

"설마 그걸로……?"

해괴한 미소를 짓던 연희가 혀를 차며 동정의 눈길을 보냈다. 해진은 연희 말이 사실이냐는 듯 돌아보는 혜윤의 시선을 피할 수밖에 없었다.

"봐요, 맞잖아요! 어떡해요, 이모! 야동이랑 현실이랑 같은가."

"이런 실수가! 내 불찰이다. 진작에 성교육도 시켜둘걸……. 그걸 생각 못 했네. 아차, 당장 결혼식인데 너무 늦었잖아!"

과장스레 한탄하는 혜윤의 입가가 푸들푸들 떨렸다.

"어, 언니까지 제발!"

그러나 이미 해진을 요리하는 데 재미가 들린 두 여자에게 애원 따위 통하지 않았다.

"호호홋! 언니, 오늘 꼭 내가 선물한 그 잠옷 입어야 한다? 이건 입은 듯 입지 않은 게 뭔지 알려주는 그런 옷이더라. 꼭 그거 입어!"

"뭐? 너도 넣었어?"

"이모도 넣었어요?"

"당연하지!"

"이모는 무슨 색이요?"

"순결한 신부의 로망, 당연히 흰색이지!"

"아이, 이모는! 너무 진부해요, 좀 파격적으로 검정색 정도는 입어줘야죠!"

"너는 해진이를 모르니? 처녀가 검정색을 잘도 소화하겠다, 그것도 저 순둥이가!"

"아, 그런가? 그럼, 언니! 첫날밤엔 이모가 사준 거 입고 둘째 날은 내가 선물한 거 입어!"

"두 사람 정말!"

해진이 빽 소리를 지르든 말든 누가 이모 조카 사이 아니라 할까 봐 두 여자의 웃음은 하나로 표현된다. 음흉이란 글자로!

설상가상, 아직 그들의 요리는 끝나지 않았다.

"해진 언니, 오늘 밤, 엄청 섹시하겠죠? 코피 터지도록 예쁘겠죠?"

"당연하지, 우리 해진이가 얼마나 예쁜데! 그렇지만…… 불행하게도 해진이 신랑은 오늘 밤 힘을 못 쓸지도 모른단다!"

"왜요, 이모?"

한 편의 연극이 따로 없다. 강제 관객이 된 해진은 울상이 되어 갔다.

"내가 저주를 내렸거든!"

"히엑! 양 마녀표 저주!"

"뭐? 양 마녀?"

"아잉, 이모는? 사람들이 그러더라고요, 사람들이. 하지만 알잖아요, 나야 애칭이죠! 애칭! 그나저나 무슨 저준데요?"

혜윤이 연희를 곱게 흘기고는 씩 웃었다.

"첫날밤, 확 고자나 돼버려라!"

"히익! 흑! 히끅!"

기겁한 해진이 딸꾹질로 대답했다.

덕분에 세 사람은 자신들 말고 다른 사람의 놀란 숨소리를 알아
채지 못했다.

"이모, 그럼 언니는 어쩌고요! 왜 그랬어요?"

"처음에 감히 우리 해진이를 거절했으니 그랬지. 어머, 얘 좀
봐. 제 신랑, 정말 고자 될까 봐 딸꾹질을 다 하네."

"깔깔깔! 어떡해, 우리 해진 언니 어떡해!"

"해진아, 잘 살아! 계약이고 뭐고 안 될 것 같으면 도중에 쫑 내
버려! 알았지?"

"이모는! 그래도 결혼식 날에 그래야 해요?"

"우리 해진이 소원 이뤄줄 남자는 아니니까 그렇지. 우리 해진
이는 언제고 멋지고 근사한 남자와 사랑을 할 거야. 그래도 기왕
결혼하는 거니까 확실히 즐기고 쫑 내. 해볼 거 다 해보고. 처녀보
다 경험 있는 여자가 더 섹시한 법이다?"

"고자 되라고 했다면서요!"

"첫날밤에 그러라고 했지, 영영 그러라는 건 아니거든!"

"아휴, 다행이다. 정강현 씨 살았네. 마녀의 저주는 효과가 직
방인데 평생이 아니어서."

"뭐? 오연희! 요게 보자 보자 하니까?"

"오마낫! 애칭, 애칭이라니까요!"

"애칭이고 나발이고 마녀 주먹맛 좀 볼래?"

"앗, 살려줘! 이모 주먹은 핵무기라고요!"

연희는 혜윤에게 꿀밤을 맞으면서도 해진에게 칼질을 날리는 걸 잊지 않았다.

"근데 우리 해진 언니, 오늘 다른 '핵무기' 맞고 어찌 견딜까. 축, 기절. 미리 애도를!"

"너, 정말······!"

그때 문자메시지를 본 혜윤이 반색하며 외쳤다.

"반가운 손님 오셨어! 모시고 올게!"

"어? 어······."

혜윤이 나가면서 얼결에 두 여자의 정신 공격이 끝났다. 얼이 빠진 해진은 마지막으로 억울하다는 듯 중얼거렸다.

"나도 알 건 안다니까······."

연희 말대로 야동 한 편 본 게 다지만. 그래도······ 어느 구멍에 뭐가 들어가는지 알면 다 아는 것 아닌가 말이다.

하지만 그 최후의 변론마저 연희의 코웃음에 묻히고 말았다.

"결혼 축하한다, 해진아."

고급스러운 감색 양복을 입은 중년 남자가 신부대기실로 들어오며 축하 인사를 건넸다. 혜윤이 직접 마중 나갔던 손님이 바로 그, 오석천이었다.

"아저씨! 와! 오셨네요! 아주머니는요? 명훈이는? 영지 할머니는…… 아, 할머니는 떠나셨죠? 참……. 헤헤."

"그래, 어머니는 네가 크루즈 여행이랍시고 지중해로 보내 드렸잖아! 그 이유가 이렇게 도둑 결혼하려는 거였어?"

"도둑 결혼이라니요, 아저씨도 참. 세상이 다 아는 결혼인 걸요."

"명훈이는 모른다. 명훈이가 이 결혼 알면 난리 났을 텐데……."

"쳇, 또 제가 나랑 결혼하겠다니 뭐니 엉뚱한 소리 하려고요? 혜윤 언니는 찡, 내가 닭이에요?"

"글쎄, 네가 닭이었니? 하하."

"그런데 아주머니는요?"

"마누라는 재단 일이 터져서 못 왔다. 미안하다고 전해달라더라."

"어머, 재단이 왜요?"

"큰일은 아니니 걱정 마라. 그나저나 내가 이렇게 예쁜 신부에게 칭찬 한마디 못 했구나! 곱구나. 참 곱다……."

"고맙습니다, 아저씨."

해진이 볼을 붉히며 웃다가 고개를 갸웃했다.

"어? 그런데 명훈이가 왜 제 결혼을 몰라요? 환인뿐 아니라 언론에서도 꽤 많이 보도했었는데."

"그놈 지금 사시미파인가 하는 조폭 일당 잠입 수사한다고 들어가 있어서 연락도 안 된다."

"어머, 어째!"

"그렇게 걱정할 필요 없어. 어머니 말씀이 그 녀석, 명줄 하나는 타고난 녀석이라고 했으니……."

영지 할머니의 말씀이라면 믿을 만했다. 명훈은 안전하게 돌아올 것이다.

"그래도요……."

"명훈이 소식 전하려는 게 아니라 너 축하하러 온 거야. 그러니 좋은 날 그런 얼굴 하지 말고 웃어라."

"고맙습니다, 아저씨……."

"해진아……."

"네, 아저씨."

해진은 오석천이 말하려다 말고 망설이는 이유를 알고 있었다. 그녀가 괜찮다는 듯 방긋 웃자 오석천은 한숨을 쉬며 말했다.

"그 드라마…… 난 아무래도 좀 걱정스럽다."

"아저씨, 전 괜찮아요. 저는 다만 아저씨가 안 된다고 하지 않으셔서 감사한걸요?"

"나야……. 하지만 걱정이 되는 건 어쩔 수 없구나."

"괜찮아요. 그때도…… 지금도. 지금은 그때보다 더 확실히 준비하고 있어요."

해진의 표정은 왠지 처연해 보였다. 그래서 염려하는 말조차 그녀를 더 힘들게 하는 것 같았다.

"그래, 더는 말하지 않으마. 하지만 도움이 필요하면 말해라. 내가 아직 일선에 있는 이상 힘을 보태줄 수 있다."

"말씀만이라도 감사해요!"

"말만이라니! 내가 말만 하는 사람이니?"

"물론 아니시죠! 하하. 염치가 없어서 그러죠. 일 터지면 아저씨도 곤란해지실 수 있을 텐데."

"내 걱정은 마라. 나를 모르니?"

하긴 12년 전에도 맨몸으로 '그들' 과 부딪힌 오 경감이다. 지금의 오 경감은 그때보다 더 강한 사람이었다. 그래도 은퇴가 가까운 오 경감의 평화를 흔들고 싶지는 않았다.

일을 벌인 이상, 이미 흔들고 있는 건지도 모르지만.

"고맙습니다……."

오늘 온 수많은 하객 중 오석천이야말로 진짜 해진의 축하객이었다.

그와 인사를 나누느라 두 남자가 급히 신부대기실 앞에서 나가는 걸 세 여자는 눈치채지 못했다.

두 남자가 왔던 건 혜윤과 연희가 해진을 열심히 요리하고 있을 때였다. 덕분에 두 남자는 본의 아니게 여자들의 은밀한 대화를 듣게 되었다. 정확히 '첫날밤 교육' 운운하는 데서부터였다.

혜윤이 오석천을 마중하러 나올 때 두 남자는 들킬 뻔했지만 사방을 둘러싼 화환들 덕에 마주치지 않을 수 있었다.

재원은 신부대기실에서 멀어지자마자 히죽거리며 강현을 쳐다보았다. 그 웃음이 연희의 것과 닮긴 했지만 어쩐지 안쓰러운 것은 그의 눈 밑이 퀭해 보였기 때문이다.

두 사람의 결혼 준비로 혜윤만큼 바쁘게 움직인 사람이 아마 재원일 것이다.

재원은 그동안 해진의 신탁 소유권 이전을 진행하며 기를 쓰며 방해하려는 강진만 회장 측 변호사와 부딪치게 되었다. 강 회장 측은 해진에게 넘어가야 할 신탁 재산을 축소하고 은닉하려 했지만 재원은 어제까지 혜윤이 넘겨준 자료에 따라 거의 빠짐없이 신탁 이전에 관한 법률 절차를 마쳤다. 그러기 위해 그는 내내 제 몸이 세 개만 더 있었으면 좋겠다는 말을 달고 살아야 했다.

아무튼, 재원은 일을 무사히 마치느라 결혼식장에 와서야 처음으로 친구의 신부를 보게 되었다. 막상 만나지는 못했어도 돌아서는 재원의 얼굴엔 야릇한 웃음이 맺혀 있었다.

"호오…… 잘되는 놈은 엎어져도 금싸라기 밭이라더니 네가 딱 그렇구나?"

"……."

"징글징글하게 복 받은 놈!"

부러움인지 감탄인지 모를 탄사를 늘어놓던 재원은 성큼 멀어지는 강현을 급히 따라가며 떠들어댔다.

"네 신부, 귀엽더라. 너보다 여덟 살이나 어리지, 그 많은 재산에, 순결하면서도 왠지 섹시해 보이기까지! 와! 너는 전생에 나라를 구했냐?"

"……."

"하긴, 너랑 별 차이 없으니 복은 저 여자가 받은 건가?"

"뭐가 차이가 없어?"

"넌? 떼긴 뗐냐?"

강현의 아래위를 훑는 재원의 표정이 마녀, 혜윤보다 더 음흉해 보였다. 하지만 강현은 해진처럼 얼굴을 붉힐 이가 아니다.

"저 여자랑 비교할 정도는 아냐!"

강현은 딱딱하게 표정을 굳히며 재원의 입을 막았다. 그 애매한 대답에 재원은 할 말이 많았지만 살벌해진 강현의 얼굴에 목을 움츠렸다. 여느 때보다 강현이 더 날카로워 보였다. 여기서 더 건드려서 좋을 건 없다. 재원은 입맛을 다시며 화제를 돌렸다.

"강현아! 아까 그 누님, 오늘도 대단해 보인다. 멋져! 그 누님은 몇 살이야? 나보다 어린가? 아니면 연상?"

그동안 일에 치이느라 재원이 여자를 못 만나긴 했다. 그래도 양혜윤이라니!

강현이 혜윤을 달갑지 않게 여기는 건 차치하더라도 재원의 바람기에 오래가는 여자는 없었다. 관계가 끝난 후의 불편함은 다른 때보다 더 심할 것이다. 그러나 재원의 눈은 이미 사냥꾼 특유의 빛으로 불타오르고 있었다.

"연상. 이재원, 마녀는 그만두지?"

"모르는 말씀! 마녀라잖아! 짜릿하잖아?"

못 말린다. 강현은 설레설레 고개를 저었다.

예식 시간이 되어가자 강현은 그제야 옷을 갈아입었다. 결혼식 전반은 환인 측에서 준비했지만 예복은 몽땅 신부 측에서 준비했다. 전통 혼례식을 하는 덕분에 강현도 용무늬가 새겨진 짙은 남색 관복 차림을 했는데 신부복에 비해 화려함은 덜하지만 고급스럽고 우아함만은 손색이 없었다. 아니, 그 이상 어울리기도 어려울 것이다.

원앙 한 쌍과 각종 폐백 음식들이 오른 탁자가 차려진 식장에 들어가기 전 강현은 재원의 말을 반추했다.

'내가 복 받은 놈이었던가?'

여자들도 그렇게 짓궂어지는 건 오늘 처음 알았다. 덕분에 오늘이 지나면 자연스럽게 알게 될 신부의 순결함도 미리 알게 되었지만 이상하게도 놀랍지는 않았다.

결혼을 계약처럼 제시한 여자다. 이혼도 조건 중 하나다. 그런데 왜 여전히 저 여자는 천진해 보일까?

"신랑, 정강현 입장!"

사회자가 호명하는 소리가 울렸다. 강현은 발을 내디뎠다.

결혼식은 아름다웠다. 고운 예복을 차려입은 신랑 신부가 맞절을 하고 어른들께 인사하는 모습에 초대받은 하객들은 본인, 혹은 자신의 자녀들도 그런 혼사를 치르고 싶다며 소곤거렸다.

결혼식에 이어 폐백을 마친 해진이 옷을 갈아입고 신혼여행지로 떠나기 전 마지막으로 강 회장에게 인사했다.

"아버지. 저, 잘 살게요!"

'죽일 년⋯⋯.'

강진만은 분함을 참지 못하고 주먹을 부르르 떨었다.

해진이 떠나던 날, 뒤늦게 신탁에 대해 떠올린 강진만은 변호사를 불렀지만 소용없었다. 빌어먹을 환인 것들이 달려들더니 탈탈 털어 가져가 버렸다. 어제 날짜로 마지막 서류에 사인하던 환인

법무팀 대표라는 이재원 변호사의 뒤통수에 주먹을 날리지 않은 건 그가 살아오면서 가장 큰 인내심을 발휘한 것이었다.

거기에 더 열통이 터질 일은 그 배은망덕한 딸년의 결혼식에 참석해야만 하는 것이었다. 그것도 사람 좋은 강진만, 대외적으로 자상한 아버지상을 잘 연기해야 했다. 환인과 척을 지려는 게 아닐 바에야.

"그래, 잘 다녀오너라."

썩을…… 가식적으로 입꼬리를 늘린 강진만이 해진을 죽일 듯 노려보았지만 그게 다였다.

"감사합니다."

강현도 강진만에게 인사했다.

내키는 대로 할 수만 있었다면 강진만은 강현의 멱살이라도 잡았을 것이다. 딸년의 장단에 맞춘 것이 바로 정강현 아니던가! 그러나 입으론 자상한 장인의 연기를 계속했다.

"그래, 축하하네. 잘 다녀오시게."

강진만의 인내심은 거기까지였다. 해진과 강현이 차에 오르며 고개를 돌리는 순간 그의 표정은 일그러지고 말았다.

기왕지사 연기하던 것, 조금만 더 참았으면 되었을 것을……. 하필 그 야차같이 일그러진 표정을 한 채 정덕철 회장과 눈이 마주치고 만 것이다.

정 회장은 싸늘한 얼굴로 그에게서 몸을 돌렸다. 뒤늦게 그를 따라가 보려 했지만 강진만은 사람들과 이야기를 나누며 자연스럽게 떠나는 정 회장과 다시 눈도 마주치지 못했다.

딸년과 자기 것인 줄 알았던 재산, 그나마 환인 회장과 돈독해질 기회가 그렇게 날아가 버리고 말았다.

강 회장과 해진이 영영 결별한 날이었다.

✳

해진과 강현의 신혼여행지는 해진의 강릉 별장이었다. 무리하게 서두른 결혼식 일정으로 시간이 부족한 강현 때문에 가까운 곳을 선택한 것이기도 했지만, 강릉 별장이 해진의 신탁 중 가장 먼저 정리된지라 해진과 강진만 회장의 관계에 점을 찍는 의미도 있었다.

하지만 강릉이 정 회장에겐 다른 의미가 있음을, 특히나 강현이 강릉에 가는 걸 싫어한다는 걸 알았다면 함부로 선택할 수 없는 곳이었다. 그런데 이상한 건 신혼여행지가 강릉이라고 하는데도 할아버지는 별말씀하지 않았다. 다만 해진에게 좋은 꿈꾸고 오라며 덕담만 했을 뿐이다.

다 된 밥을 정강운 입에 털어 넣을 정도로 자신이 강릉에 발 딛는 자체를 싫어했으면서, 왜?

강현은 할아버지의 반응을 이해할 수 없었다.

설마, 해진이 선택한 곳이라서? 어쩌면 그럴 수도 있을 것 같았다.

처음 인사하고 나서도 몇 번 더 보지 못했는데도 할아버지가 해진을 대하는 분위기는 훈풍이 불었다. 아무리 오래 가까이한 이도 그리 살갑지 않은 할아버지가 그렇게 대번에 누군가를 좋게 보는 모습은 처음 보았다. 할아버지는 도대체 이 맹한 여자의 어떤 점이 마음에 드신 걸까?

알 수 없는 일이다. 그러나 철벽 수비나 마찬가지인 할아버지의 울타리 안으로 단번에 들어간 그 맹한 여자는 차에 타자마자 뒷좌석에 고개를 기댄 채 정신없이 잠들어 버렸다. 얼마나 편안해 보이는지 어딘가 더 받쳐 줄 필요도 없었다.

피곤하기도 했겠지. 이해는 하지만 저와 눈 한 번 마주치지 않고 태평하게 자는 여자 때문에 괜히 입맛이 썼다.

그런데 차가 한적한 도로로 접어들자 해진이 반짝 눈을 떴다. 정신없이 잠들었던 게 거짓말 같은 모습이었다.

"어머, 다 왔네!"

해진이 흥분한 듯 재잘거린 지 채 몇 분 되지 않아 정말 목적지에 도착했다. 차가 멈추자 해진은 훌쩍 문을 열고 나가며 마당에서 기다리고 있던 관리인 남자를 향해 인사했다.

"안녕하셨어요, 아저씨!"

"네, 잘 오셨습니다. 아가씨. 결혼, 축하드립니다."

"고마워요, 아저씨. 나 우선 잠깐 둘러볼게요!"

해진은 차에서 내리는 강현에게 여긴 바깥부터 봐야 한다며 마당 중간으로 뛰어갔다. 뒤에 남은 서글서글한 인상의 관리인은 강현에게 축하 인사를 건네며 저와 제 아내가 별장을 관리한다고 스스로 소개했다. 관리인과 함께 그들을 태워줬던 운전기사 박 대리가 짐을 들고 들어가는 걸 보며 강현은 해진에게 고개를 돌렸다.

해진은 잔디밭 위에서 춤추듯 빙글빙글 돌다가 양팔을 들어 올린 채 숨을 깊게 들이쉬고 있었다. 그녀가 행복하게 웃는 모습은 지켜보기는 이의 기분도 함께 상승시켜 주는 무언가가 있었다.

"여기, 좋아하는 곳인가 봐?"

천천히 다가간 강현이 말을 걸자 해진이 생긋 웃어보였다.

"응, 좋아요!"

대답하는 해진은 불어오는 바람에 실린 바다 냄새를 즐기는 듯 두 눈을 감고 더 깊게 숨을 들이쉬었다. 덕분에 풍광에 별 감흥이 없던 강현도 바다 냄새나는 공기가 상쾌하게 느껴졌다. 그런 식으로 생각해서 그런가, 정말 공기에 자유가 섞인 느낌이었다.

해진이 별장을 돌아보며 만족스러운 웃음을 지었다.

"이젠 언니랑 연희랑 여기에 마음대로 놀러 올 수 있겠어요."

인사한 적은 없어도 강현은 연희가 누구인지 알았다. 그런데 연희라는 사람을 떠올리자 저절로 그녀들의 은밀한 대화가 함께 생각났다. 그 때문에 저도 모르게 열이 오른 강현은 곧 대화에 집중하기 위해 애썼다.

"왜? 전엔 올 수 없었나?"

"대외적으로 난 프랑스에 유학 중이었잖아요."

"대외…… 적으로?"

"몇 년은 프랑스에 있기도 했는데…… 향수병에 걸려서요. 그래서 대역을 세우고 돌아와서 한국에서 살았어요."

"……!"

이 간단한 문장만으로 강 회장과 얼마나 소원했는지, 또 그녀의 삶도 꽤 만만치 않았음을 알 수 있었다.

"그럼 한국에 돌아온 지 얼마나 된 거야?"

"한, 5년 정도요? 더는 꼬부랑말만 듣고 살지 못하겠더라고요. 돌아오고 나서 제일 좋았던 게 한국말 마음대로 쓰는 거였어요."

5년? 5년 전이면 해진의 나이 열아홉, 미성년자다. 청혼도, 신탁을 되찾는 추진력을 봐도 대단하다고는 느꼈지만 정말이지 보통이 아니었다. 하지만…… 그 어린 나이에 대체 어떻게 그게 가능했을까?

대역을 세우는 것도 문제지만 강 회장의 눈을 피해 체류하기 위해서도 큰 비용이 발생한다. 그 비용은? 신탁을 넘겨받기 위해서 법적 절차를 밟지 않으면 안 되는 지경에 강 회장이 해진에게 과외의 여윳돈을 줬을 리가 없다. 협조자 없이는 불가능한 일이었다.

양혜윤일까? 왠지 그럴 것 같았다. 양혜윤, 아니, 이 여자에게 많은 비밀이 있을 것 같았다.

"그래도 한 번도 들킨 적 없어요. 지방에서 대학도 다니고 재미있었어요. 아! 한 번은 산방 본사 앞을 지나다가 업무 시찰 나가는 강 회장님이랑 몇 걸음 앞에서 스친 적이 있었는데도 모르더라고요. 그런데 올해 초, 갑자기 강 회장님이 호출하는 바람에 부랴부랴 출국했다가 입국하는 쇼를 했죠."

해진이 조잘조잘 이야기했지만 의혹은 더 깊어질 뿐이다. 프랑스가 워낙 멀리 먼 곳이긴 하지만 분명 강 회장에게 꼬박꼬박 보고가 들어갔을 것이다. 그러자면 얼마나 치밀하고 대담해야 할까.

맹해 보이던 얼굴 또한 가면일까?

"가끔 콘크리트 바닥과 하늘을 가리는 건물들이 답답해지면 여기로 왔어요. 저기 바다 보이죠? 이 풍경을 보는 것만 해도 숨이 탁 트이잖아요? 여기 아저씨랑 아줌마 덕분에 강 회장님한테 들키지 않고 다니긴 했었지만 그래도 제약 없이 올 수 있게 되니 확실히 좋네요!"

"그랬군……."

결혼식장에서까지 좌절과 원한을 숨기지 못하던 강 회장의 얼굴이 부녀의 관계를 확실히 증명하는 것이었다.

"어, 아줌마다!"

별장 앞에 있는 여자를 본 해진이 '정화 아줌마!' 라고 소리치며 손을 흔들었다.

"아줌마가 많이 기다리셨나 봐요. 이 별장은 실내장식도 근사해요. 정화 아줌마가 분명 맛있는 걸 해놓고 기다리고 있을 거예요. 어서 들어가요."

"응……."

해진은 그의 대답을 듣기도 전에 돌아서서 앞장섰다.

도착하던 순간, 또 지금.

강현은 훌쩍 가버리는 해진에게서 묘한 상실감은 느꼈다.

상실감이라니, 웃기는 소리다. 저 여자가 뭐라고.

강현은 조소를 감추며 마음에 한 번 더 빗장을 닫아걸었다. 언제나 굳건하던 빗장이 왜 이 여자에게 느슨해진 줄도 모른 채.

신랑이 어쩌든 먼저 달려간 그의 새 신부는 50대로 보이는 여인과 반갑게 인사를 나누고 있었다. 그를 잊은 것 같은 새 신부 대신 관리인의 아내라는 여인이 먼저 알은척하며 인사를 했다.

"결혼 축하드립니다. 아가씨 잘 부탁드립니다, 이사님!"

"고맙습니다……."

몇 마디 말을 나누는 것만으로도 관리인 부부가 해진을 얼마나 아끼는지, 해진도 그들과 얼마나 친한지 알 것 같았다. 하지만 그 친하다는 게 좀 지나치다.

별장 안에 들어오자 해진은 계속 관리인 아내의 뒤만 졸졸 쫓아다니며 이야기를 주고받았다.

아프다던 무릎은 어떤가, 아들은 직장 생활을 잘하는가, 손자는 몇 개월인가, 하다 하다 장순이라는 개 안부까지 물었다.

아무래도 이 여자, 이곳에 왜 왔는지 잊은 모양이다. 목적도 그렇지만 신랑의 존재도 잊은 것 같았다. 처음엔 관리인 아내가 반가워서 그런가 보다 이해했다. 하지만 시간이 지나도, 저녁을 먹을 때까지도 해진은 내내 그를 무시하고 있었다.

그새 흥미가 떨어졌나? 게슴츠레한 얼굴로 날 쳐다보던 건 당신이거든?

자존심에 상처를 입은 강현의 얼굴이 점점 굳어갔다.

관리인 아내가 해진에게 눈치를 줄 정도였지만 해진은 그에게 눈길조차 주지 않았다. 보다 못한 관리인 아내가 말했다.

"두 분, 주변 산책 같이하시는 게 어때요? 주변 경관이 꽤 좋답니다. 이사님은 오늘 처음 오셨으니 함께 둘러보시는 것도 좋을 거예요."

하지만 해진은 그조차 거부했다.

"어! 오늘은…… 곤란해요."

"왜, 피곤한가?"

해진은 움찔하며 난감한 표정을 감추지 못했다.

"그건 아니고…… 할 일이 있어서요. 괜찮으면 강현 씨 혼자 나갔다 올래요?"

할 일?

도대체 신혼여행지에 와서 신랑을 쫓아 보내고 할 일이 무엇인지 강현은 묻고 싶었다.

이제 볼 장 다 봤다는 건가? 원하는 걸 다 얻은 이상 그에게 관심이 사라진 것일 수도 있다. 어리바리함과 천진함으로 무장해 저를 황당하고 혼란스럽게 만들던 그 모습조차 모두 연기였을 수도 있다. 잠깐이라도 이런 여자에게 휘둘리다니, 화가 났다.

"그럼 혼자 가지."

"네, 다녀오세요!"

해진은 대놓고 다행스럽다는 얼굴이었다. 어색하게 손을 흔드는 그녀를 본 체도 않고 그는 벌컥 문을 열어젖혔다.

별장 주변은 관리인 아내의 말대로 풍광이 좋긴 했다. 화가 난 채로 뛰쳐나온 강현은 우연히 해진이 말했던 장순이라는 개와 만나 길게 산책하고 돌아왔다.

그러나 다시 별장으로 돌아오자 뱃속이 또 뭉쳐지고 있었다. 그녀를 어떻게 대해야 할지 아직 마음을 정하지 못했기 때문이다.

어쩌면 그녀는 첫날밤을 피하고 싶은지도 모른다. 하긴, 겨우 몇 번 보고 결혼하게 된 남자와 밤을 보내려니 어색하기도 할 것이다. 그렇게 대신 변명을 만들어냈지만 마음이 편안해지진 않는다.

아무리 아이를 갖자고 합의했다지만 발정 난 짐승마냥 관심 없는 여자와 무조건 밤을 보내자 우길 생각은 없었다. 그러니 그녀가 내키지 않아 한다면 무리해서 안으려 하진 않을 것이다.

그는 해진이 어떤 여자인지 아직 잘 몰랐다. 어디로 튈지 모를 여자란 것을.

덕분에 상상 못 할 선물이 기다리고 있다는 걸, 그는 전혀 짐작할 수 없었다.

해진은 응접실 소파에 앉아 있다가 그의 발걸음 소리에 고개를 들었다.

"왔어요?"

언뜻 탁자에 펼쳐진 책을 본 강현은 그것이 오늘 새 신부의 중요한 할 일이었나, 조소했다.

그는 해진이 뭘 보고 있었는지 조금도 궁금하지 않다. 그럼에도 그 짧은 새 그녀가 편안한 복장으로 머리끝이 살짝 젖은 채 발간 볼을 하고 있었던 모습에 당황한 자신이 화가 났다. 미지근한 샤워기 아래에서 화가 난 이유를 생각했지만 딱히 이유를 짚어내지 못했다.

앞으로 관계가 어떻게 진행되든 일단은 얼굴을 마주해야 했다. 그는 천천히 옷을 갈아입은 후 응접실로 나갔다.

해진은 여전히 책에 코를 박고 있었다. 그의 기척에 살짝 움찔거린 해진은 고개를 들며 배시시 웃었다.

"빠르네요, 벌써 다 씻고 나왔어요?"

자존심 상하게도 강현은 저를 향해 웃는 해진을 보자 피가 끓는 것 같았다. 저녁 내내 저를 무시하던 여자에게 이런 기분이 들다니, 최악이다.

그리고 알게 되었다. 왜 이 여자의 미소에 코가 시큰거렸는지, 저가 왜 그리 화가 났었는지를.

흥분했다, 욕망이 끓어올랐다. 그러나…… 일방통행이었다.

빌어먹을! 그 많은 여자들을 두고 하필 이런 여자에게!

환인 회장의 손자라는 배경, 연예인들이 울고 간다는 외모, 탁월한 능력과 지성, 어느 하나 빠질 것 없는 그를 노리는 여자는 많았다. 그런데 아방한 미소 말고 봐줄 것 없는 강해진이라는 이 여자가 그의 마음을 동하게 했다. 사나운 욕망이 몰아쳤다.

"뭘 그렇게 재미있게 보나?"

궁금한 건 아니다. 생각을 돌려야 했다. 자칫 한 발만 더 디디면 별로 원치 않는 여자에게 볼썽사납게 달려들 수도 있었다.

해진이 씩 웃었다. 묻지 않았으면 어쩔 뻔했나, 기다렸다는 듯 반색하는 표정이 짓궂게도 보였다.

저게 뭔가!

해진이 보던 페이지를 덮으며 흘끗 보이는 그림에 그의 심장이 쿵덕거렸다. 몽롱한 표정을 한 그녀가 몸을 배배 트는 모습만 봐도 답은 나왔다. 게다가 그의 신부는 제 성취를 자랑하고 팠던 모양이었다.

"그게요! 언니랑 연희랑 날 막 놀리잖아요. 아무것도 모른다고……."

"……!"

"나도 알 건 아는데……. 흥!"

"첫날밤 교육은 해놨어요?"

"나, 나, 나도 알 건 다 알아!"

여자들의 대화가 떠올랐다. 그 순간 '알 건 다 아는' 그의 신부가 의기양양하게 책표지를 보여주었다. 그의 망막에 까만 바탕에 현란한 핫핑크의 글씨가 들어왔다.

〈당신이 밤에 완전해지는 현대 카마수트라〉…… 라는 제목이었다.

강현은 눈도 깜빡하지 않았다. 아니, 할 수 없었다. 차가운 분노와 상처받은 자존심이 지배하던 자리에 흥분이란 녀석이 쳐들어와 숨이 턱 막혔다.

해진은 저가 무슨 단추를 눌렀는지도 모른 채 계속 종알거리기 시작했다.

"이게 난이도가 있더라고요. 단계가 1에서 4까지 있다고 하네요? 각 자세에 이름도 있어요. 기지개 켜기, 휘감아 얽히기, 대나무 쪼개기, 코끼리의 비상? 아, 이건 난이도 3이네? 이건 좀…… 초보자는 안 된다니 아직은 무리겠다. 우린 뭐가 좋을까요, 강현 씨?"

우리? 우리!

"어, 그게…… 언니랑 연희가 날 마구 놀리더라고요. 첫날밤에
아무것도 모르면 어쩌냐고."

알 건 알아? 뭘 알아? 정말 알아?

해진은 그가 속으로 물은 말에 대답해 주기라도 하려는 양 어느
한 구절을 짚어가며 설명을 이었다.

"이 책, 정말 대단해요. 난 오럴 섹스, 성기를 입으로 애무하는
건 무조건 펠라티오라고 알고 있었는데 여자 쪽은 이름이 달라요.
여자의 성기를 애무하는 건 쿤닐링구스라고 한대요. 강현 씨는 그
거 알고 있었……."

순간이동이라도 한 듯 저의 앞에 바싹 다가서 있는 강현을 올려
다보며 해진은 침을 꿀꺽 삼켰다.

열심히 공부한 건 알겠다. 하지만 칭찬을 바란 거라면 무리였
다. '아는 걸' 자랑하고 싶어도 지금은 아니다.

"강해진!"

"……네?"

"그거, 계속 봐야 해?"

경계가…… 무너졌다.

해진과 숨이 섞일 만큼 얼굴을 가까이한 강현은 그제야 해진의
떨고 있는 어깨를 볼 수 있었다.

정말 감쪽같이 속고 말았다. 여자의 뻔한 허세에 못난 기분으로
산책 갔던 저가 우스워지고 말았다.

"그게……."

그녀의 긴장이 느껴졌다.

하나가 보이자 다른 것들이 보였다. 그와 눈을 마주치지 않았던 것도, 관리인 아내와만 이야기를 나눴던 것도, 그가 돌아왔을 때 책장을 넘기던 손도.

그의 신부는 미지의 두려움에 떨고 있었다.

해진이 또르르 눈을 굴려 시선을 틀었다. 그 작은 머릿속에서 생각이 해일처럼 흘러가는 게 느껴졌다. 찰나 간에 표정이 급격하게 변한다. 살짝 울상이다가 웃으려고 애쓰다가 볼을 붉히다가 걱정스러운…….

그만 생각을 멈춰야 했다. 그 숱한 걱정의 호수에 빠져 정말 신랑의 존재를 잊어버릴 수도 있었다.

강현은 그녀가 방패처럼 꼭 쥐고 있던 책을 잡았다. 약한 저항이 느껴졌지만 간단하게 책을 빼앗아 덮은 강현은 파르르 떨고 있는 그녀의 손을 잡았다.

"생각은 나중에, 대화도 나중에, 이 공부는…… 나와 같이."

생각도 대화도 거추장스럽다. 그가 안아 들자 해진이 새된 비명을 질렀다.

"헙! 왜, 왜?"

"첫날밤, 신부는 이렇게 모시는 거라지? 책에 그건 안 나와 있던가?"

그딴 건 아무래도 상관없다. 굳어 있는 해진이 몇 걸음 안 되는 침실까지 걸어갈 것 같지 않아서가 더 정확한 이유였다.

"어……."

말을 잃은 신부는 그의 어깨를 감싸 안고 새빨개진 얼굴을 감췄다.

바야흐로…… 뜨거운 밤이 시작되었다.

사방이 밝다. 침대보와 이불마저 새하얗게 밝은 침대 한가운데 앉은 신부는 어디다 눈을 둘지 몰라 허둥대고 있었다. 삼킬 듯 이글거리는 남자의 탁한 눈빛에 아득해진 해진이 애원했다.

"강현 씨, 불 좀……."

"안 돼!"

그는 숨소리조차 탁하게 변해 있었다. 그녀를 향해 반쯤 기울여서 있는 그의 단단한 품에서 강한 수컷의 향기가 풍겨 나왔다.

해진이 작게 한숨을 쉬며 고개를 돌리자 가운 아래 숨겨진 하얀 속옷이 언뜻 모습을 드러냈다.

선물이다. 남자에게 끔찍한 저주를 퍼붓던 그 마녀의.

아무리 아무렇지도 않은 척하려 했어도 여자들의 대화를 들은 순간부터 그의 상상력은 최고치에 다다르고 있었다. 그리고 환상이 현실로 열리기 직전이었다.

강현은 훅, 거센 숨을 몰아쉬었다. 그의 거센 숨소리를 들은 해진이 눈을 꼭 감았다.

두려울까? 두려운 것 같다. 하지만 그 두려움은 그도 마찬가지라는 걸 안다면…… 위안이 될까?

설마 싶지만 그랬다. '떼긴 뗐냐'며 히죽거리던 재원의 말엔 강현도 답할 게 없었다. 하지만 떨고 있는 신부는 차라리 모르는 게 나을 것이다.

강현은 그녀의 곁에 앉았다. 그리고 움찔하는 그녀의 손을 잡은 채 그대로 기다렸다. 잠시 후 해진이 살그머니 눈을 뜨며 그를 올려다보았다. 강현은 손을 내밀어 그녀의 볼을 쓰다듬었다.

보드랍다. 그의 손이 얼굴에 닿자 놀라는 해진의 눈이 초점을 잃은 채 마구 일렁였다. 그 모습에 또다시 코가 시큰거린다.

"괜찮아. 괜찮아……."

강현은 본능적으로 뒤로 슬금슬금 물러나는 해진을 잡아채며 자신의 무릎 위에 걸터앉게 했다. 그리고 그대로 당겨 안으며 보드랍게 입을 맞췄다.

"음……."

새어 나오는 신음이 꼭 그를 초대하는 것 같다. 입술이 마주 닿자 몸을 굳혔던 그녀가 천천히 몸에서 힘을 빼며 그에게 입술을 맡겼다.

처음 맛보는 그녀의 입술은 보드랍고 달콤하고…… 뜨거웠다.

입술을 빨고, 혀를 밀어 넣자 당황한 혀가 어쩔 줄 모르다 그의 혀와 감겼다. 그녀의 목덜미를 쥔 채 입안을 다 삼킬 듯 강하게 빨아당기는 그에게 해진은 속절없이 저를 내주고 있었다.

강현은 피맛을 느끼고서야 입술을 떼었다. 고작 키스만으로 정신이 날아가 과하게 탐한 것이다.

"하아, 하아!"

입술을 떼자 해진이 거칠게 숨을 몰아쉬었다. 키스하는 동안 숨도 쉬지 못한 모양이었다.

이 여자는 키스도 처음인 것 같았다. 해진의 동그랗게 뜬 눈은 놀라면서도 흥분으로 빛나고 있었다.

이젠 키스만으로 만족할 수 없었다. 그가 손을 대자 또 흠칫하던 해진은 눈만 깜빡이며 가운 끈이 풀리는 걸 보기만 했다. 그리고 숨어 있던 하얀 속옷이 실체를 드러내는 순간 그의 가슴은 숫제 고속 질주하기 시작했다.

하얗다. 그리고 투명하다. 차라리 입지 않은 것보다 아슬아슬하게 가린 것이 극한 시각적 효과를 보인다고 했던가? 막연하던 환상이 눈앞에 펼쳐졌다. 가슴과 아래쪽 은밀한 곳만 겨우 감싼 슬립이 남자의 온갖 망상이란 망상은 다 끄집어내는 모습이었다.

그녀가 입은 슬립은 브래지어를 입을 수 없는 옷이었다. 아래쪽에는 하나 더 입긴 했다. 가는 끈과 손바닥보다 작고 얇은 레이스도 입은 것이라고 할 수 있다면.

레이스 사이로 살짝 보이는 갈색빛 유두가 그를 초대하듯 뾰족하게 일어서 있었다. 본능적인 이끌림에 강현은 가슴을 움켜잡았다.

"흡!"

해진이 놀란 신음을 질렀지만 강현은 놓아주지 않았다. 그녀가 내지르는 미세한 숨소리 하나하나 모두 그를 민감하게 자극했다.

내 것이다! 이 하얀 신부를 철저히, 완벽하게 소유하리라!

그는 손으로 감싸 쥔 가슴에 둥근 원을 그리면서 다시 그녀의 입술을 찾았다. 가슴을 점령당한 놀람에 질끈 입술을 깨문 해진은 다시 입을 열어주려 하지 않았다.

열어줘! 나를 들여보내 줘!

그가 그녀의 입술을 혀로 두드리며 간청했다. 느리고 끈질긴 그의 간청에 드디어 해진의 입술이 열렸다. 그는 즉시 입안으로 혀를 집어넣어 다시 말캉한 그녀의 혀를 붙잡았다. 키스가 열기를 더해가며 그는 한 손으론 그녀의 가슴을 어루만지고 다른 손으론 그녀의 등을 어루만지며 점점 더 아래를 더듬었다.

손안에서 이지러지는 가슴의 감촉이 처음엔 무척이나 좋았지만 점점 뭔가 불만족스러웠다. 옷이 문제였다. 겉보기에 허술하고 다 들여다보이는 그녀의 슬립은 쉽게 벗겨지지 않았다.

그 마녀! 마녀의 선물답게 안달 나게도 주렁주렁 달린 끈 중에 풀어지는 건 아무것도 없었다. 어쩌면 반작용의 저주를 노렸는지도 모르겠다. 너무 흥분해서 좌절하라고.

"으……."

강현은 입안에서 맴도는 욕설을 간신히 삼키고는 여밈을 찾는 걸 포기했다. 생각 같아선 찢어버리고 싶었지만 신부의 두려움과 타협해 훌렁 걷어버리는 쪽을 선택했다. 그 때문에 잠시 입술을 떼야 하는 것도 안타까울 정도였다. 하지만 드러난 해진의 몸이 그 안타까움을 충분히 만회해 주었다.

탐스러운 가슴과 납작한 배꼽 아래로 엿보이는 거뭇한 숲, 꼼지락거리며 몸을 가리려는 손을 붙잡은 강현은 숨김없는 찬탄을 퍼부었다.

"예뻐……."

그의 찬사에 해진의 목덜미 아래가 붉게 달아올랐다. 그는 옷 위로 만지던 그녀의 가슴을 덥석 잡았다. 역시 아무리 부드럽고 얇은 옷이라 해도 직접 만지는 느낌이 더 좋았다.

"하아……."

해진의 신음이 쉴 새 없이 그를 재촉한다. 빳빳하게 솟은 연한 갈색 돌기를 덥석 물었다.

"아흣! 하…… 하아!"

숨넘어갈 듯한 신음이 무척 마음에 들었다. 그렇지만 그도 정신이 없긴 마찬가지였다. 그녀의 신음에 반응한 분신이 일어나 성을 내고 있었다. 벌써 터질 듯 아린 느낌이 들었다. 그의 것이 액을 뚝뚝 흘리며 어서 그녀의 안을 침범해 들어가고 싶다고 야단이 아니었다.

그렇지만 이 탐스러운 가슴을 한쪽만 예뻐해 주는 것은 불공평한 일이다. 그는 다른 쪽 가슴을 다시 입에 넣고 강하게 빨았다.

"하악!"

그녀의 신음에 다시 그의 분신이 성을 내었다. 하지만 아직은 멀었다.

살짝 고개를 들어 해진의 얼굴을 쳐다보았다. 눈을 꼭 감은 해진은 신음을 지르는 것 말고는 어쩔 줄 모르고 있었다. 그녀에게 지금 책을 보고 열심히 '공부' 한 성과를 보여달라고 한다면 아직은 무리일까?

"눈을 떠. 날 봐. 당신도 내 옷을 벗겨줘야지."

"아……."

해진이 눈을 동그랗게 뜨며 그를 올려다보았다. 그가 말해서야 자신이 눈을 감고 있었다는 걸 깨달은 것 같았다.

해진이 천천히 손을 내밀었다. 잠시 망설이는 찰나의 시간이 영겁처럼 느껴질 만큼 그녀의 손은 느리고 안타까웠다. 하지만 막상 손을 대자 해진의 손은 대범했다. 단번에 그의 가운 끈을 풀고서 옷을 벗기던 그녀는 바로 아래 드러난 맨몸을 보곤 숨을 멈췄다.

"계속해."

해진은 그와 눈을 마주치더니 천천히 그의 옷을 마저 벗겼다. 탄탄한 가슴과 아래로 운동으로 새겨진 복근 아래로 불쑥 솟은 드로즈는 차마 못 보고 고개를 다시 들었지만 그의 가슴에선 시선을 떼지 못한 채 침을 꼴깍 삼켰다.

이 여자, 얼굴만큼이나 이 몸도 마음에 드는 모양이었다. 그리고 말로도 했다.

"당신…… 멋져요……. 아주. 상상하던 것보다 훨씬."

"칭찬 고맙군."

해진이 손을 들어 올렸다. 가만히 하는 양을 지켜보자 해진은 그의 눈치를 슬쩍 보고는 그의 가슴을 가만히 쓸어내렸다.

"생각보다…… 부드러워요. 단단하면서도 어쩜, 이렇게 매끄럽고 부드럽죠? 만지는 기분이…… 무척 좋아요!"

훅!

심장이 덜컹거렸다. 그것만 해도 숨이 멎을 것 같은데 해진은 저가 매만지던 곳에 입술도 갖다 대려고 했다.

"그만!"

너무 이르다. 그는 아직 이런 자극을 견딜 만큼 능숙하지 못했다.

"싫…… 어요?"

순간 의기소침해하는 해진에게 그는 고개를 저었다.

"아냐, 싫어서가 아냐. 내가…… 참기 힘들어서 그래."

동그랗게 입을 벌리는 그녀를 침대로 밀었다. 지금은 대화할 시간이 아니다.

강현은 해진과 입술을 겹치며 한 손은 그녀의 가슴 아래로 미끄러져 내렸다. 배꼽과 그 아래를 쓰다듬을 때 흘러나오는 그녀의 신음을 그는 입안으로 삼켰다.

그의 손가락이 해진에게 마지막 남은 속옷을 지분거리기 시작했다. 눈이 휘둥그레지는 해진을 모르는 척 그는 손바닥보다 작은 천을 아래로 잡아당겼다.

"어……."

최후의 보루를 침범당한 해진이 본능적으로 다리에 힘을 주며 빳빳하게 몸을 굳혔다.

"괜찮아, 힘을 빼……!"

그는 정성 들여 그녀에게 입을 맞추고 가슴을 애무했다. 애가 탔지만 천천히, 키스와 애무를 반복한 노력에 해진의 몸이 서서히 풀리기 시작했다.

그러나 다음 순간 흡, 하는 신음을 지른 건 강현이었다. 그녀의 마지막 속옷을 내리자 수줍게 오므려진 검은 삼각지가 드러났기 때문이다.

머리로 열기가 치솟는다. 빳빳하게 팽창해서 속옷을 터뜨리고 나오고 싶어 하는 그의 분신이 드디어 제집을 찾은 걸 알고 환호성을 지르고 있었다.

마지막 방어막이 걷히며 다시 두려움을 떠올린 해진을 위해 거칠게 뜯어내고 싶은 마음을 간신히 눌러 참았다.

드디어 해진을 완벽한 알몸으로 만든 그의 얼굴에 희열이 스쳤다. 그는 바르작거리며 다리를 오므리려는 해진과 눈을 맞췄다. 어색함을 숨기지 못하는 해진의 얼굴이 다시 발갛게 달아올랐다.

"아름다워!"

그의 찬사에 해진은 어찌할 바를 몰랐다. 그사이 강현은 제 남은 속옷 한 장을 벗었다. 그가 드로즈를 벗어 던지는 기척에 고개를 돌리던 해진이 비명을 질렀다.

"헉!"

해진은 빳빳하게 발기한 그의 분신이 꼿꼿이 하늘로 치솟아 있는 걸 보곤 하얗게 질렸다.

불을 끌 걸 그랬나? 아니다. 이미 늦었다. 그리고 불을 끄고 싶지 않다. 그녀의 안에 들어가는 순간을 온전히 보고 싶었다.

"괜찮아……."

그 마법과도 같은 주문이 이번엔 통하지 않았다. 그의 눈을 쳐다보는 해진의 눈엔 두려움이 가득했다. 두려움만 있는 건 아니었다. 넘치는 호기심과 기대, 이런 여자를 실망시킬 수는 없었다.

해치지 않아.

속삭여 봤지만 아직은 두려움 쪽이 큰 눈치다.

사실은 조금, 조금 아플 수는 있대.

그는 애원했다.

"부탁이야……."

해진이 드디어 힘을 빼기 시작했다. 강현은 그 틈을 타 그 사이로 자리를 잡고 앉아 그녀의 다리를 넓게 벌렸다.

"흡!"

생전 처음 치부를 보이는 수치스러운 자세에 해진이 당황하기 전에 그는 애무를 계속했다.

그녀의 수풀 사이로 천천히 손가락을 들이민 강현은 먼저 작은 진주를 발견하고 그것을 살살 어루만지며 비볐다.

"하악!"

허리를 비틀며 신음을 질러대는 해진을 위에 두고 그는 탐험을 계속했다. 발기한 그의 분신을 보고 겁이 난 듯 두려운 표정이었지만 그의 애무에 해진은 젖어가고 있었다. 그녀의 입구에선 속일 수 없는 말간 액이 흘러나오고 있었다.

예쁘다. 참을 수 없는 충동에 그는 입을 맞췄다.

"하악……!"

해진이 자지러진 신음을 지르며 그의 머리카락을 마구 잡아당겼다. 그가 젖은 입술을 들고 쳐다보자 해진이 새빨개진 얼굴을 한 채 맹렬히 고개를 저었다.

"이게 쿤닐링구스야……."

공부했다며 삐졌지……!

씩 웃는 그의 입술이 요사스럽게 빛났다. 해진은 더 기겁하며 고개를 저었다.

어디로 튈지 모르는 여자에게 주도권을 뺏길 순 없었다. 이 여자의 그 원색적인 독서에 기습당했음을 절대 인정하지 않을 것이다.

흥분한 클리토리스가 애처롭게 떨리고 있었다. 좀 더 맛보고 싶었지만 나중에……. 그의 가장된 여유로움도 위험 수준에 도달했다. 하지만 그녀는 좀 더 흐느껴야 했다.

그는 허벅지 안쪽에 부드럽게 입을 맞추며 손으로 그녀의 진주를 희롱하기 시작했다.

"하아, 아아, 아아……. 강현 씨, 강현 씨……!"

자지러지며 온몸을 비트는 해진의 모습이 무척 만족스러웠다. 그녀의 샘이 더한 흥분을 쏟아내고 있었다. 그는 그 안으로 손가락 하나를 넣었다.

"흡!"

안은 미끄러웠지만 생소한 침범에 해진이 몸을 굳히며 진입이 어려웠다.

힘을 빼줘……. 살살 달래며 클리토리스를 주무르자 서서히 몸을 여는 게 느껴졌다. 그는 그 순간을 놓치지 않고 쑥 안으로 넣었다.

"으, 허헙!"

손가락을 죄는 힘이 어찌나 강한지 잘 움직일 수가 없다. 그는

허벅지 안과 클리토리스를 함께 문지르며 다시 그녀의 흥분을 유
도했다. 덕분에 조금 더 안으로 넣은 손을 휘젓자 해진이 숨넘어
갈 듯한 신음을 지르며 그의 몸을 잡아당겼다.

그는 세심하게 손가락을 놀리며 그녀의 지 스폿을 찾아 더듬었
다.

그도 비록 실전은 처음이나 해진에 비할 바는 아니다. 여자가
절정을 먼저 겪어야 첫 경험을 치르기 쉽다는 정도는 알고 있었
다. 단번에 찾지는 못했지만 곧 그녀의 자지러지는 비명을 들을
수 있었다.

여기군, 강현은 의기양양하게 그곳을 집중 공략했다.

"아아, 앙, 하앙, 아아, 아아아아아!"

긴 비명과 함께 왈칵 터지는 샘물이 그의 손가락을 적셨다.

난생처음 겪는 절정과 함께 완전히 기진맥진한 해진은 베개에
머리를 묻은 채 숨만 색색 쉬었다. 격렬한 자극에 거의 기절하듯
정신을 놓아버릴 만큼 절정을 느낀 것이다.

그 틈에 강현은 몸을 일으켜 자리를 잡고 앉았다. 그런 후 그녀
가 미처 깨닫기 전에 터질 것 같은 분신을 그녀의 안으로 밀어 넣
었다.

윽, 하는 신음과 함께 해진의 얼굴은 고통으로 일그러졌다. 그
녀의 본능적인 저항을 무시한 그는 단번에 끝까지 넣었다.

맙소사!

너무 꽉 죈다.

맙소사, 맙소사, 맙소사!

이런 쾌감이 있다는 건 상상조차 해본 적이 없었다.

"아아……!"

그가 긴 신음을 토해내었다.

해진의 눈에 눈물이 그렁그렁했다.

"많이…… 아파?"

모든 감각이 한곳에 몰렸다. 정말이지 너무너무 움직이고 싶었다. 아파하는 그녀를 위해 넣기만 한 채 참고는 있었지만 더한 쾌락을 원하는 몸이 계속 움직이라 요구하고 있었다.

식은땀이 날 것 같았다. 더 참으라고 한다면 그대로 폭발해 버릴 것 같다.

"괜…… 찮아요. 움직여도 돼요."

그녀의 허락과 동시에 마지막으로 잡고 있던 인내의 끈이 툭 끊어져 버리고 말았다.

퍽! 퍽! 퍽!

살과 살이 맞부딪치는 소리가 울렸다. 적나라한 교접 소리가 흥분을 더 불태우는 것 같다.

"응, 흐응. 으응……!"

처음엔 고통스러워하던 해진의 신음이 점차 미묘하게 변해가고 있었다. 그것이 쾌락을 뜻하는 걸 알게 된 그는 더욱 힘차게 움직이기 시작했다.

그녀의 질 안이 떨리며 그를 사정없이 죄어대기 시작했다.

퍽, 퍽!

마지막으로 허리를 밀어 넣은 강현에게서 원초적인 비명이 흘러나왔다.

"아하윽, 아아……!"

그녀의 안에 마음껏 뜨거운 것을 뿜어낸 그가 움직임을 멈추며 풀썩 무너졌다.

자신의 무게를 그녀가 견디기 힘들 거란 생각에 그는 얼른 해진을 뒤집어 안았다. 그의 위에서 해진도 그의 가슴에 대고 거친 숨을 쉬었다.

"하아, 하아, 하아!"

첫날밤, 두 사람은 뜨거운 숨을 섞는 첫 의식을 무사히 치러냈다.

강현은 새근거리며 잠든 해진을 끌어안은 채 아직 동이 트지 않은 창문을 보고 있었다. 까무룩 잠들긴 했었지만 한 번으로 아직 충족하지 못한 욕망이 다시 기지개를 켜고 있었기 때문이다.

하지만 새 신부는 결혼식과 간밤의 행사를 치르느라 방전된 듯 깊이 잠들어 있었다.

짙은 어둠이 몰려가며 어느새 찾아온 여명이 해진의 실루엣을 비추고 있었다. 아직 밝지 않은데도 도드라진 그녀의 입술이 그의 눈길을 끌었다.

허용된, 구애받지 않는 욕망을 제약 없이 풀 수 있다는 건 무척 매력적인 상황이다.

그를 억죄던 고삐가 몽땅 풀린 셈이다. 해진의 안에 들어갔던 순간 느꼈던 쾌락이 떠오르며 전율이 이는 것 같았다. 자제할 필요가 없다. 즐길 수 있을 때 최대한 즐길 것이다.

새삼 치미는 욕망에 그의 아래는 이미 빳빳하게 일어나 있었다. 그러나 협조할 생각이 없는 신부가 깨어나려면 아직 좀 더 기다려야 할 것 같았다.

해진을 만나고 결혼까지, 워낙 순식간이라 꿈 같은 일이었다. 그렇지만 몸에 닿는 그녀의 맨살과 새근거리는 숨소리는 확실히 현실이었다.

처음 만난 순간부터 엉뚱한 소리를 하던 이 여자와 정말 부부가 되었다.

연애할래요, 라니! 처음엔 긴장 때문에 실수했던 거라 여길 수도 있었지만 두 번째는 장난이라 여길 수도 없었다. 두 번 다 거절했지만.

정말 결혼을 원했다면 그런 이야기부터 해서는 안 됐다. 특히 이 여자는 결혼해야만 하는 사정이 있었으니 더욱.

정말 반하기라도 했던 걸까? 그렇다 한들 무슨 상관일까? 이 여자가 정말 원하는 것이 정말 그 '연애'일 수도 있다. 그러나 그녀의 가벼운 감정 유희에 휘말릴 수는 없다.

이 여자에게 자신이 처음이라고는 하나 유일하진 않다. 자신이 아니어도 결혼했을 여자다. 이 결혼도 서로 조건만 충족시키면 헤어지기로 동의했다. 계약서에 미련없이 사인한 것처럼 언제든 돌아설 수 있는 여자다. 그런 여자의 장단에 맞춰 꼭두각시가 될 생각은 없었다.

아주 어릴 땐 생모의 밑천이, 계모에겐 화를 풀 장난감, 할아버지는 말 잘 듣는 인형이 되길 바랐다. 더는 휘둘리기 싫었다.

그렇지만 결국 할아버지에게 휘둘려 결혼을 선택했다. 그런데 왜 군이 이 여자와 결혼한 걸까?

욕망?

그럴 수 있다. 너무 오래 여자를 멀리했다. 적당한 시기에 적당한 조건을 갖춘 이 여자가 나타난 것이다.

'거짓말!'

어디선가 외치는 소리에 그는 와락 인상을 구겼다.

아무나 상관없이 결혼할 거였으면 이 여자가 딴 놈에게 간다고 할 때 왜 붙잡았나? 너 때문이니 책임져라, 윽박지르기까지 했다. 게다가 아무리 할아버지가 반협박을 했다지만 이렇게 순순히 결혼하겠다 한 이유는?

스스로 답을 찾을 수 없는 모순 속에 빠진 채 그는 혼란스럽기만 했다.

"아음……."

그때 해진이 뒤척거리며 움직였다. 저를 옭아맨 단단한 팔이 답답했던 모양이었다. 하지만 놓아줄 생각 따윈 없었다. 오히려 그녀가 돌아누우면서 그 하얀 엉덩이로 저의 성난 분신을 건드린 것을 초대로 받아들였다.

금세 자제력을 잃은 욕망이 헤엄치기 시작했다. 어젯밤 그에게 가장 오래 시달리던 가슴이 그의 손안에 쏙 들어왔다.

"이건 당신이 시작한 거야, 강해진! 나는 최소한 당신이 깰 때까지는 기다리려고 했어."

강현은 아직 잠도 깨지 않은 해진의 귀에 속삭이며 그녀를 제자리로 돌려 눕혔다.

그들의 새벽은 유난히 일찍 시작되었다.

＊

"아핫! 아아, 강현 씨……."

나흘 일정의 신혼여행이 끝나는 마지막 날 아침. 첫날밤 이후로 한시도 떨어지지 않는 신혼부부답게 그들은 훤하게 밝은 시간에도 다시 몸을 섞고 있었다.

"아흑, 강현 씨……!"

몰아치는 절정을 못 이겨 강하게 조이는 해진의 안으로 기어이 참고 있던 신음과 함께 파정의 쾌감을 맛보았다.

"아학, 아아, 아아……!"

길게 교성을 지르는 해진을 만족스럽게 지켜보던 강현은 그녀의 입술 안으로 신음을 뱉었다.

거친 숨소리가 달아오른 피부 위를 식혔다.

그의 분신은 흥분이 가라앉으며 줄어들었지만 자잘하게 떨리는 그녀의 안에서 빼고 싶지 않았다.

"아웅…… 무거워요."

해진이 아래에서 바르작대다가 살짝 그를 밀치며 종알거렸다.

"음."

대답 비슷하게 짧게 소리를 낸 강현은 몸을 뒤집어 그녀를 자신의 위에 올렸다. 하지만 여전히 그녀의 몸에서 빠져나오진 않았다.

가슴 위로 올라온 해진의 얼굴이 햇살에 환하게 드러나 있었다. 선홍색으로 달아오른 볼과 아직 얕고 빠르게 새근거리는 숨, 쾌감의 여운에 젖은 눈빛이 그를 다시금 흡족하게 했다.

그러자 다시 그의 분신이 꿈틀거린다. 처음 맛본 여체의 쾌락에 그의 고삐 풀린 욕망은 그칠 줄 몰랐다. 채워도 채워도 채워지지가 않는다.

다시 솟는 욕망에 등을 안고 있던 손을 내려 허리를 쓰다듬다가 다시 엉덩이골 아래를 지분거리자 해진이 몸을 비틀었다.

"아이, 강현 씨……."

"왜?"

"힘들어요, 이제 그만."

마음에 들지 않는 말이었다. 무시하고 그냥 다시 안을 수도 있지만 가르랑거리는 소리를 내며 가슴 위에 털썩 엎드린 해진은 정말 지쳐 보였다. 그녀의 입술에 매달린 만족감 어린 미소만 없었다면 미련 없이 포기할 텐데.

하지만 이런 모습도 좋다. 또 오늘 돌아간다 해도 해진을 다시 품지 못하는 건 아니니까. 앞으로는 그들의 신혼집에서 이 즐거운 관계가 계속 이어질 것이다.

나흘 내내 그들은 침대에서 거의 벗어나지 않았다. 식사와 청소를 하느라 오는 관리인 아내의 은밀하고 흐뭇하게 웃는 얼굴과 마주치는 것 말고는 사람을 만난 적도 없다.

그래도 사흘째 저녁에는 별장을 벗어나 장순이를 앞세우고 주변을 한 번 더 둘러보려고는 했었다. 그렇지만 그들이 한적한 곳에 도달하자 장순이는 길잡이에서 보초로 역할이 바뀌었다.

처음에 해진은 장순이 보기 민망하다며 질색하는 척했지만 결국 그녀가 그의 위에 걸터앉은 채 질러대는 교성으로 장순이를 멀리 쫓아내기도 했었다.

시간은 쏜살같이 흘렀고 현실로 돌아갈 시간이 다가왔다. 이제 방해 없이 온종일 그녀와 침대에서 뒹구는 시간은 다시 갖기 어려울 것이다.

'다시……?'

멍하니 생각의 바다에 휩쓸린 그의 위에서 진동이 울렸다. 나른하게 기지개를 켜던 해진이 까르르 웃고 있었기 때문이다.

"왜? 다시 힘쓸 수 있을 것 같아?"

"아이 참! 이제 씻고 돌아갈 준비해야지요."

해진이 몸을 떼면서 그의 옆으로 돌아누웠다. 결합된 부위가 떨어지자 다리 사이에서 그들이 불태운 정욕의 액이 주르르 흘러나왔다.

하루 더 있자고 하면 못 있을 것도 없다. 본사에 입사해서 3년 넘는 시간 동안 강현은 휴가 없이 열심히 일했다. 학생 시절에도 일했고 유학 생활에도 한 눈 한 번 판 적이 없었다. 군대에 있던 시절에 오히려 잠을 더 많이 잤다면 설명이 충분할 것이다. 그렇게 일하고도 보통 남들은 일주일을 쉬는 결혼 휴가도 쉬지 못한다는 건 말이 안 된다.

그러나 저와 똑같이 욕망에 허우적대던 여자는 한 치의 미련도 없어 보였다.

"돌아가는 게 좋아서 웃었나?"

순간 그의 음성이 날카로워졌지만 해진은 눈치채지 못했다. 무슨 생각을 하고 있었던 건지 해진은 흐뭇함을 감추지 못하며 배시시 웃기까지 했다.

"음…… 그건 아니고요. 그냥…… 당신이랑 이런 관계를 갖는 게 즐거워서요."

심장이 덜컹거렸다. 이 여자는 가끔 깜짝 놀랄 만큼 불쑥불쑥 대범한 말을 쏟는다.

그 말에 그의 굳어진 얼굴을 오해한 해진이 서둘러 변명했다.

"아! 부담스러워하지 말아요. 당신과의 관계가 지속할 거란 착각은 하지 않을게요. 잠깐 상상했어요. 나 별로 안 좋아하는 당신이랑도 이렇게 좋은데…… 사랑하는 사람이랑은 정말 좋겠구나, 그런…… 어, 아……."

몽롱한 얼굴로 이야기하던 해진이 아차 하며 입을 다물었다.

"실수…… 했어요. 미안해요. 그저 당신이 나에게 절대 안 된다고 한 걸 기억한다고 말하려던 거였어요. 그냥 나중에요, 나중에."

얼음물을 뒤집어써도 이보단 낫겠다. 순진한 얼굴로 뒤통수를 치는 데 이 여자를 따를 자가 없을 것이다. 순진하긴, 개뿔!

그러나 화를 낼 수도 없었다. 즉각 사과한 데다 나중에, 이혼한 다음이라는 소리였으니 말이다. 오히려 그녀가 정말 또 연애

따위를 기대한다는 이야기를 했다면 그야말로 화를 냈을 것이다.

그런데도…… 화가 났다. 이 여자를 살살 꼬여 다시 눕히고 하루 더 있자고 할지 말지 고민하던 자신이 얼빠진 놈 같았다. 그런 생각을 했다는 자체가 수치스러울 지경이다. 때문에 그가 내뱉는 말은 냉기가 서리다 못해 찌를 듯 날카로웠다.

"맞아, 혹시라도 당신의 연애 계획에 나를 끼워 넣을 생각은 하지 않아서 다행이야. 하지만 명심해! 난 내 것을 나누는 취미는 없어."

"미……."

"아니, 사과할 필요는 없어. 나중, 맞아. 우리 관계가 오래가진 않을 거라는 건 변함없고 내가 그 이후를 참견할 이유도 없어. 그렇지만 당신도 알다시피…… 난 욕구가 강하거든. 그동안은 서로 즐기는 게 좋지 않겠어?"

도중에 그가 훑어보는 시선은 모욕에 가까웠다. 그 시선에 상처받은 듯 움츠러드는 그녀의 눈에 비친 저의 모습이 졸렬했다. 그걸 느끼면서도 강현은 독설을 멈출 수 없었다.

"그래, 당신도 알아들을 줄 알았어. 그때까진 우리…… 서로 맘껏 즐기자고."

씹어먹을 듯 말을 뱉은 그는 아직 멍해 보이는 해진의 머리를 당겨 키스를 퍼부었다.

숨 쉴 수도 없는 거친 키스에 해진이 바동거렸다. 그대로 끝까지 가버릴 수도 있었다. 그러나 처음에 놀랐던 그녀가 몸에 힘을 빼는 게 느껴졌다.

'내가 무슨 짓을!'

강현은 갑자기 입술을 떼고는 뒤도 돌아보지 않은 채 욕실로 들어가 버렸다. 욕실에 들어가자마자 물을 튼 그는 샤워 꼭지 아래 그대로 몸을 들이밀었다. 머리부터 차가운 물줄기가 미친 열기를 식히길 바랐다.

맙소사, 조금만 더 이성을 잃었다면 그대로 그녀를 범했을지도 모른다.

그녀에게 연애 같은 건 딴 놈과 하라고 했던 건 바로 자신이다. 그런데도 다른 놈 아래에서 신음을 지르는 그녀의 상상에 정신이 나가 버릴 뻔했다. 해진이 그런 상상을 했다는 자체를 용납할 수가 없었다.

질투? 그런 건 아니다. 굳이 이름을 붙이자면…… 소유욕? 아니, 자존심의 문제였다. 일단 내 손안에 있을 때 남의 손을 타는 건 기분 나쁜 일이니까…….

답을 알아내긴 했지만 명쾌하진 않았다. 불쾌함이 가라앉지를 않았다.

물을 잠그려는 그의 눈에 미처 가라앉지 못한 욕망으로 떨리는 분신이 보였다. 머리는 화가 나 어쩌지 못하는데도 해진을 향한 욕망은 여전했다. 주인의 생각과는 다르게 너무 정직한 욕망은 그의 자존심을 무참하게 꺾었다. 그는 한참 더 찬물 아래 서 있어야 했다.

"당신이라서 좋은 건데……."

해진이 욕실 쪽을 향해 중얼거렸다. 하지만 흐르는 물소리가 그녀의 고백을 흡수해 버렸다.

신혼여행이 끝났다.

5. 그녀는 남자의 로망 (2)

별장에 왔을 때처럼 박 대리가 출발 시각에 맞춰 마당에 차를 댔다. 강현과 해진은 아쉬워하는 관리인 부부와 장순이의 배웅을 받으며 별장을 떠났다.

고속도로로 진입하자마자 강현은 곧바로 차량용 스탠드 위에 넷북을 올렸다. 일이 많아서이기도 했지만 해진의 얼굴을 보고 싶지 않아서이기도 했다.

왜 자꾸 화가 나는지 알 수 없었다. 설마, 무의식중에 그녀를 진짜 '아내'라고 생각하고 있었던 걸까? 이 결혼이 평생 갈 것도 아닌데도?

어리석다. 혼자 열을 내는 것 자체가 한심했다. 무심한 여자는 언제 무슨 일이 있었느냐는 양 차에 타자마자 또 잠들었다. 이번엔 그의 무릎을 베고 있다는 게 올 때와 다르긴 했다.

무심하다고 해야 할지 무신경하다고 해야 할지. 하지만 그녀를 밀어버리고 싶다는 생각은 들지 않았다.

단 몇 마디로 제게 얼음물을 끼얹은 여자긴 했지만 적어도 가식은 느껴지지 않는다. 덕분에 관계는 제대로 정의된 것 같다. 그리고 만족스러운 잠자리는 남았지 않는가? 앞으로 밤이 아니고선 상대할 일 따윈 없을 것이다.

무릎 사이에서 꼼지락거리는 손길을 느끼기 전까지, 강현은 그렇게 생각하고 있었다.

처음엔 생각대로 일할 수 있었다. 넘쳐 나는 메일을 확인하는 것만 해도 한 시간이 훌쩍 지났다. 수백 통이나 쌓인 목록을 보자 아무리 신혼여행이라 하나 자신이 나흘이나 메일 한 번 확인하지 않고 지냈다는 자체가 놀라웠다. 그만큼이나 신혼 놀이에 정신이 빼앗겼다는 것이 그를 더 씁쓸하게 했다.

설마……!

처음엔 의심했다. 이 여자가 잠결에 우연히 그런 줄 알았다. 머리는 차갑자고 해도 그새 몸은 착실히 반응하기 시작했다. 무시하고 다시 일을 하려 했다. 그러나 다시 느껴졌다. 허벅지 안쪽에서 시작된 애무가 슬금슬금, 점점 위로 올라오고 있었다.

우연이 아니다. 내려다보자 그녀는 아직 눈을 꼭 감고 있었다. 하지만 그 얼굴엔 숨길 생각조차 않는 장난기가 걸려 있었다.

"뭐 하는 거야!"

해진의 손을 잡아채며 그가 나직하게 으르렁거렸다. 그들이 탄 고급 세단은 바깥의 소음을 잘 차단한 데다 강현이 일할 땐 아무 것도 틀지 않는 성격이라 차 안은 더 조용했다. 아무리 소곤거린 다고 해도 기사에게 들리기 십상이었다.

헙! 이 여자, 손이 잡히자 아예 고개를 안쪽으로 들이민다.

"박 대리, 잠시 라디오를 틀어주세요."

다행히 박 대리는 평소 소음을 즐기지 않는 강현에게 왜냐고 묻 지도 않고 라디오를 켰다. 라디오 음악이 울리자 그는 다시 해진 을 내려다보며 낮게 소리쳤다.

"뭐야!"

해진은 이제 자는 척은 다 했는지 눈을 반짝 뜨고 나른한 미소 를 지었다.

"아이, 조금만 더 가면 되는데."

가다니, 뭘?

굳이 답은 필요 없었다. 그녀가 흘끗 시선을 향하는 곳이 이미 반응을 보이려 했다.

"강해진!"

"쉿, 박 대리님 들으시겠어요."

해진이 능청스럽게 입을 모으더니 고개를 더 안쪽으로 당겼다. 그러면서 대놓고 요구하기까지 했다.

"강현 씨, 이것 좀 놔줘요."

"이게 뭐 하는 짓이냐고!"

"만지고 싶어요. 조물조물, 그러다 손안에서 커지는 거 느끼고 싶단 말이에요."

실제로 손가락을 움직이며 그녀는 그의 중심을 아쉽게 바라보았다. 그저 보기만 하는 것이 아니라 침을 꿀꺽 삼키기까지…….

피가 머리에 쏠린 것 같았다. 보지 않아도 자신의 얼굴이 붉게 달아올랐다는 걸 느낄 수 있었다. 얼굴만 달아올랐나, 바지 섶도 무섭게 일어나려는 중이다.

첫날밤, 두려움에 떨던 여자는 다음 날부터 요부로 변했다. 게다가 이런 걸 가르친, 아니, 함께 공부한 게 바로 자신이었다.

해진이 첫날밤을 위해 준비했던 그 야릇한 책은 다음 날부터 두 사람이 함께 보는 교습서가 돼주었다. 기왕 가져온 책을 묵히는 것은 아까운 일이라며 실행해 보자고 한 것도 그였고, 세세히 실천해야 한다고 주장한 것도 그였다.

책은 꽤 도움이 되어주었다. 여성이 자신의 욕망에 충실해야 쾌락을 느낄 수 있다, 또한 그걸 말이나 몸짓으로 충분히 표현해야 서로 더 큰 쾌락을 얻을 수 있다는 내용은 특히 마음에 들어서 해진에게 가장 먼저 실행하게 했다.

해진은 교사의 말을 잘 따르는 모범 학생이었다. 그리고 우등생이기도 했다. 그 교사도 자신과 같은 학생이란 걸 모르는 덕분에 그는 입맛에 맞는 대로 가르칠 수 있었다.

그 덕분인지 원래 대담한 여자여서인지 해진은 그를 원한다는 말과 행동을 아끼지 않았다. 하지만 그건 별장을 떠나면서 끝이라고 생각했었는데 아무래도 착각이었나 보다.

해진이 여전히 잡힌 손을 빼려 애쓰며 소곤거렸다.

"거기 8장에 나온 내용 있잖아요. 긴장감, 스릴. 어때요?"

강현의 그 좋은 머리가 그 문장을 냉큼 떠올리고 말았다.

—제8장. 섹스는 두 사람의 은밀함을 전제로 하지만 그것이 남에게 들킬까 우려될 때 긴장감과 흥분이 배가된다.

들키지 않게 몰래 나누어야 하는 긴장감, 스릴. 맞다. 그러나 이건 숫제 고문이었다.

강현은 박 대리를 흘깃 쳐다보았다. 다행스럽게도 그는 뒷좌석에서 벌어지는 뜨겁고 노골적인 희롱을 눈치채지 못한 듯 안정적으로 운전에만 집중하고 있었다.

"박 대리, 앞으로 얼마나 더 걸리겠습니까."

그 말을 하면서 목소리가 떨리지 않은 것은 환인이라는 울타리에서 살아남기 위해 버틴 노력의 산물이었다. 그만큼이나 자제력을 끌어 올려야 했다.

"생각보다 밀리지 않아서 한 시간 후면 도착할 겁니다."

박 대리의 대답에 강현은 좌절의 신음을 삼켜야 했다. 지금 당장 방실방실 웃고 있는 이 여자의 팬티를 벗기고 그 안에 들어가고 싶었다. 차창 밖으로 지나치는 건물 중에 호텔이 보이는 순간 그는 차를 세우라 소리칠 뻔했다.

"당신…… 혼날 줄 알아……!"

그는 이를 악물고서 경고했다. 해진이 어깨를 흠칫 떨며 고개를 돌렸다. 그러니 누가 도발하라고 했던가.

그러나 해진의 입가에는 여전히 야릇한 미소가 맺혀 있었다.

죽음의 한 시간이 지났다. 당연하게도 강현은 일이란 걸 할 수 없었다. 도착할 때까지 자제력을 시험하는 요녀에게서 버티느라 일 년 치 인내심을 다 써버린 것 같았다.

드디어 박 대리가 6층짜리 고급 빌라 앞에 차를 세웠다.

두 사람의 신혼집은 꼭대기 층, 엘리베이터에 오르는 시간도 아까웠다. 강현은 짐을 옮겨주겠다는 박 대리를 거의 쫓다시피 보낸 후 해진을 끌고 집으로 올라갔다.

현관에 여행 가방을 내팽개친 강현이 재킷을 벗어 던지며 으르렁거렸다.

"각오는 됐겠지, 강해진!"

"저기…… 강현 씨?"

해진이 슬금슬금 뒷걸음치고 있었다. 웃는 얼굴이지만 파르르 떨리는 입가가 어색하다. 그러게, 남자를 함부로 놀리는 거 아니다.

"그 옷, 찢기기 전에 스스로 벗는 게 좋을 거야."

"강현 씨? 조금 진정하고……. 꺄악!"

강현이 번쩍 들어 어깨에 들쳐 메는 바람에 그녀의 변명은 이어질 수 없었다.

비명과 함께 마구 버둥거리던 해진이 향한 곳은 침대 위.

첫 번째는 둘 다 옷을 벗지도 못했다. 한 시간여 전부터 내내 벼르던 남자는 간신히 그녀의 속옷만 끌어 내린 채 그대로 안으로 파고들었다. 전희가 없는데도 그녀는 그를 쉽게 받아들였다. 그 한 시간 동안 흥분했던 건 강현만이 아니었으니까.

첫 관계가 끝나고 나서야 해진은 옷을 벗을 수 있었다. 당연하다면 당연하달까, 그녀의 속옷은 다시는 옷이라 부르지 못할 정도의 처참한 형체로 벗겨졌다.

두 번째 관계가 끝나자 강현도 천천히 옷을 마저 벗었다. 그가옷을 벗는 장면을 해진이 한 눈만 뜬 채 즐겼다는 건 비밀도 아니다. 그건 다시 강현을 불타오르게 했다. 이후로 침실에 울리는 소리는 오로지 비명과 신음, 교성…… 거기에 서로의 이름을 부르는단어 몇 마디였다.

해진은 창밖으로 새벽이 다가오는 걸 보며 항복을 외쳤다. 녹초가 된 그녀는 남자를 도발한 교훈을 얻은 후 기절하듯 겨우 잠들수 있었다.

다시는 그러지 않겠다는 교훈은 아니었다.

❊

"우상엽 씨, 나는 새콤한 매실차, 차게 부탁해!"

문이 반쯤 열리다 말고 재원의 목소리가 들렸다. 건들거리는 품새로 콧소리를 내며 들어온 재원이 강현의 책상에 엉덩이를 척 걸치며 손을 까딱까딱 흔들었다.

"하이!"

"왔어?"

"너, 금요일에 어떻게 된 거야?"

금요일 오후, 재원은 늦게라도 출근할 거란 연락에 내내 강현을 기다리고 있었다. 그러나 온다던 강현은 주말까지도 연락 두절 상태로 있다가 월요일이 된 오늘에야 나타난 것이다.

강현은 재원에게 듣고서야 별장에서 출발하면서 전화했던 걸 기억해 냈다. 해진이 차 안에서 그의 다리 사이를 파고드는 순간부터 그 일은 까맣게 잊고 말았던 것이다. 그러나 재원에게 들켜 시달리는 건 사양이다.

"미안, 막상 올라오다 보니 피곤해서."

'박 대리한테 짐 들어줄 필요도 없다며 쫓아냈다는 소릴 다 들었는데 무슨!'

역시, 심상찮다. 회심의 미소를 감춘 재원은 투덜거리는 척했다.

"나보고 기다리라며? 나, 4시부터 두 시간 동안 너한테 전화하다가 도통 연락이 안 돼서 박 대리한테 전화했다니까? 뭐 하느라 전화도 안 받은 거야?"

"그럴 일이 있었어."

무뚝뚝하게 답하는 강현의 얼굴이 굳어 있었다. 평소라면 이런 강현을 더는 건드리지 말아야 한다. 그러나 재원은 그의 귓불이 살짝 붉어지는 걸 놓치지 않았다.

"그럴…… 일이 뭐였을까?"

"……."

"그런데 오늘 월요일이다? 그럼 주말엔 왜 안 나왔어? 윤 실장

말이 너 이제 방금 출근한 거라던데?"

"토요일, 일요일은 공식 휴일이야!"

"어어…… 그래? 그렇지, 휴일이지. 휴일이긴 하지……. 그럼, 사람이 주말엔 쉬고 그래 줘야지. 그런데 우리 정 이사님, 원래 주말에 쉬었었나? 목덜미에 그 붉은 자국은 어쩌다 생긴 걸까?"

엉겁결에 보이지도 않는 자국을 가리려던 강현은 낄낄거리는 재원과 눈이 마주쳤다.

그러나 놀리려고 작정한 재원을 상대하기보다 목덜미 안쪽에 진짜로 키스 마크를 새기던 해진의 생각을 억누르는 게 더 힘들었다.

"너……!"

"제수씨가 거기에 자국을 내긴 냈구나? 어디 보자! 보자!"

"이재원!"

재원은 이를 가는 강현에게 아예 대놓고 박장대소하기 시작했다.

똑똑, 문을 두드리는 소리와 함께 차를 들고 들어온 우상엽이 낄낄거리는 재원을 어리둥절하게 쳐다보았다.

"우상엽 씨, 이 변 내보내."

"네? 하지만 이거……."

"차도 필요 없어. 아, 수고롭게 준비한 거니 두고 가. 내가 마실 테니."

그러나 우상엽은 재원과 눈이 마주치자 재빨리 차만 두고 퇴장해 버렸다.

"이재원, 너, 나가!"

문이 닫히기 무섭게 강현은 축객령을 내렸다. 하지만 재원은 오히려 강현의 코앞으로 달려들었다.

"보자니까! 어디에 어떻게 도장이 찍혔나, 좀 보자! 등에 밭고랑은 좀 패였냐? 넌! 너도 도장 좀 찍어놨어?"

"내가 내 여자 몸에 뭘 찍든 그게 네가 궁금할 일이야?"

재원의 눈이 반짝반짝 빛났다.

내 여자? 저가 무슨 얘기를 한 건지나 알까? 그러나 지금 강현에게 그 의미를 물어 심각해질 필요는 없었다. 그보다는 전력이 의심스러운 강현이 처녀와 치른 야사(夜事)가 궁금해서 미칠 것 같았다.

"그래도 거기 단추만 몇 개 열어보면 안 될······."

"이재원!"

"하하하하하!"

재원은 저를 무시한 채 다시 일을 시작하는 강현을 야릇하게 쳐다보았다.

정말 궁금했다. 분명 저 목덜미 어딘가 새겨져 있을 키스 마크에 귓불을 붉히는 강현······. 너무 재밌고 흥미진진하다! 그러나 무력으로 강현을 이길 수 있지 않은 한 확인할 길은 요원했다. 그래도····· 오늘만 날은 아니다.

재원은 어깨를 으쓱하며 화제를 돌렸다.

"그런데 그 환인 주식 말이야······."

그 말에 강현이 고개를 들었다.

"그건 왜?"

"이상하잖아. 신탁을 찾아오는 것도 아버지와 거의 소송을 불사해서 가져와야 했던 여자가 어떻게 그 많은 지분을 갖고 있을까?"

"몰라."

"정강현! 그게 그렇게 간단하게 답할 일이 아니야!"

"그걸 물으면? 그 여자들이 어찌어찌 갖게 되었소, 대답해 줄 것 같아?"

"……아니."

재원은 그 예쁜 누님, 아니, 양혜윤을 떠올리곤 고개를 저었다.

양혜윤, 아름다운 마녀. 그녀의 채찍질에 제가 뭐든 토해내면 냈지, 캐묻는 건 생각도 못 하겠다.

혜윤은 연이화 같은 텅 빈 허영덩어리와는 질적으로 달랐다. 그래서 깨지고 또 깨져도 무한한 도전의식을 불러일으켰다. 그 살벌한 눈마저도 요염하게 보이니 더 몸이 달 밖에.

그녀의 눈빛은 가시 박힌 채찍, 저는 채찍에 돌돌 말린 한 마리 개구리! 상상만으로도 짜릿하다!

'으흠, 흠!'

삼천포로 빠지던 재원은 정신을 수습해 다시 강현을 살폈다.

강현은 아직 모르는 듯했지만 강해진은 이미 그에게 특별한 여자였다. 자신이 달라진지도 모르는 강현을 보면 기대하면서도 걱정되었다.

자신은 비록 선의로 했었지만 강현의 첫사랑이 깨진 과정은 잔인했다. 강현은 마음에 담아두지 않는다 해도 재원은 죄책감을 갖고 있었다. 강현의 여자가 좋은 사람이기만을 바랐다.

그런데 아직 강해진이 어떤 사람인지 감을 잡을 수 없었다.

결혼식장에서 본 강해진은 강현의 말처럼 얼음인형이란 말이 어울리지 않았다. 하지만 친아버지인 강 회장과 깔끔하게 돌아서는 추진력과 냉정함을 보면 확실히 보통 여자는 아니었다. 그리고 출처를 알 수 없는 막대한 부는 배경을 의심하게 한다.

"그런데 말이지…… 정말 궁금한 게 또 있는데 말이야."

재원이 심각해진 얼굴로 입을 열었다.

"알 건 다 안다던 여자랑 말이야…… 첫날밤은 어떻게 치렀어? 설마, 침대에서 널 차버리진 않디? 아니, 설마! 마녀의 저주에 걸려…… 임포?"

"야, 이재원!"

오늘치 강현의 인내를 다 써버린 모양이다. 그가 벌떡 일어나는 기척과 동시에 재원은 뒤도 돌아보지 않고 도망쳤다.

그러나 호랑이 굴에서 무사히 도망친 재원은 문을 닫자마자 예의 실없는 미소를 지으며 중얼거렸다.

"짜식, 놀리는 맛도 생기고. 제법 사람다워졌단 말이야……?"

✤

강현이 출근하자마자 현관 벨이 울렸다.

혜윤과 연희.

해진은 잠시 집에 없는 척하고 싶은 충동을 느꼈다.

"어서들 와!"

문이 열림과 동시에 마주한 마녀의 미소에 해진의 등줄기로 한 줄기 소름이 지나갔다.

"잘되어가, 언니?"

소파에 앉으려던 혜윤은 밑도 끝도 없는 해진의 질문에 야릇하게 웃었다.

'네가 털릴 시간을 미루려고 안간힘을 쓰는구나!'

그 말 없는 경고를 눈치챈 해진이 거의 경기하기 전에 혜윤이 먼저 대답했다.

"……네 재산? 아니면 드라마?"

"음, 둘 다!"

"이재원이란 사람, 능력 괜찮더라. 우는소리 하면서도 이제 강 회장과 다시 볼 일 없게 깔끔하게 끝냈어! 생긴 건 느물느물 클럽 보이처럼 생겨서 제법이던데?"

"언니가 웬일로 그런 칭찬이야?"

"이것도 칭찬이니?"

"큭, 그럼요, 이모! 이모 입에서 남자를 괜찮다, 제법이라 얘기할 정도면 당연, 칭찬이죠!"

연희가 어느새 커피 세 잔을 들고 오며 해진의 말을 거들었다.

"흥, 일은 그렇지만 순 바람둥이, 여자 꼬이는 데 완전 선수더라. 내가 클럽 보이처럼 생겼다고 말하지 않든? 아주 생긴 대로 놀고 있어! 몇 번 보는 동안 한 번도 안 빠지고 한잔하러 가자고 보채더라. 마지막 도장 찍는 날에는 그냥 한 잔 사줄까 했는데 느물거리는 게 하도 얄미워서 확 밟아버릴까 하다가 간신히 참았다니까."

"참아요? 이모가 웬일로? 그냥 밟아버리지 않고?"

"그때 신은 게 13센티 굽이었거든. 최소 골절상이었을걸? 해진이 얼굴 봐서……."

하지만 볼 일 없게 되면 밟아버려야지, 라고 중얼거리는 혜윤이었다.

"연희 말이 맞아. 남자 여자를 떠나서 언니 입에서 제법이라는 소리 듣는 사람, 오랜만인데?"

"그래, 칭찬이라 치고, 드라마!"

헉, 벌써 한 가지 설명이 끝났다. 너무 간단한 거 아니냐 따지기엔 혜윤의 눈이 무섭다. 그보다는 드라마 진행이 궁금하기도 하다.

"혹시 방영 일자 잡혔어?"

"응, 6월 26일!"

"생각보다 빠르네? 7월 중순 생각하더니."

"일정이 빨리 잡혔어. 그것 때문에 사전제작에 차질이 생길지도 몰라."

"그럼 곤란해. 앞의 반 정도 분량은 무조건 먼저 만들고 시작해야 해."

"어? 언니랑 이모는 대본 봤어요? 그거 오빠가 얼마나 감추는지 나한테도 절대 안 보여주던 건데……! 내용도 알아요?"

연희가 반색하며 물었다.

연희는 두 사람이 만드는 드라마 여주인공이 예이나라는 것까지만 알고 있다가 남자주인공이 반기준이라는 데 기합할 뻔했다. 해진이 열광하던 세기의 미남, 반기준! 하지만 더 놀라운 건 바로 그 드라마 대본을 쓰는 사람이 바로 자신의 남자친구, 김기진이라는 사실이었다.

그러나 기진은 애인인 연희에게조차 대본에 대해서만은 비밀을 지켰다.

"당연하지. 우리는 직접 관계자니까. 내용은 노코멘트!"

"힝……!"

혜윤의 가차없는 대답에 연희는 울상을 했지만 더는 묻지 않았다. 입이 무겁고 단순한 성격 덕분에 연희는 혜윤의 귀여움을 받았다.

"정규 방송 3사 중 하나를 뚫지 못한 건 지금도 아쉬워."

해진의 말에 혜윤은 고개를 저었다.

"아무래도 메인 작가가 무명이다 보니 어쩔 수 없었지. 그래도 배우는 원하는 대로 다 잡았으니 두고 봐! 예이나, 반기준 하면 대한민국 사람치고 모를 사람이 거의 없어. 어디, 대한민국뿐이야? 한류의 새로운 기대주라고 말들 많은 인물이잖아!"

"방송국이랑 PD도 중요하잖아."

"염려 마. 3사가 아니어서 그렇지, ATBC도 드라마 쪽에서는 이름을 날리고 있는 곳이야. 지난 반년 동안 내보낸 시트콤이 대박 친 데다 후속 드라마도 3사 시청률을 가볍게 따돌렸잖아. 그걸 해낸 채찬성 PD가 이걸 맡기로 했어."

"이름을 말한다고 내가 누군지 아나, 뭐?"

"언니! 채찬성 PD님, 대단한 분이야! 우리 기진 오빠도 그분한테 입봉 작품 맡길 수 있어서 영광이라고 하던걸! 지금도 가끔 채찬성 PD님 전화가 오면 황홀한 표정으로 받는다?"

"그 정도니?"

"그럼! 당연히 성공할 거야!"

애인이 자랑스러워 어쩔 줄 모르는 연희의 눈은 선머슴이라는 말이 무색할 만큼 사랑스럽게 빛나고 있었다.

연희를 보는 해진의 눈빛이 처연하게 가라앉았다.

부러웠다. 강현이 거절하지만 않았다면······.

그러나 그녀에겐 미련을 떨 여유가 없었다. 그에게 마음을 주고 돌려받지 못한다면 영지 할머니의 충고와는 점점 거리가 멀어진다.

그는 한여름밤의 꿈 같은 사람, 그의 곁에 있는 동안만이라도 하루하루 최고로 즐겁게 살 작정이다.

"오빠가 능력이 되니까 언니랑 이모랑 민 거지. 단순히 오빠 잘되라고 밀어주는 거 아니란 거 나도 알거든!"

"어머, 애 좀 봐. 오연희, 너 어째 으스대는 것 같다?"

"언니는! 딱 봐도 으스대고 있네. 하긴, 언니가 기진 씨를 좀 구박했어야 말이지."

"허, 이제야 사람 구실 할지 말지 모를 녀석을 두고 감히 으스대? 방송국 섭외해, PD 잡아, 배우 잡아, 변호사까지 상시 대기

중이다! 그렇게 판 다 벌려놓고 밥만 없으면 되는 잔치를 망치면 내가 그놈, 다시는 볼 줄 알아?"

"헉, 이모! 오빠는 잘해요! 정말 잘할 거예요! 정말 사력을 다해 쓰고 있다니까요!"

"사력을 다하는 게 중요한 게 아니야! 사람들을 끌어당기는 힘이 있지 않으면 소용없어!"

"아녜요! 재밌어요! 오빠 몰래 봤는데 나도 모르게 막 울고 화나고 웃고 별걸 다 했다니까요?"

"대본을 봤단 말이야?"

혜윤의 정색에 연희가 급히 제 입을 틀어막았다. 방금 전 혜윤이 비밀이라고 한 걸 몰래 훔쳐본 사실을 제 입으로 토설한 것이다.

"오연희!"

"이, 이모…… 잘못했어요. 그게…… 어제 청소해 주러 갔다가 오빠가 잠들어 있는 틈에 1, 2회만……. 앗, 방송 전까진 절대 비밀은 지킬 거예요!"

"당연히 비밀…… 뭐? 청소를 해? 그 인간, 도우미까지 붙여준 거 잊었어?"

역시나. 연희와 혜윤 사이에 한시라도 드잡이가 없으면 심심할 지경이다.

"오빠가 너무 보고 싶어서……."

"내가 말을 말자. 저 선머슴이 어쩌다 저보다 여섯 살이나 많은 백수 놈한테 꽂혀서!"

"이모!"

백수네 뭐네, 백수가 아니라 보조작가로 열심히 굴렀네, 그게 그거네, 처음엔 학생이었네, 그래, 10년 사랑 위대하네, 잠시 아옹다옹하던 두 사람은 혜윤이 끝을 선언하자 금세 조용해졌다. 연희가 아무리 뛰고 날아봤자 혜윤의 손바닥 안, 덕분에 끝도 깔끔하다.

그런데 생각보다 크게 혼나지 않자 연희는 슬쩍 감상을 덧붙였다.

"헤헤, 진짜 재밌더라고요⋯⋯. 그런데 그 얘기, 12년 전 죽은 사광그룹 상속녀 이야기라면서요? 대본 보고 나서 정말 소름 돋았어요. 정말 그런 일이 있었을 것 같아서요. 정말 그 상속녀가 유령이 되어서 복수한 걸까요?"

사광그룹 상속녀 차해진의 비극은 유명한 이야기였다. 상속녀는 그녀의 아버지 차형찬 회장이 죽으며 엄청난 재산을 상속받았는데 바로 그 재산을 노린 고모와 큰아버지에게 살해당한 것이었다. 그 여파로 재계 1위였던 사광그룹이 해체되기까지 했기에 언론에서도 꽤 오랫동안 심층 보도하기도 했다. 하지만 벌써 10년이 지나는 동안 잊혀져 가는 이야기기도 했다.

"흥, 그랬으면!"

"으, 무섭죠! 무서운데⋯⋯ 정말 귀신이 있다 해도 그렇게라도 죄를 밝혀내서 다행이란 생각도 들더라고요."

연희는 어깨를 부르르 떨며 말했다. 남자 두셋은 찜 쪄 먹을 수 있는 실력을 지녔지만 연희가 유난히 무서워하는 것이 바로 귀신이나 유령이었다.

"그런데 이모, 오빠가 자료 조사한 걸 봤더니 그 인간들, 세상에 다시 나왔다면서요?"

"요게, 요게! 대본만 본 게 아니네!"

"아잉, 이모오……!"

"이젠 너도 알아야 할 것 같으니 얘기해 줄게, 잘 들어."

연희를 노려보던 척하던 혜윤이 드라마를 만든 이유를 설명하기 시작했다.

두 여자가 만드는 드라마는 그저 재미나 혹은 투자가 아니었다. 사광그룹 상속녀의 살인자들과 직접 엮일 수도 있다는 것이다. 게다가 상대가 가온당 대변인이니, 보궐선거니, 조폭이라는 말에 연희의 얼굴은 아예 탈색되어 버렸다.

"이모 말은, 오빠가 위험할 수도 있다는 말이에요?"

"응, 당연히 기진이도 알아. 하지만 최대한 보호할 테니 걱정하지 마."

연희는 고개를 붕붕 저었다. 알고 나니 너무 무서웠다. 이런 이야기가 숨겨져 있었다면 차라리 모르는 게 나았다.

연희는 지금이라도 모두 말리고 싶었다. 그러나 이 두 여자는 물론, 영혼을 불태우듯 대본에 매달리고 있는 애인 기진도 포기할 리가 없었다. 연희가 할 수 있는 건 하나였다.

"나, 이제부터 오빠 곁에 있을래요!"

"흑흑, 연희가 날 버렸어, 언니!"

해진이 마른 눈을 훔치며 혜윤에게 엎어지는 시늉을 했다.

"그러게 말이다. 누구 덕분에 그 백수가 작가 노릇 하는 건데 연희가 당장 너부터 걷어차네?"

"미안, 언니…… 이모…….."

사색이 되는 연희 때문에 해진은 장난을 거둬야 했다.

"김기진 일인데 누가 널 말리니. 걱정하지 마. 안 그래도 넌 보내려고 했어. 드라마 끝날 때까지 너희 회사 직원들 대부분이 드라마 스태프와 배우들에게 집중 투입될 거야."

"C&Y가 뭐 우리 회사이기만 한가? 이모 회사면서."

그제야 조금 마음이 놓인 연희가 종알거리다가 고개를 갸웃했다. 뭔가 중요한 걸 놓친 것 같았다.

뭐였더라……?

"앗, 이모! 이모도 그 사광그룹이랑 뭔가 연관이 있지 않았어요? 엄마에게 들은 기억이 얼핏 나는데…… 맞죠?"

연희의 기억이 희미한 건 연희의 엄마와 혜윤이 의붓 자매이기 때문이었다. 그런데 기억을 떠올리고 나니 뭔가 큰 비밀을 알게 된 기분이었다.

혜윤은 혼란스러워하는 연희를 향해 한숨을 폭 쉬었다.

"계속 모르길 바랐는데, 어쩌니, 우리 연희. 그걸 기억해 버렸구나."

혜윤이 쯧쯧 혀를 찼다.

연희는 왠지 그 뒤는 듣고 싶지 않았다. 그러나 혜윤의 표정에 홀린 나머지 비밀의 문을 열고 말았다.

"……뭐, 뭔데요?"

혜윤이 씩 웃었다.

연희의 간은 쪼그라들었다.

해진은 손으로 입을 가렸다.

혜윤이 연희의 귓가에 나직이 속삭였다.

"내가…… 차해진의 이종사촌 언니잖아."

"헉!"

연희는 커피가 쏟아지는지도 모른 채 입술을 달싹거렸다.

"이, 이모?"

"응?"

"거기…… 주인공이 상속녀의 사촌 언니던데……."

혜윤은 야릇한 표정으로 웃기만 했다.

"설마, 이모……! 그럼, 오빠가 쓰는 그 유령의 주인공이…… 설마!"

"여태 몰랐구나, 우리 연희?"

혜윤의 목소리가 매우 은근해졌다. 연희는 해진을 쳐다보았다. 하지만 해진은 도움은커녕 의심에 부채질만 했다.

"너도 대본 봤다니 알겠네. 코마 상태로 있던 장유라가 어떻게 되살아났는지."

장유라……. 드라마 속의 여주인공, 아니, 실제 모델은 사광그룹의 상속녀 차해진.

설마를 외치는 연희에게 혜윤이 다시 속삭였다.

"이제 알았구나! 내가 바로 차해진이야……."

"으갸갸갸!"

이상한 비명을 지르며 아예 소파 뒤로 넘어가 떨어지는 연희를 본 두 여자가 참고 있던 웃음을 터뜨렸다.

"까르르르르!"

"깔깔깔깔!"

"어머, 쟤 좀 봐, 정말인 줄 아나 봐!"

"언니, 좀 더 극적으로 하려면 드라마 나온 담에 얘기하지 그랬어!"

"그래, 그랬으면 더 나았을 텐데. 그럼 쟨 절대로 믿었을 거야!"

두 여자 다 배를 잡고 웃느라 말하기도 힘들어 보였다.

"맞아, 맞아! 우리 순진이, 오연희!"

"그럼, 그럼! 쟤가 어릴 때부터 다른 건 다 안 무서워하면서 귀신은 유독 무서워했다니까!"

"아하하하하, 언니! 연희 얼굴 아직도 허연데?"

"후후후후! 연희야, 아직도 내가 차해진으로 보여?"

"으아아!"

"많이 무서웠어요? 우리 연희, 우쭈쭈!"

"이모!"

빽 소리를 지르긴 했지만 혜윤을 보는 연희의 표정엔 아직도 의심이 걸려 있었다.

"아고, 아직 이렇게 어려서 어쩐대요? 어른스러운 척은 다 하는 우리 연희?"

"해진 언니! 언니가 그러고 무사할 줄 알아?"

연희는 혜윤을 차마 돌아보지 못한 채 해진만 노려보았다.

"왜, 이모는 무섭고 나는 만만하니? 나, 이래 봬도 네 고용주거든?"

"흥, 이모는 긁을 건덕지가 없지만, 언니는 있거든?"

"나? 뭐?"

이것이 신호탄이었다.

"자, 불어! 언니, 첫날밤 어땠어? 정강현 씨, 생긴 것처럼 거기도 미끈해? 허릿심은 어때? 좋았어? 자고로 남자는 허리가 생명……."

"야!"

해진은 저도 모르게 혜윤을 쳐다보았다. 그러나 도움을 청한 거라면 상대를 잘못 잡아도 한참 잘못 잡았다. 본격적으로 하려는지 혜윤이 커피잔까지 내려놓고는 자리에서 일어났다.

"그래, 불어볼까? 우리 해진?"

"헉!"

"언니, 이모의 '우리'에서 소름이 쫙 돋지 않았어?"

"그래, 소름 돋는다. 미안해, 연희야. 나도 우리 연희라고 안 할게."

"그래야지, 그럼그럼……. 흥! 이러고 넘어갈까 봐? 불어! 혹시 마녀의 저주에 첫날밤이 그냥 넘어간 거 아니야?"

마녀들에게 포위된 해진은 눈을 꾹 감았다.

몽땅 사수는 무리, 그래도 '그 책'만은 절대 지키리!

"그, 그렇지 않아!"

"오호! 그럼 무사히 일을 치렀다는 건데……."

"연희야, 뭘 그렇게 꼬치꼬치 캐묻고 있어. 일단…… 잡아!"

"뭐? 뭐? 뭐!"

연희가 득달같이 달려들어 해진을 붙잡았다. 해진이 연희의 팔에 포박되자 혜윤이 그 옆에 바싹 다가와 앉았다.

"언니…… 나 좀 살려주면 안 될까?"

"누가 죽인대? 연희야, 우리가 해진이를 죽이려고 하는 거니?"

"아니요! 설마! 나도 다 얘기해 줬잖아. 언니도 말해줘야지. 덕분에 우리도 즐거움을 얻고."

"즐거움? 내가 언제 네 성생활을 물어봤어!"

"그러기 전에 내가 다 말해줬잖아."

못 말린다, 오연희. 이번엔 옆을 돌아보자 혜윤은 웃는 얼굴로 무심하게 답했다.

"나는 오래되어서 해줄 말이 없다. 그래도 너한테 가장 많은 조언을 한 자로서 물어볼 권리는 확실해. 자, 가만있어, 착하지? 많이는 안 벗길게. 그냥 윗도리랑 브래지어까지만……."

"벗겨? 뭐, 뭘? 뭐? 뭘 벗겨? 꺄악!"

과연 마녀, 생각의 차원이 다르다. 어디까지 버틸까 고민하던 것도 무색하게 직접 보잔다.

초인의 힘으로 연희의 손에서 벗어난 해진이 양팔로 가슴을 가렸다.

혜윤과 연희가 의미심장하게 눈짓을 나누었다.

"오! 가슴에는 확실히 새겨진 모양인데?"

"그런가 봐요."

"여기 봐, 목덜미! 우와! 여긴 뭐! 이 모양 그대로 새긴 걸까? 몇 군데나, 얼마나 깊게?"

똑같은 질문에 강현은 재원을 간단히 쫓아버렸지만 해진은 능력 부족. 2대 1, 애초에 머릿수부터 불리했다. 해진이 가리고 있던 목덜미는 혜윤이 머리카락을 잡아 올리는 것으로 훤하게 드러나버렸다.

"이 모양으로 봐선 자제를 못 한 모양인데, 거긴 더 많겠죠?"

혜윤은 새겨진 마크에 꼼꼼한 품평에다 연희보다 한술, 아니, 두 술 더 떴다.

"자, 그럼 순순히 불어! 첫날밤, 많이 아팠니? 하루에 몇 번이나 했어? 힘은 좋아? 잘하디? 체위는 몇 가지나 해봤어? 그중 뭐를 제일 잘하디? 가장 중요한 거! 너는 좋았어?"

"아우, 언니!"

"대답은 하지 않아도 좋아. 다만 거기를 보여주면."

혜윤은 해진이 기를 쓰고 안고 있는 가슴을 가리켰다. 이것도 연희가 힘을 쓰면 속수무책이다. 그러니 말 그대로 '불어야' 끝까지 가슴을 사수할 수 있을 것이다.

"흐흐흐, 나도 가슴에 새긴 도장이 몇 개인지만 보면 안 물어봐도 될 것 같아."

연희가 혀를 내밀어 입술을 적셨다.

"제발……!"

"자세한 건 안 물어. 아까 물어본 게 다야."

그 이상 자세할 수도 있나?

"뭐, 더 자세하게 묻자면 침실 외의 장소는 어디 어디에서 했는지, 어디를 애무할 때 제일 기분 좋던지, 너는 어디를 애무해 봤는지……도 있지만 생략해 줄게."

더 자세할 수도 있었다.

질문이 더할수록 사색이 되어가는 해진이 체념의 얼굴이 되어가는 걸 본 두 여자가 다시 시선을 교환했다.

"자, 시작! 첫날밤, 많이 아팠어, 언니?"

"아, 아팠는데 많이는 아니었어……."

해진은 결국 질문들에 대한 답을 '불고' 나서야 두 마녀에게서 풀려났다. 질문은 처음에 혜윤이 따발총처럼 퍼부은 것들 중에서 하나도 빠지지 않았다.

신문을 끝낸 두 마녀는 평가회까지 열었다.

"오오……! 첫 경험에 거의 아프지도 않고, 좋았어?"

"오열! 난 너무 아파서 오빠를 막 걷어찼는데!"

연희는 온몸이 무기다. 저 무기에 걷어차인 기진이 무사했을지 궁금한 대목이었다. 뭐, 이후에 연희가 종종 그와 밤을 보내고 다닌 걸 보면 무사한 건 확실하지만.

"하루에 몇 번 했는지 셀 수도 없었다잖니. 힘 좋구나! 해진이 얼굴 좀 봐. 그냥 좋은 게 아니라 많이 좋았던 모양인데?"

"그러게 말이에요. 우와, 두 사람 속궁합이 완전 딱인가 보다. 천생연분인가 본데?"

역시 결혼식장에서 연희의 그 짓궂은 아저씨형 음담패설은 끝이 아니었다. 그건 시작일 뿐, 앞으로 더 농도를 높여 진한 놀림이 계속될 거란 게 확실해 보였다.

"자, 숙녀적인 고백은 이제 끝났고……."

혜윤이 다시 위험하게 눈을 빛냈다.

"숙, 숙녀적인 고백이라니?"

문답 무용, 혜윤이 연희에게 눈짓하더니 달려들었다.

"잡아!"

"옛 썰!"

"아아악!"

이후, 숙녀적이지 않은 고백이 뭔지 알게 된 이야기.

＊

늦봄에 접어들며 해가 점점 길어지고 있었다.

가로등이 막 켜지기 시작하는 즈음 강현은 빌라 주차장에 차를 세웠다. 낮에는 슬쩍 떠보는 재원의 말에 반발심으로 밀린 일거리나 해치우자고 생각했었다. 그런데 해가 지는 순간 그는 어느새 집으로 향하고 있었다.

며칠 회사를 비운 새 쌓인 일거리는 적지 않았다. 종일 일에 파묻혀 있었다 해도 과언이 아니었다. 그런데 집 앞에 도착하는 순간 뱃속에서 올라오는 열기가 원기를 북돋우는 느낌이었다.

기대감. 해진을 품을 생각만으로 아랫배가 묵직해지며 당장 그녀의 안에 다시 들어가고 싶어졌다.

엘리베이터 문이 열리는 순간, 누군가 계단으로 후다닥 내려가는 소리가 들렸다. 6층 전체가 자신의 집 하나뿐이라 잠시 이상하다는 생각을 했지만 잘못 올라온 사람이 다시 내려가는 소리일 수도 있다.

혹시 해진이 나가는 소리일까? 아니다. 그녀가 나간다 해도 엘리베이터 앞에서 만났을 것이다. 빌라 정문을 들어서면서 올려다본 집에는 불이 환하게 들어와 있었다.

저를 기다리는 불빛은 아래를 묵직하게 하는 것 말고도 무언가 명치께를 간질이는 느낌을 주었다.

초인종을 누르려던 그의 손이 잠시 멈칫했다. 욕망은 인정했지만 뒤따르는 알 수 없는 감정은 인정할 수 없었다. 무엇인지 알고 싶지도 않았다.

강현은 초인종을 꾹 눌렀다. 그러자 기다렸다는 듯 곧바로 문이 열렸다. 해진이 문 앞에 서 있었다.

"……!"

"괜찮아요? 맘에…… 들어요?"

해진이 차마 눈을 마주치지 못하며 물었다.

맘에…… 드느냐고?

대답할 수 없었다. 등 뒤로 문이 닫히는 소리가 났지만 그것조차 의식하지 못했다.

해진은 아슬아슬한 네글리제 위에 앞치마 하나만 걸친 채 서 있었던 것이다!

"이것도…… 책에 나와 있었나?"

간신히 말을 한 그의 목소리는 낮게 쉬어 있었다.

"아뇨! 아니에요."

해진은 고개를 붕붕 저으며 살살 뒷걸음질치기 시작했다. 두 마녀가 남자들은 다 이런 걸 좋아한다며 이 모양으로 만들고 갔지만 아무래도 강현의 표정을 보아하니 아닌 것 같았다. 저만 괜히 변태가 된 것이다.

"그게…… 오늘 언니랑 연희가 왔다 갔거든요. 사실은 말이죠! 두 마녀…… 아니, 언니랑 연희가 나를 이 꼴로 만든 다음 강현 씨 올라오는 거 보고 방금 나갔어요!"

숙녀적 고백 후 따라온 건 마녀적 수색.

몸을 사수하기 위해 강현과의 첫날밤을 비롯해 은밀한 비화까지 털어놓았건만, 두 마녀는 그녀의 옷을 홀딱 벗기고는 키스 마크의 수와 크기, 색깔로 언제 새겨진 것인지까지 심도 있는 토론을 하는 것으로 탐색을 끝냈다.

그런 만행도 모자라 이 모양을 만든 것이다. 이나마도 완전히 알몸에다 에이프런만 씌우겠다는 걸 네글리제 하나만 더 입겠다고 타협을 본 것이었다. 그것 하나는 허용해 주겠다며 두 마녀가 서로 씩 웃은 이유는 아직 모르지만.

"어, 음…… 바로 갈아입을게요!"

이상했다. 그녀는 분명 뒷걸음질치고 있었는데 그와의 거리가 벌어지지 않았다. 일렁이는 그의 눈이 위험하다고 느낀 순간, 해진은 몸을 돌렸다. 하지만 한 발짝도 떼기도 전에 붙잡힌 그녀는 다시 되돌아서야 했다.

강현이 웃고 있었다.

"도발한 대가를 어떻게 치러야 하는지 오늘 아침까지 충분히 가르쳐 준 것 같은데…… 그새 잊은 척하려고?"

"어…… 나쁘진 않은 것 같죠?"

해진이 배시시 웃었다.

입고 있던 양복을 아무렇게나 휙 던져 버린 강현은 그녀를 품 안에 가둬 버렸다. 자제력 따위, 이 여자 앞에선 자취를 감춰 버린다. 타오르는 욕망에 그의 아래는 폭발 직전에 이르렀다.

"나쁘지 않긴? 나빠, 많이 나빠!"

강현의 눈은 다른 말을 하고 있었다. 어렴풋이 마녀들이 '이게 더 좋다'며 깔깔거린 이유를 해진은 알 것도 같았다. 원초적인 두려움과 배 아래가 뜨거워지는 기분이 동시에 느껴진다. 그러나 그녀의 입은 엉뚱한 말을 내뱉고 있었다.

"나, 나빠요?"

"나빠, 원래 이런 건 앞치마 아래에 아무것도 입어선 안 되는 거야!"

그는 얇은 천 아래 비쳐 보이는 가슴을 그대로 덥석 물어버렸다.

"어…… 하윽!"

"그래도 이건 맘에 들어. 잘했어……."

그는 어느새 그녀의 은밀한 곳을 쓰다듬으며 웃고 있었다. 네글리제 아래로 귀찮게 더 벗겨야 할 것이 하나도 없었기 때문에 더욱 흡족한 웃음이었다.

강현은 그녀의 다른 쪽 가슴을 문 채 번쩍 들어 안고 제일 가까운 소파에 눕혔다. 침실까지 갈 시간 따위는 없었다. 지금은 세상이 두 쪽 나도 당장 이 여자의 안으로 들어가고 싶었다. 제 품에서 정신을 잃는 여자를 봐야만 했다.

"아흑……!"

깊숙이 넣은 손가락을 타고 애액이 흘러내리고 있었다.

"이런 차림으로 혼자 먼저 젖어 있었던 거야?"

억울하다. 젖기 시작한 건 강현이 들어온 후였다. 아니, 문을 열면서부터이던가?

"아흐, 강현 씨, 말은 제발 그만!"

"벌써 넣어줬으면 좋겠어? 응?"

"강현 씨, 강현 씨……."

"말해, 말로 해야 알지!"

"아아아!"

짓궂다, 정말. 말? 말할 새가 있어야 하지. 강현이 금세 손가락을 두 개로 늘려 첫날 찾아낸 그녀의 지 스폿을 강하게 압박하고 있었다.

다리를 활짝 벌린 채 바들바들 떠는 해진을 만족스럽게 바라보던 강현이 그녀의 진주를 혀로 쓱 핥았다. 자지러지는 비명에 그녀의 몸에서 풍기는 라벤더 향과 애욕이 섞인 그녀의 냄새가 섞이며 그도 이제 한계에 다다랐다.

급하게 바지 버클을 푼 강현은 바지와 드로즈를 한 번에 내리고 그녀의 다리 사이에 자리를 잡았다. 미처 다 벗기지 못한 네글리제를 가슴 위까지 걷어 올린 그는 해진의 한쪽 다리를 번쩍 들어

어깨에 얹은 후 그녀의 안으로 단번에 들어갔다.

"하아악!"

아직 익숙하지 않은 둔통에 놀라던 해진이 힘을 빼며 그를 환영하는 기색이 느껴졌다. 조금 뒤로 물러났다가 다시 분신을 끝까지 밀어 넣자 해진은 거센 신음과 함께 그의 이름을 소리쳤다.

"아아, 강현 씨!"

"해진아!"

해진, 혹은 강해진 말고 그에게서 처음으로 불리는 호칭이 그녀의 머릿속으로 콕 박혀들었다. 혜윤 말고 그녀를 그렇게 불러주는 사람은 없었다.

"강현…… 씨."

"해진, 해진아……."

강현이 신음 대신 그녀의 이름을 불러댔다.

다정하다. 그리웠다. 그가 부르는 이름이 다정하면서 야릇하기도 해 해진의 마음은 한껏 달아올랐다. 그가 계속 이렇게 불러줬으면 좋겠다.

"아아, 좋아, 좋아요! 계속……."

그렇게 불러줘요. 해진아, 해진아! 라고…….

뒤엣말은 신음에 묻혀 버렸다. 덕분에 강현은 그녀의 '다른' 재촉에 더욱 거세게 허리를 움직였다. 그녀는 거세게 밀고 들어간 그를 강하게 죄며 놓아주려 하지 않았다. 따뜻한 그 안에서 밀려드는 쾌감은 그를 정신없게 했다.

"아흐……. 아응, 아아아……!"

이 순간, 그는 세상에서 가장 듣기 좋은 소리가 흥분한 해진의 교성이라고 단언할 수 있었다. 그 또한 신음처럼 그녀의 이름을 부르고 있었다.

"아아악!"

해진이 먼저 왈칵 비명을 토해냈다. 절정에 달하는 그녀의 모습을 음미할 새도 없이 강현도 곧장 폭발했다. 그는 몸을 겹친 채 쓰러지며 해진을 가슴에 올리고 반듯이 누웠다.

그녀의 안은 아직 잔 경련이 일며 흥분의 여운에 젖어 있었다. 강현은 숨을 헐떡이는 그녀의 귓가에 속삭였다.

"2차전은 욕실에서 하지. 씻으면서."

"아우! 숨 좀 고르고요!"

"당신은 숨을 골라. 나머진 내가 알아서 할게."

강현이 웃었다. 해진이 오늘 본 악마의 미소 최종회였다.

"아흐, 아앙…… 강현 씨!"

세 번째 라운드를 마친 해진이 기진맥진한 채 신음을 내질렀다.

거실에서 욕실, 욕실에서 다시 침실로 넘어갈 때까지 해진에게서 앓는 소리가 끊기지 않았다. 강현은 처음과는 달리 두 번째와 세 번째부터는 느긋하게 해진의 절정을 감상하며 자신을 쏟아냈다. 세 번째 후에 다시 모로 누워 뒤에서 그녀를 안은 강현은 여운에 떨고 있는 해진의 엉덩이를 토닥거리다 슬그머니 손을 움직이기 시작했다.

"하아, 강현…… 씨! 12시가…… 하, 넘었어요! 이제 자야 내일 출근하죠!"

엉덩이를 토닥거리던 손이 다리 사이로 내려와 그녀의 클리토리스 아래쪽을 지분거리고 있었다. 그냥 두면 곧장 네 번째 라운드를 뛰어야 할지도 모를 일이다.

"어제도 이보다 늦게 잤어. 그리고 새벽에 일어났지."

정말 그랬다. 그런데도 그녀가 뒤척이다가 그의 분신을 스친 것을 빌미로 새벽에 또 일을 벌였다. 하지만 새벽의 정사는 그런 이유가 아니었어도 벌어졌을 일이었다.

"그래도요, 강현 씨! 당신, 피, 피곤하잖아요!"

강현의 손이 노골적으로 클리토리스를 더듬기 시작했다. 이제 더는 안 된다고 생각하면서도 그녀의 몸은 저절로 움찔거리고 있었다.

"괜찮아, 평소에 자는 시간이랑 그리 다르지도 않아. 아니, 더 숙면을 취하는 것 같아서 좋아. 한 번만 더 하자! 이번엔 빨리 끝낼게."

빨리 끝낸다는 말은 이미 신용불량이라는 걸 그는 모르는 걸까? 그러나 벌써 가슴을 쥐며 입을 맞춰오는 그에게 해진은 끝까지 거부할 수가 없었다.

"어, 그럼…… 정말 빨리 끝내기예요?"

희미한 빛 아래 그의 이가 빛나는 듯하단 생각도 잠시, 그녀의 입술에 그의 입술이 내려앉았다. 아주 천천히, 섹스를 흉내 내며 그녀의 입안을 희롱하는 혀가 야하기 그지없다. 그녀의 망설임은 무의미하게도 그의 분신은 이미 안에서 점점 커지고 있었다.

"오늘은 이 정도로만 할게."

이 정도만?

해진은 기가 막혀 했지만 그의 속마음을 알았더라면 아마 기절하고 싶었을 것이다. 정말 강현은 딱 한 번밖에 못 했던 여성 상위나, 사진으로만 봤던 교제 후반부를 실습해 보고 싶은 걸 참은 거니까.

클리토리스를 살살 어루만지는 손길에 해진의 신음이 다시 높아진다. 동시에 방금까지 늘어져 있던 그녀가 그의 분신을 꽉 물기 시작했다.

"강현 씨! 아앙, 아! 아! 아아!"

교성이 높아진다. 허리가 들썩인다. 그녀의 다리 하나를 내리고 몸을 비튼 강현이 다른 자세, 다른 깊이로 쑥 들어가자 쾌락을 이기지 못한 해진의 손이 그의 등을 파고들었다.

강현은 그녀를 폭주하게 하는 자신이 무척 마음에 들었다. 쾌락에 못 이겨 소리 지르는 해진의 모습은 아무리 봐도 질리지 않을 것 같았다.

절정에 이르기 직전, 그는 위치를 바꿔 이번엔 반대쪽 다리를 내리고 몸을 틀었다.

"하아, 강현 씨, 조금만 더!"

"알아, 알아!"

해진은 몸을 틀어 좀 전과 반대로 들어오는 강현을 자지러진 신음과 함께 반겼다.

"아악! 아아! 아아!"

"으, 하아! 해진아!"

대체 몇 번이나 절정을 맞았는지 모른다. 그런데도 계속 그녀의 안에서 진퇴를 반복하는 강현은 끝을 낼 줄 몰랐다.

"하아, 안 돼! 그만! 나 미쳐 버릴 것 같아⋯⋯."

"조금만 더, 해진아! 조금만 더!"

그 '조금만 더'를 벌써 수십 번도 반복했던 것 같다. '빨리 끝낸다'의 '빨리'는 과연 어느 만큼인 걸까?

동시에 극한 쾌락을 맞은 해진은 하얀 별들이 작렬하는 걸 느끼며 까무룩 정신을 놓았다.

"해진아? 해진아? 해진⋯⋯."

고지를 놓친 강현이 그녀를 불러댔지만 해진은 입가에 미소를 띤 채로 잠들어 버렸다.

좌절감에 빠진 강현은 그녀의 코끝에 대고 중얼거렸다.

"그래, 지금은 자. 대신, 내일 새벽에 못 끝낸 걸 마칠 거야!"

강현은 뒷마무리를 한 후 그녀의 옆에 누웠다. 덜 충족시킨 욕망 때문인지 그는 금방 잠들지 못했다.

내일이면 중국에 출장 가셨던 할아버지가 돌아오신다. 신혼여행에서 돌아와서도 며칠 더 꼼짝 않고 해진을 탐할 수 있었던 건 할아버지가 안 계신 덕분이었다. 내일은 본가에 신행 인사를 가야 한다. 그 자리에 정강운 일가가 빠질 리가 없다.

마음이 무거워졌다. 무시하면 그만이지만 성가시고 불쾌한 것만큼은 어쩔 수 없었다.

그때 해진이 몸을 틀며 그의 품을 파고들었다. 그녀의 달콤하고 부드러운 살갗이 몸에 닿자 답답하던 속이 씻겨 내려가는 듯했다.

마법과도 같은 여자다. 갑자기 다가오는 새벽이 더 기대되었다.

그녀를 더 깊게 당겨 안은 강현은 금세 잠들 수 있었다.

하지만 강현은 기대하던 새벽을 맞지 못했다. 동이 트기도 전, 흐느끼는 소리가 그를 깨우고 있었다.

그녀는 꿈을 꾸고 있었다.

꿈이다. 꿈인 걸 알고 있다. 다시는 만날 수 없는 이들이 나온 꿈은 참으로 아련하고 애틋했다.

"해진아, 해진아, 우리 해진이!"

까르르르르르.

아이가 된 해진은 나풀거리는 원피스를 휘날리며 마구 뛰어다니고 있었다. 그 옆에는 각자 카메라를 든 두 남녀가 서로 해진을 불러대고 있었다.

"여기 봐라!"

"여기 봐!"

"아빠! 엄마!"

"그래, 날 보라니까!"

"아냐, 엄마 봐!"

"내가 먼저 찍고 있었다고!"

"당신이 찍으니까 나도 찍고 싶어졌어요!"

"나는 내 사랑하는 여자들을 같이 찍을래!"

"나는 내 사랑하는 남자와 여자를 같이 찍을래요!"

"아이, 엄마 아빠는 또!"

"하하하하하하."

"하하하하!"

"사랑해, 우리 해진이!"

"사랑한다!"

"나도요…… 나도……. 엄마, 아빠아……."

그립고 정다운, 다시는 볼 수 없는 추억에 젖은 기분에 꿈이란 걸 알면서도 깨고 싶지 않았다.

꿈은 잔인하기도 했다. 장면이 순식간에 바뀌며 방금보다 조금 나이가 든 아빠가 병실에 누워 계셨다.

"우리 해진이를 혼자 놔두고 가서 미안해서 어떡하니……."

"아빠, 제발 가지 마세요, 아빠."

"미안하다, 엄마 대신 지켜주겠다고 했는데……. 아빠가 정말 미안하다……."

"아빠, 아빠, 아빠……!"

꿈속의 해진은 마구 울고 있었다.

현실의 해진도 울었다. 소리 없이 흘리던 눈물이 넘쳐 나며 베개를 적시고 그녀를 감싸고 잠든 강현의 어깨를 적실 때쯤 소리 없던 눈물은 거센 흐느낌으로 변했다.

"흐으……."

"해진, 해진아?"

잠결에 들리는 신음에 잠이 번쩍 깬 강현은 해진이 잠결에 허공을 더듬으며 손을 내젓고 있는 걸 붙잡았다.

"하아…… 안 돼! 가지 마요, 흐윽, 가지 마…… 아빠……."

"해진아?"

"흐윽, 아빠, 아빠아!"

해진이 마구 흐느끼며 서러운 눈물을 토해내고 있었다.

아빠……라니, 강 회장?

절연한 부녀 사이로만 알고 있었다. 그런데 꿈에서 울며 찾을 정도로 정이 있었나?

이해는 안 됐지만 서럽게 울고 있는 해진을 두고 볼 수는 없었다.

"무슨 일이야, 해진아. 아버지, 보고 싶어? 성북동에 전화할까?"

"성북동? 아냐! 아냐! 그딴 사람 아냐! 나한테 미안하다고……. 왜 가신 거야! 어헝……!"

"해진아, 울지 마! 괜찮아, 괜찮아."

해진은 아직 꿈속에서 헤매는 것 같았다. 강현은 그녀를 안고 진정할 때까지 토닥거려 주었다. 얼마쯤 울었을까, 해진이 몸을 굳히더니 품에서 벗어나며 시선을 피했다.

"이제…… 괜찮아?"

"……미안해요. 자다 말고 황당한 일을 겪게 해서."

"나는 괜찮아. 하지만 당신은? 정말…… 괜찮아?"

"그게…… 엄마가 보고 싶어서 그래요. 그런가 봐요."

그는 해진이 흐느끼며 부르는 소리를 분명히 들었다. 애써 시선을 피하는 해진도 그 사실을 알고 있는 것 같았다. 얼버무리는 해진의 표정에도 당황함이 역력했다.

모르는 체해달라는 걸까? 캐묻기엔 그녀의 아픈 눈이 더 마음이 쓰였다.

"그럼 오후에 장모님 묘에라도 찾아갈까? 수목장을 했다고 들은 것 같은데. 아침에 출근만 했다가 돌아올게. 준비하고 있어."

그러자 해진은 고개를 저으며 언제 울었느냐는 듯 방긋 웃었다.

"아니에요, 묘에는 갈 필요 없어요. 멀쩡히 살아 계신걸요? 조만간 당신에게도 우리 엄마, 유영신 여사 소개해 줄게요."

"뭐……?"

해진은 열렬히 고개를 끄덕였다. 잠꼬대도, 헛소리도 아니었다.

"정말…… 살아 계셔?"

"네, 살아 계세요. 엄마는 지금 충북 증평이라는 곳에 사세요. 귀여운 동생들도 있어요. 이름은 로빈, 라빈이라 하고요……."

해진은 유 여사의 이야기를 담담히 풀어냈다.

이건 꿈 같은 이야기가 아니었다. 아이들까지 있다는 데야 믿지 않을 수 없었다.

해진은 유 여사의 실종을 가장한 도망에 면죄부를 주려 했지만 강현은 동의할 수 없었다. 해진은 버림받았다. 그리고 아버지 강진만 회장은 그런 딸을 머나먼 타국 땅에 버려두고 잊었다가 재산을 탐내 난봉꾼과 엮으려 했다.

자신의 어린 시절보다 나은 구석이 없다. 그런데 이 여자는 어떻게 이렇게 밝고 맑게 보이는 걸까?

이 여자는 양지였다. 음지인 자신과는 정반대. 음지는 양지를 탐할 수밖에 없다. 그래서…….

그때 침대 헤드의 시계를 본 해진이 돌연 소리쳤다.

"앗, 오늘도 늦을 뻔했다!"

"늦다니? 뭐가?"

"아침 준비요! 어젠 빈속에 보내서 미안하더라고요."

아침? 이 상황에 음식이 넘어가?

해진은 벌써 침대 밖으로 발을 내딛고 있었다.

"잠깐! 나 원래 아침 안 챙겼어."

"응? 일도 많이 하는 사람이 그럼 안 돼요. 평소 안 먹었으면 우선 죽 어때요? 속이 부대끼지 않을 거예요."

"……."

"씻고 주방으로 와요."

해진은 알몸에 가운을 걸치더니 앗, 하는 순간 벌써 방을 나가고 말았다.

혼자 침대에 남은 강현은 뭔가 허전했다. 그는 방금까지 빠져들던 혼란 대신 다른 이유를 생각해 냈다.

벼르던 새벽 행사를 치르지 못했다. 그러나 이미 가버린 해진을 도로 잡아올 수도 없는 노릇, 강현이 출근 준비를 마치고 나오자 해진이 웃으며 어서 앉으라는 손짓을 했다.

그가 자리에 앉자 해진이 '다 됐다!' 며 김이 모락모락 오르는 죽그릇을 내놓았다.

고소한 냄새에 명치가 간질거리는 느낌이 들었다. 뭔가 살랑살

랑 명치 끝을 왔다 갔다 하며 살살 어루만지는 느낌, 나쁜 건 아닌
데 왠지 거부감도 들었다.

"맛…… 없어 보여요?"

숟가락을 들고 멈춘 그를 보며 해진이 조심스레 물었다.

걱정, 설렘, 기대…….

보이기엔 잣죽인데 양념이 많은 것 같았다. 그가 한입 삼키고
말했다.

"좋아…… 맛있어."

맛있었다. 어쩌면…… 그가 먹었던 그 어떤 것보다 더.

6. 기선 제압이 뭐야, 먹는 거야?

강현은 재원에게 유영신 여사의 숨겨진 이야기를 해주었다. 재원이 사실을 아는 게 도움이 될 듯해서였다.

"너, 10년 전 산방의 안주인 유영신 여사님, 자살이라고 했었지?"

"어…… 그랬지. 차가 절벽으로 굴렀는데 스키드마크도 없었다고 하니까. 그런데 왜?"

"유 여사님…… 내 장모님, 살아 계신단다."

"그게 무슨 소리야? 10년 전 죽은 사람이 살아 있다니?"

"사실이야. 그런데 유 여사님은 자신의 행방을 해진이 알고 있다는 걸 모른다나 봐."

이어지는 설명에 재원도 놀라며 감탄을 금치 못했다.

"와……! 너의 해진 씨…… 정말 스펙터클 버라이어티 그 자체로구나!"

'너의 해진……'

고개를 끄덕이던 강현은 저가 웃는 줄도, 그 말이 왠지 흐뭇하다고 생각하는 줄도 몰랐다.

문득 고개를 들자 재원이 수상쩍은 표정으로 쳐다보고 있었다. 뭔가 꿍꿍이를 숨긴 듯한, 요즘 꽤 자주 그런 표정을 짓곤 했다.

"……왜?"

"아, 아니야! 놀라서……."

"그래, 알면 알수록 놀라운 여자야."

'반은 너 때문에 놀란 거거든!'

강현이 웃은 이유를 알 것 같았다. 재원은 아직 말도 못 나눠본 해진이 정말 좋아질 것 같았다.

"아!"

"왜?"

"전에 혜윤 씨가 신탁은 주인이 따로 있다고 했었거든. 그 말이 이거였구나! 강해진 씨도 그렇고…… 그 누님 정말 대단해!"

"그랬어?"

최근 재원과의 대화에서 '누님'이 빠진 적이 없었다. 보아하니 재원은 혜윤에게 끊임없이 추근거리고 계속 차이길 반복하는 모양이었다. 두 사람을 함께 두고 생각하면 어쩐지 마녀의 뾰족한 구두굽에 밟힌 광대의 모습이 그려진다.

"양혜윤 씨. 너, 감당이 돼?"

"오, 물론! 그 환상적인 몸매부터가 감당이 되지! 그 관능적인 입술 하며, 섬세한 손가락이 내 가슴 위를 누비는 생각만 하면 벌써 여기가 뜨끈뜨끈……."

재원은 공중에다 아예 손으로 그녀의 몸매를 그리며 몽롱한 얼굴을 했다. 멀쩡하다가도 그쪽으로 주제만 잡으면 그 바람둥이 기질이 넘쳐 나게 흐른다. 이 삼천포행은 막아주지 않으면 한도 끝도 없었다.

"너의 그 파란만장한 독신 라이프 계획은 어쩌고?"

"그거랑 내 독신 라이프랑 무슨 관곈데?"

몽롱하던 재원의 표정이 순간 허옇게 굳어버렸다.

"양혜윤 씨가 네가 만나던 여자들과 같아 보여? 너, 마녀랑 사귀다 차버릴 수 있어? 곱게 헤어질 자신은?"

재원은 꿀 먹은 벙어리가 되었다. 순간 그의 망막 위로 까만 고깔모자와 망토를 두른 양혜윤이 그려졌다. 보글보글 끓는 커다란 냄비 위에 묶인 자신과 그 새치름한 눈을 사납게 뜨고 커다란 가위를 들고 있는 양혜윤이…….

재원은 침을 꿀꺽 삼켰다.

"그 살벌한 누님이랑은 정착…… 같은 걸 생각해야 하나?"

"그거야 네 뜻대로."

강현이 대수롭지 않게 어깨를 으쓱했다.

재원의 얼굴이 허옇게 떠버렸다. 그런데 재원이 어맛 뜨거라! 하는 대신 생전 처음 '정착'이란 단어를 꺼냈다는 사실에는 둘 다 주목하지 못했다.

＊

　강현의 출근을 기다려 찾아온 혜윤은 멍하니 창밖을 내다보고 있는 해진을 볼 수 있었다.

　비록 짓궂은 장난 때문에 내내 고함을 지르긴 했었지만 어제 헤어지기 직전까지의 해진은 반짝이는 요정 같았다. 그런데 지금은 인어공주 같았다. 물거품으로 사라지기 직전의 인어공주. 툭 건드리면 허공으로 사라져 버릴 것 같은 아슬아슬함마저 느껴졌다.

　설마, 그 까칠한 정강현이 자신들의 장난을 싫어했던 걸까? 그렇다면…… 고자 놈, 정말 임포나 돼라!

　정강현에게 마구 저주를 퍼붓던 혜윤은 해진에게 다가가 조심스레 물었다.

　"왜 그래, 무슨 일 있어?"

　"별거 아니야. 그냥…… 꿈꿨어. 그래서 그래."

　"아……."

　정강현 때문이 아니었다. 애먼 정강현에게 저주를 퍼부었지만 혜윤은 미안하진 않았다. 대신 더 걱정스러워졌다. 해진이 우울해지는 꿈이 무엇인지 알고 있기 때문이었다.

　해진이 그런 꿈을 꾼다는 걸 알게 된 건 10년 전, 본인의 은신 겸 프랑스로 간 해진을 뒤따라갔을 때부터였다. 하지만 해진이 꿈을 꾸기 시작한 건 그보다 먼저였던 것 같았다.

　해진은 그 꿈을 거의 주기적으로 꾸었다. 시간이 지나면서 주기가 차츰 길어지긴 했지만 꿈꾸고 나면 해진은 하루에서 며칠씩 힘 들어했다.

"이젠 그 꿈 안 꾸나 했었는데……. 하도 오랜만에 꿔서 그런가, 너무 반갑더라……. 너무너무. 그 사람이 내 이름을 불러줘서 꾼 걸까……."

마지막은 해진이 너무 작게 중얼거려서 혜윤은 알아들을 수 없었다.

"근데 있잖아? 나 전에 만큼 힘들진 않아. 그냥…… 오늘은 그냥 조금 감성적이 됐달까, 그 정도야."

어쩌면 그가 달래줘서일까? 착각이었지만 그리운 품에 안겼다는 느낌에 해진은 오늘 좀 더 몽상적인 상태였다.

"정말…… 괜찮은 거야?"

"응, 괜찮다니까."

'시간이 흘러서니? 아니면…… 정강현, 그 사람의 영향이니?'

후자일까 봐 혜윤은 그게 걱정스러웠다. 절대 해진과 감정적으로 엮일 일은 없다고 잘라서 말한 그 차가운 남자가 미웠다. 그러면서도 알몸 에이프런 같은 장난을 친 건 그가 이 사랑스러운 여자를 다시 봤으면 했기 때문이다.

"참, 언니! 나…… 강현 씨한테 엄마 얘기했어."

"벌써? 생각보다 빠르네."

"어쩌다 보니……."

잠꼬대를 들켜 얼버무린 거라는 걸 알면 혜윤은 좀 더 걱정할 것이다. 이제 되었다는 듯 해진은 방긋 웃어보였다.

그제야 혜윤은 오늘 해야 할 이야기를 꺼낼 수 있었다.

"어제 오 경감님 전화 왔었어."

"아저씨가 왜? 설마……!"

"맞아, 차완영이 단도파와 접촉한 모양이야. 단도파 부두목이 직접 차완영의 집으로 찾아갈 정도면 뭐든 일을 벌이는 건 기정사실이야. 오 경감님은 드라마 일이 새어 나간 게 아닌가 걱정하고 계셔."

"벌써?"

"드라마 제작 시작한 지 한 달이 지났어. 투입된 스탭이라면 첫회에 벌써 내용을 알아차렸을걸? 그러니 너! 다시는 경호원이 필요 없네 마네 그런 소리 마! 조심해야 해!"

혜윤은 연희가 기진에게 간다고 하기 전에 이미 대신할 경호원 두 명을 준비시켰다. C&Y 최고 정예 박인호 팀장과 연희와 동갑내기 동기 심정수라는 남자였다. 두 명이나 되는 경호원에 해진은 너무 과하지 않느냐 했다가 펄펄 뛰는 혜윤에게 며칠을 시달려야 했다.

"네에, 네! 언니가 어련히 알아서 하겠어."

"그런 건 네가 더 챙겨야……! 아휴, 내가 어쩌다 너한테 매여서!"

"어…… 날 사랑해서?"

"지랄은!"

"언니는 참, 생긴 건 고고함과 우아함의 극치를 달리는 사람이 가끔 말을 너무 험하게 해. 지랄이 뭐야, 지랄이."

"내가 지랄 같은 소리를 안 하게 생겼어? 그리고 말은 바로 하자! 가끔이 아니지, '지랄'은 자주 쓰는 말이야!"

"못 말려."

해진은 한숨을 내쉬며 어깨를 으쓱였다. 연희가 있었으면 맞장구라도 칠 테지만 아직 일어나지도 않은 위협 때문에 당분간 기진의 옆에서 꼼짝도 하지 않을 것이다.

"오늘 너 나가야 하지? 네 시할아버님 들어오신다며?"

"응, 저녁에. 공항에는 나오지 말라는 엄명이 있었대. 그래서 본가로 바로 가면 될 거야."

"그럼 어서 나가자!"

"벌써? 6시까지만 가면 돼. 일곱 시간이나 남았어. 밥 먹고 천천히 나가면 돼. 우리 비빔밥 해 먹고 가자."

"비빔밥 같은 소리 한다. 참 너다운 한가하고 간단한 메뉴긴 한데 오늘은 안 돼!"

"응? 비빔밥 먹고 싶은데……. 찬밥 있단 말이야."

밥 먹을 생각을 하니 문득 강현이 떠올랐다. 아니, 시시때때로 떠오르는 남자긴 하지만.

강현은 원래 아침을 안 챙겨 먹는다고 했었지만 그래도 그녀가 해준 죽을 남기지 않고 다 먹었다. 그가 먹는 모습을 지켜보는 시간이 참 좋았다. 앞으로 그에게도 아침밥 먹는 습관을 들이면 함께 밥을 먹을 수도 있을 것 같았다.

"어이, 강해진. 말하다 말고 뭐가 좋아서 혼자 웃어?"

"어? 그냥 밥. 밥 생각."

"바압?"

"어, 밥."

배시시 웃는 해진을 보면 절대 '그냥' 밥이 아니었다. 하지만 따져 묻기엔 시간이 부족했다.

"강해진, 밥 타령할 때가 아니야. 넌 정강현 씨 가족들에게도 헤벌레 웃는 아방 해진이를 보여줄 건 아니잖아!"

"난 원래 아방 강해진이잖아. 얼음인형, 그거 이제 버려도 되지 않아?"

"강해진!"

"어?"

"여자는 뭐라고 했지?"

"도, 도도?"

"하물며 시댁 식구 앞에서 뭐?"

"아, 하하하하하……."

해진은 침을 꿀꺽 삼켰다. 오늘따라 치켜뜬 눈을 강조한 혜윤의 스모키 화장이 왠지 무섭다.

제발 그 눈화장은 지우면 안 될까, 언니? 남자들이 그 눈 때문에 다 도망가잖아.

"오늘은 무조건 완벽 헤어 세팅에 풀 메이크업! 오케이?"

"오, 오케이!"

해진은 비빔밥에 미련을 떨치지 못한 채 집을 나서야 했다.

해진은 전투적인 지휘를 하는 혜윤에게 이끌려 다녀야 했다.

가장 먼저 맡겨둔 한복을 찾고 식사를 한 후—비빔밥은 아니었다—
머리와 화장을 완벽하게 한 후에야 혜윤에게 합격점을 받을 수
있었다. 그리고 마지막으로 혜윤이 읊어주는 정보를 숙지해야 했
다.

"네 시할아버지는 괜찮을 테지만 오늘 만날 사람들 조심해야
해. 정강운이라고, 그 모친과 마누라, 여동생까지 정 회장님 댁에
자주 오간다더라. 오늘 같은 날 당연히 와서 너한테도 기선제압
하려고 할걸? 사람 속 긁는 데는 일가견 있는 사람들이라고 하더
라."

말은 이렇게 하면서도 혜윤은 사실 해진이 당할 거란 걱정은 하
지 않았다. '얼음인형'이라는 별명은 허명이 아니니까.

"응, 알았어. 고마워."

"음…… 서둘렀더니 시간이 좀 남네. 본가에는 정강현 씨랑 함
께 가기로 했다며?"

"응, 그러니까 집으로 가서 쉬다가……."

"얘가, 얘가! 이렇게 하고 집에 가면 아깝지. 잠깐 기다려!"

혜윤이 시각을 확인하더니 바로 어디론가 전화를 걸었다.

"정강현 씨, 나 양혜윤이에요."

'왜?'

해진이 벙긋거리며 물었지만 혜윤은 '공주를 모시고 갈 테니
대기하고 있으라.' 한마디만 하고서 전화를 끊어버렸다.

"언니, 남자가 일하는 직장에 아내가 막 쳐들어가는 건 실례라
며!"

실례는 무슨, 정확히는 꼴불견이라고 했다.

"그것도 예외가 있어."

"예외?"

"너흰 신.혼.이거든! 그건 모든 일의 예외라는 소리야. 자, 가자!"

해진은 신혼과 예외의 상관관계를 미처 묻기도 전에 강현의 회사로 끌려갔다. 도착하자마자 그녀를 강현의 사무실 안으로 밀어 넣은 후 혜윤은 그대로 가버렸다. 졸지에 침입자가 된 해진은 책상 앞에 앉은 강현을 향해 어색하게 손을 흔들며 말했다.

"하하, 저 왔어요. 시간이 꽤 많이 남았죠? 집에 돌아가긴 뭣해서 왔어요. 일 보세요. 여기서 얌전히 기다릴게요."

잠시 후, 윤이수가 고운 색동 한복을 입은 해진에게 축하 인사를 하며 차를 두고 나갔다.

그때까지가 해진이 완벽한 차림을 할 수 있었던 마지막이었다.

"이리…… 와."

강현이 낮은 목소리로 그녀를 불렀다.

"네?"

"이리 오라고!"

머뭇거리는 해진을 보는 강현의 표정이 조금 사나워졌다.

집으로 갈걸, 속으로 혜윤을 원망하며 걸음을 옮기는 해진은 꿈에도 몰랐다. 그녀가 들어서는 순간부터 그가 눈으로 옷을 벗기고 있었던 것을.

'이건 모두 마녀가 예고한 탓이야······.'

해진이 온다······.

마녀의 전화는 오늘 새벽부터 참았던 물꼬를 터뜨린 것이나 다름없었다.

전화가 끊기자마자 그는 바로 일을 정리하기 시작했다. 두 비서에게 퇴근 준비를 시키고 해진이 오기 전까지 모든 결재를 서둘러마쳤다. 그리고 사무실로 떠밀린 듯 들어오는 해진을 기다리고 있었다.

예뻤다. 주홍빛 입술이 꽃 같다는 생각도 들었다. 한복을 입은모습이 새 신부임을 광고하듯 드러냈다. 덕분에 그녀가 온 목적을상기하긴 했지만 아직 시간은 충분했다.

그는 자리에서 일어날 수도 없었다. 기대감에 이미 발기를 시작한 분신이 해진이 들어서며 곤두서 버렸기 때문이다. 대신 움직일수 있는 해진을 부르는 것이 나았다.

그의 굳은 얼굴에 해진이 서서히 걸어오고 있었다.

책상 앞에 선 해진이 그의 찌푸린 얼굴을 살피며 조심스레 말했다.

"강현 씨, 내가 너무 이르게 왔죠? 아직 시간이 많이 남았으니까 집에 갔다가 다시 와도 될 것 같아요."

망설이는 목소리에 담긴 감정이 손에 잡힐 듯했다. 금세 뒤돌아설 태세였다. 강현은 다급히 소리쳤다.

"가긴 어딜 가!"

"네?"

"너무 멀어."

"뭐가요?"

해진이 갸웃거렸다. 오물거리는 그 입술조차 자극적이다. 심박동이 요동을 쳤다. 더는 참지 못할 것 같았다. 하지만 기왕 사냥감이 여기까지 온 것, 끝까지 제 발로 오게 해야 했다.

"나 일하는 거 보러 온 거 아니야? 그러니 여기로 넘어오라고."

강현이 자신의 책상 앞을 가볍게 탁탁 두드렸다.

"아……! 봐도 돼요?"

그녀의 얼굴에 금세 환한 웃음이 맺혔다. 순간 그의 분신에 피가 더 몰리는 것 같다.

"그럼!"

흔쾌한 대답에 해진이 조심조심 그의 가까이 왔다. 예쁘긴 했지만 역시 한복은 불편해 보였다. 움직이는 것도 그렇지만 벗기기에는 더욱.

그녀가 책상 너머로 본 화면은 시커멓게 꺼져 있었다. 해진이 돌아보는 순간 이미 그의 손이 그녀의 허리를 감싸고 있었다.

"잘 왔어!"

해진을 자신의 무릎 위에 앉힌 그는 그녀의 허리를 단단히 감싸 안았다. 사냥감을 포획한 포식자의 만족스러움이 그의 입술에 걸렸다.

꺄악, 저도 모르게 비명을 지른 해진이 입을 막았다. 바깥에 소리가 새어 나갈까 걱정하는 것이다.

"뭐, 뭐 하는 거예요……."

"뭐 하는 것 같아?"

강현은 당연하다는 듯 그녀의 두루마기 고름을 풀어버렸다. 그리고 저고리 고름까지는 한 번에 풀긴 했지만 치마 매듭은 찾을 수 없자 아예 치마를 아래에서 들추려 했다.

"악, 뭐 하는 거예요! 이거 구겨지면 안 돼요!"

제법 격렬한 저항에 그는 타협안을 내놓았다.

"그럼, 벗어!"

"누, 누가 들어오면 어쩌려고!"

"괜찮아. 다 퇴근시켰어."

"뭐예요?"

계획적이었다! 그걸 이제야 알게 된 해진은 입을 벌린 채 그를 새침하게 노려보았다. 하지만 그는 그녀의 앙탈을 받아줄 여유가 없었다.

"벗어! 안 그럼 걷어 올릴 거야!"

"안 돼요……. 화장이랑 머리도 다 새로 했어요! 이것 때문에 언니한테 얼마나 시달렸는데!"

"안 망가지게 할게. 그러니 어서!"

"어……."

"해진아……."

욕망으로 짙어진 그의 목소리에 그녀도 취하고 말았다. 해진은 정말 사람이 들어오지 않는다는 걸 몇 번이고 다짐받은 후 스스로 옷을 벗기 시작했다.

"이거 벗기 전까지 나 건들지 마요!"

해진이 저고리와 겉치마를 벗기 무섭게 그의 손이 팬티 속을 침범했다.

"아흑, 강현 씨……."

아직 속치마가 남아 있긴 했지만 강현의 기준에 그건 구겨져도 상관없었다. 그는 아무렇게나 속치마를 휙 벗겨 바닥에 던지곤 그녀의 가슴을 움켜잡았다.

"으응……. 살살 해줘요."

그녀의 애원에 손에 힘을 뺀 강현은 슬립 위로 손을 넣어 브래지어를 걷으면서 드러난 유두를 머금었다.

"아앙……!"

그녀의 신음을 들으며 그는 팬티 속에서 헤매는 한 손을 부지런히 움직였다. 클리토리스 주변을 더듬다가 진주를 몇 번 비비자 곧 이슬이 흘렀다. 그는 그 안으로 손가락을 넣었다.

"흐윽!"

그의 손가락과 입술로 민감한 부위를 모두 사로잡힌 해진이 할 수 있는 건 쾌감의 신음을 터뜨리는 것뿐이다.

"아아, 제발!"

빡빡한 질 안에 서서히 애액이 고이며 그의 손가락을 적시기 시작했다. 그가 손가락을 움직일 때마다 해진이 숨김없는 쾌락의 신음을 지르며 질 안을 휘젓는 손가락을 죄어댔다.

"아앙, 흐응, 아앙! 강현 씨, 강현 씨!"

그가 손가락을 두 개로 늘려 진퇴를 거듭하자 금세 절정에 도

달한 해진이 새된 비명을 질렀다. 자신의 다리 위에서 다리를 벌린 채 무아지경에 빠진 해진은 그에게 무한한 만족감을 가져다주었다. 기다리던 순간이 왔다. 자신의 차례. 그는 곧장 해진을 의자에 앉힌 채 아까부터 성을 내던 분신을 그제야 해방시켜 주었다.

"넣을게."

해진이 입가에 몽롱한 미소를 맺은 채 그를 환영했다.

"흐읍!"

약간은 버겁게 들어간 그가 안에 자리를 잡자 그녀의 질이 사정없이 조여댄다.

이것이다. 이것을 기다렸다. 새벽에 다시 치르려던 정사가 무산된 뒤 무언가 불만족스러웠던 기분이 이제야 풀어지는 것 같았다.

퍽! 퍽!

살과 살이 부딪히는 소리가 음란했다. 액과 액이 만나 내는 소리는 더 음란했다.

"아아, 아아, 아……."

곁들여지는 건 두 사람의 참을 수 없는 교성. 그나마 소리를 죽이려 애는 쓰고는 있지만 여린 신음까지 막을 수는 없었다.

이지러지게 만지고 분신을 넣었다 뺐다. 다시 넣고, 빼고, 넣고. 그래도 뭔가 부족하다.

그 순간 옅은 주황색으로 칠한 입술이 조그맣게 벌어져 그를 유혹하고 있었다. 갈증이 인다. 저걸 삼키지 않으면 제대로 만족하지 못할 것 같다. 하지만 혜진에게 시달렸다며 앵앵거리던 해진의 말을 기억해 냈다.

"키스해도 돼?"

몰아지경에 빠진 해진이 저도 모르게 고개를 끄덕였다. 뒤늦게 화장이 지워지면 안 된다는 생각이 들었지만 그가 입술을 겹치는 순간 다시 잊어버렸다.

허겁지겁 그가 겹쳐 오는 입술을 잡아당겨 같이 입술을 빨아당기는 해진과 그는 서로가 서로를 삼킬 듯 격렬하게 키스했다.

"조금만 더!"

"아홋, 아앙!"

"조금만, 해진아. 조금만 더!"

"아아, 아아, 이제…… 아, 강현 씨!"

강현이 마지막 허릿짓에 피치를 올렸다. 자신들을 둘러싼 세상이 다 부서진다고 느껴진 순간 둘은 절정에 올랐다. 강현은 그녀의 위로 쓰러졌다.

"헉! 어떡해!"

제멋대로 흘러내린 머리카락을 발견한 해진이 신음을 질렀다. 그녀는 곧 가방 안에서 거울을 꺼내 제 모습을 확인할 수 있었다.

다급하고 격렬한 정사를 치른 결과는 참담했다. 머리는 산발에, 입술은 다 번졌다. 마스카라도 눈 밑과 위로 번져 귀신 분장이 따로 없다.

"악, 강현 씨!"

원망 어린 외침에 강현도 약간은 미안해졌다. 마녀가 보면 난리가 날 거라며 종알거리는 해진에게 그는 슬쩍 사과를 곁들여 수습을 제안했다.

"사무실에 딸린 욕실이 있어. 우선 씻자. 내가 씻겨주고 머리도 말려줄게."

"이거 다시 할 시간 없단 말이에요!"

"괜찮아. 나랑 같이 갈 거라 좀 늦을 거라고 할게. 어차피 6시까지 간다는 건 말이 안 돼. 근무시간이 6시까지인데 그전에 오면 할아버지께 더 혼날걸?"

그럼 근무시간 중에 정사를 나누는 건?

그런 걸 묻기보다 해진은 씻는 걸 택했다. 그리고 따져서 뭐 하나. 제 책임이 반이다. 그의 유혹이 너무 은근하고 강렬했다는 변명도 그의 아래에서 소리 질러대던 저를 떠올리면 무색했다.

"같이 씻자."

놀리는 거다! 은근히 유혹의 빛을 띠고 있는 그의 눈을 보니 정말 믿을 수가 없다. 이러다 오늘 내로 아예 가지 못할 수도 있다는 걸 깨달은 해진은 '절대 들어오지 말라' 소리친 후 욕실로 뛰어 들어갔다.

강현은 제법 사태를 책임지려고 노력했다. 미리 말한 대로 본가에 전화해 해진이 자신과 함께 갈 거라 알렸고, 정말 그녀의 머리도 말려주었다. 하지만 지워진 화장과 망가진 머리가 문제였다. 하는 수 없이 해진은 화장은 스스로, 머리는 전문가가 하는 것처럼 할 재주가 없어서 늘어뜨리는 것을 선택했다.

"내가, 내가 다시 여기서 이러면 내가 강해진이 아니에요!"

강현과 함께 사무실을 나오던 해진이 분한 듯 속삭였다. 발간 얼굴로 그를 흘겨보며 선언하는 해진은 꽤 단단한 결심을 한 것 같았다.

하지만 강현은 방금의 정사가 마음에 들었다, 무척.

'장담하지 않는 게 좋을 텐데……'

그는 경고했다, 눈으로만.

✳

"어서 오세요, 이사님. 사모님. 결혼 축하드립니다."

"고맙습니다, 아주머니."

"고맙습니다."

도우미 아주머니의 짧은 환대와 함께 안으로 들어온 해진은 소파에 차례로 앉은 2열 좌대의 군단을 볼 수 있었다. 정강운과 정강운의 처 김채연, 모친 이화영, 누이 정유민, 정유민의 남편 안창길, 모두 다섯 명이었다. 각각 값비싼 옷과 치장을 둘러싼 남녀들이 각을 세우고 앉아 있는 모습이 실로 군단이라는 표현이 꼭 어울리는 이들이었다.

강현은 그들 중 아무에게도 눈을 돌리지 않고 할아버지께만 고개를 숙였다.

"왔느냐."

"저희 잘 다녀왔습니다. 할아버지도 건강 이상 없이 다녀오신 겁니까."

"무사히 다녀오셨어요, 할아버님?"

정 회장이 해진의 인사를 받으며 흐뭇하게 웃었다.

"오냐, 일 제대로 하라고 공항에도 나오지 말라고 그렇게 당부했더니 대신 여기들 와서 대기하고 있던 녀석들보다 낫구나."

순간 공기가 얼어붙는 것 같았다. 동시에 쏟아지는 질시의 시선이 노골적으로 짙어지고 있었다.

"저희 다녀와서 첫 인사인데 절 받으셔요, 할아버님."

해진이 정 회장에게 살갑게 말을 건네며 생글거렸다. 그에 모두의 시선이 쏠렸다.

"오냐, 손주며느리 절은 받아야지. 들어오너라."

정 회장이 해진의 미소에 마주 웃어주었다. 필요한 때 말고는 강현과 냉기만을 흘리던 정 회장이 취하는 행동으론 의외의 모습이었다. 강현조차도 의아하게 쳐다볼 정도였다.

"백부님, 굳이 안으로 들어가실 필요는……. 여기서도 충분하지 않습니까!"

정강운의 모친, 이화영이 벌떡 일어나며 정 회장의 시선을 가로막듯 소리쳤다.

"내 손주며느리 인사받는 것도 네가 간섭하고 싶으냐?"

정 회장은 한마디로 일축하며 성큼성큼 앞섰다.

강현은 해진과 함께 걸음을 옮기며 할아버지의 등을 노려보았다.

속이 시커먼 영감!

할아버지가 대외적으로 정강운과 저울질하는 것처럼 보이는 것은 다 거짓이었다. 그의 속내에 있는 후계자는 오로지 강현뿐이었다. 정강운 일가는 헛물만 켜고 있었다.

정 회장은 새끼를 벼랑에서 떨어뜨린다는 것을 실천하는 사자였다. 강현에게 끊임없이 시련을 주고 살아남기를 시험했다. 그 시련 중 하나가 정강운 일가였다. 그들이 물리칠 수 없는 존재는 아니었지만 성가시고 불쾌했고, 위험한 적도 있었다.

그의 출생의 약점과 든든한 배경이 없음은 확실히 불리한 조건이긴 했다. 하지만 그렇다 해도 매사에 시험하는 할아버지의 방식은 돈독한 정을 나눌 수 없게 만들었다.

항상 그랬다. 이 결혼마저. 그런데 오늘 그의 할아버지는 뭔가가 달라 보였다.

안방에 들어간 정 회장은 보료에 앉아 만족스러운 얼굴로 신혼부부의 절을 받았다. 너무나 흡족해 보이는 정 회장의 얼굴에 강현은 불뚝 경계심이 일었다.

"그래, 아가. 너는 잘 다녀왔느냐? 좋은 꿈 꿨고?"

"……네."

가늘게 대답하는 해진의 얼굴이 붉게 달아올랐다. 아무래도 여기 오기 직전에 치른 정사를 떠올린 듯 수줍은 새색시의 모습 그대로였다. 방금까지 정강운 일가와 서로 소 닭 보듯, 아니, 없는 사람 취급하던 싸늘한 해진은 사라지고 없었다. 할아버지 앞에서는 가면을 벗은 모습을 보일 모양이었다.

"내가 애 할애비다만 살갑게 해주지 못했단다. 그래도 너를 만나 이렇게 가정을 꾸렸으니 이제 마음이 놓인다. 앞으로 잘 살아라."

정 회장의 목소리가 그의 귀에도 난생처음 다정하고 은근하게 들린 것 같았다. 강현의 눈이 가늘어졌다.

"네, 노력하겠습니다."

"네 시할애비가 그래도 능력이 좀 있다. 어려운 일 있으면 아무 때고 찾아오너라. 내가 뭐든 도와주마."

환인 회장이 능력이 '좀' 있다면 세상에 능력이 '좀' 있을 사람을 몇이나 꼽을 수 있을까. 그런데 아까부터 느낀 거지만 매우 이상했다. 게다가 흐뭇하게 웃는 할아버지의 모습이라니, 강현은 제 눈을 비비고 싶었다.

"감사합니다."

"자, 그만 나가보자. 시할애비 집에 처음 와서 긴장했을 텐데 너무 오래 붙잡아두진 않으마. 그래도 너희 온다고 정선댁에게 일러 맛있는 걸 많이 준비해 놓으라고 했으니 많이 먹고 가거라."

"네, 할아버님."

"좋구나. 그래, 내가 할애비지. 그런데 어느 고약한 놈은 날 회장이라고 부르더라."

짐짓 강현을 노려본 정 회장이 해진을 보며 다시 웃었다.

"제가 많이 불러 드릴게요, 할아버지."

"오, 할아버님보다 그게 더 마음에 드는구나. 그래, 해진아. 앞으론 쭉 그렇게 부르거라."

"네, 할아버지."

그에게도 무언가 한마디 할 줄 알았던 할아버지는 그대로 일어나 문으로 향했다.

이게 다야? 정말?

강현은 할아버지의 의도를 의심하지 않을 수 없었다.

이상하다. 일단, 해진에게 너무 다정했다. 문득 자신을 휘두르는 수단을 해진으로 선택한 것일 수도 있다는 생각이 들었다.

해진과의 관계는 단지 계약일 뿐이다. 아이만 낳으면 끝나는 결혼이지만, 그 사실은 모른다 해도 이 관계가 정략임은 할아버지가 가장 잘 알고 계실 것이다. 그런데도 해진이 그런 수단이 되어줄 수 있다고 여길 수 있을까? 하지만 정말 해진을 그런 목적으로 선택한 거라면?

답이 나오지 않았다. 마음만 먹는다면 이 어리바리한 여자는 할아버지의 뜻대로 휘둘릴 것이다. 그걸 못 본 체할 자신이 없었다. 그렇다면 할아버지는 타깃을 제대로 잡았다. 뱃속이 다시 뭉치는 느낌이 들었다.

문을 연 정 회장이 갑자기 안색을 굳히며 고함을 쳤다.

"네, 무슨 짓이냐!"

문 앞에서 귀를 바싹대고 있던 이화영이 정 회장이 갑자기 문을 여는 바람에 그대로 얼어 있었다. 하지만 당황하는 것도 잠시, 금세 뻔뻔스러운 얼굴을 했다.

"아니, 전 그저……. 저도 집안 어른이니 인사를 받아야 할까 싶어서……."

"네가 왜 인사를 받겠다는 게냐? 네가 무슨 자격으로?"

얼굴에 철판을 깐 이화영도 그 말엔 얼굴을 확 붉혔다. 그녀는 강현에게 대놓고 당숙모라 불리는 것도 소름 끼친다며 아예 자신을 부르지도 말라고 했었다. 이전엔 그런 걸로 한 번도 꾸짖은 적이 없던 정 회장의 지적은 가슴이 덜컥 내려앉을 일이었다.

정 회장이 주방으로 향하자 이화영의 화살은 해진에게로 쏘아졌다.

"쯧, 신행 인사를 하러 오는 신부 머리 꼴 하고는."

"내 보기엔 곱기만 한데, 새아가 머리가 어때서? 기어이 네가 간섭을 해보고 싶은 게로구나."

"히익!"

이화영은 까무러칠 듯 놀랐다. 벌써 가버린 줄 알았던 정 회장이 되돌아온 것이다. 기겁한 이화영은 식은땀을 흘렸다.

"아, 아닙니다! 백부님, 저는 그저…… 아직 집안 분위기를 잘 모르는 듯해서 가르쳐 주려고……."

"됐다. 필요한 건 내가 일러주마. 아가, 어서 따라오지 않고 뭣 하느냐."

"네, 할아버지."

해진이 정 회장을 부른 호칭에 눈썹을 찌푸리던 이화영은 어느새 걸음을 옮기는 정 회장의 뒤를 따르며 간살을 떨었다.

"오늘 저녁은 제가 모처럼 솜씨를 발휘해 봤습니다. 아무래도 해외에선 입맛에 맞는 것이 없을 거라 백부님 좋아하시는 갈치와 조개무침, 더덕구이를 준비했고요……."

물론 오늘 음식 준비를 한 사람은 정선댁이다. 그리고 오늘은 결혼식 후 처음 인사 온 신혼부부를 위해 마련한 자리였다. 그러나 이화영의 짧은 말 몇 마디에 그 많은 음식은 모두 자신이 한 것이 되면서 강현과 해진을 배제시키고 있었다.

강현은 해진에게 나직하게 물었다.

"저런 자리에서 식사할 수 있겠어?"

"걱정하지 마세요. 강 회장님과 식사하고서도 한 번도 체한 적 없는 위장을 가졌어요."

의미심장한 대답이었다. 덕분에 해진의 대답이 미더워졌다. 그리고 그도 체하지 않을 것 같았다.

식사 자리는 경건함을 넘어 고요함의 경쟁 같았다. 젓가락 부딪히는 소리도 거의 나지 않고 국을 떠먹는 소리도 없었다.

그러다 대화가 터진 건 정강운이 정 회장에게 중국에 갔던 일을 물으면서부터였다. 그 이후 일제히 중국에서의 일과를 묻는 통에 금세 누가 더 정 회장과 대화를 많이 나누는지 각축장이 되고 말았다.

그들은 아무도 강현이나 해진을 알은척하지 않았다. 오늘 모인 이유가 강현의 신행 인사인 걸 잊은 것처럼 철저한 무시로 일관했다. 강현이 어떤 취급을 받았는지 알겠다. 그들의 가소로운 행태에도 해진은 미소를 잃지 않았다.

정 회장은 정강운 일가의 그 모든 질문에 대답 대신 해진에게 말을 걸었다.

"강현이 워낙 바쁜 바람에 신혼여행을 길게 못 가서 아쉽지는 않으냐?"

"괜찮았습니다, 할아버님. 여행이야 나중에 가고 싶은 곳을 골라 시간 내서 또 가면 되는 거고, 강현 씨랑 있는 곳이라 어디든 좋았습니다."

단 한 마디로 낙동강 오리알이 된 정강운 일가의 뾰족한 시선이 해진에게로 꽂혔다. 그럼에도 해진의 차가운 미소는 여전했다.

"그렇게 마음 써주니 고맙구나. 강현아, 사업하는 사람, 아내는 이렇게 마음을 잘 쓸 줄 알아야 한다. 새아기, 나이가 어려 걱정했더니 생각하는 것도 야무지고 너그러워 안심이 된다."

"네, 할아버지."

간단히 대꾸한 강현은 묵묵히 식사에 집중했다.

그조차도 정강운 일가에겐 트집거리였다. 감히 모처럼 길게 말한 정 회장의 말을 그딴 식으로밖에 대답하지 못하느냐는 눈치였다.

"흥, 거만한 놈!"

눈치로 끝난 게 아니었다. 해진의 바로 옆에서 비아냥거리는 소리가 들려왔다. 정강운의 여동생 정유민이었다. 일부러 나직하게, 바로 옆 사람만 들릴 정도로 말한 건 해진에게 들으라는 말이었다.

"거만하다고요? 누가요?"

해진은 유민을 말갛게 마주 보며 물었다. 크진 아니었으나 똑똑하고 맑은 해진의 목소리를 듣지 못할 사람은 없었다.

시선이 쏠리자 당황한 정유민은 급히 부인했다.

"어머, 누가 무슨 말을 했다고 그래? 해진 씨, 귀가 안 좋은가 봐?"

"제 귀는 똑똑해요. 저는 없는 말을 하지 않았어요. 저는 귀도 밝고 말도 똑바로 하지만, 아가씨는 방금 한 말도 잊어버리고 호칭도 잘 모르는군요."

"뭐야?"

"나는 아가씨의 손위 올케예요. 손위 올케는 이름을 부르는 게 아니랍니다. 반말을 하는 것도 아니지요. 그리고 정말 궁금해서 그러는데, 그 거만한 놈이란 누구를 말하는 건가요?"

"네가 뭔데 나를 가르치려는……!"

너무 황당한 나머지 저도 모르게 소리를 높이던 정유민은 저를 서늘하게 내려다보고 있는 정 회장과 눈이 마주쳤다. 정유민의 얼굴은 사색이 되었다. 해진을 긁으려고 했던 말 한마디가 저의 발목을 붙잡고 말았다.

"유민아, 네 육촌 올케 말이 하나도 틀린 것이 없구나. 그리고 나도 궁금하구나. 누가 거만한 놈이냐? 여기, 네 아래로 불릴 사람이 하나도 없는데."

"아, 아, 아무도 아닙니다. 그냥 혼잣말이었어요."

"쯧."

결국 제가 한 말을 시인한 정유민은 도저히 앉아 있을 수 없었다. 정 회장이 저를 쳐다볼 때마다 누구를 보고 한 말이냐며 물을 것 같아 먹는 족족 가슴에 맺히던 그녀는 기어이 식사 중간에 토하는 시늉을 하며 화장실로 달려갔다.

"여보!"

함께 눈치를 보던 정유민의 남편이 곧장 그녀를 쫓아 나갔고, 식사는 이어졌다.

정 회장이 해진을 나무라지 않은 이상 아무도 이의를 달 수 없다. 이로써 정유민은 적어도 공식적인 자리에서 다시는 해진의 이름을 부르거나 함부로 말할 수 없게 되었다.

정강운은 조금 더 신중했다. 강현의 아내는 생각 외로 보통이 아니었다. 나이도 저보다 어리니 저가 맘대로 요리할 거라고 큰소리치던 여동생을 단숨에 침몰시킨 여자였다. 순간 저가 강현보다 두 달 먼저 태어난 것이 그렇게 다행일 수가 없었다. 까딱했으면 저 맹랑한 여자를 형수로 불러야 했을 판이었다. 그러나 이대로 물러날 수만은 없는 일, 이런 여자일수록 길들이기가 필요했다. 그는 정 회장이 급한 전화로 자리를 비운 틈을 타 해진을 공략했다.

"아버지랑 신탁 싸움이 꽤 치열했다는 소문이 있던데요, 제수씨?"

이화영과 김채연이 기대에 찬 얼굴로 고개를 들었다. 그러나 해진은 여상한 표정으로 정강운에게 되물었다.

"어머, 적법한 절차를 밟는 일을 재산 싸움이라 표현하시다니, 저급한 표현인 걸 모르고 말씀하시는 건가 봐요?"

정강운은 얼굴이 사납게 일그러졌다. 하지만 해진은 눈도 깜짝 않고 그를 신기하다는 듯 마주 보았다. 마치 뭘 모르는 어린애

를 보는 듯한 모욕감에 정강운은 신중함 같은 건 당장 잊고 말았
다.

"그게 무슨 돼먹지 못한 말버릇이야!"

"버릇 같은 건 그런 말을 할 자격이 있는 사람이 하는 말이지.
예를 들어…… 육촌 제수에게 반말지거리 같은 건 모르는 그런 저
급하지 않은 사람……."

강현이 웃으며 해진에게 물 잔을 건네주었다. 부부간의 그 말
없는 의사소통마저 그들에겐 조롱으로 보였다.

"뭐야!"

"여보!"

김채연이 벌떡 일어난 정강운의 팔을 잡았다. 그녀는 온갖 오
입질에 난봉질을 해대는 남편을 묵묵히 내조한다는 명목 아래 환
인에서도 한자리 꿰차고 있는 여자였다. 또한 차기 환인의 안주
인이 되겠다는 야심을 품고 철저히 자신을 관리하는 여자이기도
했다.

눈치 빠른 그녀는 오늘 새사람의 기를 잡겠다는 계획이 이미 어
그러졌음을 파악하고 있었다. 강현이 평소에 입을 다물고 있지만
작정한다면 남편은 상대가 안 된다. 그리고 웃으면서 아무렇지도
않게 비수를 꽂는 해진도 흥분한 남편이 상대하기엔 고단수였다.
그녀는 해진을 상대할 생각을 접었다. 김채연은 남편이 더 당하기
전에 그를 채근해 물러나는 쪽을 택했다.

되로 주고 말로 받은 정강운 남매가 떠나자 이화영만 남았다.
해진은 그녀에게도 웃으며 말을 건넸다.

"하실 말씀이 남으셨으면 어서 해주세요. 할아버님께 다시 인사를 드리고 저희도 가봐야 할 것 같아서요."

여태 벽 보듯 무시하던 사람에게 남은 말이 있다는 것 자체가 어불성설이다. 열이 뻗친 이화영은 앙칼지게 쏘아붙였다.

"되바라진 것!"

하지만 이화영은 그 한마디를 끝내기도 전에 밖에서 들린 문소리에 소스라치며 도망치듯 나갔다.

잠시 정적이 흐르고, 갑자기 커다란 웃음소리가 터져 나왔다.

"하하하하하하, 하하하하!"

강현이 눈에 눈물이 맺힐 때까지 웃었다. 웃음소리에 놀란 정선댁도 놀라서 보다가 정 회장에게 알리기까지 했다. 정 회장이 그 모습을 지켜보는 줄도 모른 채 강현은 오래도록 웃었다.

그리고 마지막엔 눈을 동그랗게 뜨고서 웃고 있는 자신을 쳐다보는 해진을 끌어안고 소리쳤다.

"당신, 당신 참 걸작이야! 강해진, 완승!"

창가에 선 정 회장이 본가를 떠나는 두 사람을 지켜보고 있었다.

식당에서 그렇게 시원스레 웃던 강현이 지금도 웃으며 해진의 팔을 잡고 차에 타고 있었다.

정 회장은 들을 수도 없는 해진을 향해 말했다.

"아가, 우리 강현이에게 연애를 하자고 했었지? 강현이는 싫다면서도 너와 결혼을 물리고 싶다는 소리는 않더구나. 오히려 제 이름을 불러달라고 했었지. 싫은 게 아니야. 몰라서 그런 거란다. 저 녀석이 아무리 뻗대도 네가 노력해 주렴. 오늘처럼만 해다오. 그래서 저 메마른 아이의 가슴을 네가 채워주렴. 내가 해주지 못한 걸 네가 해줬으면 좋겠구나⋯⋯. 부탁한다⋯⋯."

7. 질투 무한 질주, 인정할 수 없어!

며칠 후.

강현은 해진과 재원을 만나는 자리를 마련했다. 재원이 조르는
데 시달리기도 했지만 해진도 신탁 이전으로 수고한 재원에게 감
사 인사를 하고 싶어 했다.

재원은 처음엔 해진에게 탐색하는 눈을 하다가 금세 제 속을 다
까발린 듯 푼수를 떨었다. 평소에 워낙 여자에게 친절이 과한 재
원이었지만 해진에 관한 한 그 끼가 절정에 다다른 듯했다. 그러
면서 은근슬쩍 혜윤에 관해 계속 묻는 재원은 제 응큼한 속내를
감출 생각도 하지 않았다.

그런 재원에게 해진은 후한 점수를 주었다.

"좋은 분 같으세요, 이 변호사님."

야멸차기 그지없는 혜윤과 비교하면 하늘과 땅 차이의 호의다. 재원의 입이 헤벌쭉해졌다.

"하, 하, 하! 제가 좋은…… 네, 좋은 노, 남자랍니다! 제발 혜윤 씨에게도 그렇게 말씀 좀……."

"네, 그럴게요."

그러나 화기애애한 분위기에 저녁 식사를 마쳐 갈 때쯤 재원은 저의 '좋은' 이미지를 제 입으로 망쳤다.

"어! 예이나다!"

미인에 관한 한 촉이 발달한 재원은 강현 부부와 대화를 나누면서도 식당 안의 손님 중 예쁜 여자들에게 눈을 돌리는 걸 잊지 않았다. 그런 재원이 예이나가 들어오는 장면을 놓칠 리가 없다.

"오, 역시 국민 여신! 실물이 더 예뻐!"

강현은 웃음을 삼켰다. 헤벌레한 얼굴로 예이나를 정신없이 돌아보는 재원에게 해진이 가볍게 고개를 젓고 있었다.

그러게 평소에 잘해야지. 아마도 재원이 혜윤과 같이 있는 자리라 해도 저 버릇은 못 버리고 다 보였을 것이다. 그러면서도 끈질기게 혜윤 타령을 하는 뻔뻔함을 누가 말릴까.

하지만 강현의 웃음은 곧 사그라지고 말았다.

"어? 한유민 씨다!"

해진이 소리쳤다. 좀 전의 재원과 비슷하게. 매우 반색하며.

"한유민 씨 알아요?"

재원이 놀랍다는 듯 물었다.

"네, 혜윤 언니 투자처라 좀 알게 되었어요."

"오! 혜윤 씨가 투자 사업을 하는 건가요?"

"호호. 언니가 이것저것 많이 해요."

재원은 '여신님이 사업도 하는구나'라며 희색하고, 해진은 여신님이라는 말에 깔깔 웃었다.

"예이나가 한유민을 만나러 온 모양인데요? 어, 예이나가 한유민 옆에 앉아서……. 휘유! 한유민 능력 좋네!"

예이나는 한유민과 연인 사이인 걸 숨기지 않는 듯 스스럼없었다. 한유민 곁에 앉으면서 그의 볼에 입을 맞추고 있었던 것이다.

예이나라는 배우 자체가 워낙 자유분방해서 스캔들 따위는 신경 쓰지 않는다고 했다. 그러나 워낙 예쁘고 연기력 좋은 데다 매력 있는 여자라 스캔들이 그렇게 무성해도 최고의 주가를 달리는 배우이기도 했다.

"한유민 씨와 연인 관계 맞다고 들었어요."

해진이 재원에게 소곤거렸다.

"네?"

"서로 오래가진 않겠지만요."

"……."

해진이 워낙 담담하게 이야기하자 재원은 어깨만 으쓱했다.

강현의 표정이 점점 굳어가고 있었다.

해진의 말을 들어보자면 한유민에게 애인이 있음을 알고도 결혼 상대로 생각했다는 것이다. 사생아는 곤란하지만 다른 여자의 존재 정도는 상관 않는다는 건가? 할 수 있다면 이 여자의 머릿속을 탈탈 털어보고 싶었다.

그러나 여태 해진이 그의 인내심을 시험한 건 전초전에 불과했다.

"와! 반기준!"

"네? 어디요?"

"저기, 예이나와 한유민 씨 앞에 앉은 사람이요!"

과연 예이나 맞은편에 한 남자가 앉아 있긴 했다. 알고 나서 보면 반기준 같이 보이기도 했다. 그런데 이 실내에서 시커먼 선글라스에 모자를 푹 눌러쓴 데다 재킷 목까지 세운 남자를 해진은 어떻게 알아본 걸까?

"반기준…… 좋아해요?"

재원이 묘한 얼굴로 물었다. 재원의 눈이 강현과 해진을 번갈아 쓱 훑었다.

"네!"

1초의 망설임도 없는 대답이 들려왔다. 그녀의 눈은 반기준 쪽으로 고정된 상태였다. 초롱초롱 빛나는 눈과 들썩이는 몸을 보면 당장에라도 달려갈 태세다.

강현은…… 겉보기엔 아무 표정도 없어 지루해 보일 정도였다.

그러나 재원이 누군가? 강현의 유일한 20년 지기 재원은 그의 무표정한 가면 아래에서 일렁이는 불꽃을 볼 수 있었다.

'큰일 났다!'

그렇지만 눈치라는 걸 갖추지 못한 친구의 부인은 여전히 반기준에게 눈을 반짝였다.

"역시 대한민국 최고의 미남 미녀라더니……. 그림이 되죠?"

엉? 이건 또 무슨 소리?

"그림…… 되죠."

재원은 그녀에게 눈치를 주려고 애썼지만 해진의 시선은 이리로 돌아올 줄을 모른다.

그제야 깨달았다. 강현이 제 신부를 두고 맹하다고 한 이유를! 전구로 삼아도 좋을 그 눈빛은 방향이 틀렸단 말이다!

"이건 비밀인데요…… 저기 예이나와 반기준이 함께 있는 거요. 드라마 때문이에요."

"네?"

"쉿. 아직은 절대 알려져서 안 돼요. 드라마의 포인트가 '비밀'이거든요."

"그, 그런 걸 어떻게 압니까아……."

"혜윤 언니랑 저랑 이번에 드라마 제작자가 되었거든요. 그래서 알아요."

"네? 혜윤 씨가 그런 것도 했습니까?"

"언니가 원체 능력이 출중해요."

아주 잠시 눈을 돌렸던 해진이 다시 반기준에게 넋이 빠졌다.

머리 위에서 뿜어져 나오는 열기가 느껴지지 않습니까!

시답잖은 농담, 화제 전환, 눈치 주기 등의 별별 노력에도 재원의 절규는 해진에게 먹히지 않았다. 해진이 아이스크림을 한입 한입 핥는 모습이 흡사 반기준을 핥는 형세라 재원은 더 속이 바싹바싹 타는 것 같았다.

식사가 끝났다. 더불어 화기애애함도 끝났다.

반기준에게 정신이 팔린 해진은 강현이 종업원을 불러 뭐라 이야기한 것조차 모르는 것 같았다.

"이만 가지."

강현이 먼저 자리에서 벌떡 일어났다.

강현이 계산과 함께 호텔 방 키를 건네받는 걸 보면서 재원은 눈만 껌뻑거렸다. 저가 계획했던 2차는 감히 입 밖에도 꺼낼 수 없었다. 그제야 눈치가 '조금' 부족한 듯 보이는 친구의 부인이 고개를 갸웃하며 물었다.

"강현 씨, 여기서 다른 손님 만나기로 했어요?"

눈치의 부재 말고도, 저녁 식사 후 건네받은 호텔 방 키에 저런 상상을 할 수 있을까?

재원은 진심으로 감탄했다.

"아니, 여기서 잘 거야."

"우리가요?"

"응, 우리가. 잘 가라."

"어, 응……."

얼결에 일어나게 된 해진은 계속 갸웃거리기만 했다.

재원은 그녀의 '조금' 부족한 눈치에 애도를 표했다.

그런데 재원의 심장이 쫄깃한 순간은 마지막까지 계속이었다. 식당을 나서기 직전 해진이 아쉬운 듯 반기준 쪽을 돌아본 것이다. 재원은 그 순간 강현의 눈을 보고 말았다.

"나, 난 운동 삼아 계단으로 갈게. 만나서 반가웠습니다. 또 만나요, 해진 씨."

"그러든가."

"네, 저도 반가웠어요. 그런데 이 변호사님, 여긴 27층……."

마지막 말을 못 들은 척 재원은 달아났다.

비상구로 사라졌던 재원은 금세 엘리베이터 앞으로 돌아왔다. 엘리베이터가 24층에 멈춘 걸 확인하는 그의 얼굴엔 흐뭇한 미소가 가득했다.

"우와……!"

해진은 강현이 급히 잡은 스위트룸에 들어오며 감탄을 연발했다. 업계에서 손꼽히는 밀레니엄 호텔 스위트룸은 전 세계에서도 이름난 곳이었다. 그런 곳을 예약도 없이 빌릴 수 있었던 건 이곳이 환인 계열사 중 하나이기도 해서였다.

달깍, 해진의 등 뒤에서 문이 닫혔다. 넘실거리는 어둠이 방 안을 뒤덮었다. 그러나 방 안의 인테리어와 야경에 빠진 해진은 깨닫지 못하고 있었다.

"우리 아지트도 꽤 멋졌지만 여긴……! 우와, 대단해요! 멋있어요!"

"맘에 들어?"

"네!"

"맘에 든다니 다행이네."

해진이 오늘 밤 맘에 드는 건, 호텔 방만이 아닐 것이다.

목소리는 차분했지만 그의 손은 차분함과 거리가 멀었다. 그는 슈트를 벗어 아무렇게나 휙 던지곤 곧장 셔츠 단추를 풀기 시작했다.

옷이 하나 날아가자 그제야 해진이 그를 돌아보았다.

그녀의 눈과 입이 동그래졌다. 다음엔 눈이 풀리기 시작했다. 조금씩 드러나는 그의 맨가슴에 꼴깍 침을 삼키는 소리가 들렸다.

이 여자, 왜 여기로 온 줄이나 아는 걸까?

"하……."

셔츠를 던지고 바지를 벗는 그에게 해진이 감탄하는 소리였다.

"당신도 벗어."

"응? 아……."

해진이 몽롱한 눈을 한 채 제 옷을 벗기 시작했다. 그러나 다 벗지는 못하고 우람하게 일어난 분신에서 눈을 떼지 못한 채 치마를 더듬거렸다.

"마저 벗어."

"으응……."

왜일까, 즐겁긴 하지만 이 여자와의 관계는 매번 그 순간이 마지막인 양 아슬아슬했다.

"하아……."

생각은 해진의 입김이 가슴에 닿는 순간 흩어져 버렸다.

결국 더 급한 그가 그녀의 치마를 벗겨 던져 버렸다. 브래지어도, 손바닥보다 작은 팬티도 모두 방향 모르게 던진 그가 그녀의 드러난 가슴을 덥석 물었다.

"아응……."

달뜬 신음이 그의 화를 가라앉혔다. 아니, 화가 난 것조차 잊게 했다. 그녀의 허리 아래를 더듬어간 그의 손은 팽창하기 시작한 그녀의 클리토리스를 어루만지다가 그 안으로 쑥 들어갔다.

해진의 안은 이미 젖어있었다.

허리를 비틀며 새어 나오는 교성이 한계를 자극한다. 손가락으론 부족하다. 당장 들어가야 했다. 그는 해진을 소파 옆으로 밀어 넘어뜨리고 팔걸이에 다리를 걸치게 했다.

활짝 벌어진 적나라한 자세에 해진이 울 것 같은 얼굴이 되었다.

들어가기 직전 그와 해진의 눈이 마주쳤다.

까만 눈동자, 무슨 생각을 하는지 읽을 수 없다. 알고 싶지만 또 알고 싶지 않았다.

혼란에 빠지려는 머리와는 다르게 본능에 충실한 몸이 생각을 지웠다.

지금 할 일은 한 가지. 그는 그녀의 안으로 들어갔다.

"하으으!"

객실 소파에 이어 욕실에서 치르는 정사에 해진이 앓는 소리를 내고 있었다. 먼저 짧지만 꽤 만족스러운 정사를 치른 덕에 강현은 꽤 느긋한 상태였다.

"좋아?"

"아, 어떡해……!"

"말해. 좋아?"

"흐으으……."

그는 욕조에 몸을 기댄 채 해진을 돌려 안고 그녀의 앞쪽을 유린하고 있었다. 질구로 손을 넣은 그가 손을 기역 자로 꺾으며 안으로 더 침범해 들어가며 재차 물었다.

"말로 해."

"하아, 좋, 좋아요."

"이렇게 솔직하니 얼마나 좋아. 어때? 마저 할까?"

그가 안을 휘젓던 손가락을 멈춘 채 그녀의 대답을 기다렸다.

"그…… 걸 꼭 내가 말로 해야 해요?"

고개를 돌렸던 해진은 그의 사악한 웃음과 마주해야 했다.

"응."

아까부터 올 듯 말 듯한 감각에 그녀는 손을 들어야 했다.

"어서…… 해요. 해줘요."

"어떻게 해줄까? 조금 더 깊이?"

"아악! 이제 말은 그만하라고요!"

꽥 소리를 지른 해진은 고문과도 같은 그의 손을 떼버리고는 자신이 직접 그의 분신 위에 자리를 잡고 앉았다. 그리고 단번에 그를 몸속에 넣고 스스로 몸을 움직이기 시작했다.

철벅, 철벅.

결합된 부위에서 민망한 소리를 내며 환한 불빛 아래의 정사를 더욱 자극적이게 했다. 그녀가 한껏 허리를 움직일 때마다 출렁이는 가슴이 어느새 그의 손에 잡힌 채 마구 이지러지고 있었다.

"하아, 아아, 아아!"

"해진아, 해진아, 해⋯⋯ 진!"

"흐읍, 아아앙!"

자신의 입에서 이런 요란한 교성이 나온다는 것이 믿을 수 없다던 해진이 이젠 이조차도 익숙해진 듯 마음껏 소리를 질러댔다.

강현은 마지막으로 허리를 올리며 단말마의 신음을 흘렸다. 그가 절정에 오르며 그녀의 안에 뜨거운 욕망을 뿜어냈다. 먼저 절정에 다다라 잠시 움직임을 멈췄던 해진이 그의 가슴으로 풀썩 엎어지며 가쁜 숨을 몰아쉬었다.

알아갈수록 신비로운 여자.

맹한 듯 냉정하고 순진한 듯 요염하며 솔직하면서 비밀이 많다. 왜 이 여자와 결혼하겠다고 했는지 스스로 답을 낼 수 없었다.

하지만 그때 잡지 않았더라면 이 여자는 한유민에게 갔을 것이다. 아니면 그 옆의 반기준인지 온기준인지에게.

강현의 눈이 사납게 일렁이는 순간 해진이 그의 가슴에 볼을 비벼왔다. 들끓던 무언가가 순식간에 욕망으로 바뀌었다.

"침대 위에서 계속하자."

대답으로 해진은 입술을 겹쳤다. 그들의 밤은 이제 시작이었다.

다음 날, 재원은 그의 키스 마크를 찾겠다며 깐죽거리다 쫓겨나고, 혜윤은 그녀의 밤 나들이를 홀딱 털었다는 건 여담이다.

✽

어느 한낮.

해진의 집 주방에서 요리 실습이 펼쳐지고 있었다.

"장은 이만큼 넣어요?"

"네, 사모님. 너무 많으면 짜고 적으면 맛이 안 나요."

"양 가늠하는 게 너무 어려워요."

"염려 마세요. 처음부터 잘하는 사람이 있나요. 자꾸 하다 보면 늘어요. 그래도 사모님은 손끝이 야무지셔서 금방 배우실 것 같아요."

"헤……!"

해진의 입술이 함지박만 하게 벌어졌다.

아직 찌개 하나가 다 되기도 전에 칭찬부터 쏟아붓는 정선댁과 해진이었다. 옆에서 같이 배운다고 서 있던 혜윤이 눈꼬리를 올렸지만 두 사람은 신경도 쓰지 않았다.

난데없는 요리 수업이 시작된 건 신행 인사 갔던 날 해진이 정선댁에게 한 말 때문이었다.

정말 맛있게 먹었다며 찌개 끓이는 것만이라도 배웠으면 좋겠다고.

대개는 인사치레로 들었을 말이다. 그런데 며칠 지난 오늘, 정선댁이 전화를 걸어왔다. 정말 찌개 만드는 법을 가르쳐 주고 싶은데 그래도 되냐는 것이었다. 해진은 대환영했다.

일견 정선댁의 제안이 무리는 아니었다. 하지만 정 회장의 허락

없이 정선댁이 독단으로 그럴 리는 없었다. 혜윤은 그 점을 쿡 찔렀지만 해진은 모르는 척했다.

"마지막에 마늘을요?"

"네, 이게 제 비법이라면 비법이랍니다."

해진은 매우 열성적인 학생이었다. 정선댁도 수제자에게 전수라도 하는 양 자신의 요리를 알려주었다.

"아주머니, 장이 정말 맛있어요. 장도 직접 담그신 거예요?"

"아니요. 장은 언니가 담근 거예요. 친정이 정선인데 콩을 많이 심어요. 거기서 해마다 메주를 띄워서 봄에 장을 담가요."

"어? 그럼 메주 띄울 때 저도 볼 수 있어요?"

"그럼요! 원하시면 장 담글 때도 보셔도 돼요."

"볼래요! 꼭 보고 싶어요!"

어쭈, 이러다 장도 직접 담글 기세다.

처음 끓인 찌개를 이렇게 잘했으니 다음엔 더 잘할 거라며, 내일은 해물탕은 어떠냐며 소곤거리는 여자들을 두고 혜윤은 주방을 나왔다.

그녀는 주방을 돌아보며 코웃음을 쳤다.

"그러면서…… 네가 다른 사랑하는 사람을 찾겠다고?"

해진이 하도 단호하게 말하기에 정말일지도 모른다는 생각도 했었다. 그래서 결혼 생활 동안 100점을 준 그 남자와 충분히 즐기라고 했다. 그러나 싹수없는 정강현에게 몸은 주되 절대 마음은 주지 말라고 떠먹이듯 일렀다. 하지만 처음부터 그다지 말이 되는 소리는 아니었다.

몸 따로 마음 따로, 해진이 그럴 수 있을 리가 없다. 그 조짐은 벌써 보였다. 며칠도 안 되는 새 해진의 얼굴이 활짝 핀 것이 그 첫 번째 증거였다.

게다가 해진이 누굴 주자고 저렇게 요리를 열심히 배우겠는가? 해진이 여태 했던 최고의 요리가 대충 비빔밥이나 달걀 프라이가 다였으니 말 다 했다.

해진이 정강현에게 호감을 가지는 건 이해할 수 있었다. 정강현은 잘생겼으니까!

하지만 한유민도 빠지는 얼굴은 아니었다. 그렇게 따지자면 현재 자신들이 벌이는 판의 주인공이 된 반기준은 정강현 못지않다. 아니, 반기준이 더 젊고 쌩쌩하니 생김새로만 따진다면 최고라고 해도 과언이 아니다. 하지만 해진에게 반기준을 대령했다 해도 정강현만큼 좋아했을지 의심스럽다.

해진은 정말 정강현과 아무렇지도 않게 헤어질 수 있을까?

고개가 저어졌다.

가장 이해가 안 되는 건 해진이 결혼 조건에 아이를 끼워 넣었다는 것이다. 해진이 강진만의 손에서 벗어나기 위해 결혼한다는 건 혜윤에겐 통하지 않는 이유였다. 그건 그저 결혼해야만 하는 상황을 만드는 '핑계' 같았다.

이렇게 된 이상, 해진이 다치지 않는 방법은 단 하나였다. 정강현만 마음을 돌리면 된다. 하지만 그건 처음부터 알고 있었으나 이미 거절당한 답이기도 했다.

하지만…… 아무리 생각해도 정강현은 바보 멍충이가 틀림없다. 매일 해진을 물고 빨아 자국을 남기는 걸 보면 다른 생각이 있을까 싶다가도, 남자란 허리 아래와 머리의 생각이 다른 동물이기에 크게 기대할 일은 아니었다. 다른 주변인의 도움이 필요했다.

순간 떠올린 사람에 혜윤은 이마를 찌푸렸다. 세상의 여자는 모두 제 품에 안을 수 있다고 믿는 뻔뻔한 카사노바 이재원. 그 남자는 제쳐 두고 싶었지만 정강현 주변에 그 느물거리는 인간 말고는 더 적당한 사람이 없었다.

모종의 결심을 굳힌 혜윤은 주방에서 계속 깔깔거리고 있는 해진을 보면서 고개를 끄덕였다.

♩ ♪ ♪ ♪ ♩ ♪ ♪ ~

벨 소리에 해진이 거실로 쪼르르 뛰어나와 전화를 받았다.

"강현 씨!"

수화기 너머 강현의 목소리에 해진의 볼이 발그레해졌다. 만개한 꽃이 따로 없다. 해진은 통화하는 내내 '응'과 '네'를 번갈아가며 몸을 비비 꼬기까지 했다.

정선댁에게 찌개 맛있게 끓이는 법을 배웠다는 자랑을 할 적엔 눈에서 하트가 쏟아져 나올 듯했다. 혼자 보기 아깝다.

통화를 끊을 때 화면을 확인한 혜윤은 혀를 찼다.

―내 신랑

'내'나 빠졌으면!

질투 무한 질주, 인정할 수 없어! 269

이재원에게 한시라도 빨리 연락해야 할 것 같았다. 꽤 귀찮은 남자지만 연희 말마따나 저에게서 '제법'이라는 소리를 들을 만큼 꽤 능력 있는 남자긴 하다. 정강현의 유일한 친구이기도 하다니 꽤 쓸모가 있을 터. 정강현도 좋자는 일인데 도와주겠지?

해진이 행복해야 자신도 행복했다.

혜윤은 '내 신랑'과의 통화의 여운에 발그레해진 해진을 한참 동안 쳐다보았다.

✳

점심을 먹고 나오던 강현은 식당 앞에서 전화를 하는 남자의 목소리를 듣게 되었다.

대화는 별것 아니었다.

'자기, 뭐 해?', '방금 밥 먹었어.', '부대찌개였어.', '응, 오늘 일찍 들어갈게.', '그럼, 보고 싶지!', '나도 사랑해!'라는 내용이었다.

남자가 하는 말만으로도 통화 상대의 정체를 알 것 같은 대화였다. 우르르 몰려나오는 동료들이 또 새 신부와 통화냐며 놀리는 말에 짐작은 확실해졌다.

회사에 돌아와서도 남자의 들뜬 목소리가 여운으로 남았던 강현은 충동적으로 수화기를 들었다.

수화음이 들리자 뭐 하는 건가 싶었다. 퍼뜩 정신이 깨어 종료 버튼을 누르려던 순간 해진이 그의 이름을 외쳤다.

[강현 씨!]

"나야."

그때 막 문을 먼저 열고 입으로 노크를 외치려던 재원이 들어서고 있었다.

나? 나야? 저게 어느 나라 말인데?

굳어버린 재원에게 통화 내용이 계속 들려왔다.

"뭐 하고 있었어?"

억! 턱이 빠질 뻔한 재원은 제 입을 꾹 막았다.

[정선댁 아주머니가 오셔서 요리 배우고 있어요!]

"요리?"

[헤헤, 거창하게 요리는 아니고…… 찌개요.]

"찌개도 요리지. 기대해 봐도 되나?"

[앗, 아뇨! 아직은……. 오늘 처음 배웠단 말이에요!]

"알았어. 그래도 기대하지……."

저기 앉아 있는 건 정강현이 아니다. 정강현의 탈을 쓴 외계인이 분명하다!

[아이, 비밀로 할걸!]

"하하하."

웃기까지! 정말 정강현이 아니었구나! 경찰? 나사(NASA)에 제보할까? 아니지, 정 회장님께 먼저?

[아, 참! 무슨 일로 전화한 거예요?]

"……강 회장님께 가야 하나 해서. 오늘 할아버지께서 은근히 물으시길래."

회장님이 언제 그런 말씀까지 하셨을까? 아니, 그보다! 그건 집에 가서 해도 되는 말 아냐?

[……아녜요, 갈 필요 없어요. 아, 할아버지께는…….]

"내가 말씀드릴게. 그리고 아실 거야."

[고마워요, 먼저 말해줘서.]

"천만에."

[그럼 조심해서 들어와요!]

"응."

"으악!"

전화를 끊던 강현은 난데없는 비명에 고개를 들었다. 귀를 후비다가 너무 깊이 찌른 재원이 귀를 막고 방방 뛰고 있었다.

"너 뭐 해?"

잔뜩 한심함을 담은 눈길에도 재원은 얼빠진 표정을 수습하지 못했다.

"내가 귀신에 홀린 거야, 아니면 너 말고 방금 다른 사람이 여기 있던 거냐?"

"실없이 무슨 소리야?"

"아, 아냐……. 내가…… 잘못 본……. 아니, 제대로 생각한 것 같아서."

"왜 그렇게 횡설수설해? 너 변호사 맞아?"

"나 변호사 맞거든! 그래서 엄청난 이득을 창출하는 계약서를 담당하며 환인에 이바지하고 있거든!"

강현은 발끈해서 소리치는 이 뺀질이가 사법연수원 9위로 졸업

한 사실이 새삼 의심스러웠다. 그 성적을 받고도 판검사는 죽어도 못 하겠다고 했다가 제 아버지 이 검사장께 다리가 부러질 뻔한 걸 생각하면 의심할 머리는 아닌데, 종종 이렇게 나사가 풀린 듯했다.

"그래서, 왜 왔는데?"

"나 놀러 온 거 아니거든? 일 때문에 온 거거든?"

"그래서 왜 오신 겁니까, 이 변?"

"아이, 그렇다고 왜 정색하시나, 정 이사님? 네가 정리하라고 하던 중국 공장 계약서 가져온 거거든?"

"훌륭하네. 수고했어."

"야! 내가 그것 때문에 얼마나 고생한 줄 알아? 고 한마디로 입을 쓱 닦아? 적어도 어깨는 토닥토닥 해주고 술도 한 잔 사준다고 하고……."

말이 채 끝나기도 전에 강현이 성큼 다가왔다. 저도 모르게 손을 엑스자로 든 재원은 제 어깨를 톡톡 두드리는 손길에 어안이 벙벙했다.

"수고했어. 시간 날 때 한잔 사줄게, 됐지?"

"어…… 어."

"모임 때문에 오늘은 내가 나가봐야 해서 일 좀 서둘러야겠다."

"그, 그래."

재원은 사상 초유의 가장 부드러운 축객령에 어느새 강현의 사무실 밖으로 쫓겨나 있는 자신을 발견했다. 눈만 끔뻑이던 재원은 얼빠진 얼굴로 걸음을 옮겼다.

그때 전화가 걸려왔다. 흘긋 화면을 본 재원이 만세를 외치고는 휴대폰을 들고 각을 잡았다.

"네, 이재원입니다."

발신자의 이름은 〈여신 마녀〉였다.

✳

강현의 전화에 해진은 종일 들뜬 상태였다.

해진이 행복한 게 좋은 혜윤이라지만 내내 구름 위에 떠 있는 해진은 차마 봐주기 힘들었다. 사랑이 한심함을 부추기나 보다.

"언니도 가라니까."

해진의 집엔 정선댁이 돌아가고 도우미 아주머니가 퇴근한 후 혜윤만이 남아 있었다.

"갈 거야. 정강현이 오면 어련히 알아서 갈까!"

사흘에 한 번은 나누는 대화였다. 혜윤은 보통 강현이 돌아오는 걸 지켜보다가 집에 갔다.

"언니도 할 일 많잖아. 내가 혼자 집도 못 보는 어린앤가, 뭐?"

"넌 어린애 맞아. 정강현 올 때까지 이렇게 안절부절못하는 걸 보면 딱 어린애고만!"

"내가 뭘 안절부절못해?"

그때 혜윤의 전화기가 울렸다. 화면에 뜬 메시지에 그녀는 가방을 들며 일어섰다.

"정수 연락이다! 방금 정강현 차가 빌라 정문으로 들어왔대."

"정말?"

해진이 거실 창문으로 쪼르르 달려가 강현의 차가 들어오는 모습을 보며 헤 웃었다.

"아직은 몰라서 다행인 건지……."

"응? 뭘 몰라?"

"아냐. 원래 바보는 행복한 거야."

"언니, 나 지금 험담 들은 것 같거든?"

"그나마 알면 다행이고. 정강현과 마주치기 싫으니 나는 간다!"

"아이 참, 언니는! 잘 가! 내일 또 봐!"

"흥!"

혜윤은 엘리베이터가 올라오는 걸 보며 여느 날처럼 계단으로 내려갔다. 슬쩍 뒤돌아본 해진은 금세 바보 소리도 잊고 엘리베이터만 쳐다보며 웃고 있었다. 바보 맞다.

홀려도 단단히 홀렸다. 이만하면 중증이다. 이대로 무슨 계기만 생기면 해진도 제 마음을 스스로 깨달을 수 있을 것이다. 그러나 해진에게 제 마음을 먼저 자각하게 할 필요는 없었다.

집으로 돌아가는 차 뒷좌석에 몸을 기댄 혜윤은 전화기를 꺼내 들었다. 더는 미룰 수 없는 전화를 해야 했다. 그녀는 목록에 있는 이름을 노려보다가 길게 꾹 눌렀다.

화면에 뜬 이름은 〈카광〉, 카사노바 광대의 약자였다.

강현이 엘리베이터에서 내리자 비상구 쪽에서 멀어지는 발걸음 소리가 들렸다. 이젠 그도 그 소리가 마녀의 것이라는 걸 알고 있었다. 그리고 다른 날처럼 그가 벨을 누르기도 전에 해진이 문을 열어주었다.

전화 한 통화에 혜윤에게 바보 인증까지 받은 해진과는 반대로 그는 내내 심란했었다. 그것 때문에 더 늦게 퇴근하고 반갑게 맞는 해진도 거의 무시한 채 그는 곧바로 욕실로 들어가 버렸다.

하지만 이 또한 잘못된 선택이었다. 실은 해진을 보자마자 키스부터 하고 싶었다.

까닭 모를 반발로 그녀의 손을 밀치고 들어와 치미는 욕망을 참자니 속이 더 답답했다. 그래도 오늘은 왠지 그녀를 안지 말아야 할 것 같았다. 그는 찬물 아래 몸을 들이밀었다.

그리고 1분도 지나지 않아 비명이 들려왔다.

"앗, 차가워!"

"당신!"

해진이 몰래 들어와 그의 허리에 팔을 감다가 찬물에 놀라 비명을 지른 것이다. 어느새 알몸으로 선 해진이 그의 바로 뒤에서 오들오들 떨고 있었다.

"아으, 어떻게 이렇게 찬물에 씻어요? 감기 안 걸려요?"

"여긴 어떻게…… 앗!"

강현이 서둘러 물을 온수로 바꾸자 그제야 움츠린 몸을 편 해진이 그의 등을 안아왔다.

안지 않기는 개뿔! 배를 지나 아래로 천천히 내려오는 손길에 게임은 끝났다. 찬물에 겨우 죽인 분신이 그녀의 손맛을 느끼자 바로 불끈 일어나는 것으로 열렬히 응답했다.

"하아……!"

강현은 신음을 쏟아냈다. 해진이 등을 핥고 있었다. 곧이어 그의 배 아래로 내려온 두 손은 불끈 일어난 분신을 애무하기 시작했다.

"흐윽!"

그의 쾌감 어린 비명에 해진의 입술이 더욱 탐욕스럽게 움직이기 시작했다. 그의 등을 샅샅이 핥던 입술을 아래로, 아래로 내린 해진이 그의 다리 사이로 고개를 밀어 넣으며 다시 혀를 내밀었다.

"해진아……."

손으로는 분신을 꼭 잡은 채 그 아래를 입술로 애무하는 그녀의 모습은 보는 것만으로도 피가 거꾸로 치솟을 것만 같았다. 고문이라면 제대로였다. 그가 물을 잠그자 해진은 입술을 떼지 않은 채 웅얼거렸다.

"나도 제법 진화한 것 같아요. 책에 보니 다양한 애무 방법은 직접 터득하는 거라고 하던데 그 말이 맞나 봐요. 그렇죠?"

혀를 내밀어 등줄기를 핥는 그녀 때문에 그대로 사정할 뻔했다. 가까스로 참았지만 그 아찔한 고문은 끝이 아니었다. 몸을 튼 해진이 그의 다리를 붙잡고는 분신을 덥석 문 것이다.

"아……."

해진은 자기 말처럼 정말 진화한 모습을 보이고 있었다. 처음엔 무는 것도 잘 못 하던 그녀가 제법 그의 분신에 혀와 이를 적절히 사용해 물고 빨고 조이고 다양한 방법을 선보이고 있었다. 강현은 벽에 손을 짚은 채 속수무책으로 그녀의 입술에 자신을 맡기고 있을 수밖에 없었다.

"오아요?"

'좋아요?' 발음은 분명하지 않지만 저 말이 맞을 것이다. 입술에 남성을 머금은 채 말하느라 오므리는 것도 모자라 올려다보며 그의 반응을 확인하는 여유라니! 정말이지 치명적이다. 아니, 저를 물고 있는 모습 그 자체로 환상이었다.

"어 에에 애어요?"

'더 세게 해줘요?'

질문 따위는 필요 없다니까! 그의 눈이 잡아먹을 듯 타올랐다.

그러자 웃음을 머금은 해진이 더 다양한 방법으로 그의 분신을 희롱했다.

정말 미치겠다. 이 여자는 어떻게 갈수록 새로운 기쁨을 주는지 묻고 싶다. 이루 말할 수 없는 쾌락이 몰려왔다. 매번 그녀와 몸을 섞으며 쾌락을 맛보긴 하지만 그 강도와 즐거움은 날로 더해지는 것 같았다.

결국 참을 수 없는 지경에 다다른 강현이 가까스로 그녀에게서 분신을 빼내곤 욕망을 뿜어냈다.

"아아……!"

그의 몸에서 뿜어진 끈끈한 액체가 타일 벽에 튀며 천천히 흘러내렸다.

서서히 그의 것이 수그러드는 걸 지켜보는 해진의 얼굴에 감탄
과 함께 만족감이 서렸다.

하!

그녀에게서 정복한 자 특유의 만족감을 읽은 강현이 코웃음을
쳤다. 흥분이 가라앉은 건 잠시, 서서히 일어서는 분신에 해진이
다시 눈을 빛냈다. 이대로 해진의 정복자 행세를 자랑하게 둘 만
큼 그는 여유롭지 못했다.

"어딜!"

해진을 일으켜 세운 강현이 씩 웃었다. 그 사나워 보이는 웃음
에 해진이 어색하게 마주 웃었다. 도를 넘긴 건 아나 보지?

"어디, 그 진화의 끝을 봐볼까?"

"꺄악!"

해진의 몸이 뒤집혔다. 무자비한 입술과 혀가 그녀를 덮쳤다.
비명과 신음이 그 뒤를 따랐다. 여느 날처럼.

❋

어두운 밤, 머리맡에서 울리는 벨 소리에 혜윤은 손을 더듬어
수화기를 들었다.

"네, 여보세요……."

비몽사몽 전화를 받던 혜윤의 얼굴에서 잠이 달아나며 차갑게
변해갔다.

"알았습니다. 내가 지금 바로…… 아, 아니에요. 대표님께 맡길게요. ……네. ……네. 대신 수고해 주세요."

통화가 끝나자마자 곧바로 전화를 걸려던 혜윤은 새벽 1시를 가리키는 시각을 확인하고 문자를 눌렀다.

—채찬성 감독 테러, 다친 데는 없음. 내일 얘기.

8. 공부는 혼자 하지 말 것

간밤, 〈불새의 귀환〉 담당 PD 채찬성 감독이 테러를 당했다. 다행히 다친 곳은 없었지만 운이 좋아서가 아니었다.

드라마에 투입된 주요 인물들이 했던 것처럼 채찬성도 지난 몇 달간 배우들과 함께 합숙하며 촬영에 몰두했었다. 그런데 바로 며칠 전, 작가 기진을 만나러 합숙소에서 벗어나는 그를 누군가 덮치려 한 것이다.

채찬성이 혼자였던 순간은 주차장에 가는 길, 매우 짧은 시간이었다. 그 잠깐 새 갑자기 대여섯 명의 사내가 우르르 몰려와 차를 타려는 그에게 다짜고짜 철봉을 휘둘렀다. 목숨의 위협을 느낀 채찬성이 반사적으로 피한 첫 타격은 차 유리를 박살 냈다. 그러나 두 번째 남자가 휘두르는 것까지는 피할 수 없었다.

그 순간, 어디선가 날아온 각목에 그를 공격하던 남자가 비명을 지르며 철봉을 떨어뜨렸다.

순식간에 열 명쯤 되는 남자들이 주차장 주위를 둘러쌌다. 그들은 채찬성을 보호하며 린치를 가하려던 남자들과 몸싸움을 벌이고 그중 몇 명을 붙잡아 경찰에 넘겼다.

채찬성을 구한 이들은 합숙소를 지키던 경호원들이었다. 그들이 조금만 늦었더라면 채찬성을 볼 수 있는 건 중환자실이나 영안실이었을 것이다.

채찬성은 혜윤과의 통화에서 덕분에 살았다며, 경고를 잠시 망각한 걸 목숨을 담보로 깨달았다고 인사했다.

혜윤은 그와 만나기는 고사하고 통화를 하는 자체도 신중을 기했다. 감독이나 주연 외 최고의 타깃이 바로 제작자였기에 이제 혜윤의 행보는 극히 조심해야 했다.

이 일에서 드러난 것은 꽤 많았다.

예정 없이 움직인 채찬성이 테러를 당한 건 한솥밥을 먹는 사람들 중에 배신자가 있다는 것이다. 그리고 '그들'의 잔혹함이 여전하다는 것, 또 드라마를 막기 위해 무슨 짓이든 할 거라는 것도.

가슴 철렁한 일이었지만 소식을 들은 해진은 생각보다 담담한 반응을 보였다.

"채 감독님이 무사했으면 됐어. 그래도 경호진은 더 늘여야겠어."

"많이…… 놀랐지?"

"아냐, 예상 못 한 일은 아니잖아? 경찰에선?"

혜윤은 고개를 저었다. 경호원들에게 잡힌 범인들이 단도파 조직원, 아니, 차씨 남매가 보낸 이들이라는 걸 밝히기는 어려울 것이다. 뼛속 깊이 악행에 물든 그들이 허술하게 잡힐 리가 없었으니까.

"언니, 이젠 저들이 언니를 찾으려고 눈에 불을 켤 거야."

"알아. 하지만 서류상 내 이름으로 찾을 수 있는 건 없잖아? 그리고 내 얼굴을 본다 해도 알아보지 못할 거야."

"그래도 조심해, 언니. 나한테 남은 사람은 언니밖에 없어."

"그래, 조심할게."

"아! 오 경감님은? 아저씨께도 알렸어?"

"바로 알렸어."

"나 때문에…… 아주머니나 아저씨 위험해지시는 건 아니겠지?"

"아저씨가 어떤 분인지는 네가 더 잘 알잖아. 괜찮으실 거야. 오 경감님은 널 걱정하시더라."

오석천 경감은 드라마의 직접 관계자다. 드라마가 시작된다면 오석천 경감 또한 수면에 떠오를 수밖에 없었다. 해진이 오 경감의 어머니 금영지 여사를 크루즈 여행을 핑계로 멀리 보낸 것도 사실 표적에서 벗어나게 하려는 이유가 가장 컸다.

"이제 시작이야."

주먹을 꼭 쥔 해진이 창밖으로 시선을 돌렸다. 창 너머 어딘가를 보는 해진이 다시 한 번 속삭였다.

"이제 시작이야……."

＊

    며칠 후, 강현이 중국으로 떠났다. 정 회장의 중국 출장에 따른 일을 그가 마무리하기 위해서였다.

    환인전자 부품 공장 증축은 그에 따른 일환으로 중국 사업 확장에 매우 중요한 일이었다. 그렇지만 정 회장은 처음에 그의 출장에 반대하셨다. 결혼한 지 겨우 한 달 밖에 안 되어 강현이 해진과 멀리 떨어지는 것에 우려를 표하신 것이다.

    강현은 다른 사람도 아닌 할아버지의 만류에 놀랐지만 예정대로 떠났다. 다만 이전까지 손발을 맞춰온 윤이수가 아닌 우상엽을 대동한 것이 계획과 조금 달라진 점이었다.

    우상엽도 엘리트이긴 했지만 아직 윤이수만큼 업무 수행 능력이 되기엔 모자란다. 업무를 위해선 당연히 윤이수를 데려가는 게 더 낫다. 그럼에도 우상엽을 선택한 건 단지 윤이수가 여자이기 때문이었다.

    결혼 전엔 전혀 신경 쓰지 않던 일이었다.

    중국에 온 지 엿새째. 우상엽이 실수를 했다. 시방서를 잘못 해석한 것 때문에 강현은 관리자와 재회의를 해야 했고, 회의가 끝났을 때는 별이 총총한 시간이었다. 죄스러움에 어쩔 줄 모르는 우상엽을 버려둔 채 강현은 호텔 방에 돌아와 그대로 벌렁 누워버렸다.

    천장만 쳐다보고 있던 강현의 머릿속에는 방금 전 회의가 아닌 떠나기 전 해진이 했던 말만 떠오르고 있었다.

　"왜? 할 말 있어?"

　"그게…… 술 마시기 전에 꼭 속을 채우라고……. 중국 술은 특히 독하다니까요."

　"알았어."

　"음…… 저녁이나 밤에 전화해도…… 돼요?"

　"아니, 일정이 빡빡해서 시간이 없을 거야."

　"네…… 다녀오세요."

　처음 듣는 잔소리 비슷한 말에 명치가 간질거리는 것 같았다. 그러나 전화라는 말이 왠지 마음을 흔들었다. 그래서 마음에도 없이 냉정하게 거부하고 말았다.

　헤어지던 순간 해진은 웃는 얼굴인데도 웃지 않는 것 같았다. 보이지 않는 공허함이 가슴을 찔렀다. 그녀는 그대로 사라져 버릴 것처럼 한없이 투명해 보였다. 그녀의 얼굴이 얹힌 듯 망막에 새겨진 것 같았다.

　전화 한 통, 그냥 받으면 그만인데 왜 싫다고 했을까?

　명치가 조이는 느낌이 들었었다. '네'라고 하는 순간 경계가 무너질 것 같았다. 보호 본능이 그녀를 밀어냈다.

　그는 아직도 왜 그녀에게 전화를 걸었었는지 이유를 알지 못했다. 아니, 알고 싶지 않았다.

　해진은 자신에게 반한 것처럼 굴었지만 미련은 없었다. 아쉬움도 없었다. 그녀에게 자신은 첫 번째였을 뿐 유일하지 않았다. 그녀는 언제든 떠날 수 있었다.

그는 침대에서 벌떡 일어났다. 갑자기 초조해졌다. 정말 그녀가 사라져 버릴 것만 같았다.

일곱째 날, 강현은 현장 관리자와 악수하고 바로 공항으로 향했다. 마무리는 저의 실수에 머리를 싸고 꽁꽁 두드리던 우상엽의 몫으로 남기고 그는 혼자 비행기를 탔다. 하지만 공항에 도착하자 마음이 더 조급해졌다.

그녀가 당장 필요했다. 눈앞에 있다는 걸, 사라지지 않을 거라는 걸 확인해야 했다.

무슨 정신으로 집에 돌아왔는지 모른다. 그는 자신이 터지기 직전의 욕망에 취해 있다는 걸 알지 못했다.

"잘 갔다 왔어요?"

여느 때처럼 맞아주는 그녀의 인사에 그는 왠지 가슴이 아렸다. 반가워하는 그녀에게 아무 말도 할 수 없었던 그는 그대로 입술을 덮쳤다. 따뜻한 입술이 그의 거센 침범을 열정적으로 받아들였다.

그는 미칠 듯 해진의 몸을 탐했다. 며칠의 공백에 해진도 마찬가지, 두 사람은 함께 불타올랐다. 결국 해진이 실신하듯 잠들고 그도 잠들었다. 만 이레 만에 누리는 편한 잠이었다.

그 후 며칠은 다시 일상이 이어진 것 같았다.

회사에 나가고, 일하고, 밤엔 돌아와 해진과 사랑을 나누었다. 결혼 전이나 결혼 후나 그는 일이 많고 야근도 잦았다. 그러나 예전처럼 회사에서 쪽잠을 자는 대신 매일 집으로 향했다. 해진을 품지 않으면 하루가 완성되지 않았다.

며칠이 더 지나면서 그는 자신의 이상을 느꼈다. 아니, 더는 무시할 수가 없었다. 아무리 신혼이라지만, 자신이 해진에게 느끼는 욕망의 강도는 비정상적이었다. 탐해도 탐해도 갈증이 일었다. 허기가 졌다.

그녀의 밤은 온전히 그의 차지였다. 그녀는 언제나 그를 열정적으로 맞았다. 하지만 서로 몸을 섞는 것 이외엔 아무것도 나누는 게 없었다.

그는 문득 자신이 없을 때 그녀의 시간이 궁금했다. 그래서 사랑을 나누고 난 직후 지나가듯 물었다. 낮에 뭐 하느냐고.

"드라마요. 전에 이재원 변호사님 처음 만났던 날 레스토랑에서 말했었죠? 지켜보는 거긴 하지만 은근히 바쁘더라고요. 그래서 요즘은 정선댁 아주머니께 요리도 많이 못 배워서 좀 아쉬워요."

별로 마음에 드는 대답은 아니었다. 요리를 배운다는 이야긴 좋았지만 그게 꼭 그만을 위해서라는 보장은 없었다. 반기준이 주연인 드라마 따위, 아무것도 묻고 싶지 않았다.

반기준은 피닉스 차기 메인 모델 후보로 거론되기도 했었지만 아마 발탁되기 어려울 것이다. 반기준 따위!

그러나 궁금해진 건 혼자만인 것 같았다.

그녀는 묻지 않았다. 요구하는 것도 없었다. 전화도…… 걸지 않았다.

저는 미칠 것 같은데 그녀는 아니었다. 그녀에게서 느껴지는 공허함이 점점 더 거슬렸다. 왠지…… 두려웠다.

강현은 다시 비행기를 탔다.

이번엔 굳이 가지 않아도 되는 출장이었다. 먼저 미국으로 갔던 그는 귀국하지 않은 채 곧바로 독일로 향했다.

열흘쯤 지나자 그는 또 호텔 방 침대에 멍하니 누운 채 해진을 떠올리고 있었다.

그를 유혹하며 내밀던 그 앙큼한 손길, 입술을 핥으며 보내던 눈길, 그를 안에 들이며 쾌락에 젖은 표정, 절정의 순간 그의 이름을 부르는 목소리…….

그러나 저가 '사랑'하는 남자와의 사랑을 꿈꾸며 황홀한 표정을 짓던 여자이기도 했다.

순간적으로 일어난 살의가 망막을 까맣게 물들였다.

미지의 누군가와 해진을 대입하는 건 상상만으로도 더러웠다. 사방을 모두 깨버리고 싶은 강한 충동 사이에 어떤 한마디가 파고들었다.

"나랑 연애할래요?"

벌떡 일어났던 강현은 다시 침대에 벌렁 누웠다.

만일 그 제안을 받아들였다면……. 아니, 지금이라도 받아들인다면…… 그럼, 자신이 그녀에게 유일해지는 걸까? 지금이라도…… 그 제안이 유효한 걸까?

그는 멍하니 천장만 올려다보았다. 방음이 잘 된 호텔 방은 적막했다. 한참을 더 그렇게 누워 있고서야 그는 깨달았다.

멍청하긴, 오지 않는 전화를 기다리는 저는 바보였다.

하지만 전화란 꼭 기다려야 할 수 있는 것이 아니다. 그는 어느새 통화버튼을 누르고 있었다.

신호음이 울리고 나서야 그는 시차를 떠올렸다. 한국은 자정, 해진이 벌써 잠들었을 시각이다. 그가 통화를 종료하기 전 수화기 너머에서 목소리가 들렸다.

[강현 씨!]

졸린 목소리가 아니었다. 그녀의 목소리에 들린 반가움에 강현은 저절로 미소가 지어졌다.

"아직, 안 잤어? 전화하다 보니 시차 생각이 났어."

[응, 안 잤어요. 강현 씨도 없고 해서…… 요즘 좀 늦게 일어나거든요.]

해진이 일찍 일어나는 건 그의 아침을 차리기 위해서였다. 최근 배운 요리로 아침부터 가끔 정체불명의 찌개를 내오기도 하지만 그럭저럭 입맛에 맞았다. 아니, 꽤 좋았다.

"그럼 이 시각까지 뭐 해?"

'나도 없는데……' 라는 말이 생략된 질문이었지만 해진이 알아듣지는 못했을 것이다.

그는 막연히 영화나 책을 본다거나 마녀와 함께 있다는 대답을 기대했다.

그러나 그의 여자의 답은 기상천외했다.

[나, 공부하고 있어요!]

"공부?"

[아이 참, 강현 씨도 아는 공부! 내가 무슨 공부를 하겠어요?]

"설마……."

살색 향연을 이루던 그것? 그건 이미 졸업한 거 아니었나?

[까르르르르.]

해진이 넘어갈 듯 웃었다. 맞다는 대답이다. 이 여자, 제 남편 코피를 터뜨리려고 작정한 게 틀림없다.

"두고 봐…… 당신!"

해진이 다시 깔깔 웃었다. 그러면서 태연히 책장 넘기는 소리까지 들려주었다.

'정말 가만두지 않을 테다!'

그러나 당장 해진을 안기엔 대륙이 가로막고 있었다.

어리석었다. 너무 멀리 왔다. 일주일 만에 만난 지난번에도 잃어버린 자제력에 미칠 것 같았는데 이번엔 벌써 열흘이나 지났다.

"당신, 너무 늦었는데 자."

그는 필살의 자제력으로 흥분한 티를 내지 않을 수 있었다. 해진이 혼자 했다던 '공부'의 진도도 확인할 생각이었지만 한마디도 하지 않았다.

[네, 강현 씨도 너무 몸 축내지 말고요. 수고해요.]

"그래……."

이 여자, 언제 돌아오느냐 묻지도 않고 전화를 끊었다. 좋은 생각이 났다.

그는 우상엽을 불렀다.

"한국행 티켓 수배해. 가장 빨리 출발하는 걸로. 당장!"

＊

　어느 조용한 재즈 카페, 혜윤과 재원과 만났다. 〈여신 마녀〉가 〈카광〉에게 전화한 지 한 달 만이었다. 혜윤이 채찬성 PD 테러 미수 사건을 수습하느라 이제야 만나게 된 것이다.

　두 사람의 공통점이라야 해진과 강현뿐이다. 그럼에도 여신의 호출에 재원은 '다른' 기대를 품지 않을 수 없었다.

　"해진 씨에게 이야기 들었는데, 사업 투자도 하시고 드라마 제작도 하신다면서요?"

　"해진이가 드라마 이야기를 했어요?"

　"네, 식당에서 우연히 예이나와 반기준을 만났는데…… 그 톱스타들이 주연이라고."

　"그거, 절대 비밀이에요!"

　"네, 비밀이라고는 들었어요……."

　재원은 바로 꼬리를 내렸다.

　매번 느끼는 거지만 그녀의 검은 눈꼬리가 치켜 올라가는 모습은 정말 오싹했다. 그 오싹함이 짜릿함을 동반하는 것이 바로 여신님의 매력이라면 매력이랄까.

　"드라마 제작에 뛰어든 건 처음이고, 사업 투자는 부업이에요."

　"본업은…… 요?"

　"본업은 돌보미요."

　"네?"

"해진이 돌보미가 내 본업이라고요. 걔가 제대로 된 남자 만나서 정착하면 그때 나도 때려치울 수 있는데…… 지금은 안 되네요."

우아하게 생긴 누님이 말솜씨가 은근히 걸다. 그조차도 매력적이다. 재원의 눈이 좀 더 풀어졌다. 그러면서도 날카로운 머리는 이면에 숨은 내용을 파악하고 있었다.

한유민과 관계된 사업이라면 작은 규모가 아닐 것이다. 그런 걸 부업이라……. 새삼 혜윤의 베일 아래가 더 궁금해졌다. 하지만 입으론 어리숙한 반론을 펼쳤다.

"강현이와 결혼했는데 그 무슨 섭한 말씀이십니까!"

"정강현이 말 안 해요?"

정 이사도, 정강현 씨도 아닌 그냥 정강현?

"애 낳으면 이혼하기로 했다는 거, 말 안 했어요?"

"……."

"말 안 했나 보네. 하긴 떠들어댈 일은 아니지만 이 변은 아는 줄 알았죠."

알고는 있었지만…… 왠지 알은체하면 안 될 것 같았다. 현명하게도 재원은 입을 다물었다.

"그래서 내가 다음 후보자들은 내가 열심히 물색해 놨는데!"

"어? 그럼 안……!"

저도 모르게 말을 자른 재원은 사납게 치켜뜨는 눈에 얼어버렸다.

"아, 아닙니다. 말씀하세요!"

"그 맹추가! 그 맹추가⋯⋯. 하아⋯⋯!"

혜윤은 술을 들이켜고는 잔을 탕, 내려놓았다. 재원이 자동으로 빈 잔을 채우며 용기를 내어 물었다.

"저⋯⋯ 둘이 헤어지지 않고 계속 살면 안 될까요?"

"정강현이는 해진이한테 부족해요!"

"네? 강현이가 어디가 어때서요? 젊고 잘생겼죠, 무려 환인 후계자예요! 밤일도 잘하는 것 같던데. 그 정도면 여자에게 최상 아닌가요?"

"젊긴, 해진이보다 여덟 살이나 많으면서! 잘생기면! 반기준보다 잘생겼어요? 밤일! 그거 중요하죠. 중요하지만 여자에겐 그보다 더 중요한 게 있어요."

뭐, 뭔데요⋯⋯ 목소리가 기어들어 가는 재원에게 혜윤은 눈을 흘겼다.

"그것도 몰라요? 마음이잖아요, 마음! 정강현은 해진이를 사랑하지 않아요. 사랑 타령하지 말라는 남자보다 저를 사랑하는 남자와 만나는 게 행복 아닌가요?"

혜윤은 열이 난 듯 다시 잔을 비우고는 스스로 한 잔 더 따라서 마셨다.

마음, 그까짓 게 뭐라고, 서로 궁합 맞으면 최고 아닌가? 솔직히 강현이 배우 나부랭이보다 더 잘생긴 것 같은데⋯⋯.

그러나 마녀에게 정면 도전할 만큼 그의 간은 크지 않다. 재원은 다시 빈 잔만 채웠다.

그런데 혜윤의 말엔 틀린 점이 있었다. 사랑까지는 잘 모르겠지만 강현은 해진에게 마음이 있었다. 매일 집에 돌아가는 것부터가 그랬다. 해진과 통화하며 웃던 강현의 모습이 결정적 증거였다. 하지만 난데없이 안 가도 되는 출장에 연락을 딱 끊은 것 때문에 재원도 할 말이 없었다.

어찌 됐든 이 만남은 혜윤이 청한 것이었다. 단순히 강현의 성토를 하기 위해서 보자고 한 건 아닐 것이었다.

"그런데 왜 저를 보자고 하셨……."

어깨가 늘어졌던 혜윤이 휙 고개를 들었다. 흠칫했던 재원은 꽤 표정이 풀린 혜윤을 발견할 수 있었다. 아, 그녀는 벌써 몇 잔이나 스트레이트로 마셨다. 그러고 보니 목소리도 점점 느려진 것 같았다.

"아, 맹추! 맹추 얘기했었지요. 고 맹추가, 맹추가…… 이미 글렀어요."

"네? 무슨 말씀이신지……."

"참 답답하긴, 뭘 그렇게 못 알아들어요! 정강현이랑 헤어지고 나서도 다른 남자 만난들 사랑이니 뭐니 하기 글렀다고요."

"네?"

"그 맹추가, 해진이 고것이 정강현이를 좋아해요. 아주 푹 빠졌다고요!"

"네에?"

"쳇, 그게 놀랄 일인가……."

혜윤은 한 잔 더 비웠다. 표정이 풀어진 혜윤의 눈꼬리가 살짝 내려간 듯 보였다. 그 모습이 재원은 걱정스럽기도 하고 가슴이 왠지 더 찌릿한 것 같기도 했다.

"문제는 말이죠…… 정강현이는 가망이 없어요. 지금도 보라고요! 신혼 한 달 만에 출장을 몇 번이나! 그렇게 멀리 가서 연락 한 번 없어요. 나쁜 놈!"

"아, 그게 말이죠……. 강현이가 그렇게 나쁜 남자는 아닌데……."

"뭐예요!"

재원은 이번엔 제대로 말할 용기를 냈다. 움찔하기는 했지만.

"그…… 제가 보기에는 강현이도 해진 씨에게 마음이 있는 것처럼 보였거든요."

"……그게 정말이에요?"

잔뜩 의심을 담은 혜윤이 눈을 게슴츠레하게 떴다.

"정말입니다!"

재원은 이제야 강현을 위한 항변을 제대로 시작했다. 호텔에서 함께 저녁 식사를 할 때 본 강현의 행동이나, 강현이 해진과 통화하던 표정과 말, 그리고 야근이 싹 줄고 주말에도 일하거나 운동하는 대신 해진과 시간을 보내고 있다는 것 등등.

혜윤은 이마를 찌푸렸다. 그녀는 재원의 코앞에 그 치켜뜬 눈을 바싹 갖다 대고 을러댔다.

"이 변! 그게 거짓말이면! 가만 안 둬요!"

"거짓말 아닙니다! 강현의 유일한 20년 지기의 말이라고요. 저는 강현이가 행복해졌으면 하는 사람입니다! 여자에게 하도 관심 없어서 고자 아닐까 걱정하던 판에 이렇게라도 결혼해서 얼마나 다행이었는데요."

"으응? 정강현과 얽힌 스캔들이 한둘이 아니던데 무슨 고자? 어디서 그런 거짓말을!"

"그건 절대 아니에요! 그 녀석이 순 빈 깡통이라니까요! 그 반반한 얼굴로 몸 팔고 살라던 서진영 여사의 말 때문에 여자란 여자한테는 모두 학을 떼…… 흡!"

펄쩍 뛰던 재원이 급히 입을 막았지만…… 늦었다.

"흐응, 그랬어요……."

그런 것치고는 꽤 절륜한 것 같던데, 라며 요염하게 웃는 혜윤의 미소에 재원은 눈을 꾹 감았다. 술은 혜윤이 더 마셨는데 입은 저가 더 헤프다. 강현이 이걸 알면……!

재원은 몸을 부르르 떨었다.

"제가 말한 거…… 비, 비밀입니다!"

"흐음……. 비밀이라 치죠."

"치, 치는 게 아니라!"

"흥, 내 입이 그렇게 싸게 보여요?"

재원은 도리도리했다. 아마 그가 태어난 이래 가장 열심히 한 도리질일 것이다.

"그러고 보니 이 변, 제법 쓸만하네요. 칠렐레팔렐레 헤픈 줄로만 알았더니 제법 친구 생각해 주는 것도 있고…… 착해요."

"……!"

재원은 숨을 멈췄다. 혜윤이 그의 머리를 쓰다듬더니 볼에 쪽 입을 맞췄기 때문이다.

놀라는 그에게 여신은 좋은 정보를 준 데 대한 '상'이라고 했다.

행복한 광대는 입이 벌어졌다. 헤프다는 말에 항의하고 싶다는 생각도 잠깐 했었지만 황홀한 입맞춤의 여운에 잊고 말았다.

기왕이면 한 번 더 그 입술의 성총을 받았으면 좋겠다는 생각을 하는 그에게 혜윤이 바싹 다가와 속삭였다. 재원이 할 수 있는 건 열렬히 고개를 끄덕이는 것뿐이었다.

은밀한 밤, 마녀와 광대의 협상이 이루어졌다.

＊

연희가 모처럼 해진의 집으로 왔다.

껌딱지처럼 붙어 있던 기진의 곁에서 연희가 떨어진 것은 본인의 의사는 아니었다. 채찬성 감독 테러 미수 후 걱정을 머리에 이고 있는 연인에게 숨이라도 틔우게 하려고 기진이 일부러 심부름을 보낸 것이다.

"상황 보고!"

"네! 보고하겠습니다! 현재 대본은 14회까지 진행되었으며 어제까지 10회 촬영을 마쳤습니다. 채찬성 PD님과 반기준, 예이나는 각각 두 명의 경호원이 밀착 경호에 들어갔고, 불미스러운 소식은 없습니다!"

혜윤의 구령에 연희가 각을 세운 채 또박또박 외쳤다. 옆에서 해진이 그 모습을 재밌다는 듯 지켜보고 있었다.

"음, 마음에 든다. 좋아!"

혜윤은 흡족하게 웃었다.

드라마는 순조롭게 진행되고 있었다. 이미 예상했던 방해가 시작되고 있었지만 물리치지 못할 수준은 아니었다. 그보다 더 좋은 건 정강현이란 멍청이를 해진의 손에 쥐여주기 위한 협조자를 구한 일이었다. 드라마보다 그게 더 중요했다.

"내일 첫 방송이지? 저번에 7화까지 받았는데 벌써 10화까지 찍은 거야?"

"뭐? 7화? 그럼 언니는 벌써 드라마 봤어? 나, 대본만 본 건데도 가슴이 막 떨리던데! 2화 끝에서 상속녀가 사촌 언니 몸으로 눈을 떴잖아! 다음은! 다음은 어떻게 됐어!"

해진의 말에 연희가 흥분하며 소리쳤다. 지난번 연희의 대본 훔쳐보기 이후로 기진이 비밀을 잘 지키고 있는 모양이었다.

"노코멘트!"

"아우, 언니! ……이모?"

연희는 이번에 혜윤을 돌아보았다. 그러나 혜윤이라고 대답을 해줄 리 없다.

"노코멘트."

"아아, 정말! 궁금하다고!"

해진은 연희가 팔딱거리는 걸 보며 웃기만 했다.

그녀도 아직 드라마를 보진 않았다. 드라마는 정규 방송 순서에 따라 볼 거다. 하지만 연희에게 그런 이야기까지는 해주지 않았다.

연희는 또 금세 포기했다. 하지만 그것 말고도 오랜만에 만난 두 사람에게 할 말은 많았다.

"언니, 나 반기준 만났다! 실물로 보니 정말 더 잘생겼더라! 정말이지…… 걸어 다니는 조각상이 괜한 말이 아니야! 몸매 하며……."

"얘, 연희야, 너 침 떨어진다. 너 이러는 거 기진이는 아니?"

"아이, 이모는! 눈요기도 못 해요? 아, 그 가슴팍 한 번 만져 봤으면……."

"얼레, 얘 발언이 좀 위험하다?"

"그러게, 언니."

"뭐가 위험해? 그렇게 잘생긴 남자를 보면 당연한 거 아니야? 흥, 오빠는 예이나 보고 뭐랬는지 알아? 얼굴이 정말 자기 주먹만하대. 여신은 여신이래! 주먹이 언제부터 그렇게 컸대? 아무나 여신이야? 누굴 보고 여신이래, 흥, 흥, 흥!"

연희가 반기준을 열렬하게 찬양하는 원인이 바로 저 때문인 모양이었다. 두 여자는 서로 눈빛을 나누며 큭큭 웃었다.

"그렇게 잘생겼다니 우리도 보러 갈까, 해진아?"

"아, 나 본 적 있다, 반기준!"

선심성 가득한 혜윤의 말에 해진이 소리쳤다.

"뭬야? 나도 없이 너 혼자?"

"혼자는 아니었고…… 전에 이 변호사님 처음 소개받을 때 그 식당에서 봤어. 직접 만난 건 아니었어. 딴 테이블에 있는 거, 멀찍이서."

"아니, 아무리 그렇다 해도 네가 방방 뛰지 않을 리가 없었을 텐데? 네가 반기준을 보고 입을 쓱 닦아?"

재원에게 들은 이야기지만 혜윤은 처음 듣는 체했다. 재원과의 만남은 비밀이다.

"잊어버렸을 뿐이야."

"네가 어떻게 반기준을 잊어! 너 같은 얼굴 밝힘증이 반기준을 보고도 말하지 않을 이유가……. 아아……! 너 그날이 그날이구나?"

혜윤의 표정이 야릇하게 변했다. 해진이 움찔하며 몸을 떠는 걸 보며 연희는 흥미진진하게 눈을 빛냈다.

"그날이라니요?"

"밀키웨이 로열 스위트룸에서 스트립……."

"언니!"

전광석화처럼 달려간 해진이 혜윤의 입을 막았다. 그러나 0.1초쯤 늦었다. 연희는 단 몇 마디만으로 벌써 정황을 눈치채고 말았다.

"뭐야? 해진 언니. 그날 정강현 씨 스트립쇼 보고 반기준을 홀딱 잊은 거야? 그 몸매에 그 얼굴에 스트립쇼까지 했으면……. 우와! 우리 해진 언니 정신이 휙 나가긴 했겠다. 정강현 씨, 좀 할 줄 아네!"

"오연희!"

낄낄 웃는 두 여자 사이에서 해진은 불타는 고구마가 된 채 한참 더 놀림감이 되어야만 했다.

"언니, 두고 봐. 언젠가 갚아줄 거야."

"해진 언니, 그보다 이모에겐 남자가 생기길 더 빌어야 하는 거 아니야?"

"어, 그렇긴 하……. 연희! 너라고 내가 그냥 넘어갈 줄 알아!"

"물어봐."

"뭐?"

"언니가 궁금해하면 알려줄 수 있는데. 기진 오빠가 어디를 좋아하고 오빠가 내 어디를 좋아하는지. 체위는 뭘 좋아하……."

"악, 악! 안 들려, 안 들려! 안 할게. 너한텐 안 덤빌게!"

해진이 항복을 외쳤다. 하지만 연희의 천적은 따로 있었다.

"뭐? 남자가 어쩌고 어째? 네가 감히 연로한 이모를 놀려! 뭐? 글 써야 하는 놈이랑 뭘 했어?"

"헉, 아니에요. 아니에요, 이모. 요즘은 오빠가 바빠서 몇 번 못 했…… 아니, 그게 아니고요. 살려주세요. 안 까불게요."

연희를 굴복시킨 혜윤은 해진을 향해 브이 자를 그렸다. 혜윤표 병 주고 약 주기. 해진이 팽 고개를 돌리곤 저를 침몰시킨 연희와 고개를 끄덕였다.

여인들의 우정은 돌고 돌았다.

그렇지만 혜윤은 '남자'라는 말에 순간 재원을 떠올리며 흠칫 했었다.

'카광' 이 남자는 무슨! 그렇지만 그의 볼에 입을 맞춘 건 다름 아닌 저였다.

혜윤은 속으로 강하게 도리질 쳤다. 의미란 손톱만큼도 없는 행

위였다. 설사 저에게 의미가 있다고 해도 그 카사노바에겐 의미가

될 리가 없다.

엉뚱한 생각을 떨치기 위해서라도 혜윤은 급히 화제를 돌렸다.

"10회까지 찍었으면 이제 사전제작분은 끝난 거네. 정말 고생
했다."

사전제작분 안에 드라마의 기획의도가 거의 녹아 있었다. 여기
까지 온 것만 해도 거의 완성이다. 혜윤과 해진의 눈이 의미심장
하게 부딪쳤다.

"그래서 축하할 겸 곧 중간 회식한대요. 오빠가 이모도 오실 건
지 물어보라고 하던데요?"

"알아. 내가 음식 책임지기로 했거든. 요즘 직접 볼 수 없어서
이 기회에 채 감독님 만나러 가봐야지. 참, 해진아, 너도 같이 갈
래? 반기준도 볼 겸."

"반기준?"

반기준의 이름을 외치는 해진의 눈에서 빛이 나기 직전이었다.
해진의 참석 여부는 굳이 들을 필요도 없었다.

연희가 갸웃거리며 물었다.

"이모, 해진 언니는 베일에 싸인 제작자 아니에요? 채 감독님도
해진 언니가 스폰서인 건 모른다면서요?"

"물론 해진에 대해선 비밀이야. 하지만 명목상으론 환인의 작
은 안주인이 납시는 거야. 배우들이 줄 서서 해진이에게 눈도장을
찍으려 하겠지?"

"아, 그런 거였어요?"

"그런 거였어."

신이 난 연희가 추임새를 넣었다.

"언니, 반기준 성격 정말 좋다? 잘생긴 사람은 좀 거만한가 했더니 되게 겸손해! 매너 짱, 목소리도 환상, 언니도 직접 만나면 정말 반할…… 아, 언니 이젠 결혼했지! 헤헤."

"얘, 결혼하면 눈이 안 보이게 되니, 아니면 해진이 얼굴 밝힘증이 사라지니?"

"언니!"

"얘가 소리를 지르기는? 그럼 넌 안 가려고?"

"당연히 가야지!"

미남을 볼 기회를 놓칠 수야 없다! 기대감에 벌써 해진의 눈이 사르륵 접히고 있었다.

그때였다. 절대 있을 수 없는 사람의 목소리가 들려왔다.

"어디를 가?"

세 여자의 눈이 동시에 목소리가 들린 쪽을 향해 고개를 돌렸다.

정강현이었다.

'이재원, 감히 거짓말을 해? 그 카사노바, 주리를 틀 테다!'

해진의 집에서 나오던 혜윤은 씩씩거리며 열을 냈다.

정강현, 손가락에 붕대를 쳐맸나? 중국에서 올 때도 그러더니, 독일에 있던 인간이 전화 한 통 없이 불쑥 나타났다. 배려라는 건 삶아 드신 것 같다.

그게 다가 아니다!

해진은 초인종도 누르지 않고 들어온 정강현을 보고 벌떡 일어났다. 정강현을 보고 빛나던 해진의 눈을 생각하면 반기준 따위…….

해진은 정강현에게 날아갈 듯 다가가 그의 손을 잡으려 했다. 그런데 정강현이 어쨌는가! 성가시다는 듯 그 손을 툭 쳐버렸다.

그런 인간이, 누가 누구에게 마음이 있어!

"아악, 정말 그 인간, 가만두지 않겠어!"

주먹을 쥔 혜윤의 손이 부르르 떨렸다.

없는 소리나 하지 않았으면 반이나 갔을 것을! 카사노바, 역시 처음부터 그리 미덥지 못했다.

"내가 그딴 인간 볼에 뽀…… 아악!"

실수가 되살아난 혜윤은 머리를 쥐어뜯고 싶을 정도였다. 그게 잘못된 정보 때문이었다니!

혜윤의 분노는 하늘을 찔렀다.

연희는 마녀가 누구를 벼르는지 궁금하지도 않았다. 독이 오른 마녀는 피하는 게 최선이었다. 같이 밖으로 나왔던 연희는 눈치를 보다가 기진에게 돌아가겠다며 슬금슬금 내빼 버렸다.

연희가 가버리자 혜윤은 곧장 핸드폰을 꺼내 〈카광〉을 길게 눌렀다.

"이 변호사님, 오늘 만나시죠! 네, 거기요. 그 시각. 기다릴게요!"

재원은 수화기 너머로 으드득 소리를 들을 수 있었다.

그 시각, 해진은 비명을 지르고 있었다. 강현의 아래에서.

불쑥 나타난 강현 때문에 세 여자는 잠시 얼어붙었다. 그가 다시 한 번 묻는 말에 그나마 중립이 될 수 있는 연희가 대답했다.

드라마, 사전제작, 중간 회식……. 연희의 횡설수설하는 설명에 강현은 대충 고개를 끄덕이고는 혼자 서재로 들어가 버렸다.

뒤에 남은 해진은 왜 하필 저런 놈이 100점이었느냐며 흥분한 혜윤을 달래서 겨우 보낼 수 있었다.

해진이 두 여자를 보내고 돌아서자마자 서재 문이 다시 열렸다. 순간 심장이 덜컹했다. 강현이 그녀를 알 수 없는 표정으로 보고 있었다.

"강현…… 씨?"

"내가 말했지, 두고 보라고."

'두고 보……? 전화!'

"헉!"

"강해진, 지금 와서 놀란 척할 필요 없어. 그렇게 자랑했으니 어디, 얼마나 열심히 공부했는지 확인해 봐야겠어. 자, 이리 오시지!"

"강현…… 씨?"

"왜?"

"다신 안 까불게요."

혜윤에겐 통하는 말이었는데 그에겐 아닌 모양이었다. 그는 웃고 있지만, 그래서 왠지 더 무섭다.

"혼자 '공부' 할 수도 있는 거지. 괜찮아."

그러나 정말 '괜찮게' 느껴지지 않는 게 문제였다. 강현이 손가락을 까닥거렸지만 그녀의 발은 슬금슬금 뒤로 물러나고 있었다.

"강해진!"

이름이 불리자 해진의 발은 저절로 굳어버렸다. 강현이 웃으며 하는 말이 스산하게 들렸다.

"스스로 오는 게 나을 거야. 아니면…… 내가 갈까?"

고개를 세차게 저은 해진이 천천히 발을 옮겼다. 한 발짝, 두 발짝…….

마침내 스스로 코앞에 걸어온 사냥감을 그가 단숨에 낚아챘다.

"흡!"

해진은 숨을 훅 들이쉬었다. 사나운 기세로 그녀를 삼키려던 그의 입술은 막상 그녀의 입술 안에서 부드러워졌다. 그러나 곧 격렬하게, 송두리째 빨아들일 것 같은 키스에 그녀도 정신없이 응했다.

겨우 갈증을 적신 그가 입술을 떼며 말했다.

"간도 크지, 사람들 있는 데서 내 손을 잡으려고 했어? 그 자리에서 덮쳐지고 싶었나?"

혜윤이 가장 열 받은 게 바로 그 때문이다. 그러나 그가 혜윤에게 오해를 풀 일은 없을 것이다. 그녀의 분노는 이미 가엾은 재원에게로 향했다.

"그게…… 반가워서."

해진이 샐쭉 웃었다. 이 여자의 말과 행동은 너무 솔직해서 항상 그의 가슴을 따끔거리게 했다. 하지만 그보다 더 급한 것이 있었다. '두고 보자'고 한 후 내내 벼르던 것…….

그는 바지를 열어 분신만 해방해 준 후 해진도 속옷만 벗기고 자리를 잡았다.

"내가…… 참을 수 없어. 미안."

"괜……."

해진이 미처 입을 떼기도 전 강현이 그녀의 안으로 파고들었다. 따뜻하게 조이는 빡빡함에 강현은 드디어 해방감을 느낄 수 있었다.

"미안, 조금만 참아. 너무…… 급해서."

강현은 그녀의 안이 충분히 촉촉해지길 기다리지 못한 채 움직이기 시작했다. 다행히 그의 욕망에 전염된 해진도 곧 그와 함께 흥분하며 젖어들었다. 자신의 분신을 적시는 감각을 느낀 강현은 더욱 세차게 그녀의 안을 유린했다.

퍽, 안으로!

퍽, 더 깊이 안으로!

"하악!"

해진이 허리를 뒤로 젖히며 쾌락의 신음을 내질렀다.

아직 부족하다.

퍽, 퍽퍽!

그의 허릿짓이 빨라지며 살 부딪히는 음란한 소리가 신음 사이를 가르며 울렸다.

"아학, 강현 씨, 강현 씨!"

자지러진 해진이 더 이상의 흥분을 참을 수 없다는 듯 마구 고개를 내저었다.

아니, 이 정도로는 부족하다. 대륙 너머에 있는 남편을 놀린 대가를 치르려면 아직도 멀었다.

"조금, 조금만 더!"

"아아, 강현 씨!"

그의 허릿짓이 계속되었다.

"강현 씨, 강현 씨! 나, 나 미쳐 버릴 것 같……!"

난 더 미쳐 버릴 것 같아! 아니, 이미 반쯤 미쳐 버렸어! 내가 여기 있는 자체가 증명하지 않나?

"조금만 더!"

"아, 제발 그만!"

"조금만 더, 해진아, 해진아!"

"아흑!"

순간 그녀의 안쪽이 강한 경련을 일으키며 그를 사정없이 조이기 시작했다. 절정에 이른 것이다. 땀에 푹 젖 해진은 그에게 매달리다가 뒤로 목을 꺾었다.

"이런, 이런, 강해진! 혼자만 절정을 맞은 거야? 난 아직도 멀었어!"

몽롱해진 정신 사이로 그의 목소리가 들렸다. 해진은 조금만 쉬자며 애원했다. 그러나 수화기 너머로 '공부'를 자랑하던 건 해진이다. 이 정도로 놓아주려고 대서양을 건너온 게 아니다.

"'공부'한 성과를 보이려면 멀었어!"

"하아, 하아…… 강현 씨…… 다신 안 그럴게요."

"응? 그건 곤란해."

"네?"

"기왕 다시 시작한 거 열심히 해야지! 매일 진도도 확인해야 하고, 실습 점수가 부진하면 이보다 더 혼낼 거야!"

강현은 아직 힘이 죽지 않은 그의 분신을 더 힘차게 밀어 넣었다. 대륙 너머의 남편을 놀린 대가는 길고도 깊었다.

"하으으, 그건 억지……."

사실 그도 해진의 첫 번째 절정과 함께 파정했다. 하지만 금세 무섭게 부풀어 오른 덕에 절정으로 정신이 없는 해진은 알아채지 못하고 있었다.

금세 살아난 그가 다시 허리를 움직이면서 해진의 반박은 신음에 묻혀 버렸다. 그는 해진이 두 번째 절정에 이르며 목을 뒤로 꺾고서야 쉴 시간을 주었다.

절정에 못 이긴 해진의 눈꼬리에 눈물이 맺혔다. 그는 그 눈물을 핥고서 그녀와 눈을 맞췄다.

"해진아?"

"하아, 으응……?"

"이제부터는 공부한 결과를 '제대로' 보여줘야지?"

"지, 지금까지 한 건 뭔데!"

"대충 급한 불만 끈 거지. 그러니 원하는 자세의 이름을 말해 봐."

"제발, 강현 씨!"

"그전에……."

그가 입술을 핥으며 웃었다. 원조 정복자의 웃음에 해진이 몸을 떨며 물었다.

"뭐, 뭐예요?"

"벗어!"

비명이 울렸다, 즐거운.

9. 보낼 수 없어!

불을 뿜고 달려간 마녀는 광대를 보자마자 채찍을 휘둘렀다.

"뭐? 정강현이가 누구에게 마음이 있어요?"

납작 엎드린 광대는 간신히 변명 하나만 할 수 있었다.

"제가 보기엔 정말 그랬는데요……."

"흥, 마음 있는 남자가 반가워하는 아내 손을 그렇게 밀쳐요?"

"정말요?"

"내 눈으로 직접 본 거예요!"

헉, 왜 그랬을까?

재원은 쪼그라들었다. 할 말이 없었다.

"안 되겠어요! 이 변 말만 믿고 있을 수는 없어요. 정강현의 마음이 정말 어떤지 확인해 봐야겠어요."

"어…… 떻게요?"

혜윤이 입꼬리만 사악 올린 채 미소를 지었다.

그녀의 미소에 재원은 항상 뱃속이 뜨거워지는 현상을 겪었다. 그러나 혜윤의 이야기를 듣는 재원의 표정은 점점 암울해져 갔다.

혜윤이 말한 방법은 별로 권하고 싶지 않았다. 더욱이 그걸 실행해야 하는 이가 바로 자신이라는 점에서.

"질투 유발 작전…… 그런 겁니까?"

"흥, 그런 단순한 게 아니에요! 그래도 정강현이 꿈쩍도 하지 않으면 깨끗이 갈라서게 해야죠! 이대로 해진이 마음만 더 깊어지다가는 그 애만 다칠 거예요."

"그럴 일은 없을 텐데……."

매우 위험한 짓 같았다. 강현은 화르르 타버릴지도 모른다. 아니, 타버리는 건 저일까?

"뭐예요, 협조하기 싫다는 거예요?"

"아뇨, 합니다, 협조. 협조해야죠!"

혜윤의 치켜뜨는 눈에 반사적으로 고개를 끄덕이고 난 재원은 순간 아차 했다. 그날 호텔에서 저가 봤던 그 장면을 혜윤이 봤다면 이런 생각은 하지 않을 텐데…….

하지만 강현이 해진의 손을 밀쳐 버렸다는 데는 재원도 다시 헷갈리고 말았다. 그건 강현이 '지긋지긋한' 여자들을 상대하는 방법이기도 했기 때문이었다.

그러나 성공 보수를 무시할 수가 없었다. 무려 여신의 성총이다. 다음번엔 이쪽 볼을 내밀어볼까…….

"잘되면 그쪽이나 나나 좋은 일이니 협조 부탁해요. 잘할 수 있죠?"

사자 아가리에 목을 넣는 것 아닐까?

"……네."

재원의 대답이 굼떴다. 혜윤의 눈이 새치름해졌다.

"뭐예요, 하기 싫어요?"

"아닙니다! 누님이 하라시면 지옥 불구덩이라도 뛰어들어야죠. 하하, 하하하."

"누님?"

"그게……."

제 입을 틀어막은 재원이 혜윤의 눈치를 봤다. 의외로 혜윤은 문제 삼지 않고 넘어가 주었다.

"하긴, 내가 이 변보다 두 살 많으니까…… 뭐, 그건 됐고요. 내가 뭔데 이 변이 지옥 불구덩이에 들어가요? 그저 그쪽 친구와 내가 사랑하는 해진이 서로 행복해지길 바라는 건데. 안 그래요?"

"맞습니다! 사랑! 네, 사랑하는 두 사람이죠."

혜윤의 눈이 빼질거리는 재원의 얼굴을 스르르 훑었다.

카사노바 광대. 혼자 부르는 별명이긴 하지만 아무래도 제대로 지은 것 같았다. 거기에 얼빠진 데다 실없기까지 했다. 그런데…… 좀 귀여운 것도 같다. 마지막 생각에 소스라치게 놀란 혜윤은 다시 재원을 노려보았다. 그런데도 해죽해죽 웃으며 실없는 웃음을 숨기지 않는 재원은 여전히 좀 귀엽게 보였다.

"잘해봐요!"

혜윤은 재원의 팔뚝을 톡톡 쳐주고 일어섰다.

뒤돌아선 혜윤은 재원이 저가 건든 팔뚝을 만지며 황홀해하는
건 미처 보지 못했다.

재원은 두 근 반 세 근 반 하는 심장을 부여잡고 강현의 사무실
로 향했다. 혜윤에게 받은 임무를 수행하기 위해서였다. 하지만
문고리를 잡는 재원은 자꾸만 용기가 쭈그러들었다.

반기준인지 뭔지에 넋을 놓던 어부인 때문에 이글거리는 강현
의 눈을 생각하면 아무래도 확실한 것 같았단 말이다. 그러나 헷
갈리게 구는 강현이 문제였다.

재원이 보기엔 강현도 아마 제 마음을 잘 모르지 싶었다. 이럴
때 옆에서 쿡 찔러주면 제 마음을 알 수도 있다.

'하지만 그걸 왜 하필 내가 떠맡아야 한단 말…… 나 말고는 없
구나!'

재원은 한숨을 쉬었다. 정말 딱 제가 할 역할이었다. 강현을 싫
어하는 걸 숨기지 않는 혜윤이 이런 부탁을 할 정도면 강해진의
마음에 대해선 조금 안심할 수 있었다. 그러니 피할 일이 아니었
다.

무엇보다 여신님이 힘을 북돋아주었다. 갑자기 힘이 솟았다. 오
늘 일로 반드시 이쪽 볼을 내밀어야겠다.

용기백배한 재원은 기어이 파이팅까지 외치고는 요란하게 문을
두드리고 들어갔다.

오늘은 유난히 별스러운 재원의 모습을 우상엽이 입을 벌린 채

구경하고 있었다.

강현에게 건들거리며 다가간 재원은 여느 때처럼 툭 하고 말을 던졌다.

"어제는 야근했다며! 독일 갔다 온 지 며칠이나 지났다고 야근이냐!"

"출장 간다고 여기서 해야 할 일이 없어지는 건 아니니까."

"새신랑이 매일 야근에 새 신부를 독수공방시키면 매력 없다. 이젠 너도 휴일 좀 챙겨 쉬려나 했더니 거의 꼬박꼬박 나온다며?"

독수공방시킨 적 없다. 매일 뜨거운 밤을 보냈다. 어제는 책에 나온 가장 고난이도 중 하나인 '천상의 무지개'를 실습해 보기도 했다. 그 동작은 파워풀한 요가 자세로 여자에게 좋다지만 해진이 포기를 외쳐서 아쉬움으로 남았다. 물론 즐기지 못한 건 아니다.

"강현아."

은근해진 목소리로 보아 또 실없는 소리를 하겠거니 했던 강현은 사뭇 진지한 표정의 재원을 볼 수 있었다.

"왜?"

"너, 정말…… 아이만 낳으면 해진 씨랑 이혼할 거야?"

강현은 입을 다물었다.

배를 한 대 얻어맞은 기분이었다. 명치가 확 죄어지는 것 같았다. 불쾌함이란 말로 부족한 뭔가가 확 솟구쳤다.

"그런 걸 왜 물어? 나보다 그 여자가 하고 싶어 하는 건데."

거짓말. 그녀가 '그럼 이혼하지 않아도 돼요?'라고 묻던 말을 강현은 애써 잊은 체했다.

"너, 해진 씨가 이혼하자면 할 거야? 해진 씨, 정말 놓아줄 생각이야?"

"……그러기로 약속했으니까."

울컥, 욕지기가 일었다. 그 여자를 놔줘? 정말 다른 놈에게 가라고?

처음부터 그렇게 계약했고 바로 재원이 공증했다.

해진은…… 갈 것이다. 그리고 그녀가 그토록 바라는 연애를, 사랑해 줄 남자를 찾을 것이다.

심장에 불이 이는 것 같았다. 그럼에도 강현은 제 흔들리는 마음을 용납할 수 없었다.

"너, 무슨 말을 하고 싶어서 그래?"

그의 불꽃이 튈 것만 같은 기세에 재원은 절로 뒷걸음질쳤다.

그러나 내친걸음, 재원은 끝까지 가기로 했다.

"나는 생각했어. 해진 씨, 맺고 끊는 게 야무지면서도 천성이 순해 보이더라고. 그리고 해진 씨, 사랑스러운 여자잖아? 네가 마음만 연다면 너를 사랑할 수도 있겠구나 생각했어. 그런데 혜윤 씨는 벌써 그 이후의 일을 계획하고 있는 걸 보니, 에휴……."

재원은 과장되게 한숨을 쉬며 강현의 눈치를 살폈다. 강현이 바로 함정에 걸렸다.

"그 마녀가 뭘 계획해?"

"마녀……! 흠흠, 혜윤 씨가 한유민에 대해 다시 생각해 본다고 하더라고. 그…… 너도 알지? 한유민에게 사생아가 있는 거. 너랑 결혼 전이었다면 그 조건은 마이너스였는데 해진 씨가 이혼한 다음엔 고려해 봐도 되지 않을까 그러더라."

"그 여자…… 제정신이야?"

여신님은 당연히 제정신이지, 아주 말짱해! 어떻게 하면 네 속을 제대로 확인할 수 있을지 가장 자극적인 방법을 생각해 낼 만큼.

"혜윤 씨 말로는 요즘 남자들은 처녀보다는 뭘 좀 아는 여자를 좋아하니까 결혼 한 번 했던 건 흠도 안 될 거라던데? 덕분에 연애는 좀 더 자유로울 수 있다고……. 어, 강현아?"

역시 애먼 내가 튀겨질 줄 알았다니까!

벌떡 일어나는 강현에 맞춰 재원도 재빨리 두 걸음쯤 물러났다.

"이재원!"

"어! 어?"

"그 여자, 만나거든 내 말 전해."

"뭐, 뭔데?"

"그런 빌어먹을 계획은 누굴 위한 거냐고. 사생아가 있어서 괜찮아? 그런 너저분한 놈을 엮어? 강진만이 더럽다 했더니 그 더러운 작자보다 그 여자에게 더한 꿍꿍이가 있는 거 아냐?"

"아니, 설마 그럴 리가……."

아차!

실수였다. 강현은 제 출생 때문에라도 아무렇게나 책임질 수 없는 씨를 뿌리는 남자들을 누구보다 경멸했다.

이래서야 강현의 마음을 확인하는 계획으로는 실패다. 강현이

화가 난 것이 한유민 때문인지 해진과 헤어진다는 것 때문인지 조금 헷갈렸기 때문이다.

하지만 친구로서의 직관이 후자를 가리키고 있었다. 그리고 이제부터라도 강현은 제 마음을 들여다볼 수 있을 것이다. 비록 살갗을 찌르는 그의 분노를 마주해야 했지만 이 정도의 희생은 감수할 만한 결과를 얻었다. 재원은 속으로 쾌거를 축하했다.

이제는 탈출이 관건이다. 재원이 문과 강현 사이의 눈치를 보던 그때 강현이 조용히 문을 가리켰다.

"재원아, 나가라."

강현의 주먹이 툭 불거져 있었다. 재원은 이 쏟아지는 살기의 주인공이 혜윤이라는 것이 조금 걱정스러웠다.

하지만 덕분에 확인! 재원은 더는 입도 벙긋하지 않고 그대로 줄행랑을 쳤다.

제 사무실에 숨은 재원은 곧바로 전화기를 들었다.

"제 말이 맞았습니다. 오늘 저, 누님 말씀 전하려다가 맞아 죽는 줄 알았습니다!"

여신은 당장 그를 호출해 주었다.

오늘 강현과 있었던 일을 실감 나게, 과장되게 설명하는 재원의 말을 다 들은 혜윤은 미소를 지을 수 있었다. 그 바보 멍청이가 정말 마음에 들지는 않지만 끝까지 해진에게 마음을 줄 여지가 없다면 그게 더 문제였다.

혜윤은 재원에게 정말 기분 좋게 쏠 작정을 했다.

"날 죽일 것 같더란 말이죠……."

강현이 절 미워하든 증오하든 그게 무슨 상관이랴. 저를 싫어하는 만큼 그것이 해진에 대한 마음에 비례하는 것이리라.

"저, 정말 그 자리에서 20년 우정의 친구에게 맞아 죽는 줄 알았습니다!"

재원이 낑낑거리며 저의 처량함을 호소했다.

은근 귀엽다.

혜윤은 그의 잔에 술을 따르고 자신의 잔에도 따랐다.

"자, 마셔요!"

"감사합니다!"

건배하며 부딪히는 잔에서 울리는 소리가 맑았다. 그 소리 자체가 해진의 맑은 미래를 보여주는 느낌이었다. 덕분에 혜윤은 빌어먹을 정강현을 생각하면서도 기분이 좋아질 수 있었다.

술이 몇 잔 더 돌았다. 재원이 쭈뼛거리며 물었다.

"누님, 좀 과한 것 아닐까요?"

"아니에요! 나 기분 좋아요. 이 변, 아니, 재원 씨도 오늘 원하는 만큼 마셔요!"

"그럼 그럴까요?"

"그래요!"

몇 번 더 술이 돌자 재원이 시무룩하게 중얼거렸다.

"저는…… 술보다 더 좋은 상을 내리실 줄 알았는데……."

"네?"

"지난번엔 제가 착하다며 이쪽 볼에 뽀뽀를……. 그래서 저는 이번엔 여기를 기대했었다고요……."

"아하! 그래요? 그게 뭐 어렵다고!"

원래는 어렵다. 혜윤에게 감히 그런 말을 하는 인간도 없었지만 혜윤이 뽀뽀를 한 인간 자체가 드물다. 있긴 했지만 그것도 옛날 일이다.

하지만 혜윤은 활짝 웃으며 재원이 가리키던 볼에 뽀뽀를 했다. 그런데 뽀뽀를 하고 보니 뭔가 아쉬웠다.

"기왕이면 여기다 해줄까요?"

혜윤이 가리키는 곳에 재원의 입이 함지박만 해졌다. 그 손가락 이 가리키는 곳이 바로 그 함지박만 한 제 입이었기 때문이다.

"당연히 저야 황송…… 흡!"

그의 목을 끌어당긴 혜윤이 재원의 입술을 깊게 들이마셨다. 정 말 깊게, 깊게 들이마셨다.

"제법 마음에 드네."

혜윤이 나른하게 중얼거렸다.

"제, 제가 더 마음에 들게 해드릴까요?"

혜윤보다 더 나른해진 표정의 재원이 은근히 속삭였다.

혜윤은 고개를 끄덕였다.

❋

재원은 강현을 확실히 들쑤셔 놓았다.

강현은 집에 돌아가기 전 체육관에 들러 샌드백을 두들겼다. 그대로 집에 돌아갔다간 뭐든 사달을 일으킬 것 같아서였다.

그가 두 시간이 넘도록 샌드백을 두들기는 동안 체육관의 누구도 그의 근처에 다가오지 못했다. 그만큼 그의 표정과 기세가 심상치 않았던 것이다.

거의 탈진할 정도로 몸을 움직여서인지 땀을 씻어내는 동안 그는 자신을 관조할 수 있었다.

할아버지의 협박에 못 이긴 채 한 결혼이었다. 할아버지의 강경수에 어차피 할 결혼, 바로 그때 저에게 청혼한 데다 목적이 워낙 빤한 여자라 의심할 여지가 없어서 편했다. 서로 원하는 것만 얻으면 깔끔하게 떨치리라 자신했다.

거짓말!

거짓말, 거짓말, 거짓말! 처음부터 그 여자가 아니었으면 결혼하지도 않았을 거면서!

이제 더는 외면하지 못하겠다. 방어벽은 무너지고 있었다. 아니, 이미 무너졌다. 강해진이라는 여자는 그 아방한 미소로 그를 방심시키고서 방어벽 중추의 밑동을 갉아버렸다.

지금이라도 다 그만두자고 할까? 지금이라면 이전의 자신으로 돌아갈 수 있을 것 같았다.

그러나 보내주면?

그 대범하고 뜨거운 여자는 다른 놈에게도 미소를 지을 것이다. 다른 놈과 '공부'를 하자며 그 요망한 책에 나온 체위를 하나씩 시험해 보자고 할 것이다. 그에게 한 것처럼 다른 놈에게 잔소리를 하고, 다른 놈에게 요리를 해주고, 다른 놈에게 쾌락의 신음을 지를…….

악! 비명을 지를 뻔했다. 자학하는 게 취미라면 정말 제대로 골 랐다.

이젠 인정하지 않을 수 없었다. 이미 늦었다. 너무 늦었다. 이전 의 삭막한 저로는 돌아갈 수 없었다. 가져도 가져도 느끼는 이 갈 증을 그녀도 같이 느껴줬으면 좋겠다.

하지만…… 해진의 마음을 알 수가 없다.

그녀는 솔직해서 다 보여주는 듯했지만 투명하기에 아예 아무 것도 비추지 않는다. 그녀가 돌아선다면 한 치의 아쉬움도 두지 않고 떠나 버릴 것 같았다.

잡아야지! 어떻게?

맞다, 그녀는 처음부터 방법을 알려주었다!

순간 가슴이 뻥 뚫리는 것 같았다.

'연애라는 거…… 해보자, 강해진!'

❋

제 마음은 깨달았지만 며칠이 지나도록 강현은 고백할 수가 없 었다. 그동안 한 짓이 있는데 한순간 돌변하는 것은 변덕밖에 되 지 않았다. 멍청한 짓을 한 만큼 노력이 필요했다.

해진이 원하는 것은 연애다. 그 추상적인 의미에 잠시 아득하기 도 했지만 어차피 남녀가 서로 즐거운 일을 함께하면 되는 것 아 니겠는가? 그는 여자들이 뭘 좋아하는지 잘 몰랐다. 하지만 해진과 즐거운 일을 할 줄은 안다.

그가 가장 자신 있는 즐거운 일은 해진도 좋아하는 것이다. 전화기의 해진의 버튼을 누르는 그의 얼굴에 그야말로 즐거운 미소가 맺혔다.

그는 필요도 없는 다이어리를 핑계로 해진을 사무실로 불렀다. 마음을 인정하자 짧은 통화로 재잘거리는 그녀의 목소리를 듣는 것만으로도 기분이 좋아졌다. 그도 이제는 전에 해진에게 전화할 충동을 준, 아내와 통화하던 남자의 기분을 알 것 같았다.

계획에 방해가 될지 모를 껌딱지 양혜윤이 해진의 곁에 없다는 것부터 성공의 징조였다.

강현은 끊어진 전화기를 보며 속삭였다.

"웰컴 투 헤븐, 강해진."

그리고 몇 시간 후 현재.

"그렇게 야한 차림으로 어딜 가려고?"

슬금슬금 뒷걸음질치던 해진은 제 모습을 보고 기겁했다. 차라리 울고 싶을 모습이었다. 정말이지 이건…… 야하다기보다는 외설스럽다.

블라우스는 벗겨져서 허리 아래쯤에, 브래지어는 위로 벗겨져 목에 걸린 채 가슴을 다 드러내고 있었다. 어기적거리는 걸음에 걸리는 것은 무릎 사이에 걸린 팬티였다. 옷이란 옷은 죄 벗은 것도 아니고 입은 것도 아닌 상태로 제자리를 이탈해 '반쯤 걸쳐져' 있었던 것이다.

자연, 그녀의 목소리는 뾰족해졌다.

"이, 이렇게 만든 사람이 누군데!"

"그래서?"

소파에 앉았던 그가 일어나려는 걸 본 해진은 반사적으로 소리쳤다.

"앗, 스탑! 얼음! 멈춰요!"

"음?"

"거, 거기 있으라고요!"

"여태 해달라고 앙탈을 부렸으면서."

빙긋 입술을 핥는 그의 웃음이 실로 사악했다. 그 혀가 방금 핥던 걸 생각하면……

그가 가져다 달라던 다이어리를 챙겨 사무실로 온 해진은 까무룩 잠이 들고 말았다.

요즘 강현은 다른 때보다 더 집요하고 오래 그녀를 탐했다. 그의 아래에서 그리고 위에서 내내 신음을 지르다 그야말로 기절했었던 걸 생각하면 낮에 깜빡 조는 것도 당연한 일이었다. 하지만 조는 장소가 잘못되었다!

그녀가 잠이 깬 건 그가 자신의 아래를 애무하는 느낌 때문이었다. 그녀가 잠결에 그를 받아들이는 건 익숙한 일이라 그녀의 몸은 흥분한 채 그의 애무를 한껏 즐기고 있었다. 하지만 희미하게 눈을 떴다가 낯선 천장을 본 그녀는 있는 힘껏 그를 밀치고 도망쳤다.

그럼에도 그녀의 몸은 한껏 젖어 있었다.

"계속 그렇게 서 있어도 난 좋아. 눈이 호강이네."

강현의 눈이 게슴츠레하게 흐려졌다. 탁한 욕망의 빛을 띠는 그 눈과 마주친 해진은 침을 꼴깍 삼켰다.

도망칠까, 돌아갈까.

그의 얼굴에 스친 얄미운 웃음에 해진은 울컥해서 소리쳤다.

"보, 보지 말아요!"

"왜?"

왜라니? 왜라니!

"악! 내가 정말 여기선 다신 안 그런다고 했었는데!"

대답으로 큭큭 웃는 그에게 해진은 곱게 눈을 흘기며 팬티부터 끌어 올리려고 했다. 하지만 그 시도는 그가 일어나는 걸 본 순간 비명과 함께 무산되고 말았다.

"오, 오지 말라니까요! 으악!"

지퍼만 열린 바지 밖으로 그의 분신이 꼿꼿이 서 있었다. 그건 너무나 야하고 음탕해 보였다.

그 상태로 느릿하게 다가온 강현이 손가락을 다 벌린 채 눈을 가린 시늉을 하는 해진의 손을 잡아끌었다.

"실망이야, 강해진. 오피스 스트립쇼를 감상해 주게 하나 했더니."

"뭐예요? 내, 내가 여기서요?"

"집에선 했잖아. 호텔에서도."

"여긴 호텔이 아니잖아요!"

"호텔에 다시 갈까? 그럼 오늘은 호텔로 퇴근하지……."

이글거리는 그의 눈이 이미 그녀의 옷을 벗기고 있었다. 그의 눈이 말하고 있었다. 갈 땐 가더라도 끝나고서.

"강현 씨!"

"아, 내가 먼저 벗을까? 하지만 그러면 당신 또 넣 놓을 거 아냐. 그럼 당신은 또 스스로 못 벗을 텐데."

"아우, 강현 씨!"

해진의 외침은 금세 신음으로 바뀌고 말았다. 그가 덜렁거리던 팬티를 완전히 끌어 내리고서 방금까지 희롱하던 그곳에 손가락을 쑥 넣었기 때문이다.

"흐으…… 아!"

순간 그녀는 지금 서 있는 공간을 잊을 뻔했다. 그녀가 혼절할 것 같은 쾌감에 뒤로 넘어가기 직전, 그는 손가락을 빼며 자신의 분신을 안으로 밀어 넣었다.

"아아……. 읍, 읍. 읍……."

그녀의 한 가닥 남은 이성이 소리를 지르고 싶은 입을 막았다. 신음의 분출구를 찾지 못한 해진은 그의 목을 잡아당겨 입술을 겹쳤다.

소파에 해진의 엉덩이만 걸치게 한 강현이 그대로 그녀의 안으로 치고 올라갔다.

"흐읍!"

그의 허릿짓에 쾌락이 물밀 듯 밀려왔다. 해진은 그의 허리에 두 다리를 감싼 채 필사적으로 매달렸다.

"흐으……!"

당신이 밤에 완전해지는 현대 카마수트라, 제8장. 긴장과 스릴.

그 챕터는 해진이 먼저 시범을 보였던 거지만 그의 성적이 더 월등했다. 그녀는 장난이었지만 이 남자는 실전이니 문제였다.

소리가 새어 나갈까 싶어 미칠 것 같았다. 하지만 잠결에 받은 애무로 이미 녹아 있던 그녀는 강하게 치고 들어오는 쾌락을 거부할 길이 없었다.

"하아, 으으……."

그녀는 미칠 듯한 쾌감에 떨며 자신의 안을 꽉 채운 그를 사정없이 조였다.

"조금만, 조금만 힘을 빼봐……."

자지러지는 해진을 향해 강현이 속삭였다. 하지만 해진은 밀려드는 쾌락에 몸을 맡긴 채 그를 다시 한 번 강하게 꽉 물며 바들거렸다.

잠시 후, 강현은 축 늘어진 그녀의 얼굴 전체에 소나기 같은 키스를 퍼부으며 달랑 안아 들었다. 온몸에 맥이 빠진 해진은 그가 그토록 벗어나려던 소파에 반듯하게 눕히는데도 저항 없이 얌전히 안겨 있기만 했다. 반쯤 정신이 나가 있던 그녀가 다시 반항을 시작한 건 당연히 옷을 추슬러 줄 줄 알았던 그가 블라우스를 벗기고 있다는 걸 인식하고서였다.

"강, 강현 씨!"

"하고 싶어……."

비몽사몽 간에도 그 말을 들었던 것 같다. 그 말 자체가 최음 효과가 있었다. 그래서 잠이 완전히 깨기 전까지 그에게 몸을 열어주고 있었다.

"바, 방금 했잖아요!"

"난 아직이야."

"맙소사!"

기겁한 해진은 그 말이 사실이라는 걸 깨달았다. 절정에 오른 건 그녀 혼자였다. 그의 분신은 그녀의 애액으로 번들거리면서도 아직 꼿꼿함을 자랑하고 있었다.

"옷을 입고 하는 건 자극적이긴 한데 느낌이 부족해."

"밖에, 밖에 윤 실장님이랑 우상엽 씨가 있잖아요! 그리고 다른 직원들이 오면요!"

"문 잠갔어."

"네?"

"아까 당신이 곤히 잠들었을 때."

이 남자, 작정했던 거다!

"하지만 밖에 들리면 어떡해요!"

"환인 기획실 이사 사무실 문이 그 정도도 방음이 안 되면 체면이 안 서지. 걱정하지 마."

문에도 그런 체면이 있다는 걸 그녀는 오늘 처음 알았다.

"하자! 나 한계야."

"하으으, 강현 씨……."

그가 숨어 있던 진주를 엄지손가락으로 슬쩍 문지르는 바람에 해진의 반항은 쑥 들어갔다. 해진이 숨을 할딱거리며 입만 벙긋거리자 강현은 그녀의 진주를 입안에 넣고 강하게 빨아들였다. 그녀의 아래에선 곧장 말간 액을 왈칵 흘리며 환영의 뜻을 표했다.

"하아악!"

해진이 그의 머리를 잡아당기며 경련했다. 그 모습에 흡족해진 강현은 천천히 바지와 드로즈를 내렸다.

그의 우람한 분신이 잔뜩 성을 낸 채 물을 뚝뚝 흘리는 모습에 해진도 눈을 동그랗게 뜨고 침을 꼴깍 삼켰다. 저절로 그의 분신에 손을 댄 해진이 혀를 날름거렸다.

"아, 그건 이따가. 지금은 급한 불만 끌 거야. 당신 말대로 누가 오면 어떡해."

"힉!"

화들짝 놀라 문을 쳐다보는 해진을 보며 강현의 미소가 짙어졌다.

이 여자를 놀리는 맛에 중독될 것 같았다. 혼자 시작한 거지만 연애란 거, 해볼 만하다. 처음 하자고 할 때 고개를 끄덕일 걸 괜히 튕겼다. 그래도 늦지 않았으니 다행이지.

그는 숨을 몰아쉬며 함께 거칠게 오르락내리락하는 우윳빛 가슴을 한 손으로 잡고 한쪽은 입안에 머금었다. 다른 한 손도 바빴다. 그의 손가락이 검은 수풀을 헤치고 그 아래 방금 그에게 기쁨을 주던 그녀의 안을 다시 파고들었다.

"하아악!"

그는 몸을 비트는 해진을 내리누르며 자신에게 온몸을 내어준 채 바들바들 떠는 모습을 눈에 담았다. 만족스러웠다. 하지만 그보다 더 좋은 건 그녀의 안에서 움직일 때다.

그가 자리를 잡고 앉으며 분신으로 그녀의 아래를 슬쩍 문질렀다. 이미 한 번 절정을 맞았던 그녀지만 방금 그가 그녀를 머금는 순간부터 이미 뇌까지 흐물흐물해져 있었다.

"강현 씨, 제발!"

간절한 애원에도 그는 안으로 곧장 들어가지 않았다. 그는 입구에만 분신을 살짝 담근 채 좀 더 절박한 애원을 종용했다.

"아으, 강현 씨, 강현 씨."

그를 잡아당기던 해진이 스스로 그를 향해 엉덩이를 움직였다. 그녀에게서 흘러넘친 액이 그의 분신을 따라 찌걱거리며 음란한 소리를 내고 있었지만 그는 여유롭게 천천히, 더 천천히 움직였다.

"제발, 강현 씨!"

"응?"

"제발!"

"말로 해야지. 뭘 더 원해?"

"드, 들어와요! 강현 씨, 들어와 줘요!"

이건 학습 효과가 있었다.

히죽. 순간 강현이 보인 웃음이 얄미웠는데도 그가 깊이 들어오자 해진은 다 용서할 수 있었다. 아니, 좀 더 애원했다.

"좀 더 깊이. 응? 강현 씨, 좀 더 빨리."

강현은 이번엔 그녀의 애를 태우지 않고 허리를 움직였다. 더 깊이, 더 빠르게.

"아…… 어떡해!"

쾌락에 다시 이성을 맡긴 해진이 탄성을 질렀다. 강현은 몸을 뒤집어 그녀를 자신의 위로 올렸다.

"어떡하긴 뭘 어떡해. 자, 이번엔 당신이 움직여!"

"아흐, 아흣, 강현 씨, 강현 씨!"

그를 타고 앉은 자세에 해진은 이의가 없었다. 머릿속이 아득해지는 쾌락에 몸을 맡긴 해진은 몸을 뒤로 젖힌 채 그의 위에서 마구 움직였다.

"좀 더, 해진아! 좀 더!"

강현이 그녀의 허리를 붙잡으며 독려했다. 덕분에 해진은 그를 끝까지 빼냈다가 욕심껏 밀어 넣으며 그를 꽉 물었다.

"아하……!"

신음을 흘리던 강현이 그녀의 입술을 겹쳤다.

엎치락뒤치락 두 사람은 서로의 안에 서로를 파묻었다. 그리고 폭발했다. 사방이 부서지며 그들도 쾌락의 해일에 휩싸였다.

'나 의지박약인가 봐…….'

강현의 품에서 멀찍이 내팽개쳐진 제 팬티를 멍하니 보던 해진은 아까보다 훨씬 부적절한 제 모습을 깨달으며 한탄했다.

우선 첫째로, 모로 누워 뒤에서 저를 안고 있는 그가 아직 그녀의 안에 들어와 있었다. 조금 힘이 죽기는 했지만 약간의 자극만 주어도 그는 되살아날 거라는 걸 경험으로 충분히 알고 있었다.

그의 사무실만큼은 아니라고 해놓고서……. 다짐이 무색하게 똑같은 실수를 저질렀다. 도대체 자신에게 의지라는 게 한 줌이라도 남아 있는지 의심스러웠다. 여기서 잠든 것이 화근이었다.

"아흑, 강현 씨!"

해진은 그를 떠밀기 시작했다. 하지만 더 자극이라도 받은 양이 남자, 안에서 다시 커질 낌새가 보인다.

아무리 문을 잠갔다지만 지금이라도 누가 문을 두드리면 그녀는 정말 땅으로 꺼지고 싶을 것 같았다. 그러나 정말 이 남자의 여유는 대책 없을 정도다. 그리고 업무 시간 중에 문을 잠근 이유를 대체 무슨 말로 설명하려는 걸까?

"이제 좀 떨어져 봐요!"

해진은 있는 힘껏 그를 떠밀었지만 강현은 의뭉스럽게 그녀의 허리를 감아 바싹 더 몸을 붙였다.

"뭘, 좋은데. 으…… 당신이 움직이니까 다시 커졌다. 우리 3차 할까?"

"안 돼요!"

그녀는 그새 가슴을 지분거리는 강현의 손을 찰싹 쳐서 떼어내고는 몸을 일으켰다.

해진이 멀찍이 던져진 속옷들을 챙기려 발을 내딛자 그와 쾌락을 나눈 흔적이 다리 사이를 타고 흘러내렸다. 티슈를 뽑아 꼼꼼히 몸을 닦은 해진은 행여나 그가 다시 건들세라 옷을 챙겨 입었다.

얄밉게도 그가 옷을 입는 속도는 그녀보다 빨랐다. 그는 그녀를 발가벗겼으면서도 자신은 아래만 벗고 있었기 때문이다. 그게 더 퇴폐적이고 야하기 그지없다. 방금까지 그런 모습의 그와 즐긴 게 바로 저란 생각에 해진은 새삼 가슴이 콩닥거렸다.

그녀가 옷을 다 입을 때까지 빠지지 않고 지켜보던 그가 길게 입술을 늘리며 말했다.

"어차피 집에 가면 또 할 텐데."

"아우, 강현 씨……!"

해진은 팔짝 뛰었지만 안 한다는 말은 못 했다.

"두고 봐요! 내가 오늘의 복수는 꼭……!"

"기대할게!"

그의 눈이 정말 기대감으로 빛나는 듯했다. 주도권은 이미 그의 것이었다. 처음엔 자신이 먼저 시작한 건데…… 왠지 억울했다.

"아우, 내가 정말……."

"즐겨."

빙글빙글 웃는 강현이 무척 얄밉게 보였다.

"여기, 여기는 당신이 일하는 곳이잖아요! 들키면 어쩌려고 이래요!"

"아까 윤 실장이 당신 잠든 거 보고 나갔으니까 걱정하지 마. 정시에 퇴근하라고 했으니까 지금은 가고 없을 거야."

여태 안절부절못하는 그녀를 봤으면서 이제야 말해주는 강현이었다. 정말이지 얄밉다!

"아으……!"

그녀의 분하다는 듯한 신음에 그가 다시 웃었다.

동동거리던 해진의 뇌리에 억지로 봉인한 생각이 떠올랐다.

이상하다. 많이 이상했다. 강현이 뜨거운 남자이긴 했지만 이렇게 능청스러운 줄은 몰랐다. 그런데 오늘 그는 장난스럽고 가볍고 다정했다.

마음이 꽉 채워지며 그녀는 다시 설레기 시작했다. 지금이라도 다시 손을 내민다면 그가 받아줄까? 그러나 다시 용기가 나지 않았다. 또 이젠 다시 그의 거절을 당연하게 받아들일 수 있을 것 같지 않았다.

선뜩해진 가슴을 꼭꼭 누른 해진은 다시 아방한 미소를 되찾았다.

"나갈까?"

강현이 슈트를 입으며 손을 내밀었다.

해진은 그의 손을 잡으며 웃었다. 크게, 활짝.

❋

며칠 몸이 안 좋다던 혜윤이 사흘 만에 해진을 찾았다. 과연 몸이 축났는지 혜윤의 눈 밑에는 다크 서클이 자리를 잡고 있었다. 그녀의 얼굴을 본 해진이 대번에 소리쳤다.

"나보고 절대 오지 말라고 하더니 혼자 앓은 거야? 병원 가자!"

"네가 이렇게 성화를 부릴 줄 알았다. 그냥 가벼운 몸살이야. 생리까지 겹쳐서 그냥 좀 누워 있었어."

"어? 언니 지난번 생리, 보름쯤 되지 않았어? 그런데 또 했어?"

"나 원래 좀 불규칙하잖아."

"보름만이면 더 문제다. 아무래도 병원 가자!"

"됐어. 괜찮으니 온 거야. 너 자꾸 병원 타령하면 나 그냥 간다!"

"알았어. 이젠 정말 괜찮은 거지?"

"괜찮아."

예민하기는! 혜윤은 해진 모르게 한숨을 쉬었다.

그녀가 없는 병을 핑계를 대고 해진에게 오지 않은 건 자괴감을 떨칠 시간이 필요해서였다.

재원과 밤을 보냈다.

술을 많이 마셔서…… 라는 건 핑계일 뿐이었다. 자신에게 추근거리면서도 끊임없이 다른 여자들에게 눈길을 주는 남자라는 걸 알고 있었지만, 그날 밤 이재원은 무척 매력적이었다. 그날만큼은 그의 눈길이 자신에게만 향한 것 같아 풍덩 몸을 던졌다.

그런데 '그날만'이라는 걸 바로 다음 날 알게 되었다. 그와 밤을 보냈던 호텔 로비에서 묘령의 미인의 볼에 입을 맞추며 '누님, 누나아……!' 하며 아양을 떠는 이재원을 본 것이다. 그 '새로운 누님'과 함께 있는 그를 보지 못했더라면 어쩌면 착각은 며칠 더 연장되었을 수도 있었다.

그녀는 곧바로 그 자리를 떠난 후 그에게 걸려온 전화에 다시 보지 말자는 말과 함께 곧바로 수신 거부 설정을 해버렸다. 하지만 결국 다크 서클 같은 것이 남을 정도가 되었다는 자체가 자존심이 상했다.

하룻밤 충동에 좌우될 수는 없었다. 정말 중요한 일이 이제 본 궤도에 오르고 있었다.

"회식 날짜 잡혔어. 내일. 스태프랑 감독, 배우들도 모두 나오는 자리야. 반기준과 예이나도 올 거야."

"정말?"

"너 눈이 너무 반짝이는 것 같다?"

"반기준이라고 했잖아, 반기준!"

"얘는? 지난번에도 봤다고 하지 않았나? 물론 정강현 씨 스트립쇼에 홀딱 잊긴 했지만."

"아이, 언니는! 왜 자꾸⋯⋯. 보긴 했는데 선글라스에 모자까지 둘러써서 그냥 그 사람이다, 확인만 했던 거지, 실제론 잘 못 봤어."

"하여간 준비해. 보러 가야지, 반기준?"

"아자, 반기준! 반기준! 반기준!"

강현은 기가 막혔다. 근처 호텔에서 바이어와 미팅 후 곧장 집으로 향한 길이었다. 그런데 남편이 들어온 줄도 모르고 반기준이란 인간 이름을 연발하는 아내라니!

게다가 이 장면, 낯설지 않다. 독일에서 돌아온 날 똑같은 걸 들었던 것 같았다. 그때는 급한 불을 끄느라 잊었었지만 그때도 이렇게 물었던 것 같다.

"반기준?"

"앗!"

마녀가 먼저 그의 등장을 알아채곤 벌떡 일어났다.

"어쩐 일로 이렇게 일찍……."

"그럴 일이 있었습니다."

마녀에게 군이 그의 귀가에 대해 설명할 필요는 없었다. 혜윤도 그와는 서로 말 섞는 게 귀찮다는 듯 부랴부랴 집을 나갔다. 마녀가 그러는 데는 강현도 별 감정이 없었다. 서로 싫어하는 걸 한 번도 감춘 적이 없으니.

하지만 이 여자!

"반기준?"

세 번째 질문이었다. 세 번째가 되자 사나운 기운이 숨겨지지 않았다.

"아, 그게……. 아하하, 이 시각에 어떻게 왔어요, 강현 씨?"

해진이 달래듯 민망하게 웃었다.

"내가…… 불청객이었나?"

"하, 하. 설마요. 어서 와요, 강현 씨!"

"반기준이 누군데 남편 앞에서 세 번이나 만세 삼창을 한 거야?"

만세 삼창까지는 아닌데…….

속으로 변명을 해보았지만 입 밖으로 꺼내기엔 강현의 눈이 꽤 위험해 보였다. 설마, 질투하는 것도 아닐 테고, 며칠 전부터 조금 이상하다, 이 사람…….

"아, 전에 말했던…… 언니랑 같이 드라마 제작 지원한다고 했잖아요. 그 주연이요. 요즘 대한민국에서 제일 잘나가는 연예인…… 이에요."

강현도 반기준이 누구인지는 알고 있었다. 중요한 건 그놈이 '잘생긴' 놈이라는 것이다. 불뚝 화가 났다. 거기에 불을 붙이는 건 본능적인 위기감을 느낀 해진이 슬금슬금 뒷걸음질치고 있는 것이었다.

"그대로 얼음."

"네, 네?"

"움직이지 말라고. 아무래도 당신, 뭘 잘 모르는 것 같아서 일러 주려고."

"내, 내가 뭘 잘 모르는데요?"

"가운뎃다리 달린 사내란 놈들은 저 말고 다른 남자 이름을 열 창하는 마누라를 별로 봐주고 싶어 하지 않는다는 거."

아직 직설적이지 않은 고백이라 그런가, 해진은 이마를 살짝 찡 그리며 고개만 갸웃했다.

그렇다 해도 그게 고개를 갸웃할 일인가? 그런데 해진의 대답 은 더욱 가관이었다.

"반기준은 그냥…… 그냥 보기 좋은 떡이에요!"

"그럼, 그쪽 남편은?"

"……먹기 좋은 떡?"

배시시 웃으며 한 걸음, 두 걸음 침실로 도망치는 그녀를 향한 그의 눈이 점점 어두워지고 있었다.

"먹기 좋은 떡, 오늘 제대로 먹여주지."

강현이 옷을 벗어 던지며 그녀의 뒤를 따라 내달렸다.

강현은 그녀의 몸 깊숙이 들어간 채 맹세했다. 다시는 이 여자가 딴 남자 생각 따윈 못 하게 할 테다!

그날, 남편 앞에서 세 번이나 딴 남자의 이름을 열창한 해진은 세 번쯤 정신을 놓고서야 잠이 들 수 있었다.

10. 초보는 실수한다

ATBC 차기작은 제목이나 내용에 관해선 철저하게 비밀을 고수한 채 최근까지 채찬성, 반기준, 예이나라는 삼인방 체제만 알려졌다. 그 입소문만으로 방송 전부터 같은 시간대 경쟁사들을 긴장하게 할 정도였다.

오늘 ATBC 대회의실에는 그 비밀의 드라마 관계자들이 다 모여 있었다. 첫 방송을 앞둔 배우와 제작진 모두 기대와 흥분이 어우러진 모습이었다. 그들 앞에서 채찬성 PD가 술잔을 들고 짧은 연설을 했다.

"여러분, 지난 몇 달 동안 감옥 같은 합숙소에서 정말 고생하셨습니다. 여러분의 수고와 노력으로 벌써 반을 지나왔습니다. 아니, 반이 뭡니까. 가장 힘들게 제작한 해외 로케와 수중 촬영, 어려운 CG 작업까지 거의 다 했습니다. 이제 우리에게 남은 건 성공뿐입니다! 자, 여러분! 우리 성공을 기원하며 축배를 듭시다! 위하여!"

"위하여!"

"와! 와아……!"

100명에 가까운 인원이 한꺼번에 술잔을 들고 건배를 외쳤다. 곧 누군가가 시작한 함성이 전체로 퍼져 식당으로 변한 대회의실이 멍멍할 정도였다. 잠시의 고요를 틈타 채찬성이 한마디 더했다.

"자, 오늘 맘껏 드시고 맘껏 노십시오. 술과 음식은 무한 리필입니다!"

"와아……!"

또 한 번 환호성이 울리며 곧 젓가락과 잔이 부딪치는 소리로 소란스러워졌다.

분위기가 무르익은 것을 본 채찬성은 구석에 따로 마련한 귀빈석으로 향했다. 귀빈석에는 환인의 정강현 이사 부부와 혜윤이 그를 기다리고 있었다. 정강현과 해진은 제작자가 섭외한 오늘의 물주 역할이었고, 혜윤은 물주가 동반한 숨은 손님이 될 수 있었다. 드라마 관계자 중 채찬성 외 그녀의 정체를 아는 이가 없는 덕분에 혜윤에게 관심을 쏟는 이는 없었다.

혜윤이 자리로 돌아온 채찬성에게 잔을 부으며 치하했다.

"정말 대단하세요. 채 감독님이 아니었으면 이렇게까지 오지 못했을 겁니다."

"과찬이십니다!"

이 바닥에 몸을 담고 30년 외길을 걸은 채찬성은 올해 쉰이 되는 나이에도 청년처럼 반짝이며 열정적인 눈을 가지고 있는 남자였다. 그는 혜윤의 칭찬에 손사래를 쳤지만 실로 채찬성 감독이 한 일은 대단했다. '비밀 엄수'라는 절대 명제를 지키기 위해 배우들과 스태프들을 단속하고 다독이며 진행을 한다는 것은 아무나 하지는 못할 일이기 때문이었다.

첫 술잔을 비우기도 전에 혜윤이 처음 꺼낸 말은 당연하게도 테러에 관한 것이었다.

"최근은 어떠셨나요? 그날 말고도 몇 번 일이 있었다고 들었습니다."

"다 아시면서……. 최근은 세트장에만 있어서인지 큰일은 없었습니다. 다 양 사장님이 조치해 주신 덕분이지 않습니까. 하하."

입으론 웃고 있었지만 채찬성의 눈에는 씁쓸함이 감돌았다. 혜윤은 말없이 그가 비운 술잔을 채워주었다.

혜윤은 채찬성의 습격 사건 후 경호 인력을 세 배로 늘렸다. 그리고 며칠 전엔 그의 동선을 단도파에 일러 습격당하게 했던 배신자도 잡아냈다. 배신자는 다른 사람도 아닌 채찬성이 직접 일을 가르치려고 데려왔던 애기 조수였다.

"비밀이란 게 그렇게 새어 나갈 줄은 몰랐습니다. 내 사람이라고 믿었는데……. 제가 양 사장님의 경고를 허투루 들은 탓이지요."

직접 만나는 것은 자제하느라 통화만 했었지만 목소리만으로 혜윤은 그가 얼마나 낙심했는지 알 수 있었다. 그 때문에 채찬성은 오늘의 회식도 취소하고자 했었다. 하지만 혜윤은 그를 위로할 겸, 배우와 스태프들에게 치하와 격려와 함께 확실한 보상을 재확인시키고자 회식을 추진했다. 부수적으로 강현을 떠볼 수도 있었다.

사실 혜윤이 정강현의 마음을 떠보는 작전 중에는 해진이 반기준을 만나러 간다는 걸 알리는 것도 있었다. 그런데 그 이야기를 하는 도중에 정강현이 온 덕분에 더할 나위 없게 되었다.

결과적으로 정강현이 이 자리에 있었다. 칸막이 너머 반기준 쪽으로 목을 빼는 해진에게 눈을 부라리며.

그것만으로도 혜윤은 마음이 놓였다. 이재원, 그 카사노바가 20년 지기에게 맞아 죽는 줄 알았다며 엄살을 떨더니 헛소리는 아닌 모양이었다.

"정말 고생하셨습니다. 끝까지 잘 부탁드립니다."

"이쪽이야말로 끝까지 아낌없는 지원, 부탁드립니다."

"당연합니다."

혜윤과 채찬성은 서로 호의를 보이며 술잔을 기울였다.

분위기가 무르익자 어느새 서로 뒤죽박죽 움직이며 자리를 오가기 시작했다. 주로 주연 배우 반기준과 예이나 근처를 노리는 것이었다. 그 이동의 무리에 해진도 합류했다. 명분은 연희와 기진에게 인사하겠다는 것이었지만 바로 거기가 반기준과 예이나가 있는 자리였다. 정확히는 반기준이!

"나, 갔다 올게!"

"가긴 어……!"

해진은 그가 미처 입을 뗄 새도 없이 쪼르르 달려가 버렸다.

황망하게 해진을 놓친 강현은 히죽 웃는 마녀와 눈이 마주치는 바람에 더 열이 올라 버렸다.

마녀는 제 감정을 눈치챈 듯했다. 예고도 없이 이 '회식'에 그가 동행한 것부터 이미 알 거라고 생각은 했다. 정작 해진은 그가 핑계로 댄 '투자'란 말에 고개를 끄덕이곤 지금도 채 감독과 이야기를 하라며 그를 혼자 두고 가버렸다.

마녀는 심술을 덕지덕지 붙인 채 눈꼬리를 올리며 거의 표나지 않게 고개를 저었다. 그 노골적인 조롱에 울컥했지만 상대할 생각은 없었다. 그를 더 울컥하게 하는 건 반기준인가 온기준인가를 눈앞에 두고 입을 다물지 못하는 저 여자!

강현은 이를 갈았다.

만세 삼창에 뼛속까지 교훈을 줬다고 생각했지만 오판이었다. 아직 학습이 덜됐다. 오늘, 철저한 복습으로 다신 외간 남자에게 저 헤벌쭉한 웃음 같은 건 꿈도 꾸지 못하게 하리라!

배우와 스태프들은 강현을 주시하고 있었다. 그의 지나치게 잘생긴 얼굴에 처음에는 채 감독이 새로 발굴한 배우겠거니 했다가 그가 환인의 정강현이란 사실을 알게 되면서 배우들은 더 자주 그를 흘끔거리기 시작했다. 환인이라는 거대한 스폰서를 잡을 기회라 배우들은 강현에게 눈도장을 찍을 기회를 보는 것이었다. 하지만 감독의 허락도 없는 데다 그에게서 풍기는 분위기가 다가가는 걸 허락하지 않았다.

대신 그들은 강현이 반기준의 곁에 간 아내 때문에 얼굴이 붉으락푸르락 변하고 있는 것을 흥미진진하게 보는 중이었다. 그러나 그가 노려보고 있는 여자는 눈치라곤 없는 듯 반기준의 한마디에 입이 찢어질 듯 웃으며 반기준의 한마디 한마디에 귀를 기울이고 있었다.

기어이 해진이 반기준과 손을 잡으려—실제론 악수하자며—내미는 순간 그의 참을성은 바닥났다. 몇 걸음 만에 그녀에게 다가간 강현은 해진의 팔을 붙잡아 일으켰다.

"오늘 충분히 논 것 같은데…… 가지?"

"어, 강현 씨……?"

"맞아, 당신이 혼자 잘 노느라 잊고 있던 당신 남편."

강현이 '남편'이란 단어에 이를 갈며 눈을 마주친 이는 반기준이었다. 졸지에 팬 서비스이자 환인의 작은 사모님께 저를 어필하기 위해 노력하던 반기준만 봉변을 당했다.

결국 배우들을 다 실망시킨 강현은 아내를 납치하듯 끌고 퇴장해 버렸다.

강현이 나가며 잠시의 정적이 생겼다. 그러나 다음 순간 고요해진 회의실 안에 높은 웃음소리가 울렸다.

"깔깔깔깔깔!"

배를 잡고 웃는 웃음소리의 주인공은 혜윤이었다. 훗날 연희가 진정 마녀의 목소리를 들었다고 회고한 그런 웃음소리였다.

집으로 어떻게 돌아왔는지도 모른다. 현관문을 닫기 무섭게 강현은 해진을 향해 으르렁거렸다.

"강해진, 강해진, 강해진!"

"네, 네?"

"이름을 세 번이나 열창하던 남자를 보니까 남편이란 존재는 까맣게 잊어버렸나?"

"강현 씨, 화…… 났어요? 난 그냥 연희랑 장난치느라……. 기진 씨가, 아, 기진 씨는 연희 남자친구인데요, 아까 거기 있었거든요. 강현 씨만큼 눈이 부신 남자를 보는 게 신기하기도 하고……."

횡설수설 떠들던 해진은 결국 강현을 폭발시켰다. 그녀의 말뜻은 강현이 눈부시다는 의미였지만 강현은 반기준이 눈부시다는 말만 귀에 쏙 들어왔다.

사랑에 미숙한 남자는 저가 질투하고 있음을 어떻게 표현해야 하는지 몰랐다. 질투에 빠진 남자가 얼마나 치졸해지는지도. 그래서 그 순간 가장 하지 말아야 할 말을 거르지 못했다.

"당신은 얼굴만 반반하면 아무나 청혼했을 여자였어. 차라리 처음부터 나 말고 반기준에게 청혼하지 그랬어? 오늘 보니 반기준은 내가 원하는 자유를 요구하진 않을 것 같던데."

"아……."

"내가 말했지? 나와 결혼해서 사는 동안은 딴 데 눈 돌리지 말라고. 우리, 서로 끝날 때까지는 충실하기로 한 것 아니었나?"

"……네, 그랬어요. 끝날…… 때까지."

순간 해진의 눈에서 빛이 꺼져 버렸다. 그건 별들이 명멸하던 밤하늘에 갑자기 모든 빛이 사라진 느낌이었다. 시선을 내린 그녀의 표정엔 아무것도 들어 있지 않았다.

해진은 경련하듯 떠는 입술에 웃음을 만들어내려 애쓰며 그에게 사과했다.

"미, 미안…… 해요. 그냥 장난이었어요. 다신 안 그럴게요."

다신 웃지 않을게요…… 라고 들린 건 착각이 아닌 것 같았다.

반짝이는 빛이 꺼진 그녀의 눈이 그의 심장을 저몄다.

와락 겁이 났다. 그녀가 시선을 드는 순간 전에 봤던 그 가면이 다시 저를 향할 것 같았다. 다른 이에게로 향할 때는 상관없었지만 그 시선을 저가 마주해야 한다는 기분은 끔찍했다.

'안 돼!'

강현은 그녀를 가슴 안으로 잡아당겼다. 딱딱하게 굳은 해진의 어깨가 그를 용서하지 않겠다고 말하고 있었다. 잠시 미약하게 몸부림치던 해진이 금세 저항을 그만두며 말했다.

"그럼, 침실로 갈까요?"

뜨거운 유혹이 약속된 말이었다. 평소 같으면 그랬고 지금도 그 의미가 다르지는 않을 것이다. 그러나 해진이 말한 건 그게 아니었다.

그건 사랑이 아니다. 짐승의 교미였다. 거대한 얼음송곳이 심장을 찔러대는 것 같았다.

강현은 못 알아들은 체했다.

"지금은 할 일이 있어."

"네, 알겠어요."

"해진아, 내가 말이 너무 심……."

"아니에요. 일깨워 줘서 고마워요. 저, 그럼 먼저 씻으러 갈게요."

'그런 게 아니야! 제발, 내가 잘못했어!'

그러나 그녀의 등에서 내비치는 거부감이 어떤 말도 듣고 싶지 않다고 외치고 있었다. 그녀가 혼자 침실로 들어갈 때까지 강현은 그 자리에서 꼼짝도 못 한 채 얼어붙어 있었다.

침실 문이 닫히는 소리가 들렸다. 해진의 마음이 닫히는 소리였다.

다음 날, 일과 중에 정 회장이 강현을 회장실로 불렀다.

"부르셨습니까, 회장님."

"너는!"

벌컥 소리를 지르려던 정 회장은 입안으로 화를 눌러 삼켰다. 오늘만큼은 강현에게 큰소리를 내지 않으려고 결심하고 부른 참이었다. 강현과 자신과의 이 좁혀지지 않는 관계를 조장해 온 것이 바로 정 회장 본인이라는 것은 그 자신이 가장 잘 알고 있었다.

모두 강현을 위해서였다. 뒷배는커녕 짓밟고 물어뜯으려는 승냥이떼 속에서 강현을 살아남게 하기 위해선 강하게 채찍질하는 수밖에 없었다. 그러나 채찍질만 한 나머지 강현의 마음을 어루만져 주는 것은 간과하고 말았다.

도박처럼 결혼을 떠민 건 강현에게 마음 줄 곳을 찾으라는 의미였다. 그런데 정말로 마음을 보듬어주는 아이를 만난 것 같아 정 회장은 그 한 가지에 안심했다. 시간이 지날수록 그 아이가 고마웠다.

"오늘, 그 아이 데리고 집에 와라!"

"오늘은 아무 날도 아닙니다만."

"무슨 날이라야만 할애비 집에 오는 게냐!"

"벌레들이 들끓어서 꼭 필요한 날에도 별로 가고 싶지 않습니다."

"벌레 박멸했으니 와라."

"……!"

"뭘 그리 놀라는 게냐? 그날 그 아이에게 KO패 당하고도 뭘 모르고 설쳐 대길래 내가 따끔하게 일러 쫓아냈다. 강운이나 강운네 식구들 모두 다신 내 집에 발을 못 들일 게야."

강현은 놀랐다. 정말 놀랐다. 할아버지는 여태 정강운 일가를 이용해 그를 조련해 왔다. 그런 그들을 내쫓다니! 벌써 그들의 이용 가치가 다 되었다는 것일까? 그 말은 대외적으로도 후계 구도를 확정 짓겠다는 걸까?

그것이 채찍을 숨긴 당근인지 아니면 할아버지의 또 다른 협상 거리를 위함인지 의심스러웠다. 하지만 강현은 굳이 따져 묻고 싶지 않았다. 그보다 그의 머릿속을 지배하는 건 망할 질투심에 멍청한 짓을 저지른 일을 빨리 해결해야 한다는 것이었다.

"오늘은 안 됩니다."

"왜냐?"

"일이 좀 있었는데…… 수습하기 전까진 곤란합니다."

정 회장에게는 그런 강현부터가 신기했다. 이만큼이나 얘기하는 자체가 제 마음이 넉넉해졌기 때문이라는 걸 강현은 스스로 모르는 것 같았다. 그 곤란함이 누구 때문인지 강현의 표정만 봐도 알 수 있었다.

"알았다."

강현은 정강운 일가를 치워 버렸다는 말보다 이번에 더 놀랐다. 보통, 정 회장이 회장실까지 불러서 말한 일은 무조건 복종이거나 아니면 반대급부의 조건이 있어야 했다.

"네?"

"알았다는데 왜 그러느냐? 설마 그냥 핑계를 댄 게냐?"

"아닙니다!"

"그럼 올 수 있을 때 미리 알려라. 정선댁에게 일러 맛있는 것 많이 준비해 두마. 어리숙한 놈, 좀 잘해줘라! 여자는 사기그릇 같아서 항상 보듬고 닦아줘야 빛이 나고 오래가는 법이다!"

"……!"

놀람의 연속이다. 정 회장의 눈치가 보통이 아니라는 건 알고 있었지만 저가 드러날 만큼 초조해 있었다는 게 더 문제였다.

돌아서기 직전 강현은 충동적으로 할아버지께 물었다.

"왜 해진이를 그렇게 마음에 들어 하십니까?"

"내가 언제 그 애를 마음에 들어 한다더냐?"

의뭉스러운 영감! 해진이 정강운 일가를 KO패 시킨 가장 큰 협조자가 할아버지였다. 요리를 핑계로 수족 같은 정선댁을 집에 보내놓고도 이렇게 시치미를 떼고 싶을까!

회장실에서 돌아선 강현의 머릿속엔 다시 제 입을 쥐어뜯고 싶었던 어제 일을 반추하고 있었다. 할아버지의 개인 호출에 서로 언성을 높이지도, 얼굴을 찌푸리지도 않고 나온 게 처음이라는 것도 깨닫지 못한 채 강현은 사태 수습을 위해 '전문가'의 도움을 청하기로 했다.

"쿨럭, 켁! 쿨럭!"

요란하게 기침을 하던 재원이 입안의 커피를 들고 있던 컵에 내뱉었다.

"뭐? 데이트? 내가 지금…… 제대로 들었냐? 강현이 네가……데이트를 어떻게 하는 거냐 물은 거냐?"

"그래."

강현은 대수롭지 않게 대답했지만 재원의 머릿속에는 문득 음악 한 소절이 흘렀다.

'웬 어 맨 러브즈 우먼!'

정말 남자가 사랑할 때…… 였다. 아니, 정강현이 사랑할 때!

'사람이 이렇게 달라질 수도 있는 거구나……!'

재원은 먼저 손부터 씻고 돌아왔다. 이런 얘기를 간단히 할 수가 없다. 본격적으로 앉아서 할 말이 많다.

재원이 아예 자리를 잡고 앉아 얼굴을 쑥 들이미는데도 강현의 질문은 변하지 않았다. 아니, 한 가지 더 늘었다.

"여자가 좋아할 데이트 코스나 어떤 선물을 하면 좋을지도."

"너…… 너 정강현 맞냐?"

"무슨 흰소리야. 대답부터 해. 그동안 네 화려한 전적의 과정을 풀어봐라."

"화려하긴! 내가 뭐가 화려…… 했지?"

"무슨 대답이 그래?"

"아, 그런 게 있다. 그런데 그 데이트, 내가 생각하는 그게 맞냐?"

"네 생각은 모르지만 내 계획은 해진이랑 좋은 시간 좀 보내보려고 하는 거야."

"해진이…… 랑?"

강현은 겨우 한마디만 따라 하는 구관조로 변신한 재원에게 가늘게 눈을 떴다. 흠칫하던 재원은 이 상황이 누구에게 주도권이 있는지 상기하며 금세 의기양양해졌다.

"하, 하, 하! 잘 보여도 알려줄까 말까 한 상황에 그렇게 노려보면…… 네, 알려 드려야지요. 그렇지요! 하하하! 데이트? 그거 내가 법전보다 잘 꿰고 있는 부전공 아니더냐! 내게 맡겨!"

"길게 여러 군데 설명할 것 없고, 우리가 한가하고 오붓하게 대화를 하면서 시간을 보낼 수 있는 곳부터 생각해 줘. 우선은 서울로."

'우리!'

강현의 입에서 나오는 '해진이'라든가 '우리' 같은 말이 도통 적응되지 않은 나머지 재원은 몸이 꼬였다. 하지만 강현이 저에게 이렇게 대놓고 묻는 걸 보니 제 마음을 인정하고 받아들이기로 한 것 같았다. 비록 잠시 몸은 꼬이긴 했어도 그보다는 기쁨이 앞섰다.

"야, 정강현! 네가 정강현인지 다시 한 번 좀 보고."

'석 달 열흘은 놀려먹어야지!'

인중을 쑥 내민 재원의 묘한 웃음에도 강현은 피식 웃기만 했다. 뭐라 놀려야 할지 잔뜩 열이 올랐던 재원이 김이 샐 지경이었다.

"와, 나 진짜!"

재원은 혀를 차며 고개를 저었다. 까짓, 놀릴 수 있는 시간이 오늘뿐이랴! 재원도 진지하게 대망의 데이트 장소를 고민해 보았다.

강현이 원하는 건 고급 레스토랑에서 식사하고 호텔로 직행하는 그런 데이트가 아닐 것이었다. 그리고 사람들에게 많이 치이는 영화나 유명한 공연도 배제했다. 그래도 장소는 무궁무진했다. 재원은 전문가답게 금세 십여 곳이나 되는 장소를 줄줄이 읊었다.

"너무 많아, 우선 한 군데만 선택한다면 어디를 추천해?"

"고궁이 좋을 것 같아. 고궁에서 시간을 많이 보내지 않는다면 인사동까지 함께 거닐어도 좋고. 거기 말고도 서울이란 곳 자체가 골목골목 찾아다니는 것만으로도 몇 년 치 데이트 코스는 떼 놓은 당상이야!"

"좋아, 나중에 또 물어볼게. 고마워."

"아, 선물도 잊지 마. 선물은 옷이나 신발, 보석 이런 것도 좋지만 데이트하면서 지나는 난전에 파는 액세서리도 좋아. 물론 앞에 말한 옷, 신발, 보석도 잊으면 안 되고. 꽃도 있다! 데이트는 하면 할수록 점점 연인들 간에 서로 좋아하는 곳과 즐기는 것들이 드러나니까 자주, 많이 다니는 게 수야."

"그렇구나. 고맙다."

강현이 정말 진지하게 인사했다.

일을 아무리 잘해도 수고했다, 칭찬 한마디가 듣기 어려운 강현의 입에서 겨우 데이트 코스 읊는 것으로 두 번이나 고맙다는 말을 들었다. 이런 기회는 톡톡히 누려야 한다.

"뭘, 이런 걸 가지고!"

어깨를 으쓱하는 재원의 눈이 총총했다. 데이트 후기가 어땠는지는 반드시 캐볼 테다! 주말이 그 어느 때보다 기대되었다. 그러나 순간 씁쓸함이 재원의 가슴을 찔렀다.

'쳇, 천하의 이재원이 남의 데이트에 기대라니, 꼴 좋다……'

사실 데이트는 바로 자신이 하고 싶었던 거였다. 그러나 단 하룻밤으로 성총을 거둬 버린 그의 여신은 술 때문에 '실수' 해서 '미안' 하다며 정중히 사과하고 연락을 끊어버렸다.

술? 흥! 그런 진부한 핑계를 대기엔 그날 새벽 일어나기 전 다시 나눈 사랑이 너무 뜨겁지 않았나? 그건 무슨 핑계를 대려는 걸까?

여신은 마녀가 되어 빗자루를 타고 날아갔다. 무작정 밀어내는 그녀의 거부에 그도 마음이 상했다. 흥, 여자는 마녀 하나뿐이 아니다. 나도 마녀를 그리워하진 않을 테다!

재원은 고개를 털었다.

＊

해진은 퇴근하는 강현을 여느 날처럼 반갑게 맞았다. 전날과 똑같이 미소 짓고, 똑같이 스스럼없이, 똑같은 목소리로 그에게 '다녀왔어요?' 라며 인사했다.

그러나 달랐다. 환하게 웃는 그녀의 눈에선 무언가가 빠져 있었다.

바라는 것이 없는 사람이 이토록 허무해 보일 수 있다는 걸, 그런 사람을 저 홀로 바라는 게 어떤 것인지 강현은 시리게 느낄 수 있었다.

버릇처럼 해진이 제 옷가지를 받아 들려고 내민 손이 동아줄 같았다. 그가 그 손을 불쑥 잡자 놀란 해진이 눈을 깜빡였다.

"강현 씨?"

왜 그러느냐, 해진이 눈으로 묻고 있었다. 평소와 다를 바 없어 보이는 해진이다. 그러나 이다지도 멀어 보이기는 처음이었다.

할 수 있다면 어제저녁으로 시간을 되돌리고 싶었다. 어리석은 제 머리를 후려쳐서 감히 하지 말았어야 할 말을 꺼내지 못하게 하고 싶었다.

미안해, 미안해, 미안해! 잘못했어. 제발 용서해 줘!

역시 무릎을 꿇고 하는 게 낫겠다. 그 독한 서진영도 꿇리지 못한 무릎이지만 이 여자에겐 아까울 게 없었다. 그러나 그 순간 해진은 거실에서 흘러나오는 음악 소리에 정신이 팔려 버렸다.

"앗, 미안해요. 강현 씨. 우리 드라마, 오늘 첫방이거든요? 그거 시작하는 음악이에요."

그에게 잡힌 손을 쑥 빼고 뛰어가 버린 해진은 TV 앞에 앉아 어디론가 전화를 했다.

"언니! 시작했어! 지금 광고 중이야!"

마녀다. 이 사달의 원인이 고백은커녕 사과조차 방해였다.

꿇다가 만 한쪽 무릎이 서러웠다.

"응! 방금 오프닝만 봤는데 어쩜! 홍강식 너무 멋지다! 오 경감님도 이거 보고 계시려나?"

오 경감은 또 누구……? 한유민, 반기준에 이어 또 경계할 대상인가? 멋지긴 또 뭐가!

그는 다시 울컥했다. 그러나 어제의 그 미친 짓을 다시 되풀이할 수는 없었다.

"응, 응, 다 끝나고 다시 전화해!"

전화를 끊던 해진은 바로 코앞에 있는 강현을 보고 흠칫했다.

"아니, 저…… 드라마 이야기예요. 드라마 주인공 이름이……."

"알아, 뭘 그런 걸 가지고. 내가 어젠 제정신이 아니었던 것 같아. 아, 드라마에서 반기준 이름이 홍강식인가 보네."

무릎까지 꿇으려 했건만 사과는 이미 물 건너갔다. 그의 진심을 보이기엔 아직 기회가 되지 않은 모양이었다. 그러기엔 해진의 마음을 너무 많이 다치게 한 것 같았다.

"네, 맞아요. 저기서는 형사예요."

반기준이고 홍강식이고 그놈에 대해선 알고 싶지 않았다. 그렇지만 제가 저지른 미친 짓을 만회하려면 제 입으로 무덤도 파야 했다.

"이미지 좋네. 당신이 지원한 드라마니 나도 같이 볼까? 저기서 괜찮으면 환인에서 어울리는 분야에 섭외도 해보지 뭐."

"정말요!"

왜 당신이 그렇게 좋아하는데!

"어……. 당신이 저것 때문에 많이 뛰어다녔다고 했잖아. 당신에게 중요하니까."

"네…… 맞아요, 중요한 것."

순간 해진의 얼굴에 그늘이 스쳐 지나가는 것 같았다. 순식간에 사라졌지만 해진의 표정을 한시도 놓치지 않던 강현은 그녀의 표정을 읽을 수 있었다.

또다. 아련하게 멀어지는 느낌. 해진의 얼굴을 자세히 볼수록 그런 느낌을 자주 받았다. 특히 어제는 생각하고 싶지도 않다.

그녀를 놓쳐 버릴 것 같다는 느낌에 손을 뻗었지만 해진의 고개는 다시 TV로 향했다.

망할 반기준!

제 마음을 멋지게 고백하고 미래를 다시 설계하자고 하려던 애초의 생각은 멍청한 질투심에 한순간 날아가고 말았다. 해진을 어제 이전으로 되돌리기 위해서는 바닥에 구르는 짓이라도 할 작정이었다.

하지만 그가 바닥에 구를 기회도 주지 않은 채 해진의 시선은 TV로 빨려들었다.

그리고 잠시 후, 그는 정신없이 우는 해진을 바라봐야 했다.

주황색 불사조 형상의 배경, 피닉스(Phoenix)라는 로고를 깐 위로 〈불새의 귀환〉이라는 제목이 떠오르며 드라마가 시작되었다.

부아앙!

차량과 오토바이의 추격신이 한바탕 벌어지며 화면이 열렸다. 대로변을 지나 공원과 골목, 인도와 계단까지 누비던 차와 오토바이가 멈추자 도주와 난투극이 벌어졌다.

잠시 후, 너를 놓치면 내가 홍강식이 아니라 똥강식이라는 대사를 날리는 남자가 씩 웃는 장면, 그리고 범인을 잡고도 경찰서에 돌아와서 시민을 위험하게 했다는 이유로 시말서를 써야 하는 남자의 뒷모습이 잡힌다.

홍강식은 소위 말하는 꼴통 형사다. 사법고시를 패스하고도 펜대 굴리는 것보다 현장에서 직접 범인을 검거하겠다는 이유로 한 걸음만 디디면 될 검사 자리를 박찬 무대포에다, 상관의 비리를 직접 캐내 그대로 들이받은 것으로 윗선에 찍힌 천상천하 유아독존의 별종이었다. 비록 윗선에는 하극상으로 찍혀 진급이 좌절되고 출셋길도 막혔지만, 정의감 강하고 강직한 형사인지라 아무리 눈엣가시여도 함부로 자를 수도 없는 애물단지이기도 했다.

그런 그에게 우래임이라는 여자가 찾아왔다.

2년 전 죽은 자신의 사촌 여동생의 죽음을 재조사해 달라는 것이었다. 그녀의 사촌 여동생 이름은 장유라, 피닉스그룹의 상속녀였다. 장유라는 2년 전 교통사고로 1년 동안 의식불명 상태에 있다가 영영 의식을 되찾지 못하고 죽었다.

대한민국 최고의 부자 소녀로 불리던 장유라는 죽자마자 며칠 만에 부검도 없이 한 줌의 재로 변하고 말았다. 그런데 죽은 지 1년이 넘어서야 재로 변한 여자의 사건을 재조사해 달라는 것이다.

의혹은 있으나 덮인 사건이다. 냄새가 났다. 웬만해선 고개를 젓거나 기겁할 일인데도 꼴통 홍강식은 당연하다는 듯 고개를 끄덕였다.

덕분에 홍강식은 당장 서장에게 호출을 받았다. 무슨 벌짓이냐며 온갖 고성과 협박에도 홍강식은 이미 접수한 사건이라는 한마디로 서장의 뒷목을 잡게 했다.

그러나 홍강식에게 끝까지 뻗대면 옷 벗을 거라며 난리 치던 서장에게 한 통의 전화가 왔다.

서장의 눈빛이 바뀌었다. 벌떡 일어난 서장은 홍강식에게 재조사에 대한 인력을 확충하고 정식으로 팀을 꾸려 조사하라는 명령을 내렸다.

서장실에서 나온 홍강식이 우래임과 스치며 속삭인다.

"자신의 죽음을 밝히고 싶은 겁니까, 장유라 씨?"

우래임의 위로 흐릿하게 장유라의 영상이 비추며 불새의 귀환 2회가 끝났다.

시청자들은 여주인공보다 반기준, 아니, 홍강식의 정체에 경악했다.

[언니, 게시판, 난리도 아니더라! 홍강식 정체가 박수무당이냐고!]

해진과 혜윤, 두 여자는 연희가 스피커폰으로 흥분하여 떠드는 소리를 흥미롭게 들어주었다. 방송이 나가기도 전에 채찬성에 대한 테러가 있었기에 이후는 더욱 조심해야 한다. 앞으로도 연희는 드라마가 끝날 때까지 계속 통화만 가능할 것 같았다.

"넌 1, 2화 대본, 훔쳐봤다면서!"

[대본이랑 드라마는 또 다르지! 세상에나, 반기준이 나오니 역시!]

[너 또, 반기준!]

기진이 투덜거리는 소리가 스피커 너머로 들렸다. 이름도 비슷하고 나이도 같으니 친하게 지내는 게 좋지 않으냐며 종알종알하는 연희의 목소리 너머 흥, 하는 남자의 대답이 들려왔다.

"너희 사랑싸움 들려주려고 전화했니?"

[아니, 언니! 정말 대박 예감이야!]

"평이 좋기만 한 건 아니던데? 그렇게 꽁꽁 감추던 설정이 겨우 귀신 쓰인 걸 보는 거였느냐며 식상하다는 의견도 많더라!"

[흥, 우리 기진 오빠가 그런 시시한 걸 쓰는 사람 아니거든요! 그런 댓글 쓴 놈들 다 아작 내버릴 거야! 그치, 오빠?]

기진이 웅얼거리는 소리가 들린다. 하지만 혜윤의 목소리가 들리자 기진이 슬쩍 자리를 피하는 것 같았다.

"그게 놈인지, 놈인지!"

[이모, 자꾸 그럴 거예요? 오빠도 어제 첫 방송 나가고 얼마나

떨었는데.]

"여기 이분은 첫 방송 보고 펑펑 울었단다."

[어? 좀 섬뜩한 건 있었어도 울 만한 내용은 없었는데?]

[해진 씨 울었대? 왜?]

기진이 묻는 소리가 들렸다.

"아무것도 아냐. 나도 재밌게 봤어! 기진 씨, 정말 재미있었어요!"

해진은 혜윤을 째려보고는 얼버무리며 재빨리 전화를 끊었다.

"그런 소릴 왜 해?"

"연희 좀 헷갈리라고."

"참 언니도……."

하도 울어서 토끼 눈이 되는 바람에 다음 날 아침에 온 혜윤에겐 운 걸 숨기지 못한 것이 탈이었다. 사전제작분을 먼저 받고도 보지 못한 건 이럴 것 같아서였다. 역시나 울고 말았지만.

그런데 그렇게 울던 그녀를 강현은 아무것도 묻지 않은 채 그저 꼭 안아주었다.

바로 전날 헤어짐을 입에 담았던 남자가 드라마를 보며 우는 여자를 왜 안아준 것일까?

'그는 원래 다정한 남자니까…….'

그는 그런 남자다. 위기에 처한 소녀를 구하는 왕자님 같은 남자. 누구든 저처럼 울었다면 그렇게 안아주었을 것이다.

해진은 새삼 그의 따뜻했던 품을 떠올리며 몸을 끌어안았다. 그의 품에서 안정과 위로를 얻을 수 있었다. 그러면서도 그것이 제 것이 아니란 사실에 그녀의 가슴은 더 시려졌다.

"……잘될까, 언니?"

"잘될 거야. 이걸 어떻게 준비한 건데……."

"우리…… 이렇게 어렵게 가지 않아도 된 것 아니었나……."

"아냐, 인제 와서 왜 약한 소릴 해. 많은 사람이 알려면 이게 좋아. 시작했으니 끝을 봐야지."

"응, 언니! 끝을 보자. 이번엔 완전히."

표정 없이 대답하는 해진의 눈은 다시 눈물이 흐를 것 같아 보였다.

11. 불새의 귀환

ATBC는 대박을 맞았다. 불새의 귀환은 2회 엔딩부터 벌써 불새 신드롬, 홍강식 앓이라는 말을 양산하며 대박의 신호탄을 터뜨렸고, 겨우 4회 방송을 마칠 때는 시청률 31%를 넘어서는 기염을 토했다. 이는 동시간대 시청률 단연 1위임은 물론, ATBC 지난 대박 드라마의 최고 시청률에 육박한 수치였다.

불새의 귀환은 가상의 거대 기업 피닉스그룹의 상속녀 장유라가 이종사촌 언니 우래임의 몸에 빙의한 것으로 시작되었다. 그리고 꼴통 형사 홍강식의 도움을 받아 자신을 살해한 고모와 삼촌의 죄를 밝히는 내용이었다.

눈요기만으로도 행복하다는 반기준과 예이나의 탄탄한 연기력이 시청률을 끌어 올리는 견인차 역할을 했다. 또한, 거대 자본과 조직폭력배를 등에 업은 비도덕적이고 악질적인 인간들을 미지의 힘과 더 큰 배후를 업고서 응징한다는 내용은 남녀노소에게 골고루 열광을 샀다.

드라마 제작 의도가 효과를 발하기 시작한 것은 3, 4회가 넘어서면서부터였다. 시청자들이 드라마 내용과 과거에 있었던 실제 사건을 떠올리며 토론을 시작한 것이다. 시청자게시판은 곧 그 사건에 관한 이야기로 불이 붙었다.

—장유라 사건, 사광그룹 상속녀 사건과 비슷!

—나, 검색해 봤음. 비슷한 게 아님. 사광그룹 상속녀 사건 맞음.

—나도 검색. 그때 상속녀 죽인 고모와 삼촌, 수십 년 형 받았대요.

—그 사람들 벌써 출소했대요. 우리과 선배 지인인가, 친척이었던가? 옆집에 그 여자가 산대요. 집이 으리으리하다던데?

—그런 인간들이 형도 다 살지 않고 출소하다니 대한민국 법은 다 썩었음.

—차씨 남매도 이 드라마 보고 있나? 간 떨리겠네!

—어? 이거 실제 사건 배경이면 그쪽에서 가만있지 않을 텐데, 법적 공방 그런 거 없나요?

—제 애인이 저 드라마 스태프예요, 저번 주에 드라마 당장 그만 찍으라는 협박 받았대요.

—헐! 그럼 차모 씨 남매가 협박하나 보네! 찔리나?

—이름은 왜 얘기 안 해? 차완영, 차문영이던데? 각각 68, 65세. 나잇살 먹은 것들이 낯부끄러운 줄은 아나 몰라.

—윗분, 마녀사냥 고발당할 수도 있삼. 실명 조심하셈.

포털 사이트에 불새의 귀환과 함께 차해진 살해사건이 실시간 검색어 1위로 등극했다. 더불어 '장씨 형제 = 차씨 남매'라는 공식이 자리를 잡으면서 차완영, 차문영 남매에 대해 뒤를 파헤치는 네티즌들이 나타나기 시작했다.

그 내용은 드라마에 관심 없는 사람에게도 공분을 살 만한 것이었다. 그들이 형기를 마치지 않고 조기 출소했다는 것부터 사치스러운 집과 각종 유흥, 지병을 이유로 출소했으면서 환자로서의 요양과는 거리가 먼 생활 등이었다. 이에 대한 불똥은 그들의 출소를 허락한 교도소장에게까지 튀어 특별 감사가 이루어진다는 보도가 나왔다.

드라마를 당장 그만두지 않으면 큰일 날 거라는 협박이 들어오기 시작한 것도 바로 이때였다. 협박뿐 아니라 물리적 공격은 더 위협적이었다. 채 감독이 당할 뻔한 일 말고도 촬영장으로 덤프트럭을 몰고 질주하려 한 일도 있었다. 무차별적인 인명 사고를 유발하려던 것이었다. 오 경감이 사전에 알아채고 경고하지 않았더라면 대형 사고로 이어질 뻔한 일이었다. 그 정도로 무자비하고 다시 어디서 어떤 짓을 저지를지 한시도 경계를 늦출 수 없는 이들이었다.

그러나 해진과 혜윤은 그 모든 위협을 단단하게 막아내고 있었다.

＊

"망할!"

퍽 하는 소리와 함께 60인치 LED TV에 구멍이 생겼다. 이걸로 〈불새의 귀환〉이 시작된 후 세 번째로 박살 나는 TV였다.

2년만 지나면 70세가 되는 차완영은 팽팽한 얼굴에 잘 가꾼 몸매 덕에 아직 50대로 봐도 무방할 정도로 귀태 나 보이는 여자였다. 그에 비해 동생인 차문영은 누이보다 세 살이나 어린 데도 구부정한 어깨와 깡마른 몸매 때문에 70대는 넘게 삭아 보였다.

겉모습에서 풍기는 분위기만 해도 누이에게 한참 뒤떨어지는 차문영은 패악을 부리는 차완영 앞에서 대꾸도 못 한 채 얼굴만 굳히고 있었다.

"넌 입을 꿰맸어? 왜 아무 대책을 못 내놔! 공천이 코앞이야! 대정이까지 입에 오르내리면 어쩔 거야!"

정치계의 샛별, 차기 가온당 대변인이며 차기 총선 기대주인 민대정은 차완영의 숨겨진 아들이었다. 그리고 차완영에게 가장 충성하며 가장 총애를 받는 아들이기도 했다.

총선은 아직 몇 년 남았지만 당장 보궐선거가 기다리고 있었다. 이번 보궐선거는 건강상 이유로 자진 사퇴한 수원 을지구 국회의원 선거였다. 수원 을지구는 바로 가온당 표밭이다. 공천만 받으면 떼어 놓은 당상이다. 그런데 드라마 하나가 발목을 잡은 것이다.

"다방면으로 줄을 대고 있습니다."

"줄을 대면 뭐 해! 사전에 막으라고 했잖아! 그런데 저렇게 버젓이 TV로 나오게 해?"

그게 내 탓이냐, 차문영은 묻고 싶었다. 하지만 그에겐 감히 그런 대꾸를 해서 돌아올 사달을 감당할 재주도 없었다.

"장무영 그놈!"

드라마의 배후로 유일하게 알게 된 인물이 바로 C&Y의 장무영이다.

그놈의 C&Y 때문에 어떤 시도든 번번이 막혔다. 처음 드라마에 대한 정보를 줬던 배우나 매수한 스태프들까지 모두 그 망할 장무영의 직원들이 잡아냈다. 심지어 대형 트럭으로 촬영장을 밀어버리려던 것마저 어떻게 알았는지 촬영장 입구에서 잡히는 바람에 경찰과 검찰에서도 주시하기 시작했다.

"장무영도 형찬이 심복 아니었습니까."

"여기서 왜 그 이름이 나와! 말하지 마! 말하지 마!"

차완영이 신경질적으로 마구 소리쳤다. 화를 내기보다 초조해 보이는 누이의 모습에 차문영은 조소했다.

'누님도 양심이란 게 있었소? 누님 손에 죽은 동생, 이름조차 듣지 못하는 걸 보면.'

제 분을 이기지 못해 씩씩거리던 차완영이 입술을 깨물며 속삭였다.

"하지만 장무영 그놈도 배후는 아닐 거야……. 진짜 배후를 찾아야 해, 배후를!"

"혹시…… 해진이 사촌이라는 박혜윤, 그 계집애 짓이라고 생각하세요?"

"당연하지! 그년 말고 또 누가 있어!"

번득이는 차완영의 눈엔 악의와 살기가 가득했다. 친동생인 차문영도 누이의 살벌한 눈은 감히 마주 보지 못했다. 그러나 박혜윤은 10년 전 자신들을 감옥으로 보낸 후 사라졌다. 대정이 뒤를 쫓았지만 미국행 비행기를 탄 것을 끝으로 놓치고 말았다.

"하지만 누님, 그 계집애는 한국에 없지 않습니까?"

"아냐! 분명 돌아왔을 거야! 그 씹어먹을 년이 분명해! 그 계집을 제대로 해치우지 못한 게 탈이었어! 빌어먹을!"

"그때부터 대정이가 계속 찾고 있었지 않습니까. 다시·돌아온 흔적이 있었다고 합니까?"

"아니! 하지만 대정이가 지금 다시 눈에 불을 켜고 찾고 있으니까 분명 찾을 거야. 그년, 대정이 앞길 막으려고 작정한 짓인 게 틀림없어. 내가 그년을 가만둘 줄 알아! 찾기만 해봐!"

차완영의 요사하게 빛나는 눈빛이 박혜윤의 끝을 알리고 있었다.

한참 더 씩씩거리던 차완영이 손톱을 물기 시작했다. 완벽하게 손질한 손톱이 잘근잘근 씹는 이빨에 무참히 씹히며 너덜거리고 있었다. 그건 그녀가 초조함이 극에 달했을 때 나오는 버릇인데, 감옥에 있을 때도 멀쩡하던 손톱이 최근 들어 다시 수난을 당하는 중이었다.

"그런데 말입니다, 누님……."

"왜!"

"오늘 이야기 말입니다……."

차문영이 TV를 가리키며 조심스럽게 입을 열었다.

"어쩌면…… 한성필의 말이 사실일지도 모른다는 생각이 들어 서요……."

"한성필?"

차완영의 얼굴이 악귀처럼 일그러졌다.

한성필은 바로 차해진을 혼수상태에 빠지게 했던 의사였다. 그는 10년 전 자신이 차해진에게 한 짓에 대한 자료를 검찰에 보내어 차완영과 차문영의 죄를 입증했다. 천하에 무서울 게 없는 차완영이 키우는 개로밖에 여기지 않던 한성필의 자백 탓에 감옥살이를 해야 했던 것이다.

그러나 한성필은 제가 한 일이 아니라며 끝까지 억울함을 주장했다.

한성필 말로는 제가 증거들을 모아놓기는 했었지만 고발할 생각 따위는 하지 않았다고 했다. 제가 저지른 짓인데 어떻게 고발하겠느냐는 것이었다. 그건 단지 자신을 보호하기 위한 수단이었는데 어느 날 감쪽같이 사라졌다는 것이다. 나중에 검찰 쪽에 그 증거들이 가 있다는 걸 알았을 때 누구보다 놀란 사람이 바로 저였다며, 자신도 체포당할 때까지 모르고 있다가 병원에서 공개적으로 수갑을 찼다고 했다.

하지만 한성필 때문에 이미 구속된 차씨 남매 대신 면회를 갔던 민대정에게 그런 말이 통할 리가 없었다. 민대정은 그의 마지막 면회 때 네가 한 짓의 결과를 보라는 의미로 여러 남자에게 능욕당한 그의 딸 사진을 보여주었고, 그날 한성필은 자살했다.

그런데 오늘, 바로 그 내용이 드라마로 나온 것이다.

사람들은 유령이던 유라가 어떻게 증거를 만들었는지 보며 다시 경악했다.

생령으로 돌아다니던 장유라는 병원 복도에 쓰러진 환자를 건드렸다가 자신이 다른 사람의 몸에 들어갈 수 있다는 걸 알게 되었다. 심신이 약한 사람이어야 하고 시간이 짧다는 제약이 있긴 했지만 덕분에 유라는 저가 잠시라도 실체를 가진 몸을 가질 수 있다는 걸 알게 되었다.

그녀가 작정하고 빙의한 첫 상대는 그녀의 병실에 드나들던 간호사였고, 다음 상대는 수면제 없이는 잠들 수 없는 중증의 불면증 환자인 의사의 부인이었다. 의사의 금고를 열고 증거를 훔쳐 자신도 모르는 사서함 주소로 물건을 보내고 다시 잠든 의사의 부인은 일어나서도 아무것도 기억하지 못했다.

그렇게 어느 사서함에 장씨 형제들이 유라를, 그리고 유라의 아버지를 죽인 증거들이 쌓이기 시작했다.

"말도 안 되는 소리 하지 마! 흥, 유령이라고?"

차완영이 눈을 부라리며 소리쳤다. 그러나 소리쳐 부정하는 차완영의 얼굴에도 의혹이 서려 있었다.

최근 일어난 일들이 과거와 너무 닮아 있었다.

드라마를 막으려 수단 방법을 가리지 않고 동원했지만 막강한 경호력에 방통위에 닿는 입김도 소용없는 점, 그리고 단도파 행동 대원들이 족족 붙잡혀 들어가는 것까지 10년 전 그때와 비슷했다.

그러니 이 일의 배후가 다른 사람일 리가 없다. 박혜윤, 반드시 그년을 찾아야 한다!

"쓸데없는 소리 하려거든 나가! 무능한 놈! 가서 박혜윤이 그년을 찾아! 무조건 찾아!"

차완영이 다시 소리쳤다. 누이의 서슬에 고개를 끄덕이면서도 차문영의 눈은 까만 화면의 TV에서 벗어나지 못하고 있었다.

✳

강현의 연애 계획은 아직 진척이 없었다. 최근 그는 몇 번이고 계획을 세웠다 엎은 데이트 이야기는 꺼내지도 못한 채 조심스럽게 해진의 기분을 살피는 중이었다.

드라마를 보며 울음을 터뜨리던 날, 해진은 방송이 끝나자 그에게 사랑을 나누자 속삭였다. 그리고 다음 날, 그녀는 드라마를 보며 다시 울지는 않았지만 끝난 후 다시 그에게 사랑을 나누자고 매달렸다.

사랑은 뜨겁고 만족스러웠다. 하지만 해진의 얼굴에 담긴 절실함은 마음 한구석을 불편하게 했다.

그 드라마가 뭐길래……?

그러나 걱정스러움은 한 주가 지나면서 반전을 가져왔다.

뭣 때문이든 해진을 울게 만드는 그 드라마가 마음에 들 리가 없다. 그런데 이젠 그저 '마음에 들지 않는' 정도가 아니었다.

"헤……."

이 여자, 침 흘리겠다! 티슈를 뽑은 강현은 해진의 입가를 쿡 눌러주었다.

"강현 씨?"

일부러 건드리는데도 그녀의 시선을 받는 시간은 2초도 되지 않았다. 돌아보는 것도 잠시, 해진은 갸웃거리고는 번쩍이는 화면으로 다시 고개를 돌렸다.

드라마에 집중한 해진은 가끔 흐흐, 하며 묘한 소리를 흘리기도 했다. 그리 낯설지 않은 느낌이라 생각했더니 이거, 신부대기실에서 봤던 연희라는 여자 경호원의 웃음과 비슷했다.

끼리끼리, 유유상종.

이 여자, 마녀들을 떼어놔야 할 이유가 하나 더 늘었다.

빌어먹을, 저놈은 왜 그리 자주 벗는지 모르겠다. 억수같이 퍼붓는 빗속에서 반기준인지 홍강식인지가 웃통을 벗어 던지더니 저랑 똑같이 다 젖은 여자를 닦아준답시고 설쳐 댔다. 그게 닦는다고 닦여?

"흐흐……."

"……!"

정말이지 정신 건강이 위태롭다. 주먹 쥔 제 꼴이 정말이지 꼴불견이었다. 이제부턴 다음 주도 그다음 주도 저 빌어먹을 놈이 나오는 날은 무조건 야근이다!

그렇게 TV를 부수지 않기 위해 인내심을 퍼붓고 있는 그에게 해진의 목소리가 들려왔다.

"강현 씨? 뭐 안 좋은 일 있어요?"

해진이 갸웃거리며 물었다. 예고편까지 뚫어져라 보더니, 드디어 남편 생각이 났나 보다.

안 좋은 일, 있지!

"아니? 왜?"

"찡그리고 있어서. 무슨 일 있나 싶어서요."

저놈 좀 그만 쳐다보면 안 되겠어?

"아, 아무것도 아니야."

"회사 일 생각하고 있었죠? 다 알아요."

알긴! 회사에서도 저놈 그만 보게 할 방법 연구 중이거든?

"여기가 굳어 있으면 아무리 잘생겨도 인상이 딱딱해 보여요. 이렇게 문질러서 풀어주면 더 부드럽고 풍부한 표정을 지을 수 있어요."

그러니까 저놈만 안 보면 돼.

"내 얼굴 망가지는 게 걱정인가 보네?"

"당연하죠! 그 잘생긴 얼굴 망치는 건 죄악이에요!"

그렇지, 이 여잔 이 얼굴을 좋아한다.

실룩이려는 입가를 가까스로 굳힌 강현은 그녀에게 얼굴을 내밀었다.

"당신이 펴주면 되지."

"내가요?"

"난 안 보이잖아. 해줘."

"어디, 대봐요."

해진이 그의 미간에 손을 대고 문질렀다. 살살, 시계 방향으로 동그랗게, 반대 방향으로 한 번 더, 그러나 그다음 시도는 아래에서 느껴지는 뭉클한 느낌에 멈출 수밖에 없었다.

"강현 씨!"

그가 그녀의 동작을 따라 하고 있었다. 오른쪽을 뱅글뱅글, 왼쪽도 뱅글뱅글.

그러나 그의 손이 있는 곳은 그녀의 브래지어 안이었다.

"아흐, 강현 씨!"

"당신도 멈추지 말고! 내 잘생긴 얼굴을 지켜줘야지."

"아으……."

그는 얄밉다는 듯 흘겨보는 그녀를 번쩍 들어 안았다.

"앗, 마사지 해달라면서요!"

"거품 마사지가 더 효과가 좋을 것 같아서."

강현은 천연덕스럽게 욕실로 향했다.

그날 해진은 저도 모르게 숨어 있던 재주를 발견할 수 있었다. 마사지 효과가 너무 좋았나 보다. 그는 사랑을 나누는 내내 웃고 있었다.

❋

재원이 심각한 얼굴로 강현의 사무실로 들어오며 문을 닫았다.

심지어 그 문을 잠그기까지 했다.

"무슨 일이야?"

"해진 씨가 제작 지원한다던 그 드라마, 생각보다 위험하다."

"뭐?"

"내용은 대충 알지?"

"글쎄……?"

강현도 해진과 드라마를 보긴 했다. 하지만 내용은 하나도 들어오지 않았다. 대충 형사와 유령 어쩌고였다는 것만 알지, 해진이 울고 웃는 것만 기억에 남았을 뿐이다.

"해진 씨는 볼 텐데? 너도 같이 본 적 없어?"

드라마가 아니라 드라마를 보는 해진이를 봤다.

"포털 사이트 검색어도 1위다. 그거, 사광그룹 상속녀 살인 사건 이야기야!"

"뭐!"

"너도 사광그룹 상속녀 이야기는 알지 않아?"

"살해당했다는 것만. 자세히는 몰라."

"아, 너 그때 유학 중일 때구나! 아무튼. 그 드라마가 그 얘기다. 그런데 그때 감옥 갔던 작자들, 차씨 남매가 다 나와 있거든. 형기보다 일찍 출소해서. 저걸 보고 가만있겠어? 그 차씨 남매뿐이 아니야. 민대정도 있어."

"민대정이라면…… 차완영의?"

"그래, 맞아."

재원의 얼굴이 더 심각하게 구겨졌다. 아는 사람이 드물지만 강현이나 재원은 민대정이 누구의 자식인지 알고 있었다. 그의 성정이나 배경까지도.

재원의 말은 아직 끝나지 않았다.

"그 민대정이 이번 가을에 수원 을지구 국회의원 보궐선거에 가온당 공천으로 출마한다는 소문이 있어. 이 드라마, 절대 그냥 두려 하지 않을 거야!"

"맙소사……!"

놀랄 수밖에 없었다. 앞뒤가 이어지자 도저히 간과할 수 없는 그림이 그려졌기 때문이다.

"위험해! 너무 무모해! 민대정이 가만있지 않으려 할 거야. 그 새끼가 정치판에 끼어들긴 했지만 뼛속까지 조폭인 건 그 바닥 인간들은 다 알아. 그런데 해진 씨랑 그 여자, 왜 그런 위험한 짓을 하는 거야! 누구를 상대하는지 알기나…… 흥, 아는 것 같긴 하다만!"

그 여자…… 양혜윤?

아무 때고 그 마녀를 칭할 때마다 '누님'이라며 눈에 하트를 켜고 있던 재원의 표현이 이상했다. 그리고 재원은 이상할 정도로 매우 흥분해 있었다.

"내가 좀 알아봤어. 벌써 총감독 채찬성 PD는 테러를 당할 뻔했다더라. 배우와 감독 모두 합숙소를 벗어날 생각을 못 한대. 협박도 장난 아니래. 그런데 그 협박을 망할 그 여자가 다 막아주고 있나 보더라. 협박당하는 스태프나 배우들 가족들을 피신해 주기도 하고 ATBC 사장 가족은 아예 해외로 긴 유람 여행을 떠났대.

거기 경호원들 몽땅 C&Y 직원이란다. 그런데 더 황당한 건 뭔 줄 알아? 그 여자가 C&Y 실질적 오너란다!"

"뭐? 양혜윤이?"

"거기 투입된 인원이 다 C&Y라서 도대체 장무영 대표와 무슨 관계인가 하고 알아봤더니 그 여자 이름이 떡하니 나오더라! 하! 그 여자, 그거 믿고 이런 일을 벌인 거야? 저쪽은 조폭이라고! 어쩌자고 이렇게 무모한 거야, 젠장!"

제 머리를 거칠게 쓸어 올린 재원이 애꿎은 소파를 걷어찼다.

"재원아…… 너, 양혜윤 씨랑 뭔가 있어?"

"날 피하는 것까지는 그래, 좋다 이거야! 그러면 신경 쓰지 않게라도 해야지! 이게 뭐야! 어제 형이 말해주지 않았으면 이런 것도 몰랐을 거 아냐! 지금 경찰서에 그 드라마 관계자들 테러하려다가 잡혀온 놈들로 유치장이 꽉 찼대!"

흥분을 가라앉히지 못한 재원은 제 머리를 괴롭히듯 마구 헝클어 넘겼다.

언제 그녀에 대해 독이 오를 대로 오른 차완영 측에 알려질지 모른다. 저야 검사장 아버지와 현직 검사인 형의 인맥으로 알아낸 사실이긴 하지만 차완영 측에서도 C&Y만 파면 알아낼 수도 있었다.

"재원아, 너 설마……?"

"그래, 잤다! 그리고 마녀께서 날 하룻밤으로 뻥 차버렸지."

재원이 이를 갈 듯 소리쳤다. 항상 넉살 좋게 웃고 실실거리는 재원의 표정이 지금은 그 어느 때보다 살벌하고 사나웠다.

재원이 마녀에 대해 종종 떠들긴 했었다. 하지만 그건 여느 여자들처럼 접근 전 단계에서만 그랬다. 그런데 잠자리까지 하게 되었다면 그동안 여러 일이 있었을 것이다. 하지만 그동안 재원은 마녀와 사귄다는 비슷한 이야기도 한 적이 없었다.

그러나 마녀와의 일에 입을 꾹 다물었다는 건 재원도 심각했다는 이야기였다. 더구나 지금의 표정으로 보아 재원은 아직 제대로 끝내지 못했다.

"재원아……."

"됐다! 잘난 마녀 따위……."

그래 놓고도 재원은 금세 흥분했다.

"차완영과 차문영 같은 인간들은 정상적으로 상대할 사람들이 아니야! 제 동생과 조카 죽인 돈으로 형을 다 살지 않고 나올 정도로 아직 힘이 막강해. 그런 인간들을 정상적으로 상대할 수 있을 것 같아? 천만에. C&Y를 통째로 붙여놓는다 해도 어떤 식으로든 일을 저지를 인간들이야."

"……."

"탐욕 때문에 혈육을 죽인 자들이야. 저들로서는 이 드라마와 관계해서 민대정이 사람들 입에 오르내리는 일만은 절대 막으려 할 거야. 아니, 모든 사실이 알려진다 해도 당했다고 엎드리는 대신 보복을 하려 들 거야."

마녀만 문제가 아니었다. 강해진, 그녀가 함께한 일이었다. 그리고 두 여자는 절대 모르고 이런 일을 벌인 게 아니다.

재원이 다시 답답하다는 듯 소리쳤다.

"빌어먹을 마녀!"

버럭 소리를 지르는 재원의 얼굴엔 숨기지 못하는 걱정이 담겨 있었다.

강현은 저도 모르게 꼭 쥔 채 떨고 있던 주먹을 다시 꼭 쥐었다.

그 여자들은 정말 얼마나 엄청난 일을 저지른 건지 알기나 하는 걸까? 아무리 C&Y가 대단하다고 한들 말이나 법이 통하지 않는 상대를 다 막아낼 수는 없다.

"재원아! 이 일, 네 아버님 도움이 필요할 것 같다."

"당연하지. 안 그래도 그럴 생각이야. 우리 엄마, 그 드라마에 벌써 빠지셨거든. 그런데 첫 회에 벌써 사광그룹 상속녀 이야기를 하시더라. 아버지는 차완영과 단도파 이야기를 하셨고. 그 여자! 아주 겁대가리를 상실했어, 차라리 악어 대가리에 목을 디밀지!"

재원은 이를 부득 갈며 창밖을 내다보았다. 아마 실제론 눈에 담기는 것 없이 머릿속은 양혜윤이라는 여자 생각으로 가득할 것이다.

해진도 모자라 재원까지!

홀리는 재주는 확실한 여자다. 마녀가 점점 마음에 들지 않았다. 떼어낼 수 없다는 것이 확실시되면서 더욱.

"이렇게까지 한 이상 도중에 멈출 일은 없을 거야. 위험한 줄 알면서도 이런 일을 벌인 건 그만큼 중요하다는 의미겠지. 먼저 해진이의 의도를 알아봐야겠어. 그리고 당장 테러부터 막을 방도를 찾아야 해."

"알았어. 하여간 너는 해진 씨에게 빨리 알아봐. 난 그 망할 여자! 아후……!"

재원이 다시 포효했다. 그와 닮은 모습으로 강현도 이를 갈았다.

강현은 서둘러 집으로 돌아갔다. 퇴근 시간도 안 되어 돌아온 저를 보며 놀라는 해진의 손을 붙잡고 그는 무작정 서재로 들어갔다.

"강현 씨?"

"당신……!"

머리카락을 거칠게 쓴 강현은 흥분을 가라앉히기 위해 숨을 크게 쉬었다. 돌아올 때까지 저가 이렇게 흥분한 줄도 몰랐다. 민대정이 누군지나 몰랐으면 이렇게 놀라지도 않았으련만!

그는 간신히 흥분을 가라앉힌 채 이야기를 꺼냈다.

"당신, 양혜윤 씨와 만든다는 그 드라마 말야!"

"……!"

해진은 눈을 동그랗게 떴다가 가라앉혔다. 그는 심장이 벌렁거릴 정도로 놀랐는데 그녀의 반응은 침착하기만 했다.

"그거, 왜 만든 거야? 당신, 위험한 거 알고 있었지? 그 경호원들 하며……."

"알았…… 어요?"

"내가 아는 게 중요해, 지금? 왜 그런 거야! 왜 그런 악랄한 놈들과 정면으로 대적하려는 거야? 얼마나 무자비한 놈들인지 알아? 그들은 살인자라고!"

"그 사실은! 내가, 내가 더 잘 알아요."

"……!"

해진은 눈을 꼭 감은 채 주먹을 쥐고는 이를 악물었다. 거의 숨을 멈추다시피 한 해진을 기다리느라 오히려 강현이 숨이 막힐 것 같았다.

그리고 눈을 뜬 그녀에게선 상상했던 그 어떤 것보다 놀라운 이야기가 흘러나왔다.

"12년 전, 사광 상속녀가 살해당했을 당시 언니의 아버지가 그 사실을 밝히려다 목숨을 잃었어요. 언니가…… 사광 상속녀의 이종사촌 언니예요."

"그게…… 정말이야?"

"네, 언니도 그때 죽을 뻔했어요. 그래서 언니는 본명도 얼굴도 바꿨어요. 그리고 언니의 아버지를 죽인 사람이 바로…… 민대정이에요!"

"……!"

"강현 씨도 알아요? 민대정이 뭘 하려는지? 그런 인간이 국회의원이 되겠대요. 절대 민대정이 그런 날개를 달게 둘 수는 없어요. 10년 전 사건 발생 후 2년 만에 차씨 남매가 저지른 죄상은 밝혀졌지만 민대정은 법망을 빠져나갔어요. 유령이 언니 몸에 쓰였다는 것 빼고는 드라마 내용이 다 사실이라고 보면 돼요. 드라마는 바로 그 모든 사실을 밝히는 장(場)이에요!"

해진이 하얗게 불거진 주먹을 꽉 쥐며 몸을 떨었다. 그녀의 꽉 깨문 입술 사이로 줄기줄기 원한이 새어 나오는 듯했다.

강현은 말없이 그녀를 끌어당겨 안아주었다.

왜냐고 묻긴 했지만 이렇게 엄청난 대답을 들을 줄은 몰랐다. 그러나 왜 이런 일을 벌인지는 이해할 수 있게 되었다.

하지만 왜……? 아무리 두 여자 사이가 가깝다고는 하나 해진이 보이는 감정은 이해할 수 없었다. 그리고 미처 흘러내리지는 못하고 그녀의 눈썹만 적신 눈물이 그의 가슴을 저몄다.

'뭐가 더 있는 거야, 강해진?'

그는 다시 그녀를 꼭 끌어안았다. 해진도 그의 품에 필사적으로 매달렸다. 마치 전에 울던 그날처럼. 그러나 소리 내어 울지 않는 눈물이 가슴을 적시는 듯했다.

'당신은 알수록 어려워지는 여자야. 당신이 천진하게 웃기만 할 때, 그때 잡을걸. 그래도 아직 늦진 않은 거지? 당신이 연기처럼 빠져나가게 두진 않을 거야. 바보 같은 남자지만 내게 한 번만 더 기회를 줘. 무슨 일이 있어도 당신을 지켜낼게!'

강현은 해진의 입술 안으로 굳은 맹세를 했다.

그날, 잠든 해진을 지켜보는 강현은 잠들지 못하고 있었다.

이제 그는 말할 준비가 되었다. 당신을 사랑한다고. 그러니까 이제 전에 했던 질문을 다시 해주면 안 되겠느냐고. 아니, 그 질문, 이젠 내가 해도 되겠느냐고.

'강해진, 나랑 연애할까?'

크게 소리치고 싶었다. 하지만 저가 미쳐서 한순간에 망쳐 버린 걸 반추할 때마다 목구멍까지 올라온 그 말은 쏙 들어가고 말았다.

이미 결혼한 제 아내에게 연애하자고 말하지 못해 전전긍긍하는 저가 우스웠다. 그런데 그런 고민은 차라리 한가한 짓이었다. 그녀가 만든 드라마는 전쟁이나 마찬가지였다!

머릿속이 복잡했다. 해진은 절대 멈추지 않을 것이다. 이미 멈출 수도 없게 되었다.

우선, 오늘 알게 된 사실을 재원에게도 알려줘야 할 것 같았다.

마녀가 마음에 안 들긴 하지만 이대로 헤어지는 것이 재원을 더 다치게 하는 거라는 걸 모를 리 없다. 마녀를 주인으로 삼아야 하는 재원의 운명이 조금 불쌍해지긴 해도 다치는 것보단 낫다.

마녀와도 직접 이야기를 나눠봐야 할 듯했다. 아니면 재원과 이야기를 하게 하던가.

아무래도 후자가 나을 것 같다.

하지만 재원은 혜윤을 다시 만날 기회를 찾지 못했다. 두 남자가 초조한 마음으로 지켜보는 새 시간은 속절없이 흐르며 불새의 귀환은 시청률 1위를 고수하고 있었다.

✳

"강현 씨…… 벌써 일어났어요? 몇 시예요?"

해진이 부스스 일어나며 물었다. 일어나기 전 뒤척이며 무의식적으로 옆을 더듬는 걸 본 강현은 흡족한 웃음을 지으며 그녀의 가슴을 두드려 주었다.

"오늘 회의 준비가 있어서 일찍 일어났어. 더 자도 돼."

"응……. 안 돼요! 아침은 먹고 가야지……."

해진은 일어나려고 애를 쓰면서도 아직 눈을 뜨지 못하고 있었다. 당연하다. 지난밤 공을 들인 농밀한 애무만으로, 그리고 그녀의 안에서 날뛰던 저 때문에 여러 번 절정을 맞느라 피곤하기도 할 것이다.

"내가 좀 일찍 일어난 거야. 당신은 더 자."

"안 돼요. 엄마가 남자는 속이 빈 채로 내보내는 게 아니라고 했어요. 걱정 말아요. 오늘은 유동식으로 해줄게요."

해진은 반만 눈을 뜬 채 고집스럽게 몸을 일으켰다.

'……?'

죽음을 가장해 도망칠 정도로 강 회장을 두려워하고 증오한 유영신 여사가 그런 말을 했다니 믿기지 않았다.

강현은 계속 하품하면서도 며칠 전 같은 고두밥은 만들지 않겠다며 웅얼거리는 그녀의 손을 붙잡았다.

"해진아."

"응?"

"고두밥이라도 좋아. 당신이 해준 건 뭐든……."

"……오, 오늘은 다른 때보다 정말 유동식으로 해줄게요!"

갑자기 당황한 해진이 거의 그의 손을 뿌리치듯 달려 나갔다.

"고두밥 얘길 하면 안 되는 거였나……?"

강현이 괜히 말했다며 자책하는 동안 해진은 잠이 달아난 채 부엌 안쪽에 숨어 벌렁거리는 가슴을 잡고 있었다.

'제발 이젠 그만해 줘요. 강현 씨. 난 이제 더는 괜찮은 척할 자

신이 없어요……'

해진은 떨리는 가슴을 진정시키며 무의식적으로 '유동식'을 만들 준비를 하기 시작했다.

콩가루를 꺼내 찬물에 개서 불에 올릴 때까지 그녀는 저가 무얼 만들고 있는지 몰랐다. 그때 바로 뒤에서 대꾸하듯 강현의 목소리가 들려왔다.

"해진아, 아직 너무 이르니까 그냥 자라니까."

"안 돼요! 우리 엄마한테 그렇게 안 배웠어요!"

저도 모르게 대답한 해진은 그대로 굳어버렸다.

"신희야, 그냥 자라고 했잖아."

"안 돼요, 우리 엄마한테 그렇게 안 배웠다고요!"

숨이 멎는 것 같았다. 어제인 양 아빠의 목소리가, 엄마의 목소리가 들린 것 같았다.

몸이 무거우니 좀 더 자라는 아빠, 남편 위장을 비우는 건 자신에 대한 불성실이라고 배웠다는 엄마, 그런 엄마의 부푼 배를 감싸던 아빠, 그리고 그 모습을 몰래 지켜보던 자신…….

"유 여사님, 아니, 장모님이 그러셨어?"

"……아!"

꿈꾸다 깬 듯 화들짝 놀란 해진이 주방을 돌아보더니 아득한 눈을 했다. 깊고 슬픈 눈이었다.

울컥 불안함이 치밀었다. 그 모습 그대로 해진이 사라져 버릴 것 같았다. 당장 붙잡아 매어두지 않으면 정말 놓쳐 버릴 것 같다. 그가 다가오자 놀란 그녀가 급히 냄비를 젓는 척했다.

"아, 이거 금세 넘쳐서 잘 지켜야 해요. 강현 씨는 어서 씻고 와요."

뒤돌아선 자그마한 등이 마치 벽을 친 것 같았다. 이 이상은 넘어오지 말라는 듯.

아직은 그 안으로 다가설 수가 없다.

강현은 한숨을 꾹 눌러 삼키며 말했다.

"너무 서두르지 않아도 돼."

"……네."

강현이 주방을 떠나자 해진은 미처 감추지 못한 혼란스러움에 한숨을 쉬었다. 그러다 문득 끓어 오르기 시작한 냄비를 본 그녀의 눈은 다시 혼란으로 요동쳤다.

"이건……! 내가 이걸……!"

콩죽. 많은 죽 중의 하나. 그러나 이건 그녀에게 단순히 죽이라고만 부를 수 있는 게 아니었다.

아빠를 위해 엄마가 만들던 사랑, 그리고 아빠가 그녀에게 남긴 키워드다.

"아……!"

절망의 한숨이 새어 나왔다. 아무리 발버둥 쳐도 마음이 가는 건 어쩔 수 없었나 보다. 이제는 그에게 몽땅 내준 것을 부정할 수가 없었다.

여전히 그녀의 영혼은 불안정했다. 마음만 먹으면 얼마든지 홀쩍 몸을 벗어날 수 있을 것 같았다.

그녀가 다시 영혼 상태로 부유하는 걸 보고 달려왔던 금 할머니는 경고했다. 한 번만 더 그러면 끝이라고. 그전에 그녀를 육체와 단단히 매어둘 끈이 필요하다고 했다.

방법은 두 가지였다. 절절한 미련을 남길 만큼 사랑하는 남자를 만나거나 아니면 아이를 낳으라고. 전자는 어렵지만 후자는 할 수 있을 것 같았다. 아니, 강현이라면 둘 다 가능할 것 같았다. 하지만 욕심이었던 것 같다. 역시 외길로 통하는 마음은 조건을 충족시키지 못하는 모양이었다.

가슴이 다시 스산해졌다.

"앗!"

그대로 유영할 것 같은 그녀의 정신은 목덜미에 닿는 감촉에 화들짝 깨어났다.

어느새 씻고 돌아온 강현이 그녀의 목덜미에 입을 맞추고 있었다. 그와 함께 그의 엉큼한 손이 그새 그녀의 가슴 속을 파고들고 있었다.

"오늘은 아침밥은 생략하고…… 당신을 먹으면 안 될까?"

아, 이렇게까지는 제발……!

겹친다, 너무 겹친다. 아빠의 말을 그가 똑같이 하고 있었다.

왜 그러느냐 묻고 싶었다. 하지만 돌아올 대답이 무서웠다. 이제 그의 입에서 나오는 거부의 말은 더 견딜 수 없을 것이다.

다행스럽게도 그 순간을 방해하는 소리가 들렸다.

파스스……! 콩가루 물이 끓어 넘치며 하얀 거품을 뿜어내고 있었다.

"어머, 이를 어째!"

"미안. 나 때문에!"

"괜찮아요. 닦으면 돼요. 콩죽은 잠깐만 눈을 떼도 이런다구
요……."

"콩죽? 처음 듣는 건데? 정선댁 아주머니에게 새로 배운 거
야?"

"아뇨, 이건 우리 엄마한테……. 고소하고 꽤 든든할 거예요.
잠시만 기다려요!"

해진은 그를 식탁으로 밀어내고 다시 열심히 냄비를 저었다.
'대신 저어줄까?' 하는 그의 말에 흠칫하며 고개를 젓는 그녀가
왠지 슬퍼 보였던 건 아마 착각이었으리라.

"자, 다 됐어요."

해진은 식기 좋게 넓은 그릇에 죽을 담아주었다. 강현은 한술
뜨면서 처음 해진이 끓여준 죽을 떠올렸다.

"어…… 때요?"

해진이 조심스레 물었다. 처음 그때처럼.

행복은 이미 그의 것이었다.

"맛있어. 당신 말대로 고소하고. 자주 먹어도 좋겠다."

"그래요? 그럼 자주 해줄게요!"

그 순간, 눈을 내리깐 해진의 눈 속에 기쁨과 체념이 함께 들어
있다는 걸 그는 알지 못했다.

※

8월 29일.

드라마 불새의 귀환이 끝났다. 방영 내내 부동의 1위를 지키던 불새의 귀환 마지막회 시청률은 무려 40.7%, ATBC 개국 이래 최고 시청률을 경신하며 성공적으로 막을 내렸다.

그 밤, 모두가 잠든 시각 조용히 움직이는 사람들이 있었다. 그들은 각자 손에 든 커다란 종이를 어느 담벼락에 붙이고 나타날 때처럼 조용히 사라졌다.

날이 밝으며 사람들이 그 앞을 지나가기 시작했다.

한 사람이 걸음을 멈추고, 또 한 사람, 또 다른 사람이 담벼락에 붙은 대자보를 읽는가 싶더니 누구라 할 것 없이 사진을 찍어 자신의 블로그와 페이스북에 올리기 시작했다. 불새의 귀환 종방으로 아쉬움과 후유증을 앓는 사람들이 다시 그 사진을 퍼 날랐다.

—민대정. ㈜연강 대표, 46세. 차완영이 결혼 전 낳은 혼외자.

차완영과 차문영이 차형찬 회장과 그의 딸, 차해진을 살해하고 가로챈 재산을 세탁했으며 그 자금으로 ㈜연강 설립. 현재 가온당 공천을 받기 위해 막대한 뇌물을 쏟아붓는 중. 차완영으로부터 강북 지역 조폭 단도파와의 인연을 물려받았으며 불법 자금과 비리, 각종 폭력 사건에 연루되어 있음.

대자보가 붙은 곳은 어처구니없게도 가온당 당사 담벼락이었다. 경찰이 인근 CCTV를 뒤져 가며 대자보를 붙인 범인들을 찾으려 했으나 범인이라고 추정되는 이들이 찍힌 모습은 희미한 뒷모습뿐, 그마저도 인상착의를 건질 수 있는 건 하나도 없었다.

그리고 여당인 민화당과 가온당과 상극인 심민당 당사에는 은밀한 소포가 도착해 있었다. 민대정이 공천을 받기 위해 가온당 실세에게 쏟아부은 뇌물 장부였다.

가온당 공천 발표를 하루 앞둔 날이었다.

✳

챙그랑, 챙챙! 와르르르르.

차완영이 던진 단단한 크리스털 잔에 장식장 유리가 요란한 소음을 내며 산산조각 났다.

㈜연강은 민대정이 대표지만 실질적으로 회사를 경영하는 사람은 바로 차완영이었다. 지금 그들이 있는 곳도 바로 그곳, ㈜연강의 회장실, 그곳의 장식장이 차완영의 손에 명이 다 되고 말았다.

"대정이, 우리 대정이 어떡해!"

"즉각 해명과 함께 항의 기사를 작성하고 경찰에 의뢰해서 대자보를 붙인 놈들을 찾았지만 아마도……."

차문영이 절망적인 어조로 고개를 저었다. 그의 안색은 매우 까매 보였는데, 아무리 여름의 끝자락이라지만 태운 것과는 차이가 있는 얼굴이었다.

하지만 동생의 안색 같은 게 눈에 들어올 차완영이 아니었다.

차문영이 당장 죽는다 해도 그녀는 눈도 깜빡하지 않을 것이다. 그녀의 머릿속엔 무너져 내리는 발판과 자기 아들 민대정밖에 없었다.

차문영에게 겨우 그딴 소리밖에 못 하느냐 소리를 지르려던 차완영은 대신 전화기를 던지는 것으로 화를 풀었다.

불새의 귀환이 시작된 후로 그의 아들들과 차완영의 아들딸은 모두 해외로 나가서 당장 믿을 사람이 없었다. 아들은 현재 연락이 안 되니 무능력한 동생이라도 붙잡고 있어야 했다.

이후로도 드라마 열풍이 잠잠해질 때까지 그들의 자식들은 해외에 나가서도 쥐죽은 듯이 살아야 했다. 그래도 대정만 성공하면 뒤엎을 기회가 있었다. 돈과 권력으로 덮지 못할 것이 없었다.

그러나 소문은 너무 걷잡을 새 없이 커져서 손쓰기가 어려웠다. 설상가상 국세청에서 조사가 들어올 거란 귀띔도 있었다. 당장은 그것부터 대비해야 했다.

"신 변호사 연락이 왔어. 검찰에서 압수 수색영장을 발부할 지도 모른대. 대정이가 나서야 하지만 지금 막을 사람이 없어."

"누님, 주시하는 눈이 너무 많습니다. 이대로 덮을 수는 없을 겁니다."

"그럼 어쩌자고! 이대로 당하자고?"

"지금이라도 챙길 수 있는 건 챙겨서……."

"바보 같은 소리 작작 해! 지금 챙겨봤자 뭘 얼마나 챙겨! 이대로 무너지는 꼴을 보란 말이야? 대정이는 어쩌고! 이대로 우리가 사라지면 대정이가 무사할 것 같아?"

'우리가 위험하다고 대정이가 나서진 않겠지요. 지금처럼······.'

차문영은 올라오는 쓴 물을 삼켰다. 대정은 아마 제 어머니는 구하려 할지도 모른다. 그러나 자신은 포함되지 않았다. 모든 일을 덮어쓸 사람이 필요하다면 그것은 자신이 될 것이다.

10년 전 그때도 주범의 족쇄를 찬 건 자신이었다. 빠져나갈 수 없는 증거들이 확보되었기에 누이도 형을 살긴 했지만 더 긴 형을 선고받은 것은 결국 자신이었다. 이번에도 다를 것이 없었다.

"진원도와 다시 연결해 봐!"

진원도는 단도파 두목이다. 그들은 차완영의 앞길을 막는 사람들을 해치워 주고, 그녀는 그들의 뒤를 봐주는 공생 관계를 이어 왔다.

"요즘 오명훈이라는 검사가 물고 늘어지고 있어서 함부로 움직일 수 없다고 합니다. 그동안 보냈던 단도파 졸개들이 다 잡힌 데다 협박장과 전화로 한 내역까지 모두 녹음이 되어 있답니다. 처음부터 우리가 어떻게 나올 줄 알고 겨냥해서 대비한 게 아니고선 이럴 수가 없습니다."

"그년, 그년을 찾으라고 했잖아! 왜 그년 하나 찾지 못하는 거야!"

고함을 질렀지만 그게 하릴없는 발악일 뿐이란 걸 차완영이 더 잘 알고 있었다.

박혜윤은 대정이 정치권의 힘을 빌어 찾는데도 찾을 수 없었다. 머리카락 하나 찾을 수 없는 사람이라 이젠 박혜윤이 배후라고 확신하던 것도 의심스러워지고 있었다.

"누님, 저는…… 그 드라마…… 우리에게 보내는 메시지가 아닐까 합니다. 되살아난 해진이가 우리에게 복수를……."

"이 모자란 것아! 또 그런 어리석은 소리를 해!"

차완영이 아무리 누나라지만 그도 환갑이 넘어선 사람이었다. 이렇게 함부로 막 대하는 누이가 어제오늘이 아니었지만 몸에 이상 신호가 온 차문영은 모든 게 거슬렸다.

그리고 점점 죽음에 가까워지는 몸 탓인지 요즘 들어 부쩍 정말 해진이 되살아나서 자신들에게 복수하는 게 아닐까 하는 생각이 강해지고 있었다.

"진원도한테 연락해!"

"진원도는……."

"연락이나 해. 그놈들 사정까지 봐줄 필요 없어! 어차피 뒤 닦는 놈들 역할이 그런 거지. 서른 줄도 안 된 애송이 검사 하나 때문에 몸을 사린다는 게 말이 돼?"

"하지만 너무 궁지로 몰면 진원도는 도리어 우리를 물려고 할지도 모릅니다."

"하라면 해! 잔소리가 많아!"

"……네."

차문영은 누이가 보는 앞에서 전화를 걸었다. 곧 이어진 전화를 빼앗다시피 받은 차완영이 진원도를 어르고 달래기 시작했다.

"진 사장, 배우나 감독은 이제 신경 꺼요. 내가 여태 잊고 있던 게 생각났어요. C&Y를 다시 캐봐줘요. 그래요, 장무영 그놈이 누구와 손을 잡은 건지 다시 파헤쳐 보죠. ······C&Y가 아무리 인원이 많아도 단도파보다 많아요? 하하, 진 사장, 난 진 사장의 능력을 믿어요. 진 사장이 하기 어려우면 내가 누군지 알아내 줄게요. ······아, 그럴래요? 그럼 진 사장만 믿을게요."

통화를 끝낸 차완영이 전화기를 휙 던졌다. 아무렇게나 던져진 전화기를 받으려던 차문영은 소파에 걸려 넘어지고 말았다.

"흥, 이래저래 칠칠맞지 못하기는······. 신 변호사 만나러 갈 테니 너는 대정이에게 다시 연락해 봐!"

차완영이 넘어진 동생을 비웃고는 방을 나갔다. 넘어지느라 다친 그의 이마는 찢어져서 피가 흐르고 있었다. 혼자 힘들게 일어서는 차문영의 입술이 깨물린 채 하얗게 질려 있었다.

※

"대박이야! 예상보다 제대로 터뜨렸······ 해진아!"

기분 좋게 소리치던 혜윤은 가방을 떨어뜨리며 달려갔다. 구석에서 해진이 무릎을 세운 채 그 사이에 고개를 파묻고 있었다. 해진에게선 그 알 수 없는 위태로운 분위기가 다시 흘러나오고 있었다.

"해진아, 왜 그래?"

여간해선 괜찮다고 했을 해진이 오늘은 혜윤에게 고개도 들어 보이지 않았다.

"해진아, 무슨 일 있어?"

"언니……."

"그래, 말해! 혹시 또 꿈꿨어?"

"아니……."

"그럼 뭐야. 왜 이래?"

나, 가슴 덜렁거리게 자꾸 이럴래?

"언니, 나…… 왜 임신이 안 될까……."

가슴 철렁했던 혜윤은 안도를 느껴야 할지 안타까움을 느껴야 할지 알 수 없었다. 다만 이제는 물어봐야 할 것 같았다.

"꼭…… 아이를 가지고 싶어?"

"가지고 싶은 게 아니라…… 가져야 해."

강현 씨 아이니까 가지고 싶기도 하고.

"왜?"

한참 대답이 없던 해진이 겨우 입을 열었다.

"영지 할머니가 그러셨어. 내가…… 아기를 가져야만…… 산다고."

"뭐어?"

"나한텐…… 미련이 없대. 아쉬움이 없대. 그래서 언제 훌쩍 떠날지 모른대. 아기가 내게 미련이, 아쉬움이 되어줄 거래."

"미련? 아쉬움?"

"이 몸에 대한 미련. 강해진의 삶에 대한 아쉬움."

"……!"

이제야 해진에게서 느껴지던 위태로움의 정체를 알게 되었다. 혜윤은 왈칵 울음을 터뜨렸다.

해진은 넋이 나갈 정도로 꺽꺽 우는 혜윤의 등을 가만히 토닥여 주었다. 마치 저 대신 울어주어 고맙다는 듯. 두 여자는 한참을 그렇게 부둥켜안고 있었다.

겨우 진정한 혜윤이 몸을 떼자 해진은 웃어보였다. 그러나 멍한 해진의 표정엔 허탈한 기운이 떠나지 않았다.

"언니, 난…… 아기는 결혼하고 잠자리를 하면 바로 생길 줄 알았어. 한 달이 지나고 두 달이 지났을 때도 걱정은 안 됐어. 언니 말대로 즐길 거 즐기고 천천히 임신한 다음 자연스럽게 멀어지면 되는 줄 알았어……"

"왜? 임신하지 못할 것 같아서 걱정돼? 아기는 생길 거야. 꼭 생길 거야!"

내가 정강현에게 무릎을 꿇는 한이 있어도 넌 안 보내!

"그게 아니라…… 언니, 요즘 강현 씨가 이상해……"

"뭐? 혹시 그놈이 바람이라도 펴?"

죽인다, 정강현!

"그게 아냐, 언니. 바람, 그런 게 아니라……"

해진은 푸우, 길게 한숨을 쉬며 말했다.

"그 사람…… 이상해졌어. 이상해. 많이 이상해."

"뭐가? 뭐가 이상하다는 거야? 바람이 아니면 뭐야? 혹시 변태 같은 짓 해? 채찍을 휘두른다거나 막 괴롭혀? 혹시 때리고 그래?"

"아냐! 아냐! 그런 거 아니야!"

"대체 뭐가 이상하다는 거야! 정강현이 그놈!"

"자꾸 강현 씨 욕하지 마! 왜 자꾸 그놈이래!"

"너 이렇게 만드니까 그놈이라지! 뭐야, 정강현한테 놈 소리 했다고 따지는 거니?"

해진은 대답 대신 다시 무릎을 감싸 안고 고개를 접었다.

"왜? 뭐가 이상해, 응? 얘기해 봐. 어떻게 이상한데?"

"······그게."

입을 열고서도 해진은 한참 더 망설였다. 속삭이는 소리가 워낙 작아서 혜윤이 바싹 귀를 기울이지 않았으면 들리지도 않았을 것이다.

"다정해. 꼭······ 아빠처럼."

"······!"

해진이 제 이마 사이를 손가락으로 짚으며 말했다.

"강현 씨한테 내가 그랬어. 맨날 여기가 굳어 있어서 인상이 딱딱한 거라고, 마사지해서 풀어주면 더 부드럽고 여러 가지 표정을 풍부하게 지을 수 있다고 했어. 그랬더니 해달라더라."

"그래서?"

"해줬어."

그게······ 다야? 그게 뭐가 이상해?

해진은 뜨악해하는 혜윤은 본 체도 않고 제 이야기에 빠져 있었다.

"그 사람······ 잘 웃어. 내가 마사지를 잘했나 봐. 매일 해달라고도 해."

시작은 얼굴 마사지였는지 모르나 끝은 항상 침대에서 이뤄지는 그런 마사지인 게 문제였나, 효과가 너무 좋았다.

"나 안아주는 것 말고도…… 무척 자상해. 장난도 잘 치고. 또 내가 해준 건 다 좋대. 별거 아닌 말을 해도 잘 들어줘. 회사에서 있었던 일도 종종 얘기해."

아! 알아들었다.

이상하지! 이상하다. 당연히 정강현이 이상한 거다.

이보다 더 확실할 수가 있나……? 그런데 이 겁 많은 맹추는 확인하길 두려워했다.

혜윤은 모르는 척 물었다.

"그게, 이상…… 한 거야?"

"응, 나만 보면 웃어. 자주 손을 잡아줘. 왜 그럴까? 그러면 안 되는데. 안 되는 건데……."

"왜 안 돼? 다정해지면 좋잖아."

"안 되잖아. 강현 씨가 그러면 안 되는 거잖아. 나랑 헤어질 건데. 나는 그 사람 놓아주기로 약속했잖아!"

"그거야 결혼 전에 그런 거고. 생각이 바뀔 수도 있는 거지."

"아니야. 강현 씨 마음은 변하지 않았어. 우리 그 회식하던 날에도 그랬어. 원하는 건 자유라고."

멍청한 인간! 해진을 끌고 갈 때부터 뭔가 사달을 낼 줄 알았다. 정말이지 동정의 여지가 없다.

"난 말이야, 언니…… 언니가 보여준 신랑감 후보 중에 그 사람을 봐서 깜짝 놀랐어. 그 사람이 아직 미혼으로 있었다는 것 자체가 너무 반가워서 아무것도 안 보였어. 그 사람이 거기 있다는 걸 알기 전까진 그 의미 없는 점수 놀이를 하면서도 막연했는데……

그 사람이 나타난 순간 결혼이 현실이 되더라."

"……?"

"그리고 그 사람에게 청혼하러 갔다가 보기 좋게 거절당했지. 예상대로라 거절에도 실망하지 않는다고 생각했었는데 그게 아니었나 봐. 그래서 다음 상대로 찍은 한유민에게 애인이 있든 없든 느낌이 없었어. 그다음 상대가 누구였다 해도 별 상관 없었을 거야. 내가 아이를 낳아야 한다는 상황이 바뀐 건 아니었으니까. 그런데 기적같이 그 사람이 나를 다시 찾아왔더라?"

"……."

"그 사람이 원하는 결혼과 내가 원하는 결혼은 방향이 달랐어. 처음에 얼결에 외친 자유를 주겠다던 말이 그 사람이 가장 바라는 거라서 실망했어. 그래도 난 그 사람을 잡고 싶었어. 나 혼자 좋아하는 거지만 다음에 어떤 남자를 만나도 내가 좋아하는 사람은 아닐 테니까."

"하……!"

"그와 함께 사는 동안 최선을 다해 살려고 했어. 엄마가 아빠에게 해주던 것처럼. 나도 그런 생활을 흉내 내보고 싶었어. 그 바람이 너무 강했나 봐. 나…… 오늘 그에게 콩죽을 끓여주고 있더라?"

"뭐?"

혜윤도 놀랄 수밖에 없었다. 콩죽이 해진에게 어떤 의미가 있는지 누가 그녀만큼 알까.

"이 의뭉스러운 것아! 이 앙큼한 것아! 그래 놓고 감쪽같이 날

속여? 뭐? 잘생겨서라고! 그래서 200점이라고?"

"그때는…… 그 말도 사실이었어."

"흥! 속일 걸 속여라!"

해진은 희미하게 웃기만 했다.

"그럼 이제 다시 말해봐! 정강현이, 그 남자한테 너와 계속 같이 살자고. 너와 사랑하자고."

"안 돼!"

"뭐가 안 돼?"

"그때는 거절당해도 괜찮았는데 지금은 안 돼!"

"왜? 왜 안 돼?"

"몰라, 뭔지 모르지만 그때랑 지금이랑 달라. 그때는 괜찮았어. 그런데 이젠 안 돼. 또 거절당하면 나, 여기가 아플 것 같아. 그냥…… 그래. 하지만 말하지 않고선 괜찮아. 그러니까 이대로 헤어지면 나, 괜찮을지도 몰라."

모르긴 뭘 몰라! 뭐가 괜찮아!

"나…… 이래서 아빠의 소망을 들어드릴 수 있을까? 아빠가 그러셨어. 엄마와 아빠처럼 서로 사랑하는 사람 만나 행복하게 살라고. 그래서 오래오래 살다가 나중에 찾아오라고. 강현 씨가 아닌 다른 사람을 만나 그렇게 살 수 있을까? 내가……?"

이러다 아예 땅 파고 들어가겠다.

"기다려 봐!"

혜윤은 전화를 꺼내 들었다.

신호가 울리자 곧 퉁명한 목소리가 들렸다.

[무슨 일입니까.]

다짜고짜 이 한마디를 하는 걸 보면 그래도 정강현이 그녀의 전화번호를 저장하고 있는 모양이었다. 아마도 이름은 마녀라고 하지 않았을까? ……맞다.

혜윤은 다짜고짜 말했다.

"해진이요. 해진이 죽는대요!"

[뭐요!]

수화기 너머로 뭔가 우당탕하는 소리가 들린 듯했다.

"언니!"

기겁한 해진이 소리치며 전화기를 뺏으려 했지만 혜윤은 몸을 돌려 통화를 계속했다.

[뭐예요! 해진이가 사고라도 당했습니까? 지금 어딥니까?]

사뭇 두려운 강현의 목소리에 혜윤은 카타르시스를 느꼈다. 적어도 저는 거짓말한 건 아니다!

"잘 들어요. 사고도 병도 아니에요. 해진이, 그쪽이랑 틀어지면 죽는다고요. 알아들었어요? 언더스탠?"

[양혜윤 씨, 이게 무슨 장난……!]

혜윤은 그대로 전화를 끊으며 미소를 지었다.

멍청한 인간! 곧장 달려오지 않으면 내가 해진을 정말 납치라도 해서 끌고 간다!

이를 바드득 갈던 혜윤은 급히 제 전화기를 찾아 드는 해진에게 소리쳤다.

"너! 그 전화 걸면, 나 너 절대 용서 안 해!"

"언니!"

"나, 정말 화났어. 어떻게 나한테 그런 말을 안 해?"

갑자기 눈물을 쏟아내는 혜윤 때문에 해진은 안절부절못하며 사과했다.

"미, 미안해……."

"전화, 안 돼! 알았어?"

"응, 응, 알았어!"

혜윤은 대답하면서도 미련을 버리지 못한 해진의 손에서 전화기를 치워 버리고 본격적으로 따지기 시작했다. 이 어리바리가 그런 앙큼한 비밀을 숨기고 있었어?

"이제 솔직히 말해봐. 너, 정강현을 처음 만난 게 언제야?"

"어? 어?"

"어허, 강해진! 나한테는 그런 거 안 통하거든? 언제야!"

혜윤의 눈꼬리가 다른 때보다 더 치켜 올라갔다. 말하지 않고는 절대 놓여날 수 없다.

"그게…… 내가 열아홉 살 때……."

해진이 아득해진 눈으로 과거를 더듬었다.

"아빠가 이미 병원에 계실 때였어. 창사 100주년이라 내가 아빠의 빈자리를 대신해서 참석해야 하는 자리에 갔었는데……. 거기서 민대정이…… 나한테 약을 먹였어."

"뭐야!"

"민대정 말을 빌리자면 장난을 치려는 거였다더라. 제 똘마니들을 부려서 날 윤간하려던 거였어."

"아악! 죽일 놈! 죽일 놈! 내 아버지도, 나도, 너도! 그 악랄한 놈이……! 그놈이 다시는 세상 빛을 보지 못하게 할 거야, 다시는!"

혜윤의 베어 문 입술에서 피가 배어 나오고 있었다. 해진이 급히 피를 닦아주려 했지만 혜윤은 손으로 쓱 문지르고는 재촉했다.

"그래서! 어떻게 된 거야?"

"어떻게 되긴. 그때 강현 씨가 나타나 세 명이나 되는 남자들을 물리치고 날 짠, 하고 구해줬지. 백마 탄 왕자님이 따로 없었어."

"흥, 백마 탄 왕자님 좋아하시네."

해진이 배시시 웃더니 아련한 눈을 했다. 사랑에 빠진 눈이 슬퍼 보였지만 아름다웠다. 곧 그 눈이 기쁨으로 밝아지게 해줄 테다.

어찌 됐든 지금 불같이 달려오고 있을 강현과는 마주치지 않는 것이 좋았다.

올…… 테지?

항상 하던 것처럼 강현이 빌라 정문에 들어선 다음 나가는 건 별로 권장할 방법이 아니었다. 혜윤은 시각을 확인하며 일어섰다.

"나 이제 가봐야겠다. 당분간은 못 오는 거 알지? 명훈이가 기다리고 있을 거야."

어젯밤 대자보를 붙인 후 혜윤은 검사들이 사용하는 안가(安家)로 숨기로 했다. 그곳에 가던 길에 해진에게 들른 것이었다.

"알아. 언니, 정말 조심해야 해! 나, 솔직히 언니가 오늘 여기 온 것도 걱정스러워. 그나저나 명훈이, 펄펄 뛰지 않았어?"

"말도 마라! 어째 아저씨보다 그 녀석이 더 길길이 날뛰더라니까!"

"첫사랑께서 저한테 말도 없이 일을 벌였으니 그러지 않았겠어?"

"첫사랑은 개뿔! 그 녀석, 사시미인지 회칼인지 하는 조직에 잠입 수사 갔다가 애인 만들어 왔다더라."

"뭐야……!"

"자세한 얘기는 나중에. 얼굴 안 보여주고 가면 울까 봐 왔는데 흥, 오기 잘한 것 같기도 하고, 아닌 것 같기도 하네?"

해진이 민망하게 웃었다. 그나마 혜윤이 막 왔을 때보다는 훨씬 나아 보였다. 숨겨뒀던 비밀을 털어놔서 후련하기도 하고 강현에게 전화한 것 때문에 놀라서이기도 할 것이다.

혜윤은 해진의 집에서 나가려다 말고 화장실에 들렀다. 요즘 퍽 자주 찾아오는 요의 때문이었다.

그녀가 들어간 손님용 욕실에는 임신 진단 테스트기가 널브러져 있었다. 그곳에 임테기가 널린 이유야 뻔했다. 개수도 꽤 많은 걸 보면 해진이 얼마나 스트레스를 받고 있었는지 알 만했다.

혜윤은 뜯어놓기만 하고 사용하지 않은 임테기를 무심코 들었다. 그걸 왜 자신이 시험해 봤는지는 혜윤은 나중에도 설명할 수 없었다.

"꺄악!"

해진이 바라던 선명한 선홍색 두 줄이 그녀의 눈앞에 있었다.

12. 데이트

강현은 난처한 얼굴로 문을 열어주는 해진을 보며 간신히 속을 진정시켰다. 안에 마녀는 없는 것 같았다. 당연히 마녀가 아직 여기 있을 리가 없다.

마녀의 전화를 받기 전까지만 해도 해진을 마구 흔들어주고 싶은 심정이었다. 재원이 사색이 된 채 인터넷에 떠도는 대자보 사진을 보여줬을 때는 정말이지 간담이 서늘할 정도였다.

누가 그 일을 했는지 재원이나 그나 모를 리 없었다. 유력한 범인이라며 찍힌 단 한 장의 CCTV 사진에 보이는 건장한 체구의 사람들은 십중팔구 C&Y 직원들일 것이다.

하지만 해진을 흔들어주겠다는 생각 같은 건 마녀의 전화 한 통에 사라지고 말았다.

"당신, 괜찮아?"

"당연히 괜찮죠. 언니가…… 엉뚱한 소릴 해서 미안해요."

죽어? 누가! 그 말에 혼비백산한 걸 생각하면 아직도 이가 갈린다. 순식간에 머릿속을 스친 오만 가지 상상에 뒤이은 마녀의 말은 차라리 구원이었다.

"해진이, 그쪽이랑 틀어지면 죽는다고요. 알아들었어요?"

그 마녀가 그런 미친 소리를 한 이유가 있을 것이다. 그제야 강현의 머리가 돌아가기 시작했다.

나와 틀어지면?

그 말에 담긴 걸 읽지 못하면 세상에 둘도 없는 바보였다.

강해진, 당신도 날 사랑해?

순간 수증기처럼 머릿속을 꽉 채우던 화가 순식간에 증발해 버렸다. 가슴이 벅차올랐다. 환희가 솟았다. 이제 해진에게도 마음을 전할 때가 되었나 보다.

하지만 다짜고짜 '널 사랑해!'라고 한다면 이 여자가 믿을까?

기회는 왔지만 이렇게는 아니었다. 역시 그 마녀와는 뭔가 맞지 않았다. 마녀의 의도가 어떻든 놀란 가슴은 지금도 떨리는 듯했다. 재원과 영영 끝이 난다면 반드시 해진과 멀리 떼어버릴 테다!

그럼 당장 왜 이렇게 허겁지겁 달려왔느냐 묻는다면…… 뭐라 답해야 하지?

아, 중요한 게 있었다! 여태 계획만 짜던.

"어차피 회사로 다시 들어가기는 뭣하고, 우리 나갈까? 멀리는 못 갈 것 같고 고궁에라도 가볼까 하고."

해가 중천이다. 아직 점심도 먹기 전이었다. 이런 일탈은 해본 적이 없지만 일생일대의 날에 한 번쯤은 괜찮지 않을까?

"언니 말은 정말 신경 쓰지 않아도 돼요. 괜찮아요, 강현 씨."

"그 마…… 혜윤 씨와는 상관없어. 아니, 고궁은 좀 시시한가?"

"아녜요!"

소리친 해진은 제 풀에 놀라며 우물거렸다.

"좋아요, 고궁. 한 번도 가본 적이 없어서……."

"그래, 그럼 잘됐네! 옷만 갈아입고 가자!"

해진은 폴짝 뛰듯 방으로 들어가 옷장을 뒤집었다. 강현도 따라 들어가 자신의 드레스룸에서 티셔츠와 면바지로 갈아입고 나왔는데, 놀랍게도 해진은 그사이에 벌써 티셔츠와 청바지를 걸친 모습으로 한 손에 모자까지 들고 있었다.

여자가 준비하는 시간은 최소 한 시간이라고 하지 않았었나? 재원이 알려준 '상식'도 틀린 게 있는 것 같았다.

"나가요!"

그녀의 목소리에 기쁨이 가득했다. 그 기쁨은 그에게도 전염되는 것 같았다.

그때 그의 전화가 울렸다. 윤이수였다. 때마침 온 전화였다.

"회사야. 잠시 전화하고 갈게."

"혹시……."

"아니야. 잠시만 기다려."

강현은 짐짓 걱정스럽게 변하는 해진에게 안심하라며 고개를 젓고는 서재로 들어갔다. 윤이수에게는 간단한 설명과 함께 오후 스케줄을 비우라 지시하고 다시 전화를 걸었다.

"홍 팀장님, 정강현입니다. 지금 거기 가려고 합니다. ……내가 손짓할 수 있는 곳에 있어주세요. ……네, 부탁드린 그것 준비해 주십시오."

강현이 밖으로 나오자 해진이 혹시나 하며 그를 올려다보았다.

"걱정하지 말라니까. 누가 우리 첫 데이트를 망칠 수 있겠어?"

"네……?"

"가자! 내가 오늘 최고로 모실게!"

해진의 눈이 묻고 있었다. 왜……?

대답해 줄 그 순간은 그도 기대하는 바다. 하지만 강현은 꾹 참고 동그래진 해진의 눈에 입을 맞췄다.

마녀에게 떠밀린 고백은 안 한다. 내 식대로!

강현은 해진의 손을 꼭 잡고 밖으로 나왔다.

강현이 첫 데이트 장소로 선택한 곳은 창덕궁이었다. 유명 관광지라 사람이 많겠거니, 했었지만 평일 오전부터 그렇게 사람이 많이 몰리는 줄은 처음 알았다. 그리고…… 날을 잘못 골랐다. 재원이 이곳을 추천했을 때가 벌써 두 달 전, 이렇게 더운 때가 아니었다. 꾸무룩한 하늘이 그나마 도와주긴 했지만 대신 선명함을 감춰 버렸다.

"우리…… 딴 데로 갈까?"

갑자기 맥이 빠진 강현이 해진을 돌아보며 물었다. 그러나 해진은 더위도, 바글거리는 사람들도 좋다는 듯 궁 입구의 높다란 정문에 감탄하며 미소를 짓고 있었다.

"TV에서만 보던 곳인데…… 실제로 보니까 더 아름다워요!"

"그렇네……."

말로는 동의했지만 사실 그는 궁의 아름다움이 뭔지는 잘 몰랐다. 그냥 궁이라는 느낌. 그런데 해진이 그렇게 말하니 아름다운 것 같았다. 이제 자신의 가치관과 생각이 누구를 위주로 돌아갈지 훤했다. 하지만 좋기만 한 걸 보면 바보 필터가 끼워진 듯한 제 세상이 제법 마음에 들었다.

창덕궁 후원 입장은 정해진 시간이 있었지만 그들은 운 좋게 바로 입장이 가능했다. 일단 후원 안길로 들어서자 소나무 사이로 스치는 바람이 꽤 시원했다.

해설사를 따라 걸어가며 해진이 소곤거렸다.

"강현 씨는 여기 와봤어요?"

"어릴 때 한 번 와봤던 것 같은데 잘 기억은 안 나."

들어가던 입구에 첫 번째 팻말 앞에서부터 해설사의 설명이 있었다. 깡마르고 연세가 있어 뵈는 해설사는 약간 발음이 새는 듯했지만 입담이 구수해 설명을 듣는 재미가 있었다.

더위만 아니면 더 힘차게 돌아다닐 만큼 궁궐 구경은 꽤 재밌었다. 하지만 후원을 보고 나오자 벌써 정오를 훌쩍 넘긴 시각이었다. 그는 아쉬운 눈빛을 하는 해진을 달래며 입구로 향했다.

"하루에 볼 곳은 아니네. 다음에 또 오자."

"또…… 와요?"

"당신이 좋다고만 하면. 미리 얘기만 하면 시간 낼게."

"왜……?"

"응?"

"아, 아니에요."

해진은 황급히 입을 다물었다. 강현은 비밀을 숨긴 악동처럼 싱긋 웃으며 그녀의 손을 잡았다.

"이젠 점심 먹으러 가자!"

재원이 추천했던 맛집을 방문한 강현은 다시 낭패를 겪었다. 칼국수집이었기 때문이다. 땀으로 셔츠가 다 젖을 정도인데 또 뜨거운 거라니! 하지만 해진은 '이열치열'이라며 좋다고 하더니 뜨거운 칼국수를 먹으며 함박웃음을 지었다.

강현은 깨달았다.

'사랑은 점점 커지는 것이었구나. 계속 더 자라겠구나.'

그리고 이 여자의 미소를 보지 못하고 산다면 저는 시들어 버릴 거란 것도 알았다.

원래 그의 계획에는 재원이 조언해 준 노점 액세서리 매대를 들르는 것도 있었지만 고궁 행군으로 지친 해진을 끌고 다니기엔 무리였다. 하지만 그것 말고도 준비한 건 또 있었다.

그들은 홍 팀장이라는 사람이 운전하는 강현의 차를 타고 한 시간 남짓 달려 서울을 벗어났다. 가는 내내 강현은 그녀의 손을 놓지 않았다.

도착한 곳은 낚시터를 끼고 있는 펜션이었다. 안에 갈아입을 옷과 잘 준비가 되었다는 말에 놀라던 해진은 준비된 낚싯대에 환호성을 질렀다.

"와, 우리 낚시도 할 수 있어요?"

"혹시 낚시 해봤어?"

"네, 아빠랑, 아……!"

해진은 재빨리 고개를 저으며 다시 말했다.

"어릴 때 해봤어요, 한 번……. 다시 오기로 했었는데……."

눈가가 촉촉해지던 해진이 그를 향해 웃어보였다. 마른 눈으로 저렇게 울 수도 있었다. 그게 얼마나 더 슬퍼 보이는지 그녀는 모르는 것 같았다.

해진의 입에서 나온 '아빠'란 말을 듣는 게 두 번째였다. 해진이 꿈꾸며 서럽게 부르던 바로 그분. 왠지 그녀의 '아빠'가 강진만 회장은 아닐 거란 생각이 들었다. 그녀의 비밀을 엿본 느낌이었다.

강현이 모르는 척 먼저 낚싯대를 가리키며 말했다.

"아까는 더운 게 별로였는데 여긴 강바람도 시원하고 낚시하는 데는 그만이네! 우리, 누가 더 많이 잡나 내기할까?"

"그럼, 더 큰 놈 잡는 사람이 이기는 걸로 해요! 이기는 사람 소원 들어주기!"

"그거 좋네. 그 도전 받아주지!"

"도전이라니요! 내기죠!"

"내기라 해줄게!"

"피……."

강현은 곱게 눈을 흘기는 해진을 데리고 낚시터에 앉았다. 찌를 드리우고 두 사람은 말이 없었다. 한참을 앉아 있었지만 두 사람의 낚싯대는 고요하기만 했다. 그럼에도 지루한 줄 모르는 건 아마도 서로가 서로를 훔쳐 보느라 시간 가는 줄 몰랐기 때문일 것이다.

시간이 훌쩍 지나고 펜션 주인이 미리 잡은 물고기로 저녁을 준비한 후 그들을 부르러 왔다. 주인은 자신이 낚싯대를 걷겠다며 두 사람에게 먼저 들어가라고 했다. 종일 먹을거리가 제대로 이열치열, 저녁은 매운탕이었다.

나중에 그릇을 가지러 온 주인이 웃으며 해진에게 말을 건넸다.

"아유, 신부는 좋겠어요. 신랑이 낚시하러 온 게 아니라 신부 얼굴 보러 왔나 보네요. 계속 신부만 보다가 고기 잡힌 줄도 몰랐나 보네! 꽤 큰 놈이 잡혔더라고요! 내일 아침은 그놈으로 끓여 드릴게요!"

주인이 나가고 나서도 한참 후에야 해진이 겨우 말했다.

"찌가…… 안 움직였는데……."

"우리 일어날 때 잡혔나 보다. 그럼, 내가 이긴 거지?"

"강현 씨가 잡은 것도 아니잖아요."

"내 낚싯대로 잡은 거지! 내기는 내기! 강해진 씨, 비겁하게 굴 거야?"

"비겁하다니요! 아저씨가 잘못 본 것일 수도 있고……."

"어허!"

"좋아요. 소원, 말해봐요!"

대범한 듯 큰소리를 치고는 침을 꿀꺽 삼키는 해진이다.

강현은 꽤 조마조마한 표정이 된 해진의 콧등에 입을 맞추며 말했다.

"물어봐. 그게 내 소원이야."

"네?"

"아까 그 주인이 했던 말이 무슨 말이지 물어봐. 아니, 오늘 내 내 내게 묻고 싶었던 거 물어봐. 내가 왜 당신을 계속 바라보는지, 내가 오늘 왜 당신과 데이트를 하고 싶어 했는지, 내가 당신을 얼마나…… 사랑하는지."

"강…… 현 씨!"

"물어봐. 물어봐 줘! 아니, 내가 말할게. 이렇게 늦어서, 이렇게 늦돼서 미안해. 사랑해, 해진아. 사랑해! 나랑…… 사랑하면서 살래?"

"……!"

"난 사랑 같은 건 믿지 않았어. 예전부터 그런 건 내 것이 아닐 거라 생각했어. 그런데 강해진 당신이라면 좋을지도 모른다는 생각이 들어. 어때, 나랑 연애하는 것이?"

"……!"

"다 줄게. 내 심장, 가슴, 몸, 내가 가진 것 모두 다. 내 마음을 쥐고 흔들도록 해줄게. 당신에게 준 이상, 당신 하고 싶은 대로 해도 돼. 보듬고 예뻐하고 아꼈으면 좋겠지만 지겹다고 구박해도 돼. 하지만…… 반드시 평생이어야 해. 절대 도중에 그만둘 수 없어. 어때? 나랑 사랑할 준비 됐어?"

"……."

가만히 그를 바라보던 해진이 입을 벙긋했다. 하지만 몇 번이나 입만 벌리며 소리를 내지 못했다. 그녀의 일렁이던 눈에 말간 무언가가 맺히더니 뚝 하고 아래로 떨어졌다.

그 순간, 해진의 몸이 툭 떨어지는 것 같았다. 늘어지는 그녀를 받아 안는 강현은 가슴이 철렁했다. 묘한 느낌이었다. 마치 공중에 떠 있던 그녀를 받아 안은 느낌…….

해진이 고개를 들었다. 마주친 그녀의 눈이 그의 눈을 정면으로 바라보았다. 눈물 아래로 그녀가 가리고 있던 모든 것이 드러나 있는 것 같았다. 해진의 눈에서 몽롱함이 사라져 있었다. 얇은 막 같은 것이 떨어져 나간 그녀가 선명해 보였다.

해진이 손을 들어 그의 볼을 살며시 쓸었다. 떨리는 손가락이 그녀의 마음을 대변해 주고 있었다.

강현은 자신의 볼을 쓰다듬는 해진의 손을 붙잡아 입을 맞추며 다시 한 번 물었다.

"나랑 사랑하면서 살래? 평생."

해진은 언제나 상상 이상이었다. 해진이 그의 목을 끌어안으며 속삭였다.

"나, 정말 궁금했어요. 사랑하는 남자와 사랑하는 느낌은 어떤지."

그를 탐하는 해진의 입술은 뜨거웠다. 눈물 맛이 나는 것 같았지만 그조차 달콤했다.

강현이 그녀의 가슴을 물려고 하자 해진이 고개를 저었다.

"아흣……! 오늘은 내가 할 거예요!"

그를 밀어 눕히는 해진에게 강현은 순순히 넘어가 주었다. 대신 자유로워진 두 손으로 부지런히 그녀의 바지를 내렸다.

능숙해진 손은 그녀의 속옷까지 한 번에 쉽게 벗겨 버렸다. 해진은 그의 위에 앉은 채 스스로 셔츠를 벗어 던지고서 뒤돌아 앉으며 엎드렸다.

강현은 눈앞에 적나라하게 드러난 갈라진 둔덕에 반사적으로 혀를 갖다 대었다.

"하윽……."

튀어 오를 듯 신음하던 해진이 그의 허벅지를 찰싹 때렸다.

"내가 먼저라니까!"

해진이 그의 바지를 벗겨 내리는 걸 강현은 엉덩이를 들어 돕고는 다시 하던 일에 집중했다. 양손으로 달덩이 같은 엉덩이를 주무르며 벌어진 꽃잎 안으로 혀를 집어넣자 금세 애액이 흘러나오기 시작했다.

"아응, 제발!"

몸을 비틀던 해진이 신음과 함께 발기된 그의 분신을 덥석 물었다.

"흑!"

이번엔 강현이 몸을 굳혔다. 그의 반응에 만족한 해진이 본격적으로 그의 분신을 핥으며 빨기 시작했다. 형언할 수 없는 쾌감에 신음을 쏟아내던 강현도 그녀의 안쪽을 벌리며 그 안으로 혀를 넣었다.

"흐읔!"

자지러진 신음도 잠시, 서로를 핥는 소리가 그 어떤 때보다 음란하고 야하기 그지없었다.

한 손으로 그녀의 진주를 공략하던 강현은 그에 반응하느라 몸을 비트는 해진의 엉덩이를 꼭 붙잡고 이번엔 손가락을 깊게 넣었다.

"아하악!"

"하아……!"

이에 질세라 해진이 그의 음낭을 쥐고서 혀로 길게 핥으며 보듬어 만졌다.

"흐읔!"

흡사 전쟁과도 같았다. 누가 주도권을 쥐느냐가 아니라 누가 서로를 더 쾌락에 젖게 하느냐는 전쟁.

서로에게서 신음이 터질 때마다 그들의 눈엔 만족감이 어렸다. 그러면서 서로가 주는 쾌락에 몸부림치며 한 번씩 절정에 다다르자 이제 더한 쾌락을 위해 해진이 몸을 일으켰다.

"백조의 유희!"

해진이 의기양양하게 외치며 입가를 혀로 쓸었다. 애액과 침으로 범벅이 된 입술을 핥는 모습만 해도 반쯤 힘을 잃어가던 그의 분신을 다시 세우기에 충분했다.

백조의 유희는 해진도 좋아하지만 그도 꽤 좋아하는 체위였다. 그것은 그를 반듯이 눕히고 뒤돌아 앉은 채로 그를 타고 앉아 스스로 몸 안에 그의 분신을 찔러 넣는 자세였다. 덕분에 해진이 자유롭게 그를 죄었다 풀었다 하며 허리를 흔들기도 하고 마음껏 쾌락을 조정할 수가 있는 데다 그는 시각적인 자극으로 오는 쾌락을 즐길 수 있었다.

해진이 스르르 기어가 그의 분신 위에 자리를 잡고 앉았다. 그가 보는 앞에서 엉덩이를 내려 그를 안에 넣는 것만으로도 사정할 것만 같았다.

"아으…… 좋아요?"

허리를 비틀어 돌아보며 묻는 모습이 상황에 어울리지 않게 순진한 얼굴이었다. 차마 대답은 할 수 없어 고개만 끄덕이는 그에게 만족한 해진이 그의 다리를 잡고 허리를 움직였다.

"아아, 해진, 해진아!"

"아흥, 앗, 으응!"

이어지는 건 단말마의 교성뿐, 가끔 서로의 이름을 부르는 것말고는 제대로 나오는 단어조차 없었다.

"강현 씨, 강현 씨!"

"해진아!"

해진의 허리를 붙잡은 강현이 그녀가 허리를 움직이는 걸 도왔다. 아래위로 움직이다가 옆으로 비틀며 온 사방을 조여대는 그녀의 현란한 움직임에 그녀의 이름을 부르는 강현의 목소리는 높아져만 갔다.

"해진아, 해진아!"

아, 이 행복을 절대 놓치지 않을 것이다. 이 사랑스러운 여자와 절대 끝이란 말을 하지 않을 것이다.

"아흐, 아아, 앙, 강현 씨!"

"사랑해, 해진아! 사랑해!"

몰아지경에 빠진 강현은 쾌락의 봇물이 터지자 신음 대신 마음껏 외쳤다.

"사랑해!"

"아응! 나도…… 그런 것 같아요."

이게 뭔가! 열과 성을 다한 그의 고백에 돌아오는 대답은 뜨뜻미지근했다. 당연히 온 마음을 송두리째 들어다 바친 그로선 만족할 수 없는 대답이었다.

해진이 무릎을 세운 채 엉덩이를 쑥 내린 자세로 그를 깊이 받아들이고선 다시 허리를 비틀며 강하게 죄었다. 그는 항의의 말도 잊은 채 쾌락에 신음해야 했다.

"강현 씨, 강현 씨!"

해진이 고백 대신 그의 이름을 높이 소리쳐 외쳤다.

이제야 알 것 같았다. 그녀가 쾌락에 떨며 소리치던 그의 이름이 사랑의 고백이었다는 것을.

그녀의 허리가 다시 능란하게 움직이기 시작했다. 한 번은 얕게, 또 한 번은 깊게, 얕게, 얕게, 얕게, 다시 길게 깊게…….

강현은 쾌감을 조금이라도 더 오래 붙들기 위해 자제력을 총동원해야 했다. 어느새 아내는 그를 자유자재로 요리하는 요녀가 되어 있었다.

"아아, 해진아……. 조금만 더…….'

"아응……."

강현은 그녀의 허리를 잡고 조금 더 힘을 주도록 움직였다. 이미 몇 번이나 절정에 오르내린 해진의 힘이 조금씩 빠지고 있었다.

"조금만, 조금만 더!"

"아흣, 나 이제 그만……."

"내가 할게!"

번개같이 일어난 강현이 해진을 엎드리게 하고서 뒤에서 허리를 움직였다. 해진에게 주도권을 주는 것도 좋지만 역시 마음껏 그녀를 탐하기엔 자신이 직접 움직이는 것이 좋았다.

"아흐응…… 나 이제……."

강현은 절정으로 흐물흐물해진 해진이 다리에 힘이 풀리며 앞으로 꼬꾸라지려는 것을 붙잡았다. 그 상태로 그는 아직 끝내고 싶지 않은 쾌락에 마지막 피스톤 운동을 했다. 안으로 깊게 들어가자 해진이 자지러진 비명을 질러댔다.

"아아, 아아, 아아아아아!"

"조금만, 조금만 더 하자, 응?"

해진을 살살 달래며 그는 분신을 꽉 물고 있는 그녀의 안쪽으로 더 깊숙이 들어갔다.

"하악!"

"조금만, 더!"

그의 움직임이 다시 거세어졌다. 끝만 걸칠 듯 뺐다가 꿰뚫을 듯 들어가는 강한 힘에 그녀의 몸이 거세게 흔들렸다.

"아흥, 응, 강현 씨, 더는. 그만⋯⋯! 제발, 강현 씨!"

쾌락의 정점에 오른 해진이 속삭였다. 그러나 그에겐 더 빨리 움직여 달라는 애원으로 들렸다.

그의 허릿짓이 빨라졌다. 더 안쪽으로, 더 세게!

급기야 해진이 그를 꽉 조이며 허리를 부르르 떨었다. 길게 비명을 지른 해진이 그를 죄던 힘을 완전히 놓아버리기 직전 마지막 경련으로 강하게 그를 물었을 때 강현도 사정하며 쓰러졌다.

"하악, 하악."

해진이 숨을 몰아쉬며 쓰러졌다. 강현이 그녀를 뒤집어 안은 채 그녀의 등을 쓰다듬으며 쾌락의 여운을 즐겼다. 해진의 몸에서 전해지는 떨림과 헐떡이는 숨소리가 오늘따라 유난히 만족감을 주었다.

강현은 잠시 후 잠이 든 해진을 안고 침실로 옮겼다. 워낙 격렬하고 길게 사랑을 나눈 나머지 녹초가 된 해진은 그가 몸을 닦아 주는 것도 모르고 정신없이 잠들어 있었다.

"사랑해."

강현이 그녀의 입술을 덮었다. 해진을 품에 감싼 채 그도 꿀같이 달콤한 잠에 빠질 수 있었다.

✻

꿈 같은 밤이 지난 다음 날, 두 사람은 현실로 돌아와야 했다.

새벽에 일어난 강현에게 재원의 문자가 와 있었다. 민대정이 공천에선 밀려난 게 확실해졌다고.

이젠 알아보지 않을 수 없었다. 강현은 해진에게 문자를 보여준
후 물었다.

"심민당의 대자보, 그것도 혜윤 씨가 한 거야?"

혜윤의 이름으로 묻긴 했지만 실은 당신도 같이했느냐는 말이
었다. 아는지 모르는지 해진의 대답은 담담하기만 했다.

"맞아요. 그것 말고도 민화당과 심민당에 민대정의 비리 장부
를 보내줬어요."

검찰엔 다른 루트로 먼저 보냈고요, 라고 덧붙이는 해진의 얼굴
이 또 가면을 쓴 듯 낯설게 보였다.

"너무 위험해! 이렇게 직접적으로 공격하면, 그들은 독을 품고
대들 거야."

"이미 드라마 자체가 그런걸요. 아무리 큰 패륜 사건이라도 언
론에서 떠드는 건 길어도 몇 달로 끝나요. 대중은 금방 잊어버리
고요. 하지만 드라마는 아니에요. 방영되는 몇 달의 시간에 더하
기 재방송, 케이블 방송에서 두고두고 우려먹을 수 있어요. 사람
들은 볼 때마다 이 일이 실제 사건을 바탕으로 한 일이란 걸 운운
할 거예요. 그래서 이걸 만든 거예요. 사람들이 그들을 잊을 수 없
게, 절대 그들이 다시는 수면으로 떠오를 수 없게!"

해진의 차가워진 눈이 언뜻 원한을 뿜어내는 것처럼 보였다.

"그럼 혹시 지금이라도 민대정이 혜윤 씨 아버지를 죽인 것도
증명할 수 있어?"

"아쉽게도 그건 없어요. 하지만 민대정이 지난 10년간 저지른

범죄 중에 살인과 살인교사만 해도 얼마나 많은지 알면 당신도 놀랄 거예요. 그것 말고도 죄는 수두룩해요. 드라마에 나온 그들의 죄상이 대부분 사실이라고 보면 돼요."

"그런 걸 민화당과 심민당에 알려준 거야?"

"네, 지금 검찰에선 민대정과 ㈜연강의 비리를 확인하기 위해 움직이고 있을 거예요. 우리가 할 일은 끝났어요. 이제 그들은 검찰과 대중의 심판을 받을 일만 남았어요."

"당신들 정말……!"

무모하다고만 하기엔 엄청났다. 치밀하고 조직적이며 대담했다. 정말 감탄이 절로 나올 만했다. 그러나 위험을 안고 있는 것만은 사실이었다.

"하지만 민대정은 절대 혼자 죽으려 하지 않을 거야. 당신들을 반드시 찾아 보복하려 들 거야! "

"그렇겠지요. 알고 있어요. 그래서 언니가 위험해요. 나는 드러난 적이 없지만 감독과 방송국 사장을 직접 만나 지휘한 사람은 언니니까요. 그리고 C&Y를 파고들면 언니가 나올 수밖에 없거든요. 하지만 언니는 안전한 곳으로 피신했으니까 걱정하지 않아도 돼요."

"혜윤 씨는 지금 어디 있어?"

"오명훈이라고, ㈜연강과 단도파를 캐고 있는 검사가 있어요. 언니는 오 검사가 마련해 준 안가로 갔어요. 이 일 해결할 때까지 언니는 거기 있을 거예요."

"생각 같아서는 당신도 안가에 가둬두고 싶어."

"나는 아니라니까요? 내가 그들과 연관될 일이 뭐가 있다고 날 의심하겠어요?"

그래, 겉으론 그렇게 보일 테지. 하지만 실제로 당신은 깊은 연관이 있는 거잖아? 그게 뭘까, 해진아!

해진을 집에 데려다준 강현은 마음 같아선 같이 있고 싶었지만 출근했다. 약 24시간의 짧은 일탈에서 돌아오자마자 그를 기다리는 건 회장실로의 호출이었다.

"부르셨습니까?"

"어떻게 된 일이냐?"

"전에 일이 있었다고 하지 않았습니까? 그거 해결했습니다."

"일……?"

정 회장은 어제 비서 편으로 강현이 허둥지둥 뛰쳐나가더라는 소식을 접했었다. 그렇게 나갔던 강현이 오늘도 지각이라는 사상 초유의 일을 벌이고도 뻣뻣하기만 했다. 그런데 가만히 보고만 있자니 강현의 귓불이 좀 달아오른 것처럼 보였다. 그리고 자신의 앞에서 처음으로 평안한 분위기를 풍기고 있었다.

재원이라면 신나게 웃었을 테지만 훨씬 노련한 정 회장은 미소를 숨기며 짐짓 나무랐다.

"참 빠르기도 하다!"

"그리 늦지는 않았습니다."

"곧 죽어도 네가 잘난 줄 알아서 그러지? 해진이 맘이 더 넓어서 그런 줄도 모르고."

"……."

거기엔 강현도 할 말이 없었다. 그보다 그 소중하면서도 치명적인 사실을 채 하루도 지나지 않아 할아버지께 들켰다는 건 민망했다.

"행복하냐?"

"네?"

"행복하냐고 물었다."

두 남자의 시선이 부딪혔다.

강현은 이곳에서 총수로서가 아닌 할아버지의 눈을 보긴 처음인 것 같았다. 이왕 들킨 것, 할아버지께도 마음을 보이는 건 얼마든지 가능했다.

"네, 행복합니다. 콩죽만큼이요."

"콩죽?"

"그런 게 있습니다."

"너, 할애비한테 그런 식으로 답할 게냐?"

강현은 씩 웃었고, 정 회장의 얼굴에도 역정의 빛은 없었다.

변했다. 두 사람 사이에 형성된 빙판 위로 뻐끔뻐끔 구멍이 보이기 시작했다. 아직은 살얼음이 군데군데 보이긴 하지만 곧 녹아 없어질 것 같기도 했다.

"콩죽은 차 회장이 자랑하던 건데……."

"차 회장이시라면……?"

"사광의 차형찬 회장이 살아 있을 때 말이다. 가끔 조찬 회의에서 차려진 호텔 음식은 깨작거리고는 회의 끝난 후에 조심스레 뭘 들고 가더구나. 궁금해서 한번은 쫓아가 봤다. 차 회장이 혼자서 보온통에 담긴 콩죽을 먹고 있더구나. 나도 달라고 떼를 썼더니 아까워하면서 나눠주더구나. 뺏어 먹어서인가, 참 맛있었다……. 하지만 채 세 번 얻어먹지도 못하고 차 회장의 아내가 가버리더구나. 그래서 차 회장이 그렇게 쉽게 당한지도 모르겠구나……."

차 회장의 일은 정 회장에게 두고두고 안타까운 일이었다. 그의 깊은 회한에 강현이 저도 모르게 입을 열었다.

"해진이한테…… 조금 더 끓여보라고 하겠습니다."

"퍽 인심 쓰는구나! 너 주고 남은 거 필요 없다. 내 거 끓이라 하고 네가 남은 거 먹어라! 기왕이면 조찬 회의 날 주면 더 좋고."

"그러겠습니다."

두 사람 사이에 처음으로 여유로움이 감돌았다. 정 회장은 새삼 손자에게 연애하겠느냐고 묻던 해진이 참으로 감사했다.

"이야기가 나와서 말인데…… 최근 차형찬 회장님 일로 드라마가 제작된 건 알고 계십니까?"

"차 회장? 그가…… 살해된 사건 말이냐?"

"맞습니다, 불새의 귀환이란 제목으로 방송되었습니다. 그 드라마에서 그때 일을 재조명했습니다."

"……차완영이, 가만있지 않을 텐데? 그 여자, 이미 출소한 거로 안다. 그런 걸 누가 제작했다더냐?"

"해진이입니다."

"뭐? 그걸 왜 이제 얘기해! 그 애가 어쩌자고 그런 인간들을 건드리는 게냐!"

정 회장이 탁자를 내려치며 소리쳤다. 예상보다 많이 놀라고 격노한 표정이었다.

"저도 이렇게 크게 터뜨릴 줄은 몰랐습니다. 하지만 해진이가 그걸 제작한 이유가 있었습니다."

"말해봐라!"

정 회장은 못 이긴 척 자리에 기대앉고 강현의 이야기를 들었다.

아마도 해진이 이윤 때문에 그런 자극적인 소재를 고른 거라면 정 회장은 실망했을 것이다. 하지만 복수가 이유라니 뭐라 할 말이 없었다. 그러나 후폭풍은 이제부터가 시작이었다.

"차 회장의 처조카라는 아이는 해진이에게 어떤 사람이냐?"

"저와 재원의 관계 이상일 수도 있습니다."

강현에게 재원의 존재는 형제 이상이다. 남의 일에 왜 끼어든 거냐 말할 수도 없었다.

"그 아이가 아무리 C&Y 오너고, 그 회사 인원을 통째로 투입했다 해도 그것 하나 믿고 일을 벌이기엔 부족할 텐데……. 대담하지만 무모하구나."

"양혜윤 씨의 수완이 보통이 아닙니다. 강북경찰서 유치장이 이미 단도과 조무래기들로 가득하답니다. 그것 때문에 재원이도 나서서 이 검사장님과 매일 연락하고 있습니다."

"재원이가 제 아버지에게 전화를 해? 제 아버지만 피하게 해주면 평생 머슴이라도 살겠다던 녀석이?"

"재원이가…… 양혜윤 그 여자와 관계 있는 것 같습니다."

"허어……."

"그보다 문제는 가온당입니다. 두 여자가 끌어내리려던 인물은 민대정이었지만 결과적으로 가온당을 건드린 꼴이 되고 말았습니다. 그래서 그쪽을 부탁드리고 싶습니다, 할아버지."

"가온당이라…… 오냐! 그건 걱정 마라. 내가 힘쓰마!"

정 회장은 생각할 여지도 없이 수락했다. 강현이 처음으로 고개 숙여 하는 부탁이었다. 그리고 오늘 한 번도 자신을 '회장님'이라 부르지 않았다.

"감사합니다, 할아버지!"

"팔불출 같은 녀석! 알았다. 오늘 당장 민화당 총재랑 약속 잡을 테니 넌 해진이나 신경 써라."

"홍 팀장에게 맡겼습니다."

철저한 녀석!

정 회장은 강현이 나가자마자 수화기를 들었다. 신호음이 울리고 얼마 지나지 않아 상대가 전화를 받았다.

"하 대표, 납니다, 정덕철. ……하하, 조만간 봅시다. 내가 거하게 한 잔 사려는 일이 있소. ……그거 좋지요. 네, 그때 봅시다."

전화를 끊은 정 회장의 얼굴엔 웃음과 걱정이 번갈아 교차했다. 문득 떠오른 생각에 그는 비서를 불렀다.

"불새의 귀환이라는 거 틀어봐!"

그날 회장실은 TV 불빛이 번쩍거리며 늦게까지 켜져 있었다.

강현은 집에 돌아오자마자 해진을 침대에 쓰러뜨렸다. 사실 누가 누구를 덮친 건지 분간이 안 갈 정도였다. 이게 정말 꿈은 아닐까, 이 여자가 정말 내 곁에 있구나, 서로 두려움을 떨치듯 불타는 사랑이 끝나자 다음엔 천천히, 서로를 음미하는 사랑을 나눴다.

한참 여운을 즐기던 강현이 억지로 몸을 떼고 일어났다.

"오자마자 주려고 한 게 있었는데……."

"뭔데요?"

"보면 알아. 잠시만."

알몸으로 방을 나가는 강현을 지켜보는 해진의 얼굴에 앙큼한 미소가 떠올라 있었다.

금세 돌아온 강현은 그런 해진과 입을 맞추며 조그만 상자를 내밀었다.

"이거만 주고. 그다음은 날 잡아먹든 말든 해."

"내가 언제요!"

"침이나 삼키지 않으면서 말하지, 강해진?"

해진은 까르르 웃으며 상자를 열었다.

안에는 한 쌍의 반지가 들어 있었다. 하나에는 봉황이, 하나에는 용이 음각되어 한눈에 봐도 커플 반지였다. 그런데 일반 반지와는 달리 손가락 한 마디를 거의 다 감쌀 정도의 두께를 자랑하는 것이었다.

"이게…… 웬 거예요?"

"개목걸이!"

"네?"

"주문한 지는 좀 됐는데 생각보다 오래 걸렸어. 어제 줬더라면 더 좋았을 테지만, 그래도 너무 늦진 않은 거지? 나에게 와줘서 고마워. 나와 결혼해 줘서 고마워. 해진아, 나와 오래오래 행복하게 살자."

울컥 목이 멘 해진은 아무 말도 할 수 없었다. 웃고 있는 강현이 고개를 끄덕이자 그녀도 그제야 손을 내밀며 대답할 수 있었다.

"그래요, 그래요, 강현 씨……."

"내가 끼워줄게."

반지는 그녀의 손에 꼭 맞았다. 그의 반지는 해진이 끼워주었다. 이 반지가 진짜 결혼반지인 것 같았다.

"이거, 절대 빼면 안 돼!"

"응, 절대 안 뺄게요."

"착하네……. 착하고 응큼한 아줌마한테는 상을 줘야지!"

"누가 응큼한 아줌마예요!"

"있어."

해진의 항의는 겹친 입술 속으로 사라졌다. 또다시 신음의 향연이 벌어졌다.

여운을 즐기던 강현은 오늘 할아버지와 한 이야기를 전했다. 그녀들이 만든 드라마의 파장을 걱정하신 할아버지께서 직접 민화당 대표와 만나 수습에 나서시겠다는 걸.

"할아버지께서요?"

"민대정을 건드렸으니 아무래도 가온당이 가만있지 않을 테니까."

"할아버지께 폐를 끼칠 생각은 없었어요."

"그 말씀 들으시면 서운해하실걸? 왜 여태 얘기하지 않았냐고 역정을 내셔서 혼났어."

"하지만 우린…… 헤어지기로 했었잖아요……."

"그만! 그 어리석은 나는 제발 잊어줘. 아니, 지금이라도 빌까?"

"아이 참. 빌긴…… 아, 아니다! 하루에 한 번씩 나 사랑한다고 말해줘요."

해진의 눈이 반짝거렸다. 그 환한 얼굴에 강현은 난감한 미소를 지었다.

"어, 그건……."

"뭐예요! 안 돼요?"

뾰족해지는 해진의 눈길에 그의 눈도 장난스럽게 변했다.

"그게 아니라…… 두 번씩은 안 될까?"

하하하! 동시에 웃음이 터져 나왔다.

두 번도 쩨쩨하네, 열 번이 더 낫네, 아예 확인 도장을 만들자는 해진에게 그는 입을 맞추며 '사랑해!' 라고 셀 수 없이 속삭였다.

그녀가 강현에게 청혼했다가 쫓겨났던 일이 아득한 옛날 같다. 그때 그 남자가 이런 말을 하고 이런 표정을 지을 줄 누가 상상이나 할 수 있었을까?

"할아버지께는 죄송하고 감사하네요. 정말 어떻게 감사 인사를 드려야 할지 모르겠어요."

"아, 그거! 콩죽이면 돼!"

"네?"

"내가…… 자랑을 좀 했더니 할아버지께서도 콩죽을 탐내시더라고."

"아이 참, 겨우 그런 걸……."

이 잘난 남자가 무려 '자랑'을 했단다. 부끄럽고 설레고 가슴이 마구 두근거렸다.

'아, 이것이…… 사랑받는다는 거구나!'

그녀는 이제야 영지 할머니가 하신 말씀의 의미를 깨달았다. 이 세상에 자신을 묶어주는 끈을 만든다는 게 무엇인지.

조건은 충족되었다. 이 남자 자체가 아쉬움이고 미련이다. 절대 이 남자를 떠나고 싶지 않았다.

"겨우 아냐. 음, 할아버지는 정말 드시고 싶어 하시던데? 사실은 날짜까지 정해서 가져오라 하셨어. 이틀 후 조찬 회의가 있는데 될까? 꼭 조찬 회의 뒤에 드시는 게 좋다시네? 할아버지께서도 추억이 있는 음식이신가 봐. 차형찬 회장님과. 같이 드신 적이 있었는데 지금도 가끔 생각나신대."

"조찬…… 회의 뒤에요? 차…… 회장님과 드셨대요?"

"어? 응……."

강현의 눈길이 조심스러워졌다.

해진은 몰랐다. 자신의 목소리에 눈물이 섞여 있다는 것을.

"그 콩죽이 맛…… 있으셨대요?"

"……응, 농담이 아니셨어. 정말 좋으셨나 봐."

"그 추억을 망치지 않게, 정말 잘 끓여볼게요. 자신은…… 없지만."

"자신을 가져. 맛있으니까."

다시 그 느낌. 서럽고 슬픈 해진이 아득한 눈을 하고 있었다.

비록 눈물을 흘리지는 않았지만 펑펑 울던 날보다 더 서럽게 우는 것 같았다.

강현은 차마 아는 체할 수도 없는 그녀의 슬픔에 가슴이 저몄다.

무엇일까? 해진이 안고 있는 비밀은 왜 그리도 슬픈 걸까?

해진의 비밀은 아마도 드라마, 아니, 양혜윤의 일과 무관하지 않을 것이다. 해진은 차완영 남매와 민대정에 대해 증오를 보였다. 마치 그들에게 원한이 있는 사람처럼. 하지만 양혜윤은 몰라도 해진이 차 회장이나 차씨 남매, 민대정과 전혀 이어질 끈이 없었다. 사광의 상속녀 차해진이 죽었을 당시만 해도 해진의 나이 겨우 열두 살, 2년 뒤 열네 살에는 바로 프랑스로 떠났기 때문이다.

해진? 차해진!

상속녀의 이름이 해진이다. 설마, 이름이 같아서? 아무리 이름이 같다 해도 그런 걸로 동질감을 느끼는 건…… 아니겠지? 말도 안 된다!

"그럼 모레 강현 씨 출근할 때 나도 같이 갈까요? 콩죽, 내가 직접 할아버지께 가져다 드리는 거 괜찮아요?"

아득했던 슬픔을 삼키고 해진은 아무렇지도 않은 척한다. 그래, 아직은 말할 수 없나 보다.

할아버지라면…… 당연히 좋아하시겠지!

"안 돼!"

"아, 내가 회장실에 드나드는 거, 회사 사람들에게 별로 좋게 보이지 않겠죠?"

"그게 아니라…… 하여간 안 돼! 내가 가져다 드릴게!"

당신이 가면 할아버지가 당신을 본가로 낚아챌 게 분명하거든. 바퀴벌레도 박멸했겠다, 본가에 가면 집에 못 올 수도 있어! 그래서 안 돼! 우린 우리 집에 와야지. 신혼부부로서 의무가 있잖아?

"으흥?"

표정에서 이미 뭔가 드러난 모양이었다. 무표정의 대명사 정강현은 어디로 갔을까? 해진이 그를 새치름하게 쳐다보고 있었다.

괜찮다, 의심 같은 거 할 정신이 없게 만들면 그만이다.

"해진아, 사랑하는 내 아내. 어디 새벽에 콩죽을 끓일 수나 있을지 시험해 볼까?"

"꺄악!"

해진의 말대로였다. '사랑하는 사람과 하는 사랑' 은 정말 더 아름다웠다.

✻

다음 날, 일찍 일어나지 못한 해진은 그의 아침 식사도 차려주지 못했다. 그래도 잠결에 '선식 먹고 갈게' 라는 말을 들은 것도 같다. 이제 그가 아침 먹는 습관이 든 것 같아서 해진은 기뻤다.

문득 아빠도 이러셨을 것 같다는 생각이 들었다. 이제 저도 엄마 아빠처럼, 그렇게 살기 시작했나 보다.

그녀의 손가락에 끼인 반지가 반짝거렸다. 부담스러운 두께 때문에 예쁘다는 말은 듣기 어려운 반지였다. 그래도 그가 말한 '개목걸이'란 말은 너무했다.

해진은 벽에 걸린 웨딩 사진의 강현에게 혀를 쏙 내밀곤 전화를 걸었다.

"할아버지!"

[오냐, 해진이냐?]

"드라마요. 많이 놀라셨다면서요. 죄송합니다."

[그래, 그런 일을 말해주지 않아서 서운했다. 할애비가 뭐든 도움을 청하라 하지 않던?]

"죄송해요, 할아버지."

[죄송한 거 알면 됐다. 하지만 다음에 또 그러면 나 정말 서운해할 거다!]

"네, 다신 안 그럴게요."

해진은 신행 인사 이후 정 회장에게 정선댁 아주머니를 보내주신 감사로 몇 통 전화 드린 것 말고는 다시 뵙지 못했다. 정 회장이 바쁜 것이 주원인이긴 했지만 강현과 헤어질 사이라 일부러 가까워지지 않으려고 했던 게 사실이다.

"할아버지, 강현 씨에게 들었어요. 콩죽…… 말인데요. 입에 맞으실 거라곤 장담 못 드려도 정성 들여 끓여볼게요."

[정말이냐? 괜히 귀찮게 만든 건 아니지?]

"할아버지도 참, 그런 말씀은 저도 섭섭해요."

[그러냐? 하하하, 그럼 내 기대하마! 내가 예전에 콩죽을 참 맛있게 먹었었거든.]

주르륵 눈물이 쏟아졌다. 영상 통화가 아니어서 다행이었다.

엄마가 싸준 도시락을 누가 자꾸 탐낸다며 아빠가 툴툴거리시던 기억이 났다. 인연이 이렇게도 이어질 수 있는 거였다.

"그…… 럼 그 맛을 망치지 않게 애써야겠네요, 할아버지!"

[너무 부담은 갖지 마라. 아, 강현이 몰래 오너라. 네가 오면 할애비도 맛있는 거 사주마. 난 콩죽 먹고 넌 내가 맛있는 것 사주마.]

"그래도 돼요, 할아버지?"

[그럼. 그때 보자.]

전화를 끊은 해진은 시간을 보며 중얼거렸다.

"보온 도시락부터 사와야겠네."

엄마는 죽이 식을까 봐 보온 도시락에 넣고 다시 그 통을 한 번 더 쌌다. 여름 끝이라 지금은 그렇게까지 꽁꽁 쌀 필요는 없지만 죽의 생명은 보온 도시락이었다.

도우미 아주머니에게 사오라고 해도 되지만 해진은 직접 고르고 싶었다. 엄마가 싸시던 도시락과 최대한 비슷한 걸 사고 싶어서였다. 하지만 나갈 준비를 하려던 해진은 멈칫했다.

"참, 그러고 보니 오늘 박 팀장님이 안 계시지!"

해진은 박 팀장을 혜윤에게 보냈다. 박 팀장이 누구보다 최고였기 때문이다. 혜윤이 펄쩍 뛸 것에 대비해 핑계로는 대신 여자 경호원으로 바꾸려 한다고 했었다. 하지만 당장 조건에 맞는 여자 경호원이 없어서 빨라도 며칠 후에나 올 것이다.

"어떡하지……?"

하지만 이미 할아버지와 약속을 한 다음이었다. 해진은 혼자 남은 경호원 심정수에게 차를 대기하라는 전화를 했다.

회의 중 강현의 전화가 울렸다. 무음으로 해둔 전화는 웬만한 건 받지 않을 테지만 화면에 뜬 이름에 강현은 불길함을 느꼈다.

강현은 통화버튼을 눌렀다.

불길함은…… 적중하고 말았다.

[홍 팀장입니다. 죄송합니다! 사모님이 납치되셨습니다!]

13. 인과응보

"지금 어딥니까!"

무섭게 일그러진 강현이 곧장 회의실을 뛰쳐나갔다. 함께 있던 윤이수에게 경호실장과 재원을 부르라 호통을 친 강현은 들고 있던 전화기를 떨어뜨리지 않으려고 힘을 주었다.

손이 떨렸다. 아니, 떨리는 게 손뿐일까? 지금 들은 말이 제발 거짓이라고 해주길 바랐다. 하지만 이성은 그에게 빨리 수를 생각해 내라고 하고 있었다.

[죄송합니다, 꼬리를 잡는 건 놓치고 말았습니다.]

"핸드폰 추적은요?"

[추격 방해 조까지 동원한 전문적인 놈들입니다. 납치하는 순간 이미 사모님 전화기의 배터리를 빼버려서 추적이 안 됩니다. 그래

서 이사님이 주신 것을 추적하고 있습니다. 지금 양화대교 쪽으로 가고 있습니다. 방해 조는 이미 잡았고, 추적하고 있습니다.]

"찾아요! 절대 놓치면 안 됩니다!"

"강현아, 무슨 일이야!"

"이사님!"

재원과 경호실장이 거의 동시에 도착하며 그를 불렀다. 두 사람에게 사정을 설명하는 강현의 얼굴은 무섭도록 침착했다. 기겁한 재원과 경호실장이 각각 검찰과 경찰에 전화를 거는 동안 강현은 엘리베이터를 누르고 다시 전화를 걸었다.

"접니다! 해진이가 납치되었습니다!"

[뭐야!]

"길게 설명할 시간이 없습니다. 홍 팀장이 납치 차량을 따라가고 있습니다. 저도 지금 갑니다. 후속 조치 부탁드립니다!"

[강혀……!]

이미 전화를 끊은 강현은 엘리베이터의 닫힘 버튼을 눌렀다.

"강현아, 너 어디 가!"

재원이 소리치는 사이 엘리베이터 문이 닫히기 직전 경호실장이 올라탔다.

"혼자 움직이시면 안 됩니다!"

"그렇군요. 부탁합니다."

경호실장은 묵묵한 얼굴로 하얗게 쥔 주먹을 떨고 있는 강현을 보고 더는 입을 열지 않았다. 필사적으로 이를 악문 강현에게는 감히 위로의 말도 나오지 않았다.

'반드시 무사하세요, 사모님!'

누가 그랬는지는 나중의 일이었다. 정말 그녀가 무사하기만을 간절히 바라고 또 바랄 뿐이었다.

"차 대기시켜! 김 과장과 이 대리, 윤 대리 준비해! 대기 인력은 모두 후진으로 따라와!"

경호실장이 통화하는 소리를 아득하게 들으며 강현은 엘리베이터 숫자만 노려보았다.

'강해진, 강해진, 강해진!'

이제 난 당신이 없으면 안 돼! 미쳐 버릴 거야, 영혼이 없는 인형이 되어버릴 거야! 그러니 제발, 해진아! 해진아, 무사하기만 해줘!

하지만 강현의 절규는 소리로도 나오지 못했다. 그의 꽉 쥔 손아귀 안에서 피가 배어 나올 뿐이었다.

✳

"이봐, 정신이 깨시나?"

"일어나 봐! 아가씨, 이봐, 아가씨!"

"아가씨는…… 환인 작은 사모님이라잖아."

어깨를 툭툭 치는 느낌과 함께 두 사내의 말소리가 아득하게 들려왔다. 해진이 미동도 하지 않자 이번엔 그녀의 볼을 톡톡 치며 저희끼리 떠들기 시작했다.

"컥! 환인 작은 사모? 그럼, 너무 거물 아닙니까?"

"거물이긴 하지. 아까 봤지? 웬일로 경호원이 하나뿐이라 웬 떡이냐 했다가 뒤에 또 따라오고 있던 거! 형님이 시킨 대로 했으니 성공했지, 안 그랬음 우린 그 자리에서 잡혔다!"

"휴! 십년감수했네요. 그런데 거물이라 그런지 입은 옷도 고급스러워 보여요. 반지 보세요! 와, 크다! 상류층은 저런 게 유행인가 봐요? 저거 하나 빼서 슬쩍하면 안 될까요?"

"아서라! 네 말대로 거물 아니냐! 뒤탈 생기지 않게 웬만해선 건드리지 말란 엄명이시다. 물론 여차하면 인질 역할도 해야 할 테지만. 아무튼 이 여자는 미끼라는 거야!"

"이런 거물이 미끼라고요? 그럼 더 거물을 잡는 겁니까?"

"누가 그렇게 입이 싸게 나불대라고 했나!"

조금씩 정신이 드는 그녀의 주위로 다른 남자의 목소리가 들렸다. 사나운 음성에 두 사내가 주춤거리며 물러나는 소리가 들렸다. 아니, 들리기만 했다. 눈을 떴지만 그녀의 시야엔 아무것도 잡히지 않았다.

갑자기 무슨 일이 생겼었는지 떠올랐다.

그녀가 탔던 차 앞으로 자전거를 탄 아이가 달려와 부딪혔다. 곧이어 배가 불룩한 임신부가 나타나 아이를 붙들고 비명을 질렀다.

운전하던 심정수가 놀라 먼저 뛰어나갔다. 아이는 정신을 잃은 듯했고 임신부는 소리만 질러댔다. 심정수가 아이의 상태를 확인하며 구급차를 부르는 새 해진도 차 문을 열고 밖으로 나갔다. 임신부가 비틀거리며 쓰러지려고 했기 때문이다. 그녀가 임신부에게 다가가 살펴보려던 순간 고개를 번쩍 든 여자가 해진을 향해 뭔가 뿌렸다. 의식을 잃던 짧은 순간, 심정수도 쓰러지는 걸 본 것 같았다.

'나 때문에!'

해진은 심정수의 안부가 걱정되었다.

깨어난 티를 내려 하지 않았지만 저절로 신음이 흘러나왔다. 나중에 들어온 사내가 무지막지하게 잡아 흔들었기 때문이다.

"으흐윽……!"

"봐, 깨어났잖아! 그 앞에서 주절거리고 있어?"

"죄송합니다."

"잘못했습니다!"

"나가 봐!"

문이 닫히자 사내가 그녀의 앞에 바싹 다가와 속삭였다.

"이봐, 귀하신 마나님, 그래도 눈은 가려줬으니 고맙지?"

적어도 그녀의 목숨을 노리는 건 아니란 말이었다.

그러나 해진은 목소리를 듣자마자 그가 누구인지 알았다. 민대정, 바로 그였다. 이 소름 끼치는 목소리의 주인을 어떻게 잊겠는가!

하지만 여기까지 와서 그를 알은척할 만큼 어리석지는 않다. 지금 그녀는 어리바리하고 연약하기만 한 재벌가 사모님이어야 했다.

"누구…… 세요? 왜 이러시는 거예요?"

"아, 그렇게 두려워하지 마. 마나님에게 뭐 원하는 건 없어. 그렇지만 왜 마나님을 데려온 건지 궁금하지?"

"……."

"겁도 없이 날 문 개새끼 한 마리가 있는데 그걸 키운 주인이 바로 마나님이더라고. 개새끼를 잡으려고 했더니 한 번 물고는 겁이 나는지 숨어버렸네? 개라는 짐승은 말이야, 주인이 위험하면 숨어 있다가도 나올 거 아니야! 그런 개를 키운 주인에게도 책임은 있겠지만, 나는 관대해서 주인에게까지는 해코지 안 해. 개만 찾아내 주면 말이야……."

"무, 무슨 소리예요……!"

"박혜윤이 내놓으란 말이야!"

고함을 지르는 민대정의 뒤로 다른 목소리가 들렸다.

"넌 가서 번호 나왔는지 확인해 봐. 내가 여기를 지키마."

'……!'

이 남자도 해진은 잊은 적이 없었다.

차문영. 과거, 차완영의 수족이었으며 지금도 그녀의 뒤를 닦으며 연명하는 남자.

증오가 몰아쳤다. 바로 이자가 아빠의 음식에 독을 섞었다. 하얗게 질리는 해진을 향해 민대정은 방금 소리 지른 것도 잊은 듯이 빈정거렸다.

"흥, 누굴 보고 나가라 마라야!"

"대……! 그만두자."

"흥, 안 그래도 수틀리는데 가만 계쇼! 마나님, 마나님은 그저 거기 앉아 있기만 해도 충분해. 그게 마나님 역할이거든. 우리 쪽에 꽤 솜씨 좋은 애가 있어서 말이야……. 마나님 전화기에서 필요한 걸 찾아내고 있거든? 곧 될 거야. 아, 시간 절약을 위해 마나님이 직접 알려주면 더 좋은데 알려줄 테야?"

"뭐, 뭘요!"

"박혜윤이 번호 말이야!"

"무, 무슨 소리냐니까요! 박혜윤이라니, 그건 또 누구……?"

쾅!

"이게 어디서!"

민대정이 그녀가 묶여 있는 의자를 걷어차며 소리를 질렀다.

"박혜윤이 몰라, 박혜윤! 아, 마나님한테는 양혜윤이라고 해줘야 알아듣나? 차해진이 수족 노릇 하던 박혜윤, 차해진 대신 강해진 마나님을 모시려니 저도 성을 바꾼 모양인데, 양혜윤 그년이 바로 박혜윤이야!"

해진은 저도 모르게 안대 속의 눈을 꾹 감았다. 이들이 결국 얼굴도 성도 바꾼 혜윤의 정체를 알아내고 만 것이다.

혜윤만 꼭꼭 숨으면 아무 문제 없으리라 생각했었는데……. 수단 방법을 가리지 않는 인간들이라는 걸 알면서도 왜 이렇게 허술했을까. 하지만 후회는 이미 늦었다.

"그만해라. 네 말대로 박혜윤은 해진이가 여기 있는 모습만 보여주면 제 발로 걸어올 텐데. 어서 가서 연락이나 해라!"

"해진이? 지금 '해진이'라고 했소? 정말 정신이 나갔어! 누굴 보고 해진이야! 드라마가 사실이라고 떠들질 않나, 이젠 이 계집애를 보고 차해진이라고도 하겠어!"

"빨리 전화할 생각부터 해! 벌써 경찰이 쫙 깔렸을 거야!"

"흥!"

민대정은 코웃음을 치긴 했지만 그래도 방을 나갔다. 곧 그녀의 앞으로 의자를 끌어당겨 앉는 소리가 나며 차문영이 중얼거리는 소리가 들렸다.

"강해진, 해진······. 그래, 그래서였나?"

차문영은 길게 한숨을 쉬며 달래는 듯한 어조로 말을 건넸다.

"아가씨는 어쩌다 박혜윤과 재수 없이 말려들었지만 어쩌겠어. 그래도 아가씨에게 더 나쁜 일이 생기지 않게 내가 도와줄게. ······믿을 수 없다는 얼굴이네? 아가씨는 별로 상관없을 이야기지만 난······ 곧 죽어. 그래서 더는 악업을 쌓지 않고 가려고 해. 박혜윤만 잡으면 아가씨는 무사하게 해줄게."

"언니를 왜요? 언니를 어떻게 하려고요?"

"아가씨와는 별로 상관없는 일이야. 잊어버려. 그래야 아가씨가 무사해."

참을 수 없었다. 제 손으로 더러운 일은 다 했으면서 피해자인 양, 마치 어쩔 수 없었다는 양 변명하는 차문영에게 구역질이 났다.

"혜윤 언니를 죽이면······ 당신들의 죄가 덮이나요?"

"너······?"

"해진이? 감히 그 입으로 해진이라고?"

"너!"

"그 이름, 어디 한 번 더 불러봐요. 날 병실에 눕혀놓고 악어의 눈물을 흘리던 그때처럼."

"너, 너 누구야! 누구야! 무슨 수작이야!"

의자가 뒤로 넘어지는 소리가 요란하게 났다. 뒷걸음질치던 차문영이 쿠당탕 넘어지는 소리도 났지만 문을 열어보는 이들은 없었다.

"10년 전, 당신들의 죄를 어떻게 밝힌 것 같나요? 당신들이 그토록 알아내려 했던 아빠 유산의 패스워드는 뭐였을까요? 내가…… 누구일 것 같나요?"

"아니야, 아니야, 아니야!"

"당신의 일기장은 어디로 갔을까요?"

"그걸 네가! 네가 가져간 거였어?"

흥분한 차문영이 그녀의 멱살을 잡고 흔들었다.

"내놔! 내 일기장 내놔!"

"일기장이 아니라 고백장이라는 게 더 어울리던데요, 큰아버지?"

"헉!"

"당신들을 감옥에 보낼 때만 해도 엄마는 사고로 돌아가신 줄 알았어요. 그것도 당신들 짓이었어! 엄마를! 태어날 내 동생을 당신들이 죽였잖아!"

멱살을 잡던 손이 느슨해졌다. 공황에 빠진 차문영이 필사적으로 소리를 질렀다.

"아냐! 그건 내가 한 게 아니야! 나도 나중에 알았어! 누님이, 대정이가 한……. 허업, 너! 너 누구야!"

그때 문이 쾅 하고 열렸다.

"경찰이야!"

나오라고 소리치는 민대정에게 차문영은 해진을 목을 움켜쥐며 말했다.

"이년, 이년이 해진이었어! 해진이가 돌아와서 우릴 벌한 거였어!"

"미쳤어? 도망쳐야 한다니까!"

"얘가 해진이야! 해진이가 정말 돌아온 거였어. 너였구나, 그래, 너였구나!"

기괴한 웃음소리와 함께 차문영이 그녀의 목을 죄기 시작했다.

열린 문 사이로 투닥거리는 소리와 함께 고함이 울렸다.

민대정이 혼자 달아나고 급박한 고함과 발걸음 소리가 가까이 울리는데도 차문영에겐 아무것도 들리지 않는 듯했다. 그는 숨이 막혀 컥컥거리는 해진에게 계속 속삭이고 있었다.

"해진아, 그래, 너였구나, 너였구나……. 돌아와 봤자 소용없어, 해진아. 그래 봤자 내가 다시 죽여줄 거거든."

'안 돼……!'

숨이 멎을 것 같았다. 강현이 이 세상에 붙잡아놓은 영혼이 금방이라도 육신을 벗어날 것만 같았다.

그가 붙잡아준 끈이다. 이전이라면 미련 없이 놓아버릴 수 있었지만 그가 붙잡아준 삶을 이렇게 간단히 놓을 수는 없었다. 그가 보고 싶었다.

그 순간, 거짓말처럼 그의 목소리가 들리는 듯했다.

"해진아, 해진아!"

"경찰이다! 차문영, 당신은 포위됐다! 그 손 놔!"

그러나 그녀의 목을 죄는 힘은 더욱 세어지기만 했다.

"죽어! 해진아, 죽어!"

"안 돼!"

아득해지는 정신 사이로 천둥소리가 들린 듯도 했다.

❋

눈을 뜬 해진은 두 눈이 퉁퉁 부은 혜윤을 볼 수 있었다.

"언니……."

기시감이 들었다. 올 초, 다시 영혼이 빠져나갔다가 돌아왔을 때도 혜윤이 울며 손을 붙잡고 있었다.

"언니, 나 괜찮아."

그때는 미안하다고 했었다. 허무함과 절망에 강해진의 몸을 버릴 생각도 했었으니까.

이번엔 지키려 애썼다. 닻이 되어준 그를 생각하며 버텼다. 그리고 그가 매어준 끈을 꼭 붙잡고 무사히 돌아올 수 있었다.

"아, 안 괜찮잖아! 이게 뭐야! 목, 목소리는 이게 뭐고!"

그러고 보니 말을 하려 할 때마다 목이 따끔거리며 거친 목소리가 나왔다.

"두꺼비가 형님 하려나?"

"넌 이 상황에서 농담이 나오니! 차문영 그 인간, 너 정말 죽이려고 했어! 오른손 마비가 왔기 때문에 그 정도래. 명훈이가 총으로 쏘지 않았으면 정말 위험했어!"

"그게 명훈이 목소리가 맞구나……."

그녀가 마지막에 들었던 건 천둥소리가 아니라 총소리였던 것이다. 그전에 그의 목소리도 들었던 것 같았는데…….

"그런데 그 인간이 왜 널 죽이려 했어?"

"내가…… 어리석었어."

해진은 그 한마디밖에 할 수가 없었다.

해진이 시선을 피하는 것만으로도 혜윤은 상황을 짐작했다. 하지만 왜 그랬느냐고 물을 수도 없었다. 그 상황이 저절로 이해되고 말았다. 저라도 민대정을 눈앞에 두면 그랬을지도 모른다. 하물며 해진이야…….

짧은 침묵과 함께 두 여자는 서로를 감싸 안았다.

문득 허전함에 해진은 병실을 둘러보았다. 그가…… 보이지 않았다. 혜윤이 그 말 없는 질문에 대답해 주었다.

"정강현 그 사람, 내내 여기 있다가 이제야 부러진 손가락 치료하러 갔어. 너 구하러 가서 철근 들고 설치는 조폭들과 싸워서."

"뭐야? 강현 씨, 괜찮아?"

"너만 괜찮으면 정강현도 괜찮아. 사색이 되어서 계속 네 곁만 지키려는 걸 주치의 선생님이 억지로 데려가셨어. 곧 올 거야."

'억지로' 데려간 사람이 재원이었다는 설명은 뺐다. 껄끄러운 마음에 혜윤의 목소리가 높아졌다.

"네 차 사고! 그거 왜 난 건 줄 알아? 자전거 탄 그 아이, 네 차에 떠밀린 거였어!"

"뭐? 왜?"

"그 육시랄 년! 애를 떠민 여자가 그 애 계모였단다. 아동 학대
로 벌써 신고도 여러 번 당한 여자였대. 뱃속에 애 가진 년이 그딴
짓을 해? 아무리 지 새끼가 아니라도 어떻게 그럴 수가 있대! 주리
를 틀 년!"

해진이 무사해지자 혜윤의 화려한 말발도 살아났다. 혜윤은 벌
써 아이를 위한 최고의 복지사와 그 부모를 상대할 변호사를 물색
할 생각을 하고 있었다.

"참, 애는 괜찮아? 어떻게 됐어?"

"괜찮아. 그때 박 팀장님만 같이 계셨어도……. 이거 다 내 탓이
야!"

혜윤이 다시 울기 시작했다.

왜 언니 탓이냐, 박 팀장님이 계셨어도 별로 달라질 건 없었다
며 아무리 달래도 소용없었다. 훌쩍이다가 그예 대성통곡하는 혜
윤 때문에 난감해진 해진은 마침 병실로 돌아오던 강현과 재원을
발견했다.

"강현 씨!"

"깨어났어, 당신!"

해진이 일어난 걸 보고 달려온 강현이 그녀의 손을 잡았다. 다
른 한 손을 꼭 붙잡고 놓지 않으려는 혜윤과 묘한 신경전을 벌이
던 그는 재원에게 입술만 움직여 말했다.

'좀 데리고 나가 주라……'

어깨를 으쓱한 재원은 혜윤의 어깨를 붙잡았다.

재원은 호텔에서 헤어진 후 오늘 혜윤을 처음 봤다. 불편함보다는 반가움이, 설렘이 먼저였던 저와는 달리 얼굴을 구기던 혜윤 때문에 재원의 기분도 좋지는 않았다.

"나갑시다!"

"……."

"거, 눈치도 없습니까? 이럴 때 부부가 서로 좀 안고 키스도 하고 그래야 하는데 그쪽 때문에 못 하고 있지 않습니까!"

재원이 혜윤과 나가기도 전에 강현은 해진을 끌어안고 짙은 키스를 나누기 시작했다.

말은 필요 없었다. 얼마나 걱정했는지, 얼마나 가슴 졸였는지, 얼마나 미칠 것 같았는지……. 강현은 가슴에 맞닿은 그녀의 심장에서 전해지는 진동에 다시 한 번 안도했다.

"날 봐!"

"응!"

"여기 있는 거지? 해진아, 당신 지금 내 앞에 무사히 살아 있는 거지?"

"응, 나 여기 있어요. 여기 있어요……."

"빌고 또 빌었어. 무사하게만 해달라고. 다시 볼 수만 있게 해달라고. 가장 최악의 순간을 마주해야 한다면 차라리 나와 바꿔달라고 빌었어."

"안 돼요! 그건 안 돼요! 이 세상에 날 붙잡아주는 사람이 바로 당신이란 말이에요! 이제 겨우 살 수 있게 되었는데, 이제 겨우 살고 싶어졌는데……."

"당신 정말……!"

그는 다시 해진을 끌어안았다. 의미심장한 말로 또 가슴을 철렁 내려앉게 했다. 정말이지 한시도 마음을 내려놓을 수 없게 하는 여자였다.

"살게 해줄게. 내가 살고 싶게 해줄게."

"응, 당신만 있으면 돼요. 당신만 있으면……."

"사랑해, 해진아. 사랑해."

그의 품속에서도 '사랑해요……' 란 대답이 들려왔다.

부부는 한참 그렇게 부둥켜안고만 있었다.

❋

"흐윽!"

혜윤은 해진의 병실에서 조금 걸어 나가자 다시 입을 막으며 주저앉았다. 재원은 소리 없이 오열하는 혜윤을 말없이 끌어안았다. 혜윤은 처음엔 반항하다가 '빨리 울기나 하라!' 며 소리치는 재원의 어깨에 기대어 숨죽이고 흐느꼈다.

'그렇게 사람 맘 졸이게 하면서 종횡무진이더니! 결국 이렇게 울 거면서…….'

그러나 저는 이 여자에게 아무 자격도 없었다. 서럽게 우는 여자를 안아주는 것도 아마 이번이 처음이자 마지막일 것이다.

울음을 그친 혜윤이 그의 품에서 바둥거리며 빠져나갔다.

"추, 추태를 보였어요. 미안해요."

"그냥 고맙다고 하면 안 됩니까?"

"……고맙다고 해두죠."

재원은 그대로 돌아서려던 혜윤을 휙 낚아채며 물었다.

"이유나 좀 압시다! 내가 뭐가 그렇게 부족했는데요? 네? 하룻밤 지내보니까 볼 장 다 본 것 같았습니까?"

누르던 화가 터져 나왔다. 억울하고 속상하고 또 자존심 상했다. 한 치의 미련도 없이 야멸차게 뿌리치는 그녀가 야속했다.

"누가 할 소린데 그래요! 흥, 그날 아침 바로 내 눈앞에서 아양 떨던 그 누님은 어쩌고요?"

"아양이라니, 무슨 소리입니까!"

"이재원 씨, 당신이 누님이라 부르는 어떤 여자한테 키스하는 거 내 눈으로 봤거든요!"

"그날 내가 양혜윤 씨 말고 또 누구에게 키스를……!"

펄쩍 뛰던 재원은 '누님'이라는 말에 입을 다물었다.

순간 머릿속이 환해졌다. 알았다, 이 여자가 왜 제게 그리 모질어졌는지. 왜 저를 거부했는지!

갑자기 환희가 요동치기 시작했다.

"아, 그거요? 내가 누님 볼에 뽀뽀한 거 말입니까?"

"하! 무슨 이런 뻔뻔한 남자가……."

혜윤의 눈매가 앙칼지게 날이 섰다. 그럼에도 재원은 이를 드러내며 그녀의 얼굴에 바싹 고개를 디밀었다.

"뭐, 뭐예요!"

재원은 움찔하는 혜윤의 어깨에 손을 걸치며 사뭇 한탄조로 말했다.

"누님, 누님은 형제가 없으시죠?"

그 얄미운 표정에 혜윤은 빽 소리를 질렀다.

"내가 왜 또 댁 누님이에요! 그리고 내가 형제가 있든 없든 이 변이 무슨 상관이에요!"

"아, 그게 말이죠, 상관이 있는 것 같아요."

"무슨 엉뚱한 소리예요!"

"난 있거든요."

"뭐예요?"

"난 형제가 있다고요……."

"그, 그게 어째서요!"

"그날 그 누님 말인데요."

"흥, 여기저기 누님 많아서 좋겠어요. 그럼 이만!"

혜윤이 다시 몸을 홱 틀었지만 재원은 그녀의 어깨를 놓아주지 않았다.

"뭘 이만이에요! 그 누님이 내 누님이라고요! 누나, 시스터! 우리 엄마랑 아버지가 낳은 첫째 딸!"

"아……."

혜윤에게서 신음인지 비명인지 모를 소리가 새어 나왔다.

할 말이 없었다. 정말이지 어이없는 오해였다. 그때 누구냐고 딱 한 마디만 물어봤어도 될 일이었다. 그러나 재원에게 바람둥이라는 딱지를 붙인 채 그 잣대로만 그를 보려 했던 자신이 민망하고 미안하고 속상했다.

하지만 그렇다고 한들, 지금 와서 뭐가 달라질까?

당황한 혜윤은 다시 도망치려 했다.

"그냥 가시면 안 되지요!"

혜윤은 그와 눈도 마주치지 못하고 말했다.

"미, 미안해요."

"뭐가요?"

"내가 오해해서……. 아니에요. 아무것도 아니에요. 그럼 이만 갈게요."

"혜윤 씨!"

"네?"

"가는 건 좋은데 말이죠. 아니, 좋은 건 아니고, 하여간! 아까부터 묻고 싶은 게 있었어요."

"……네?"

"왜 배를 그렇게 감싸고 있어요? 어디 아파요?"

"아, 아픈 건 아니고요……."

재원은 당황했다.

혜윤이 갑자기 또 울기 시작한 것이다. 소리도 없이 눈물만 뚝 뚝 흘리는 혜윤의 눈물을 닦아주기 위해 재원은 주머니를 마구 뒤 졌다. 아무것도 잡히는 게 없자 그는 셔츠 자락을 들쳐서 그녀의 눈물을 닦아주었다.

"아픈 게 아니라…… 임신한 거예요. 여자는 임신하면 호르몬 이상으로 감정이 들쑥날쑥하거든요. 그래서 눈물이 흐르는 거니까 신경 안 써도 돼요."

정적이 일었다.

혜윤은 셔츠를 든 채로 굳어버린 그에게서 다시 몸을 돌렸다. 그러나 미처 한 걸음을 내딛기도 전에 그녀는 다시 그의 손에 잡혔다.

"뭐라고 했어요!"

"임신했다고요. 왜요? 임신한 여자 처음 봐요?"

"그래요. 내…… 아이를 가진 여자는……."

"누, 누가 이재원 씨 아이래요!"

"뭐예요? 그럼 그새 딴 놈이랑 잤다는 겁니까?"

"그러는 이재원 씨는 그새 딴 년이랑 안 잤어요?"

"안 잤습니다! 혜윤 씨에게 단숨에 차였어도 혜윤 씨가 차씨 남매에게 잘못될까 전전긍긍하면서 뛰어다녔단 말입니다! 아니, 일을 벌여도 어느 정도껏……. 피해요!"

별안간 혜윤을 감싼 재원이 그녀를 안고 휙 돌아섰다. 그와 동시에 누군가 뛰어오는 소리와 함께 퍽 하고 사람을 치는 둔탁한 소리가 났다.

혜윤이 겨우 고개를 들자 바닥에 세 남자가 엉켜 있었다. 간호사 복장을 한 남자의 손엔 커다란 칼이 쥐어져 있었고, 그녀와 함께 병원에 왔던 박 팀장과 다른 경호원이 칼 든 남자를 내리누르며 제압하는 중이었다.

바닥에 나뒹구는 칼에 피가 묻어 있었다.

'피? 왜 저기에 피가 묻어 있지?'

공황에 빠진 혜윤의 머리 위에서 재원이 잔소리가 들려왔다.

"그러게 내가…… 위험하다고 했잖습니까!"

옆구리를 잡은 재원의 손가락 사이로 피가 뿜어져 나오고 있었다.

"의사, 빨리 의사 불러요! 이재원 씨! 괜찮습니까? 이재원 씨!"

박 팀장이 의사를 부르는 소리를 들으며 혜윤은 까무룩 정신을 잃었다.

✳

"벌써 하루가 지났는데 언니가 왜 이렇게 안 깨어나는 거예요?"

"스트레스가 심한 데다 충격이 커서 그렇대요. 그래도 뱃속에 아이는 무사하다니까……."

재원의 목소리였다.

"세상에, 어떻게 나한테도 그렇게 감쪽같이 숨겼대요? 언니가 임신이라니! 그래서 그렇게 계속 피곤하다고 했던 거였어!"

해진의 목소리가 들린다. 여전히 가라앉은 목소리였다. 저런 몸으로 왜 돌아다니게 두는지! 정강현, 정말 못 쓰겠다.

"하하하, 그게……."

"넌 이 상황에서도 웃음이 나오냐? 조금만 비껴 찔렸으면 신장에 구멍이 뚫릴 뻔했어, 인마!"

마뜩잖은 강현의 목소리. 보지 않아도 그의 이마에 그려진 주름이 그려진다. 하여간 마음에 안 드는 남자지만 해진이 좋아한다니

봐줄 수밖에.

그나저나 신장에 구멍이라니 무슨……? 두려웠다. 알고 싶지 않았다.

"아니니 됐지 뭘. 깔끔하게 살가죽만 뚫리는 것도 보통 운인 줄 알아? 이게 다 애 아버지가 되려고 하늘이 돕는 거라고."

"벌써 애 타령이야?"

"그럼……!"

이재원, 저 카사노바! 보지 않아도 입에 걸린 웃음이 그려지는 목소리였다.

"입 찢어지겠어요, 이 변호사님."

"아, 그렇습니까? 하하하."

"너 그런 거 보니까 배가 아니라 허파가 찢어진 게 아닌가 싶다."

"뭐, 맘껏 놀려봐! 그래도 좋아! 하하하아…… 으!"

"참, 그럴 줄 알았다. 배 당기지?"

쓰러지기 직전이 떠올랐다. 혜윤은 눈을 번쩍 뜨며 소리쳤다.

"재원 씨!"

"우와! 저 부르신 거예요?"

겨우 이름 한 번 불린 것으로 감격에 겨운 듯 눈을 빛내는 재원은 방금 뱃속에 칼날을 구경한 사람치고는 너무나 멀쩡해 보였다.

"피! 칼! 그…… 누가 당신을 찔렀…… 는데. 당신, 날…… 막다가……."

더듬거리던 혜윤은 다시 울기 시작했다.

"아, 제발, 울지 마요! 나 괜찮아요! 살만 살짝 긁힌 거예요. 금방 응급처치하고 꿰매서 아무 이상 없대요."

배가 뚫리고도 긁힌 거란다. 재원의 입에선 웃음이 떠나지 않았다.

해진은 강현과 서로 마주 보며 고개를 저었다.

"언니, 깨어난 거 봤으니 난 갈게. 내일 봐."

"어? 어⋯⋯."

해진에게 대답은 하면서도 혜윤의 시선은 계속 재원에게 붙들려 있었다. 해진은 그런 혜윤을 보며 웃다가 강현을 재촉해 밖으로 나갔다.

강현과 해진이 나간 후, 혜윤은 재원에게 청혼해서 감격에 몰아넣었다. 그리고 아이를 낳은 후 양육권 이야기로 다시 성질을 돋웠다. 그리고 책임감 없는 바람둥이는 싫다는 말로 궁지에 몰았다.

그러나 재원은 '그 바람둥이를 길들여 잡아볼 용기도 없느냐'는 말로 혜윤의 입을 막았다.

광대가 마녀를 처음이자 마지막으로 휘어잡은 순간이었다.

강현과 해진은 나중에, 아주 나중에 이야기를 들을 수 있었다.

"아무래도 혜윤 언니는 안정을 취해야 하니 뒤처리는 내가 맡아야 하겠어요."

해진이 제 병실로 돌아오자마자 하는 말에 강현은 버럭 소리를 지르고 말았다.

"강해진, 당신 남편은 국 끓여 먹을래?"

"내 귀한 남편을 무슨 국을……. 그게 아니고요, 강현 씨도 다쳤잖아요. 그냥 박 팀장과 몇 마디만 나누면 돼요."

"해진아, 제발! 내가 알아서 해! 하게 해줘!"

"……알았어요. 당신에게 맡길게요."

안다. 여태 해진의 삶은 스스로 싸우고 해결해야 할 일투성이였다. 강 회장과의 관계가 그랬고, 드라마도 결혼하기 전부터 이미 벌였던 일이다.

강현은 잘못을 깨달은 아이처럼 시무룩해지는 해진을 끌어안으며 애원 겸 부탁을 했다.

"그래, 제발 그래 줘. 그렇다고 해서 당신을 배제한다는 건 아니야. 기다려 봐."

강현이 호출하자 박 팀장이 곧장 병실로 왔다. 그런데 박 팀장 혼자 온 것이 아니었다. 그의 뒤로 정 회장이 모습을 보였다.

"할아버지!"

일어나려던 해진은 정 회장의 호통에 그대로 눕혀졌다.

"누가 환자를 앉아 있게 했냐!"

강현은 괜찮다의 '괘' 자를 말하려던 그녀의 입술에 검지를 대고 고개를 저었다. 해진은 할아버지께 다른 인사를 해야 했다.

"걱정시켜 드려서 죄송해요, 할아버지."

"이게 어디 네 탓이냐!"

"그래도 죄송해요."

그때는 그럴 수밖에 없었다고 생각했지만 해진은 새삼 차문영과 있었던 일을 반성했다.

　정 회장은 붕대를 감은 강현의 손을 물끄러미 보다가 애써 고개를 돌렸다. 걱정도 위로도 서툰 정 회장은 눈으로만 안타까움을 보냈다.

　"단순 골절입니다. 저 운동할 때도 이 정도는 많이 다쳤지 않습니까."

　놀란 정 회장이 말없이 강현과 눈을 마주쳤다. 잠시 후, 정 회장은 강현의 어깨를 두드리며 고개를 끄덕였다.

　구멍이 빼꼼거리던 빙판이 물속으로 사라지고 있었다.

　"해진아, 강현아, 잘 듣거라. 마무리는 이제 내게 맡겨라. 민화당 대표와는 전화로나마 이미 이야기가 되었으니 가온당은 걱정하지 않아도 된다. 그러나 차완영과 민대정이 남았다. 차완영은 아주 영악한 여우다. 궁지에 몰렸다지만 무시할 수 있는 상대가 아니야. 아니, 궁지에 몰려서 더 위험하다! 감옥에는 절대 다시 가려 하지 않을 게다. 그 여우는 내가 잡아주마."

　"할아버지……."

　"해진이 널 납치했던 놈들, 단도파였다는 건 아느냐?"

　"네, 알아요."

　"하지만 그놈들이 강현이에게도 몹쓸 짓을 했던 놈들인 건 몰랐을 게다."

　"강현 씨를요? 어떻게…… 아니, 왜요?"

　"이야기하자면 길구나. 한마디만 하자면 강운이와 그 모친이 관계있다고 해두마. 이걸 전화위복이라고 해야 할지……. 이번에 단도파를 덮친 검찰에서 강현이를 해치려고 청부한 건을 찾았다더구나. 아직 조사 중이긴 하다만 강운이나 그 애미 이름이 나올 것 같구나."

정 회장이 집에 드나드는 벌레 박멸을 했다고 했던 그때 환인의 후계는 공식적으로도 확정 지어진 것과 다름없었다. 여태 저에게 추가 기울었다고 믿었던 정강운이 가만히 있을 리가 없었다. 기어이 최악의 수를 선택한 것이었다. 비록 강현을 키우기 위해 채찍으로 이용하던 패이긴 했지만 친동생의 손자인 정강운이 정 회장에게는 아픈 손가락이 되고 만 것이다.

"제가 앞으로 정말 잘할게요, 할아버지."

정 회장은 예쁘게 위로하는 해진에게 눈을 휘며 웃었다. 마지막에 다시 강현의 어깨를 한 번 더 두드린 정 회장은 왔던 것처럼 대부대를 이끌고 사라졌다.

언론은 연일 도망친 차완영과 민대정에 대해 보도했다. 정 회장이 개인적으로 내놓은 현상금만 해도 10억. 뉴스마다 차완영과 민대정의 사진이 공개되며 실시간마다 압박하고 있었기에 그들이 잡히는 건 시간문제인 듯했다.

바깥세상은 그들의 이야기로 시끄러워졌지만 두 사람만 남은 병실엔 작은 평화가 찾아왔다.

"이젠 찾아올 사람이 없겠지? 배를 꿰맨 재원이는 혜윤 씨가 지킬 테니 움직이지 못할 테고."

"연희가 올지도 몰라요."

"작은 마녀는 큰 마녀에게 가겠지."

"마녀라니요?"

"당신이 말해준 거거든?"

"내가 언제……."

"그만! 그런 거 따질 때가 아니야."

강현의 입술이 그녀에게 가까이 다가갔다. 조금만 더, 닿으려는 순간 노크 소리와 함께 곧장 들어온 누군가가 과장된 놀람을 표시했다.

"이크! 제가 방해했나요!"

한 젊은 남자가 손가락을 쫙 벌린 채 눈을 가리는 시늉을 하며 씩 웃고 있었다.

"오명훈!"

해진이 남자를 향해 반갑게 소리쳤다. 외간 남자를 너무 반기는 해진 때문에 강현의 얼굴이 찌푸려졌다.

"여…… 오랜만!"

해진을 향해 손을 흔든 명훈은 강현에게 인사했다.

"그때는 경황이 없어서 제대로 인사를 못 나눴습니다. 저는 중앙지검의 오명훈 검사입니다."

"정강현입니다."

인사를 나누는 두 남자 사이의 기류가 미묘했다. 노려보는 강현과 멋쩍게 웃는 오명훈 사이에서 해진은 명훈을 어떻게 소개해야할지 난감함을 느꼈다.

아, 결정적으로 명훈을 그냥 이름으로 부르기도 했다. 이 실수를 어떻게 만회하나…….

"저도 경황이 없어서 제대로 인사를 나누지 못했네요. 아내를 구해주셔서 감사합니다."

"구해줘요? 명훈…… 검사님이요?"

애쓴다. 명훈은 히죽 웃고는 안색을 고쳐 말했다.

"저보다 먼저 달려가신 분이 아니십니까? 우리야 단도파 근거지를 캐고 있어서 알고 찾아간 거였지만 정강현 씨가 저보다 먼저 오신 걸 보고 깜짝 놀랐습니다. 어떻게 그곳을 아신 겁니까?"

해진이 납치된 곳은 문래동 창작촌 안의 폐창고였다. 명훈의 검사팀과 강현의 경호팀이 거의 비슷하게 도착해서 그곳을 습격한 것이었다.

"해진이한테 GPS 추적할 수 있는 게 있었습니다."

놀라는 해진에게 강현이 자신의 손을 살짝 들어 보였다.

개목걸이…… 그 의미가 이거였다!

명훈은 부부의 의미심장한 눈짓을 모른 체하면서 자신을 다시 소개했다.

"혜윤 누님과 해진이와는 오래전부터 아는 사이였습니다. 혜윤 누님이 설립한 재단에서 몇몇 학생을 지원했는데 그 첫 번째 수혜자가 저였거든요. 해진이는 우리 할머니와 아버지와도 무척 잘 아는 사이입니다. 결혼식에 우리 아버지도 참석하셨다고 하시더라고요."

"반갑습니다. 해진이 지인을 만나는 건 양혜윤 씨 말고는 오 검사님이 처음이네요."

"저야 말 그대로 '지인'이고요, 혜윤 누님이야 가족이죠! 하하하!"

가족이라? 마음에 들지 않는다. 그러나 자신도 할아버지께 그 비슷한 말을 했었다.

그런데…… 해진이라고 부르나?

강현이 인상을 찌푸리든 말든 명훈은 싱긋 웃으며 방문한 진짜 목적을 꺼냈다.

"해진이 진술이 필요해서 오기도 했고요. 아니, 도대체 차문영이 그놈이랑 무슨 말을 한 거야? 그 영감이 왜 널 만나야 입을 연대?"

'도대체 그놈에게 뭐라 했길래 목을 조른 거야!'

사납게 눈짓으로 야단치는 명훈에게 해진은 몰래 고개를 흔들었다. 하지만 바로 옆에서 그걸 못 알아볼 강현이 아니다. 낯선 사내에게 너무 친밀하게 구는 해진이나 자신도 모르는 이야기를 눈짓으로 나누는 걸 지켜보는 건 상당히 불쾌한 일이었다.

그리고 그건 강현도 궁금한 일이었다. 차문영이 눈에 핏발을 세운 채 해진의 목을 조르던 장면은 지금 생각해도 등골이 오싹했다. 명훈의 말을 듣자니 단순히 미쳐서 그런 게 아니란 말이었다. 역시 그녀의 비밀과 관련된 일일까?

"말해봐, 해진아. 무슨 일이 있었던 거야?"

강현까지 질문을 더하자 체념한 해진은 살짝 한숨을 쉬며 말했다.

"그게…… 나한테 일기장이 있어요."

"일기장?"

"정말 차문영의 일기장이 누나한테 있어?"

두 남자가 동시에 소리쳤다.

이번엔 누나?

의문을 미루며 강현이 명훈에게 물었다.

"차문영의 일기장이 뭡니까?"

"그건 해진이가 얘기해야 할 것 같은데요?"

명훈이 단단히 화가 난 채 해진을 노려보았다. 보통의 일기장이 아닌 게 틀림없었다. 그런데 그걸 저가 갖고 있다고 덥석 말했으니 차문영이 돌아버린 것이다!

"일종의…… 고백서예요. 자신들이 저지른 죄와 비리를 일일이 기록한. ㈜연강의 비리와 최근 가온당 공천 관련한 뇌물 거래 내역, 그리고 이전의 범죄들까지 모두 기록되어 있어요. 사광의…… 가족들을 해친 것까지……."

"그런 걸 어떻게……?"

"그럼 전에 깨어나지 못했던 게 그것 때문이었어?"

두 남자가 또 동시에 말하다가 강현이 먼저 해진에게 물었다.

"깨어나지 못했다니, 그건 또 무슨 소리야?"

"아, 아니에요! 별거 아니었어요. 얘, 아니, 오 검사가 쓸데없는 소리를! 나, 괜찮아요! 정말이에요!"

해진은 강력하게 부인했지만 강현은 알 수 있었다. 이 일이 해진이 숨긴 비밀에 아주 근접했다는 걸. 그리고 오명훈이라는 이 남자와도 그 비밀을 공유하고 있다는 것도.

오명훈. 반기준이나 한유민과는 차원이 다른 경계를 해야 할지도 몰랐다.

"나, 차문영을 만나게 해줘."

해진이 명훈에게 말했다.

"해진아!"

"누…… 강해진!"

해진은 그 어느 때보다 고집스러웠다. 그녀는 강현의 손을 꼭 붙잡고서 명훈에게 말했다.

"이번에도 차문영은 아마 몽땅 자신이 한 짓이라고 우길 거야. 그렇지?"

맞다. 명훈은 대답 대신 눈살만 찌푸렸다. 하지만 그렇다고 해진과 차문영을 대면하게 하고 싶지는 않았다.

"그래, 그럴 줄 알았어. 차문영은 어떻게든 차완영과 민대정을 구하려고 애쓸 거야. 해외로 도피시킨 자식들의 뒤를 봐줄 사람이 필요할 테니까. 어차피 곧 죽을 목숨, 매달린 건 그것밖에 없을 거야."

"죽어?"

"간암 말기."

해진이 차문영의 일기를 빼돌릴 수 있었던 건 그 덕분이었다. 심신이 약한 사람의 몸을 빌리는 것. 하지만 그것 때문에 해진도 죽을 뻔했다. 영지 할머니를 만나지 않았으면 다신 돌아오려 하지 않았을 테니.

그러나 이제는 그럴 염려가 없다. 해진은 강현의 다치지 않은 손에 제 손을 깍지 끼며 볼을 비볐다.

'더 어려운 조건을 맞췄네. 할머니가 좋아하시겠는걸?'

해진을 보며 흐뭇하게 웃던 명훈은 강현과 눈이 마주치며 얼른 안색을 바꿨다.

"차문영, 만나게 해줘. 아마 차문영은 차완영이 어디로 도피했을지 알고 있을 거야. 되도록 시간과 인력 낭비를 줄여야지. 그리고…… 내가 할 말이 있어서 그래."

"어어……."

명훈은 강현의 눈치를 봤다.

"꼭…… 만나야겠어?"

강현이 묻자 해진은 다시 그의 손을 꼭 잡으며 말했다.

"당신에게도…… 할 말이 있어요. 그건 차문영을 만나고 나서 얘기할게요. 아마 그 이야기를 들으면 당신도 알게 될 거예요. 모두……. 그때도…… 내 손을 잡아줄 거죠?"

강현은 그녀와 마주 잡은 손을 들어 올려 입을 맞췄다.

"당연히! 무슨 일이 있어도 이 손을 놓지 않을 거야."

해진도 그의 손에 입을 맞추며 두 사람의 이마가 마주치기 직전이었다.

"아, 닭살! 나는 보이지도 않아? 나도 연애해야지, 서러워서 원!"

방해받은 해진의 눈이 뾰족해졌다.

"눈치도 없긴! 그러면서도 넌 무슨 검사를 하니? 오명훈, 너 연애하는 거 이미 알고 있거든! 예쁜 형사 아가씨라며?"

'너? 오명훈?'

척 봐도 명훈은 해진보다 강현과 가까운 나이다. 아무리 친해도

이건 이상했다. 하지만 얼굴을 붉히며 펄쩍 뛰는 명훈도 이상하긴
마찬가지였다.

"누구야! 누가 그런 기밀을!"

"기밀 같은 소리 하고 있네! 혜윤 언니가 말해준 사실이거든?
옆옆 방에 가봐. 언니랑 형부 될 사람이 같이 있으니까. 언니는 임
신 중이니까 조심하고."

"켁, 그 마녀가 임신을?"

"오명훈!"

"하하, 난 간다! 형님, 아, 형님이라고 해도 되죠? 차문영과 만
나는 건 곧 시간 잡아서 연락하겠습니다. 마음 단단히 먹고 오셔
야 합니다!"

넉살 좋게도 졸지에 강현을 형님으로 삼은 명훈은 왔던 것처럼
급작스레 가버렸다.

"참 정신없는 친구네……."

"저래 봬도 어디서든 수석을 놓치지 않는 괴짜예요. 사실 불새
의 귀환에서 영혼을 보는 형사 홍강식 모델이 명훈이랑 명훈이 아
버지 오석천 경감님을 합해놓은 거였거든요."

"영혼을…… 봐?"

"그것도 다 설명이 될 거예요. 다 말해줄게요."

"그래, 그래……."

강현은 그녀를 품에 꼭 끌어안았다. 해진의 들숨과 날숨이 그의
목을 간질였다. 두근거리는 심장 소리를 들으며 그는 해진이 제
곁에 있다는 사실을 재확인했다.

＊

차문영은 체포 당시의 총상 때문에 병실에 수감되어 있었다. 생명에 지장은 없지만 총상 말고도 말기 암과 가끔 자해 소동이 벌어지는 통에 퇴원은 요원한 상태였다.

차문영의 병실로 해진을 혼자 들여보내는 강현의 마음도 그리 좋지는 않았다. 하지만 차문영이 해진 이외의 사람은 절대 만남을 거부했으므로 어쩔 수 없었다. 대신 차문영의 병실에 몰래카메라를 설치하고 강현은 밖에서 명훈과 함께 지켜보기로 했다.

"들어가."

"응, 지켜봐 줘요!"

해진은 안심하라는 듯 강현의 손을 한번 세게 잡아주곤 안으로 들어갔다.

"너, 너! 너, 누구야!"

차문영은 해진을 보자마자 손가락을 가리키며 마구 소리쳤다. 하지만 당장에라도 달려들 듯한 기세는 침대에 묶여 철컹거리는 수갑 때문에 막히고 말았다.

해진은 자신을 노려보는 그에게 아무렇지도 않게 인사말을 건넸다.

"간밤엔 잘 잤나요?"

며칠 만에 본 차문영의 얼굴은 더 초췌해져 있었다. 그러나 연민은 들지 않았다. 해진의 눈은 싸늘하기만 했다.

"너!"

"날 보고 싶다고 했다면서요? 내가 과연 당신을 만날까, 만나러 오지 않을까 걱정스럽던가요? 궁금한 게 많았을 텐데요?"

"네가 그 아이일 리가 없어. 그 아이일 리가……. 거짓말! 거짓말이야!"

"그걸 확인하고 싶어서 날 보자고 했나요?"

"무, 무슨 짓을 한 거야! 나한테 무슨 수작을 부린 거야!"

"내 목을 조른 건 당신이었지, 내가 아니었어요. 마지막까지 당신을 인간이라고 생각했던 점, 먼저 사과드려요."

차해진이 아닌 얼굴로 차해진의 눈을 한 여인이 차문영의 눈을 직시했다. 그녀의 차갑고 단조로운 목소리가 사나운 분노를 품은 채 차문영의 심장을 찔러댔다.

차해진이 아니다. 그럴 리가 없다!

이성은 아니라고 하는데도 본능은 맞다고 하고 있었다.

"아니야! 아니야! 네가 해진일 리가…… 없어. 넌 12년 전에 죽었어! 죽었어!"

"그러면서도 계속 나보고 '너' 라고 하는군요. 내가 보낸 메시지는 잘 봤나요? 하긴 당신들 보라고 만든 건데 안 볼 수가 없었을 거예요. 그렇죠? 제목이 왜 불새의 귀환일까요?"

"거, 거짓말이야! 거짓말이야!"

"거짓말이 아니라고 생각했기 때문에 날 보고 싶어 했던 거겠죠. 드라마를 보면서 긴가민가했겠죠? 혜윤 언니가 나일 줄 알고 찾은 건가요? 그럼 혜윤 언니 찾아내서 다시 죽일 생각이었나요?

그래 놓고 마지막 가는 길 악업을 쌓지 않을 거라고요? 그런 입에 발린 소리를 하는 게 부끄럽지 않던가요?"

"그래! 난 널 죽일 수 있어! 죽이고 또 죽일 수 있다! 죽어!"

순간 차문영의 표정이 야차처럼 일그러졌다. 눈에 핏발을 세우고 소리치는 차문영의 모습은 차완영의 모습과 똑 닮아 있었다.

그 살기 어린 모습에도 해진은 눈도 깜빡하지 않았다.

"난 다시는 당신들에게 당하지 않아요. 10년 전에도, 이번에도 심판할 권리는 내게 있어요."

"어흐윽, 어흐으으윽!"

갑자기 차문영이 울기 시작했다. 회한과 고통에 찬 그의 통곡에도 해진의 눈은 차갑기만 했다.

한참 울던 차문영은 눈물로 얼룩진 얼굴을 들고서 그녀에게 애원했다.

"부, 부탁이야……. 내, 내 일기장, 그건 돌려다오!"

"일기가 아니라 당신의 죄를 상세히 기록한 고해록이던데, 그걸 내가 왜 돌려줘야 하나요?"

"줘! 제발 돌려줘. 해진아, 제발!"

"그 더러운 입으로 내 이름 부르지 마요!"

그녀의 비명과도 같은 앙칼진 목소리에 차문영은 눈을 꾹 감았다가 떴다.

"네가 누구라 주장하든 더는 상관하지 않겠다. 그러니 제발 일기장만 돌려다오. 그것만은 제발……."

"당신 자식들이 누구의 피 웅덩이 속에서 호의호식하고 살았는지 알아야죠!"

"안 돼! 내 자식들은 죄가 없다!"

"그 피를 빨아먹고 산 것만 해도 죄예요! 제 아버지가 자기 동생을 죽이려고 혈안이 되어 있을 때, 그들은 어린 사촌을 욕보이려는 민대정을 위해 내가 마실 것에 약을 타 넣었어요. 그러고도 죄가 없어요?"

"……!"

"감추려 해도 이미 더할 수 없이 더러운 핏줄이 바로 당신들이에요. 내가 왜 당신의 죄를 덮어줘야 하나요. 왜 그들이 멀쩡히 이 세상에 살 수 있게 놓아주어야 하나요."

"자, 잘못했다. 잘못했다. 잘못했다……!"

차문영이 엎드리며 다시 오열했다. 하지만 이미 너무 늦은 후회일 뿐이었다.

그 눈물이 그치길 기다리는 시간조차 해진에겐 아까울 뿐이었다.

"내 질문에 답할 수 있다면 돌려주죠."

해진이 핸드백에서 한 권의 양장본을 꺼냈다.

제 일기장을 알아본 차문영이 수갑을 철컹거리며 마구 소리쳤다.

"내놔! 내놔! 내놔!"

"말했잖아요, 내 질문에 답한다면 준다고."

퍼뜩 고개를 든 차문영의 눈이 일렁였다. 그러나 그것이 희망이라면 매우 애석한 일이었다.

"당신들, 아빠가 숨겨둔 유산을 여는 패스워드를 찾지 못했던 일은 아직도 원통하겠죠? 물론 내가 찾았어요. 10년 전 당신들을 응징하는 데 썼지요. 하지만 지금도 패스워드는 궁금할 거예요. 아닌가요?"

"……!"

차문영의 얼굴이 경악과 탄식으로 일그러졌다. 그러나 숨기지 못한 탐욕 덕분에라도 해진은 그를 끝까지 용서하지 않을 수 있었다.

"패스워드는 문답 형식의 네 문장이었어요. 질문 자체도 패스워드였지만 힌트로 주겠어요. 답을 하나라도 맞히면 당신의 자식들은 그냥 두죠."

"제발……."

"하지 말까요? 필요 없으면 그냥 돌아가고요."

해진이 다시 일기장을 집어 들려고 하자 차문영은 다급히 소리쳤다.

"마, 말해봐! 말해…… 주렴."

해진은 몰래 숨을 고르며 천천히 입을 열었다.

"세상 최고의 만찬은?"

"……!"

질문을 들은 순간 차문영은 알 수 있었다. 차형찬의 패스워드다웠다. 그러나 당연히 답을 알 길은 없다.

"말해봐요. 세상 최고의 만찬은? 힌트를 더 줄까요? 우리 엄마가 만든 건데."

"……."

"이번 건 어려웠나요? 그럼 하나 더요……. 우리 아기의 이름은?"

"아……."

"이건 알 수도 있지 않아요? 모르는 게 더 이상한데. 대답할 생각이 없나 보죠?"

"해진, 차해진!"

해진이 일어나려는 듯하자 차문영은 반사적으로 소리쳤다. 하지만 패스워드가 그리 쉬울 리가 없다.

"부족해요. 한 아이가 더 있었잖아요? 내 동생, 우리 엄마 뱃속에 있던 내 동생. 당신들이 내 엄마와 함께 죽여 버린 내 동생! 내 동생 이름을 말해봐요!"

"해, 해진아……."

"말해보라니까!"

"제발, 해진아, 해진아……. 잘못했다. 잘못했다!"

"늦었어요. 그런 말 따윈…… 늦었어요. 당신들은 용서받지 못할 테니까."

차갑게 돌아서려는 해진에게 차문영이 다시 애원했다.

"제발, 내가 할 수 있는 건 뭐든 할게. 제발! 제발 그것만은 돌려다오."

"이제 와서 당신이 뭘 할 수 있나요?"

"뭐든! 뭐든 할게! 제발 그것만은……."

"좋아요, 그럼 말해봐요. 차완영이 숨어 있는 곳!"

"뭐……?"

"차완영은 어디 있나요? 말해봐요. 그럼 한국으로 돌아오지만 않으면 당신 자식들도 그냥 두지요. 어때요, 말할 생각이 드나요?"

"네가 처음부터 원한 게 그거였구나……."

차문영이 길게 한숨을 쉬었다. 그는 이번엔 소리치거나 애걸하지 않고 말했다.

"마지막 가는 길에 누이도 배신하라는 거구나. 하긴 동생을 죽인 이가 배신 따위야 뭐 별거겠니? 좋다. 내가 말해준다면 너도 방금 한 말은 지킬 거라고 믿어도 되겠니?"

"이건 시간 싸움일 뿐이에요. 차완영은 곧 잡힐 거라는 거, 알잖아요? 난 두말은 하지 않아요. 한국에 들어오지 않는 한, 당신 자식들은 쫓지 않겠어요."

"……좋다. 말하마."

그러고도 차문영은 입을 다물고만 있었다.

바깥에서 지켜보는 명훈은 열 번도 더 넘게 가슴을 치며 채근하는 동안 해진은 한마디도 하지 않은 채 기다렸다.

"너는 믿지 않겠지만 우리도 형찬이를 좋아했었다……."

"……."

"그래, 네겐 다 소용없는 말이겠지. 나도 누님이 어디로 갔는지 확실히 아는 건 아니다만 숨을 곳이라면 그곳밖에 없을 거란 생각이 드는구나. 우리 아버지가 처음으로 우리를 모두 같이 데리고 갔던 별장이 있다. 우린 아버지의 숨겨진 자식이어서 나설 수 없었던 그런 때였는데 그곳에서 형찬이를 처음 만났다. 나중에 아버지가 돌아가시자 형찬이가 우리에게 제일 먼저 선물해 준 곳이기도 하지. 하지만 우리 이름으로 등록된 곳은 아니라 찾긴 어려울 거다. 그 추억이 서린 곳을 아는 사람은 누나와 나, 그리고 형찬이뿐이다."

그리고 차문영은 어서 달라는 듯 해진의 곁에 있는 일기장을 간절히 쳐다보았다.

"끝까지 날 우롱하려 드는군요. 마지막까지 내가 누군지 시험해 보고 싶으셨나요, 차문영 씨? 추억이라고 했나요? 그곳은 아버지가 선물한 곳이 아니라 당신들이 아버지를 음독시켜 병실로 몰아낸 후 제일 먼저 서류를 조작해 빼앗은 곳이죠. 명훈아, 들리지? 경기도 용인시 상하동 XX-XXX번지 용뫼산 들어가는 입구에 이층짜리 붉은 벽돌로 만든 별장이 있어. 차완영은 아마 경호원과 단도파 무리를 대동하고 있을 거야. 또 각종 무술을 단련한 여자니까 나이가 많은 여자라고 쉽게 보면 안 돼, 알았지? 민대정도 거기 있을 가능성이 높아. 한두 명의 인원으론 놓칠 테니 신중을 기해야 해."

해진이 카메라를 향해 말하자 차문영은 당황과 경악을 금치 못했다. 그래도 설마 했던 해진의 정체를 재확인한 것도 그렇지만 그 별장의 사연과 장소까지 정확히 알고 있다는 놀라움 때문이었으리라.

"당신은 패스워드의 답을 알 자격도, 자식들에게 부끄럽지 않은 아버지가 될 자격도 없어요."

　해진은 돌아섰다. 그녀의 뒤에 남은 건 차문영의 손에 닿지 않은 일기장과 좌절의 울부짖음뿐이었다.

14. 사랑합니다

강현은 차문영의 병실에서 나오는 그녀를 힘껏 끌어안았다.

명훈은 수사관들을 부르면서 달려가다가 도로 돌아와 엄지손가락을 들며 감사를 표했다.

"누나, 땡큐!"

누나! 하! 그게 이런 뜻이었어?

아직 다 믿을 수 있는 건 아니었다. 금세 받아들인다는 건 아직 무리였다. 그러나 이해할 수는 있었다.

병실 안의 해진을 지켜보며 놀라고 분노하고 격했던 것도 잠시, 강현이 가장 안타까웠던 건 해진의 바로 옆에 있어주지 못했던 것이다. 그리고 해진이 너무 슬퍼하지 않는지 그게 걱정스러웠다.

"손을 잡아주기로 했는데……."

강현이 그녀의 손에 깍지를 끼며 입을 맞췄다.

해진도 그의 손에 입을 맞추며 웃을 수 있었다.

"우리, 집에 가요……."

"그래, 집에 가자!"

집에 오자마자 그들은 오래도록 사랑을 나눴다. 부드럽고 긴 사랑을 나눈 두 사람은 충족감에 젖은 채 서로의 품에서 여운을 즐겼다.

한참 뒤 몸을 뗀 강현이 그녀의 눈을 바라보며 물었다.

"당신은 누구야?"

강현의 눈에서 의혹이나 의심이 보였다면 해진은 망설였을지도 모른다. 하지만 이제 그녀는 확실히 대답할 수 있었다.

"나는 차해진이에요. 하지만 나는 강해진이기도 해요."

차해진은 추억으로 남겨야 했다. 강해진의 몸에 완전히 정착한 그녀는 강해진으로서 살아갈 의무가 있었다.

"당신 이야기를…… 들려줄래?"

"들을 준비가 되었어요?"

"응!"

그게 무엇이든.

"불새의 귀환은 내 이야기였어요……."

코마 상태로 누워 있던 그녀가 어린 강해진의 몸으로 들어가게 되며 시작된 이야기였다.

그 후 혜윤을 만나 자신이 차해진이라는 걸 증명하기가 가장 고

비였다. 아빠의 유산을 찾고 영혼을 보는 오석천 경감 가족을 만났다. 그리고 아빠의 심복이던 C&Y의 장무영과 천일호텔의 오문성과 협조해 결국 그들을 감옥에 보냈다.

한참이나 과거를 더듬었지만 해진은 울지 않을 수 있었다. 그가 내내 꼭 쥐고 있는 손이 그녀에게 힘을 주었다.

"언니나 장무영 아저씨, 오문성 아저씨, 오 경감님의 도움이 없었다면 절대 할 수 없는 일이었어요. 거기에 추진력을 준 것이 바로 아빠의 유산이었어요. 아빠는 당신의 죽음을 인식하고 대부분의 유산을 패스워드로 묶어놓으셨어요. 그러나 그들은 아빠의 유산을 절대 건드릴 수 없었어요. 아까 봤듯이 차완영이나 차문영은 질문에 해당하는 두 가지 문장을 안다 해도 절대 답을 알 수 없었을 거예요."

"패스워드가…… 뭐였어?"

"세상 최고의 만찬은 '신희의 콩죽' 이에요. 그리고 우리 아기의 이름은 '해진과 해을……'. 내 동생 해을이, 어떻게 생긴 아이였을까요……."

"……."

"아빠가 남기신 진짜 유산은 패스워드 그 자체였어요. 그들은 절대 모를 테지만."

비밀을 모두 풀어놓은 해진이 그의 품을 파고들었다.

신희. 차형찬 회장의 부인 이름이 바로 그것이었다. 콩죽은 이제 그냥 음식으로만 먹을 수는 없을 것 같았다.

"그래, 그랬구나…… 그랬구나……."

그는 해진을 끌어안고 머리꼭대기에 입을 맞췄다.

해진은 드디어 안정을 느낄 수 있었다. 사실을 털어놓고 그가 어떻게 받아들일지 걱정하던 것이 가만히 끌어안고만 있는 그의 품 안에서 해소되고 있었다.

그래도 확인하고 싶었다.

"이런 나라도…… 돼요?"

"나는…… 당신이 누구라 해도 괜찮아. 난 강해진 당신을 만났고 당신과 사랑에 빠졌어. 차해진의 추억을 간직한 강해진."

왈칵 눈물이 날 것 같았다. 차해진을 추억이라고 말해주는 그가 고마웠다. 자신이 차해진임을 영영 잊을 수 없는 그녀에게 차해진을 버리라 말하지 않는 그가 새삼 감격스러웠다.

해진은 치미는 울음을 삼키며 그에게 입을 맞췄다.

"그래요, 강현 씨. 나는 강해진으로 당신을 만났고 지금 이 모습 이대로 당신을 사랑해요. 나 사랑해 줘서, 날 잡아줘서 고마워요. 사랑해요, 강현 씨!"

드디어 해진에게서 사랑한다는 말을 제대로 들었다. 가슴이 벅 찼다. 막연히 그러리라 생각하는 것과 직접 듣는 말은 사뭇 달랐 다. 그리고 앞으로도 계속 듣고 싶은 말이었다.

또 그녀를 더 사랑할 테고, 해진에 대해서 더 알고 싶었다.

"날 잡아준 건 당신이지. 천상천하 유아독존으로 나밖에 모르 는 날 눈뜨게 하고 다른 더 멋진 세상이 있다는 걸 알려준 건 당신 이야."

"멋진 세상이요?"

"응, 당신이 존재해서 기쁜 세상. 당신을 사랑해서 행복한 세상."

"아이 참. 청혼하던 나에게 당장 나가라고 소리치던 그 사람 맞아요? 어쩜 우리 아빠보다 달콤한 말을 더 잘해요?"

"……내가 그랬어?"

어쩌면 그는 평생 그녀의 '아빠'와 비교당할 것 같았다. 더 잘할 자신은 없었다. 그래도 콩죽의 헤아릴 수 없는 의미에는 감동할 수밖에 없었다. 그런 사랑을 받고 있다는 사실이 무한하게 기뻤다.

"당연하죠! 그때 얼마나 떨며 긴장하고 갔었는데 단번에 내쳐져서 무척 우울했다고요."

무척 우울했다는 사람이 며칠 지나지 않아 다음 남자에게 청혼하러 가던 길에 붙잡혔다. 하지만 그걸 따질 만큼 그는 우둔하지 않았다.

"미안, 미안해. 그땐 당신이 내 연(緣)인지 몰랐어. 앞으로 잘할게. 이런 내 모습을 보는 사람은 당신밖에 없으니까 그걸로 봐줄래?"

많이 변했다. 많이 발전했다, 정강현.

해진은 꽤 멋진 말을 하게 된 그의 입술에 입을 맞추며 속삭였다.

"음, 그거야 하는 거 보고요. 솜씨를 봐서 결정하겠어요."

다분히 야한 의도가 들어 있는 말이었다. 말만이 아니라 그녀의 손이 이미 그의 브리프 안을 침범하고 있었기에 오해할 수 없는 말이기도 했다.

"뭐야? 마나님, 지금 내 능력을 의심하는 말을 했겠다?"

시트가 날아가고 비명이 울렸다.

한참 후, 쾌락에 젖어 있던 해진은 자신의 이론을 떠올리며 흡족하게 웃었다.

역시 맞았다. 사랑하는 사람과 하는 게 더 좋았다.

✳

재원과 마녀는 결혼하기로 했다. 동시에 혜윤은 다시 여신으로 등극했다. 뭐가 급한지 재원은 아직 입원실에 있는 주제에 결혼식 날짜까지 잡았다. 덕분에 그는 이제 대놓고 저를 머슴이라 부르는 여자에게 평생 매여 살게 생겼다. 그러고도 입이 찢어진 재원이 강현은 한심했다.

그런데 가끔 마녀도 그 머슴을 귀엽다는 듯 보기도 했다. 혼자 안 건 아니고 해진이 그 장면을 쿡 집어줘서 알게 된 것이다. 재원은 나름 행복할지도 모른다. 그러나 마녀를 해진에게서 떼어내려던 계획이 평생 좌절된 사실만큼은 안타깝기 그지없었다.

마녀는 뻔뻔스럽기도 했다.

입원실로 결혼 축하 인사를 하러 간 날이었다. 마녀가 물었다.

"정강현 씨는 우리 재원 씨에게 결혼 선물로 뭘 줄 거예요? 아, '참고'로 해진이는 제주도 펜션을 주기로 했어요."

마녀의 눈이 고양이같이 빛나는 것 같았다. '시시한 거면 재미

없다'는 그 눈이 참으로 얄밉다.

강현은 대답 대신 옳다구나 말했다.

"그럼 제주도로 가시는 겁니까?"

너무 티 나게 좋아했다, 정강현!

마녀는 안색을 굳히기만 했지만 재원은 사색이 되며 소리쳤다.

"가긴 어딜 가! 내가 여기 있는데!"

"어머, 그럼 내가 제주도 펜션 운영하면 자기랑 주말, 아니, 월말 부부 해야겠다."

"그, 그게 무슨 소리예요! 나, 사표 쓸까요? 나 데려가요! 데려가요!"

마녀가 채찍을 드는 시늉만으로도 재원은 당장 바닥을 굴렀다.

바람둥이도 순정에 빠지니 어쩔 수 없는 모양이었다. 게다가 마녀의 채찍은 아기라는 마법까지 걸려 있어서 재원이 더 꼼짝을 못하는 것처럼 보였다. 그런데도 재원은 행복해 보였다.

하지만 평생 마녀의 노예가 될 친구가 좀 안타깝기도 했다. 재원은 그저 좋다고 입을 헤벌리고 있지만 처지를 좀 꼬집어줄 필요가 있었다.

"결혼 축하합니다. 결혼식이 바로 잡혔으니 준비가 급하겠습니다? 주름이 돋보이지 않게 마사지 많이 하셔야겠습니다."

"야, 정강현!"

소리친 건 재원이었다. 마녀는 주먹만 쥐고 파르르했다. 그렇다고 가만있는 건 아니었다.

꽁한 마녀는 바로 복수를 해왔다.

"흥, 나만 하나? 정강현 씨도 관리 좀 해야 할걸요?"

"……?"

"우리 해진이, 얼굴 밝힘증 있는 거 알아요?"

"언니!"

"정강현 씨, 음……. 그 미끈한 얼굴이 잘나서 간택되었지만 뭐, 그 얼굴이 얼마나 가나 보지요. 우리 결혼식에 안레이도 초대하고 반기준 씨도 초대할 건데! 우리 해진이가 안레이를 얼마나 좋아하는지 알아요? 처음 만난 날, 끌어안기도 했다구요!"

마녀의 복수는 효과가 제법이었다. 아니, 제법 정도가 아니었다.

"강. 해. 진!"

해진은 이를 갈며 돌아보는 강현의 눈을 피하기 바빴다. 거기에 마녀는 손가락으로 하트 무늬를 그리면서 '세상의 모든 미남을 향해!' 라며 해진을 따라 하는 거라고 말했다.

"언니!"

"어머, 내가 거짓말했니?"

강현은 곧장 해진의 손목을 낚아채며 일어섰다. 그는 문을 닫고 나갈 때까지 마녀가 깔깔거리는 웃음소리를 들어야 했다.

승자, 마녀!

＊

세상은 다시 한 번 차씨 남매의 이야기로 떠들썩해졌다. 단도파에 연루된 차완영과 차문영, 그 뒤에 숨어 함께 온갖 비리를 저질러 온 민대정의 죄가 밝혀지면서 사람들은 둘만 모이면 그들을 성토했다.

그들이 저지른 죄가 워낙 크고 많아서 사건 하나가 들추어지자 그들에게 당한 사람들이 줄줄이 들고일어났다. 검찰이 수사 끝에 밝혀낸 죄는 끝도 없는 듯했다. 각종 비리는 물론 폭행, 협박, 횡령, 강간, 살인교사 등 인두겁을 쓰고 저지르지 않은 죄가 없었다.

그들의 죄가 드러날수록 가온당은 공천 비리와 뇌물 사건에 함께 손가락질당하며 점점 지지율이 떨어졌다. 가온당이 택할 수 있는 일은 민대정과 차씨 남매와 얽힌 연을 끊어내는 것과 이미지 쇄신이라는 이름으로 대표가 물러나는 것이었다. 보선에서 참패는 불 보듯 뻔한 일이 되었고, 당의 명패를 살리기 바쁜 이들이라 감히 대자보 사건을 들쑤실 엄두를 내지 못했다.

그사이 정 회장은 민화당 대표와 몇 번의 술자리를 가졌다.

단도파에 강현을 없애달라고 청부한 사람은 놀랍게도 김채연으로 밝혀졌다. 과거, 강현이 어릴 적 조폭을 동원해 해치려 했던 시어머니의 전철을 밟으려 했었지만 시도도 못 해보고 덜미가 잡힌 것이다. 이혼을 선택하고 혼자 살아남으려 할 줄 알았던 정강운은 의외로 필리핀 지사 발령을 신청해서 가족을 데리고 떠났다.

불새의 귀환은 끝나기가 무섭게 온갖 케이블 채널에서 재방송 요청이 쏟아졌고 수출 계약만 10여 개국 이상 성사되었다. 반기준과 예이나, 두 사람 모두 명실공히 최고 스타로 떠올랐으며 내년도 CF까지 예약이 꽉 차며 행복한 비명을 질렀다.

기진은 비밀의 작가에서 신분을 드러내며 러브콜이 이어지기 시작했다. 아무리 뼈대가 되는 내용을 다 알려줬다고는 하나 이야기에 살을 붙여 긴장과 재미, 감동을 안겨준 건 그의 능력이었다. 기진은 다음 작품을 하나 더 완성한 후 연희와 결혼하기로 약속했다.

그러는 동안 계절이 바뀌고 있었다.

해진은 차씨 남매와 민대정의 죄를 심판하는 모습을 지켜보기만 하면 됐다.

당연히 차완영은 극렬히 자신의 죄를 부인하며 항소를 표시했다. 하지만 그녀가 저지른 모든 비리를 감추고 세탁하던 변호사 신정록도 함께 구속된 마당에 선뜻 그녀를 변호하겠다고 나서는 변호사는 없었다. 의무적으로 그녀를 맡은 국선 변호사는 애초에 변론 자체에 소극적이었고 내뺄 궁리만 했다.

결정적으로 그녀의 죄를 밝힌 사람은 바로 차문영이었다. 차문영은 그녀와 민대정이 저지른 모든 죄의 공범이자 증인으로 출석해 모든 죄를 자백했다.

차완영은 17년, 민대정은 무기징역 형을 받았다. 특히 민대정은 여러 건의 살인교사와 성폭행 사건이 인정되어 사형과 무기징역 사이의 공방 끝에 결정된 구형이었다.

차완영이 형기를 마치게 되면 그녀의 나이 여든이 넘는다. 민대정 말고 다른 자식들도 모두 도피 중인 그녀에게 이번에는 감옥에서 미리 꺼내줄 사람도 재산도 없었다.

구형이 확정되자 차완영은 차문영을 향해 마구 욕설을 퍼부었다. 동생에게 은혜도 모르고 감히 주인을 문 개에 비유하는 그녀는 해외로 도피한 그의 자식들도 무사하진 못할 거라는 독설을 퍼부었다. 그런 차완영에게 차문영이 물었다.

"누님, 내가 아프다는 걸 알면서도 치료는 받는지 왜 한 번도 물어보지 않았나요? 내가 넘어졌을 때 한 번이라도 괜찮은지 물어주지 그러셨어요."

그의 질문에 차완영도, 지켜보던 청중들도 모두 입을 다물었다. 그러나 차완영이 입을 다문 것도 잠시, 그녀는 다시 차문영에게 독설을 퍼부었다.

차문영은 자신의 마지막 선택이 옳다는 걸 깨달았다. 만일 자신이 모든 죄를 뒤집어쓰고 간다면 그가 죽고 난 뒤에 자신의 자식들이 자신의 뒤를 이어 차완영의 뒤를 닦으며 살아야 했다. 그리고 자신처럼 끝내 잡아먹히는 사냥개가 되었으리라.

악다구니를 쓰는 차완영이 먼저 법정에서 끌려 나가기 전 차문영이 그녀의 귀에 뭔가를 속삭였다. 경악한 차완영이 휙 고개를 돌렸다. 그녀의 눈이 정확히 해진을 쏘아보고 있었다.

차문영과 눈이 마주친 해진은 그녀를 향해 입을 벙긋거렸다.

"아악, 아악, 아아악!"

갑자기 발작을 일으킨 차완영 때문에 법정은 잠시 소란스러웠다.

누군가는 연기라던 차완영의 실신은 뇌졸중 때문이었다. 그러나 그녀가 쓰러지고 병원까지 가는 시간이 너무 오래 걸렸다. 하

필 거리에서 시위가 있었던 날이라 길이 꽉 막힌 탓이었다. 응급
차를 보고 사람들이 길을 비켜주긴 했지만 그 길이 뚫리는 시간은
영구 손상을 불러올 만큼 지체되었다.

결국, 차완영은 사지가 마비된 몸이 되고 말았다.

해진은 병실에 누운 차완영을 찾아갔다. 차완영의 모습은 바로
12년 전 차해진의 모습과 비슷했다. 의식이 있고 없고의 큰 차이
가 있었지만.

인기척에 차완영이 눈을 뜨자 해진은 그녀를 향해 인사했다.

"안녕하세요, 고모."

바로 이것이다. 해진이 법정에서 차완영에게 벙긋한 말이.

"으어! 어! 어!"

너, 너…… 네가! 아냐, 말도 안 돼. 말도 안 돼!

차완영은 외쳤지만 괴성밖에 내지 못했다. 그녀에게 온 마비는
말도 할 수 없게 했다.

"당신은 매우 안녕해 보이네요. 하지만 난 당신이 안녕하길 바
라지 않아요."

차완영은 독기 오른 눈으로 해진을 쏘아보았다. 항상 우아하게
다듬었던 머리가 산발이 되어 초라한 노파가 되고 말았지만 그 눈
에 든 독기만은 여전했다.

"그래야 고모답지요. 탐욕스러운 벌레가 따로 없는. 아, 그러면
벌레가 싫어할까요? 너무 심한 모욕을 줬다고."

"으어어!"

"내가 왜 당신들을 그냥 둘 수 없었는지 알아요?"

해진이 그녀의 귓가에 속삭였다.

"민대정."

차완영의 눈을 부릅떴다.

"그래요, 당신 아들, 민대정이 엄마와 내 동생을 죽였잖아요."

"으어어……! 어어!"

차완영은 괴성을 지르며 해진을 붙잡으려고 했다. 그러나 이미 마비된 몸은 그녀의 마음대로 움직여 주지 않았다. 꿈틀거리는 것밖에 하지 못하는 몸으로 독기를 쏟아내는 차완영에게 해진은 쐐기를 박았다.

"당신은 죽어도 내 아버지께 용서를 빌지도 못할 거예요. 왜냐면…… 지옥에 떨어질 테니까."

"어, 으어, 어어! 으어어!"

"앞으로 계속 그렇게 살아요. 쭉. 죽을 때까지 벌레처럼 뒹굴어요. 아빠를 뜯어먹은 그 더러운 몸뚱이가 갈기갈기 찢어질 때까지…… 그대로 썩어버려요."

"……!"

"이건 당신이 나에게 했던 저주예요. 이젠 그 저주를 당신이 품고 살아요."

"어어, 어어어!"

해진은 거품을 물고 경련하는 차완영에게서 돌아섰다.

기다리던 강현이 그녀를 안아주었다.

"집에 가자!"

"네, 집에 가요!"

해진은 뒤돌아보지 않았다, 다시는.

얼마 후, 차완영에게 민대정이 감옥에서 싸움을 벌이다 주먹에 맞아 죽었다는 소식이 전해졌다. 아들의 소식이 전해진 순간, 그때까지 독기만은 살아 있던 차완영의 입가로 침이 주르르 흘러내렸다.

차완영은 죽을 때까지 그대로 조금씩 썩어갔다. 저주는 되돌아갔다.

에필로그

유영신 여사는 사라졌을 때처럼 사광그룹 이야기로 어수선한 시기에 돌아왔다. 유영신의 생환에 관심을 보이는 언론도 없잖아 있었지만 줄줄이 이어지는 민대정의 비리 사건 덕에 조용히 묻힐 수 있었다.

언론은 조용했다지만 강진만은 길길이 날뛰었다. 저의 체면도 체면이었고 본래 유영신의 재산을 돌려줘야 했기 때문이었다.

하지만 해진과 강현, 그리고 그동안 체면 때문에 외면했던 외가의 도움으로 유영신은 부모님께 물려받았던 유산을 되찾고 무사히 이혼할 수 있었다. 그리고 해진은 강진만에게서 되찾은 신탁 대부분을 유영신의 아이들이 성인이 된 후 돌아가도록 소유권을 옮겨주었다.

해진은 그렇게 유영신에게 손을 내밀었지만 그녀는 죄책감과 감사의 마음만 가졌을 뿐, 해진에게 엄마가 되어주진 못했다. 해진도 그걸 서운해하지 않았고, 아무도 그녀를 탓하지 않았다.

해진의 가족은 강현뿐이었다.

강현은 인정하고 싶지 않은…… 혜윤도 있었지만.

시간은 다시 흘러갔다.

강현은 할아버지께 콩죽 배달을 하러 왔다가 회장실에 붙잡힌 해진을 무사히 구출해 집에 돌아가고 있었다. 요즘은 거의 일주일에 한 번 꼴로 있는 일이었다.

일주일에 한 번, 본가에 가서 자는 게 어떠냐고 해진은 눈을 흘겼지만 그 한 번이 하루를 넘기는 게 문제였다. 해진은 어떠냐고 했지만 바로 그게 문제였다. 본가에 가면 해진은 정선댁과 할아버지를 상대하느라 그를 봐주지도 않는다!

집으로 가는 모퉁이를 돌아서던 길에 해진이 툴툴거리듯 말했다.

"언니가 어제 낮에 나보고 뭐랬는지 알아요?"

"뭐라 그랬는데?"

"쳇, 입덧 끝난 건 좋아요. 이제 11월 중순인데 딸기를 내놓으라면 어쩌냐고요! 딸기는 아직 한 달은 더 있어야 난다고요! 이 변호사님은 어쩌고 그러느냐 그랬더니 강현 씨가 사흘이나 야근시켜서 쉬는 중이라서 안 된대요. 세상에, 머슴은 부려야 머슴이라더니, 언니가 어쩜 그렇게 변해요? 그러면서 강현 씨가 이 변호사님

일 많이 시킨다고 은근히 나를 구박하는 거 있죠?"

"혜윤 씨가…… 그랬어?"

따지자면 강현에게 혜윤은 처형이라고 할 수 있었다. 하지만 곧 죽어도 그런 말은 나오지 않는다. 불쑥불쑥 '마녀'라고 소리치고 싶은 충동을 참는 것이 최선이었다. 하물며 명훈도 그녀를 마녀라고 부르지 않던가?

명훈과는 가끔 술을 같이 마시는 사이로 발전했다. 재원과 셋이서 어울리기도 하지만 두 달 전 초고속으로 결혼식을 올린 재원이 마녀의 머슴이 되면서 셋만 어울리는 자리는 거의 없다고 봐야 했다.

이재원, 그래도 좋다고 입이 찢어지게 산다.

"흥! 연희 편으로 보낸다니 그것도 안 된대요. 내가 보고 싶으니 나보고 직접 오래요. 말이 보고 싶은 거지, 그거 순 억지예요! 난 하나도 안 보고 싶다, 뭐!"

재원과 혜윤의 살림집은 그들의 집에서 10분도 떨어지지 않은 곳에 있었다. 당연히 두 여자의 의견에 맞춘 집이었다. 마녀에게 절대 멀리 가면 안 된다고 매달린 여자가 바로 해진이다.

"그래도 보고 싶다는데 가서 얼굴 보여주지 그랬어."

물론 마음에도 없는 소리. 할 수 있다면 정말 마녀를 제주도에라도 보내고 싶다.

"하도 얄미워서 딸기만 사다 주고 도로 왔어요!"

"……잘했네."

그럴 줄 알았다. 말로만 얄미운 마녀를 해진에게서 떼어놓는 건 이미 포기했다.

혜윤의 임신이 알려졌을 때 일어난 소란은 꽤 대단했었다.

재원이 차완영이 혜윤에게 보낸 청부업자의 칼에 찔려 입원했을 때 놀란 그의 부모님이 한걸음에 달려오셨다. 그러나 놀람도 잠시, 이형인 검사장은 아들이 여자를 임신시켰다는 고백에 노기충천해 다리를 부러뜨리겠다며 길길이 날뛰었다.

이형인 검사장, 한다면 하는 사람이다. 영문 모르고 병실로 들어갔던 혜윤은 사색이 된 재원과 그 자리에서 회초리를 찾는 그의 아버지, 부자 사이에 낀 그의 어머니와 마주했다.

결과적으로 혜윤의 등장으로 재원의 다리는 무사할 수 있었다.

재원의 부모님은 처음부터 혜윤을 좋아해 주셨다. 사방팔방 가벼이 연애만 즐기던 아들의 입에서 스스로 결혼 이야기가 나오게 할 정도면 됐다며 아무것도 묻지도 따지지도 않았다. 그녀의 나이가 많은 것도 임신하지 못했을 때나 흠이 되는 것이지, 이미 아이도 가진 이상 무조건 자신들의 며느리라는 말에 혜윤은 울음을 터뜨렸다.

혜윤은 자신의 본명인 박혜윤으로 돌아가지는 않았다. 사업적으로 그녀의 현재 이름이 더 익숙하기도 했고, 혹시라도 사광그룹과 연관해 그녀를 캐려는 파파라치를 의식해서였다. 혜윤은 재원에게 먼저, 그리고 시부모님께도 자신의 이름이 바뀐 사연을 털어놓았다.

이미 혜윤에게 콩 꺼풀이 쓰인 재원은 물론이고 그의 부모님도 사연을 이해하고 받아들여 주었다.

천하의 양혜윤도 예비 시어머니 시아버지 앞에서는 다소곳하고 얌전함만을 선보였다. 그리고 저가 재원을 오해하게 했던 시누이에게도 각을 세우지 않고 먼저 친근하게 손을 내밀었다. 그날 재원은 호텔에서 저를 발견한 누나에게 제 행적의 비밀을 지켜달라 아양을 떨었다는 것이다. 마녀가 '막내라 그렇게 귀여운가?' 라고 중얼거리는 소리를 들은 강현이 기겁한 일은 조용히 묻혔다.

지금도 그녀가 현숙하며 조신한 줄로만 알고 있는 그의 부모는 그녀가 재원을 한 손에 쥐고 사는 걸 신기해했다. 주변인들, 특히 연희는 어떻게 이모가 저렇게 얌전한 여자 연기를 하느냐며 종종 헛구역질하는 시늉을 하다 결국엔 혜윤에게 들키고 말았다.

그 보복으로 기진이 무섭게 볶였다. 마녀의 복수는 확실히 지능적이었다.

그 마녀가 지금 그에게 신호를 보내고 있었다. 강현은 지하주차장에 차를 대면서 모르는 척 중얼거렸다.

"그럼 재원이 일을 좀 줄여줘야 하나?"

"그래도 돼요?"

그를 올려다보는 해진의 눈이 초승달로 변했다.

강현은 그녀와 꽤 진하게 입을 맞춘 후 대답했다.

"당신이 원하면."

"음…… 내가 원하는 게 아니라……."

"그래, 마녀께서 원하는 일이지."

"아이 참. 강현 씨! 언니를 그렇게 부르지 말라니까요!"

말로는 그러면서 정작 눈을 내리까는 해진도 양심이 찔리는 모습이었다. 강현은 그녀의 이마에 다시 입을 맞췄다.

"당신, 매일 사달라는 거, 나르기만 해서 억울하지?"

해진은 아기를 가진 혜윤을 퍽 부러워했다. 오늘처럼 투덜거리긴 해도 혜윤에게 가장 많은 먹거리와 선물을 안기는 것도 해진이었다.

"네?"

"내가 억울하지 않게 해줄게."

강현은 그렇게만 말하고는 그녀와 함께 집으로 올라갔다.

그는 오늘 종일 기분이 좋았다. 아련하며 기분 좋은 꿈을 꿨기 때문이다.

간밤, 그의 꿈에는 한 가족으로 보이는 네 명이 찾아와 그에게 인사했다.

중년의 남자 옆에는 아름다운 여인이 어린 남자 아기를 안고 있었고, 그 옆에는 어린 소녀가 남자의 손을 잡고 흥얼거리는 것처럼 보였다.

그는 직감했다. 그들이 해진의 엄마, 아빠, 동생이라는 걸. 그리고 작은 소녀는 해진에게 제 몸을 맡긴 원래의 강해진인 것 같았다.

그는 가장 앞에 있던 남자, 해진의 아빠가 내미는 손에 얼결에 손을 내밀어 잡았다. 그분은 그에게 '잘될 거야!' 라고 속삭여 주셨다. 해진의 엄마도 아기도, 그리고 소녀도 다들 그에게 손을 흔들며 미소를 보여주었다.

꿈이었지만 깨어나면서도 정말 모두 다 잘될 것만 같았다. 그래서 무리해서라도 할아버지의 손에서 해진을 '구출' 해 왔다.

오늘 그가 해진을 안는 건 의식과도 같았다. 흥분과 설렘, 기쁨과 두려움, 기대와 소망…… 입술을 겹치는 데만도 그는 가슴이 떨렸다.

하지만 그의 경건함에 해진은 별로 도움을 줄 생각이 없어 보였다.

"오늘은 내가 위예요!"

"해진아……."

"오늘은 내가 당신 가질 차례!"

어느새 그의 위에 올라 있는 해진의 얼굴에는 정복자의 미소가 가득했다.

언제 차례 같은 것도 있었나? 그런 건 생각나지 않는다. 그녀의 손이 그의 배 아래를 쓱 더듬는 순간 경건함 따위는 사라지고 말았다.

"마나님 뜻대로."

강현이 항복을 선언함과 동시에 그녀의 입술이 그를 덮쳤다.

항복해서 더 행복해지는 순간이었다.

그날, 그분이 다시 강현을 찾아오셨다. 그리고 그에게 별을 하나 안겨주셨다.

＊

"어머나, 쟤네 좀 봐! 싸우나 봐!"

혜윤이 신기하다는 듯 소리쳤다. 그 말에 어른들의 시선이 다들 한곳으로 몰렸다.

21개월, 26개월짜리가 서로 밀치고 있었다. 싸움은 시작하자마자 끝난 것이나 다름없었다. 당연히 덩치나 힘으로나 5개월 앞선 놈이 이긴다. 곧이어 밀쳐진 놈에게서 우렁찬 울음소리가 들렸다.

"아고, 우리 시현이 아야, 했어?"

번개처럼 달려가 시현이를 안아 든 주인공은 정덕철 회장이었다. 아이를 어르는 정 회장의 혀 짧은 소리는 이제 놀랄 일도 아니다. 다만 몰래 째림을 당한 26개월짜리, 건호가 놀라서 딸꾹질을 시작했다.

"아구구, 우리 건호 딸꾹질하네, 물 줄까?"

바람처럼 달려온 열혈 할아버지는 또 있었다. 이형인 검사장, 딸꾹질에 이어 제 편의 등장에 곧 눈물 콧물 흘리며 대성통곡하는 건호를 달래느라 여념이 없다.

은근히 손자들 기 싸움에 가담한 할아버지들의 견제 또한 놀랍지 않은 일이었다.

"너네 할아버지, 우리 아버지가 저러실 줄 누가 알았을까……?"

재원이 고개를 절레절레 저으며 중얼거렸다.

강현도 무언으로 동의를 표했다. 그리고 재원의 어머니가 사태 수습에 나섰다.

"건호야, 친구랑 잘 놀아야지……."

할아버지 품에서 맘껏 울어 재낀 건호는 할머니가 가까이 오시자마자 냉큼 옮겨가 안겼다. 달래는 할머께 건호는 시현을 가리키며 나름 저의 정당함을 호소했다.

"만져써요!"

"뭘?"

대답은 시현에게서 나왔다.

"내 거!"

말도 느린 녀석이 그거 하나는 똑똑하게 발음한다. 그 앙증맞은 손가락으로 야무지게 소유권을 주장한 것은…… '것'이 아니라 사람이다. 그것도 태어난 지 갓 100일 된.

시현이 증조할아버지의 품에서 내려달라고 발버둥 치며 가까이 가려는 곳에는 반쯤 뒤집기를 시도하고 있는 건호의 동생이 누워 있었다. 오늘은 건호의 동생 소민의 백일, 그래서 어른들까지 모두 모여 있는 자리였다.

강현의 표정이 사정없이 구겨졌다.

성형으로 얼굴이 변한 혜윤이지만 눈만은 그대로였다. 그런데 소민은 그녀의 눈을 쏙 빼닮았다. 크고 쌍꺼풀 없이 긴 속눈썹은 봐줄 만하다 해도 하늘을 향한 눈꼬리가 그 성격을 예고한다. 꼬마 마녀 확정. 며느릿감으론 달갑지 않다.

앞서 가기는 정 회장이나 강현이나!

시현에게 질세라 건호도 할머니 품에서 발버둥 치면서 소리쳤다.

"내 거야!"

똑같이 말이 느리긴 하지만 그래도 5개월 형이라고 건호가 한 글자 더 말할 줄 안다.

이형인 검사장의 어깨가 으쓱하다. 그럼, 여동생은 오빠가 지켜야지, 같은 소리를 중얼거린 것도 같은데 제대로 들은 건지는 확실하지 않다.

싸움의 원인은 여전히 뒤집기 시도 중이었다.

강현이 달갑지 않은 아들의 소유권 철회를 위해 나섰다.

"시현아, 소민이는 건호 동생이야. 네 거, 아니, 시현이 동생은 여기 있잖아, 여기!"

강현이 해진의 배를 살살 쓰다듬으며 시현의 시선을 끌어보지만 역부족이다. 당연히 아직 눈에 보이지 않는 미지의 동생보다 열심히 뒤집기에 열중하는 소민이가 더 흥미롭다. 시현은 제 시선을 가리는 아빠를 마구 밀기까지 하며 소민을 보기 위해 이리저리 고개를 돌렸다.

좌절하는 강현의 표정이 안쓰러울 정도였다. 해진은 그런 강현과 그 모습을 새치름하게 쏘아보고 있는 혜윤을 번갈아 보다가 입을 가리며 몰래 쿡쿡 웃었다.

해진의 배는 남산처럼 부풀어 있었다. 해진의 뱃속의 둘째도 혜윤처럼 딸아이로, 예정일이 시현의 생일인 9월 20일이었다. 예정일은 말 그대로 예정일이지만, 어쩌면 남매가 생일이 같을 수도 있었다.

날이 갈수록 예뻐지는 소민을 보면서 부부는 태어날 딸아이에 무척 기대가 컸다. 아들 시현이도 귀엽지만 딸은 또 얼마나 천사같을지, 어서 만나고 싶었다.

"어, 뒤집었다! 우리 딸, 정말 뒤집었네?"

재원이 만세를 부르며 뛰어나갔다. 소민의 뒤집기는 혜윤만 봤던지라 재원은 소민이 뒤집기를 시도할 때부터 눈을 떼지 않고 있었던 모양이다. 기껏 뒤집은 아이를 번쩍 들어 안은 모습이 팔불출이 따로 없었다.

강현은 혀를 쯧쯧 찼다. 정작 자신도 그 팔불출과 별반 다를 바 없다는 걸 그는 모르고 있었다. 아들에게도 허파를 반쯤 내놓고 사는 그는 이미 딸바보 확정이었다.

소민의 백일에 정 회장까지 함께한 것은 강현과 재원의 집이 한 곳에 붙어 있었기 때문이다.

10분 거리도 멀다던 두 여자는 결국 집을 합치는 대참사를 벌이고 말았다. 회사 때문에 아주 멀리 갈 수는 없었고, 대신 강현이 사는 빌라 아래층에 재원이 이사를 온 것이다.

마녀와 되도록 안 보고 살고 싶다던 강현의 소망은 거꾸로 매일 보는 것으로 무참하게 스러지고 말았다.

딩동, 초인종 소리에 혜윤이 뛰어가더니 곧 손님과 함께 돌아왔다.

"징그럽다, 징그러워. 늬들은 평생 이렇게 붙어살 거냐?"

큰 소리로 핀잔 아닌 핀잔을 하며 들어오는 손님은 금영지 여사였다. 강렬한 자주색 원피스에 자주색 가방, 아마 벗어놓은 신발도 자주색이었을 거다. 손에 든 선물 가방까지 완벽하게 색을 맞춘 걸 보면 금영지 여사가 틀림없다.

"할머니!"

금영지 여사는 가까이 다가온 해진을 꼼꼼하게 살피고는 중얼거렸다.

"어디 보자, 이젠 정말 빠져나올 구석이 안 보이네. 음, 딱 붙었어……."

"아이 참, 할머니도. 그건 시현이 낳기 전에도 그러셨잖아요."

"이년아, 내가 너 때문에 정말 십년감수한 걸 생각하면 자다가도 일어나!"

"할머니……."

그 일이 있은 후 2년도 훌쩍 더 지났지만 이건 금영지 여사가 해진을 만날 때마다 하는 행사였다. 강현이 들으면 걱정할 이야기라 해진이 눈치를 보면, '그래, 저 멀끔한 놈이 있었지.' 하는 것도 맞춘 듯한 대사 중의 하나였다.

"오냐, 들어가자. 아니, 저 할아방구가 또 왜 저래!"

금영지 여사의 눈매가 매서워졌다. 정덕철 회장이 못마땅한 눈으로 툴툴거리는 소리를 들은 것이다.

"80도 넘은 할망구 옷 꼴 하고는……."

"저 할아방구가 왜 또 시비래……!"

동갑인 정덕철 회장과 금영지 여사는 처음 만났을 때부터 앙숙이었다. 그리고 정 회장은 금영지 여사가 가진 신기(神氣)에 대해 아는 눈치였다. 이전에 만난 적이 있는 게 분명한데 어떻게 아는 사이인지를 물어도 말씀해 주시지 않았다.

"할머니, 오늘 주인공 소민이 만나보셔야죠!"

"오냐, 저런 우중충한 영감이 돈 복에 자손 복에 수명까지 타고난 걸 보면 세상은 역시 불공평해."

다 들으란 듯 중얼거리는 소리에 당연히 정 회장은 파르르했다.

"뭐요?"

"어, 들었나? 그 연세에 가는귀도 안 자셨나 보네."

"할머니."

"할아버지⋯⋯!"

혜윤과 해진이 각각 두 사람을 이끌고 식사가 차려진 자리로 안내했다.

잠시 평화가 온 듯했다.

혼자 앉지도 못하는 소민은 금세 잠이 들고, 소유권을 주장하던 오빠들은 장난감 기린에 같이 올라타 놀고 있었다. 아이들이 노는 걸 보던 금영지 여사가 불쑥 한마디 했다.

"늬들은 이렇게 붙어 사는 것도 징그러운데 나중에 사돈도 되려나? 저 애들⋯⋯ 연이 보이네."

예언과도 같은 금영지 여사의 말에 가장 가까이 있던 이형인 검사장이 눈을 번쩍 뜨며 물었다.

"네? 그게 정말입니까? 누굽니까? 시현이랑 소민이요?"

"그건 딱 장담은 못 하고⋯⋯ 애 하나가 더 있잖소."

금영지 여사가 해진의 배를 가리키며 말했다.

"그럼 건호랑 해진이 둘째요?"

"거야⋯⋯."

금영지 여사는 애매한 웃음으로 뒷말을 생략했다. 대신 안 듣는 척 귀를 쫑긋하고 있는 정 회장 들으라는 듯 한마디 덧붙였다.

"흥, 저 복 많은 할아방구도 어느 연이 어느 연인지는 못 보고 죽겠소?"

발끈하긴 했지만 그래도 궁금한 건 궁금한 것, 정 회장이 투덜대며 쏘아붙였다.

"거, 좀 알려주면 안 되나?"

"내가 왜 알려줘야 하는데?"

"어느 애요?"

"글쎄 말이오?"

"거참, 모르는 거 왜 얘기는 해!"

"보이니까 얘기하지!"

"나 죽은 후라며! 혼자 알지 말고 나도 좀 압시다!"

"이런 옷 입은 할망구는 모르오."

금영지 여사와 정 회장의 공방은 그 후로도 이어졌다. 약을 올리고 파르르 떨고, 서로 주고받기 시합이었다.

"할머니 할아버지 또 왜 저러신대……."

해진이 절레절레 고개를 저었다. 그러느라 꼬마 마녀가 정말 며느리가 될 수도 있다는 사실에 질린 얼굴을 한 강현을 혜윤이 한껏 째려보고 있다는 것은 몰랐다.

"징한 계집애들, 오래오래 잘 살아라!"

술 몇 잔에 취한 금영지 여사가 덕담 같지 않은 덕담을 소리쳤다.

"주인공은 우리 소민인데……."

재원이 한마디 했다가 금영지 여사와 눈이라도 마주칠까 고개를 돌렸다.

재원은 금영지 여사 덕에 마나님 윗선의 마녀가 존재한다는 걸 알았다.

"우리 아이들과 우리 모두를 위하여!"

"위하여!"

건배와 함께 웃음이 흘러나왔다.

무심코 해진과 눈이 마주친 강현이 입 모양으로 말했다.

'사랑해!'

'사랑해요!'

어제보다 오늘 더 많이, 내일은 오늘보다 더 많이. 그렇게 사랑하며 살아간다.

해진은 감사했다. 아빠의 소망은…… 이루어졌다.

※

8년 후.

퇴근하고 돌아온 강현의 이마에 혈관이 일어나고 있었다.

남편이 들어오는 소리도 못 듣고 뭘 하나 했더니, 이 여자, 또 TV 앞에서 '취미 생활' 중이었다. 그것도 막강 파트너 정효진, 딸까지 동반하고서.

"반기준, 정말 잘생겼었는데……."

"엄마는? 언제 얘기를 하셔? 반기준은 이제 쳐주지도 않아. 강티 오빠가 대세라니까!"

"난 쟤 이름 촌스러워서 싫어. 강티가 뭐니, 강티가. 차라리 강타라고 해라!"

"엄마! 그 사람은 전설의 고향이고!"

"흐흐, 난 쟤가 좋더라. 우미래."

과연 강해진. 미남 얼굴에 침 흘리기가 왜 안 나오나 했다.

"엄마, 나도 그래. 미래 오빠 정말 짱이야!"

"그치? 잘생겼지? 나, 쟤만 보면 왜 기분이 좋지?"

"잘생겼잖아! 잘생긴 사람 보면 원래 기분 좋은 거라며? 우리 다음에도 미래 오빠 보러 갈까?"

"그럴까?"

다음에도? 그 말은 전제가 있다. 이 여자가!

"강해진!"

"엄마야!"

"아, 이런……. 아빠, 다녀오셨어요?"

해진이 놀라서 입만 벙긋거리는 새 효진은 영악하게도 제 아빠에게 예쁘게 인사하고는 도망쳐 버렸다. 마지막으로 해진과 눈이 마주친 효진의 눈에 어린 빛은 안타까움이었다.

"야, 정효진, 이 배신녀! 혼자 가면……."

해진은 말을 이을 수 없었다. 목덜미가 선뜩한 것이 이미 강현이 그녀의 바로 옆에 다가와 있었기 때문이다.

"우리 효진이가 어때서? 우리 효진이야 누굴 좋아해도 돼. 강터인지 강타인지도 괜찮고 미래인지 과거인지도 괜찮아. 심지어! 마녀 아들 이건호도 상관없어. 왜냐, 아직 우리 효진이는 짝이 없는 애거든?"

"아하하…… 그게요."

"강해진, 거기 서!"

효진이 간 방향으로 뒷걸음질치던 해진은 손을 모은 채 높이 들어 올렸다.

"그게…… 감상만 한 건데……."

"감상만 해? 거기 침이나 닦고 얘기하시지? 이 바람둥이 여자야!"

"바람둥이라뇨! 억울해요! 난 그냥 눈요기만……. 으아, 시현 아빠, 효진 아빠? 강현 씨? 으갸각!"

잠시의 비명 뒤, 문이 닫히는 소리에 두 남매가 각자의 방에서 빼꼼 얼굴을 내밀었다.

효진은 어깨를 으쓱했고 시현은 한숨을 푹 쉬었다.

"또 엄마가 침 흘리셨구나."

"어, 그게……."

"엄마도 참, 취미 활동이 너무 고상하셔."

"엄마도 어쩔 수 없으시대."

"뭐가?"

"어릴 적에 한눈에 꽂힌 왕자님을 만나서 그런 거래. 오랫동안 못 봐서 대용을 찾다 보니 취미로 변한 거래. 왕자님이 빨리 다시 나타나지 않은 탓이래."

"왕자님?"

"응, 저기!"

효진이 턱짓으로 안방을 가리켰다. 시현의 눈에 이해의 빛이 돌았다.

조숙한 두 남매는 이런 날, 저녁은 둘이 알아서 미리 먹어야 함을 알고 있었다.

그날 강현의 질투 지수는 조금 강력했던 것 같다. 덕분에 서른 살이 넘으면 절대 출산하지 않겠다던 해진의 의지를 꺾을 수 있었다.

열 달 후, 시현과 효진의 늦둥이 동생이 태어났다.

〈The End〉

작가 후기

짧고 가볍고 섹시한 이야기를 써보자고 시작한 글이었습니다. 그런데 짧은 것부터 실패하고 말았어요.

그래도 즐겁게 보셨나요?

언제나 하는 생각이지만 책을 덮으시는 독자님들 모두 기분 좋게 웃으셨으면 하는 바람입니다.

어린 시절의 학대와 상처로 냉철한 분노를 품고 살아가는 남자가 어딘가 어설프고 맹해 보이는 여자를 만나 안달복달, 불을 뿜는 이야기를 그려보려 했습니다.

배시시 웃으며 갸웃거리는 해진 때문에 이성을 잃은 강현의 포효가 느껴지셨나요?

순간순간 깨알 같은 웃음이 전해졌으면 했답니다.

이 글은 빙의와 복수를 주제로 하고 있습니다.

주인공 해진의 복수는 1, 2부로 나눌 수 있습니다. 바로 그 1부의 복수가 작중 드라마로 선보인 '불새의 귀환' 내용이었고, 미완의 복수가 되었지요.

처음 복수를 마친 해진은 살아가는 의미를 찾지 못했습니다. 그래서 영혼이 덜그럭거리는 위기를 겪고 다시 미완의 복수를 완성하려고 합니다.

하지만 복수보다 더 중요한 건 해진이 행복해지는 것이었지요.

결론적으로, 해진은 행복해졌답니다. 그녀의 영원한 백마 탄 왕자님과 말이지요. 아주 잘생긴 왕자님, 그래서 제 외모로 부인이 외간 남자에게 눈을 돌리지 못하게 철벽 방어하는 왕자님과요.

아마 본래 해진이 죽지 않았더라도 강현과 인연이 되었지 않았을까요?

해진이 신혼여행에 가져간 책은 실제 서점에 있는 수식어만 살짝 변경한 카마수트라였답니다.

체위의 이름도 함께 빌려왔는데, 해진과 강현은 책의 고난이도까지 다 시험해 봤다고 보시면 됩니다…… 쿨럭!

섹시 판타지를 위해 노력해 보았지만 결국 부족하다는 걸 느꼈습니다. 보여줄 듯 말 듯, 은근하며 설레고 감칠맛 나는 그런 섹시 판타지를 추구했는데 아직 능력이 많이 못 미친다는 걸 느꼈습니다.

다음에 다시 도전!

두 사람의 행복한 사랑의 판타지를 즐기셨나요?

여러분도 여러분만의 즐거운 판타지를 즐기시길!

여러분, 모두 건강하고 행복하시길 바랍니다!

2015년. 전은정.

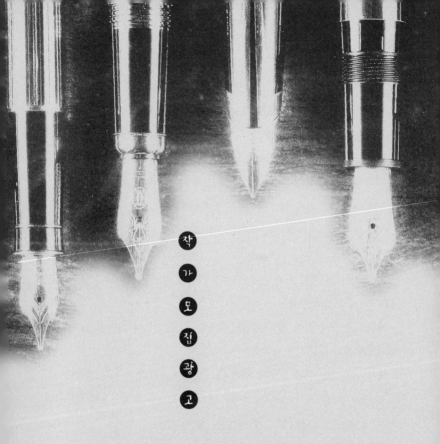

작
가
모
집
광
고

도서출판 청어람의 문은 항상 열려 있습니다.
실력있는 작가 분들의 많은 관심 부탁드립니다.

TEL:032-656-4452 • FAX:032-656-4453
http://www.chungeoram.com
e-mail:chungeorambook@daum.net